The Road to Oxiana

前往阿姆河之乡

〔英〕罗伯特·拜伦 著　顾淑馨 译

人民文学出版社

图书在版编目(CIP)数据

前往阿姆河之乡 /(英)罗伯特·拜伦著;顾淑馨译.—北京:人民文学出版社,2016
(远行译丛)
ISBN 978-7-02-011951-6

Ⅰ.①前⋯ Ⅱ.①罗⋯ ②顾⋯ Ⅲ.①游记-作品集-英国-现代 Ⅳ.①I561.65

中国版本图书馆 CIP 数据核字(2016)第 197339 号

出 品 人	黄育海
责任编辑	朱卫净　潘丽萍
封面设计	汪佳诗

出版发行	人民文学出版社
社　　址	北京市朝内大街 166 号
邮政编码	100705
网　　址	http://www.rw-cn.com
印　　刷	山东临沂新华印刷物流集团
经　　销	全国新华书店等
字　　数	259 千字
开　　本	890 毫米×1240 毫米　1/32
印　　张	13.125　插页 5
版　　次	2016 年 11 月北京第 1 版
印　　次	2016 年 11 月第 1 次印刷
书　　号	978-7-02-011951-6
定　　价	49.00 元

如有印装质量问题,请与本社图书销售中心调换。电话:01065233595

目　录

1　第一部
49　第二部
83　第三部
171　第四部
277　第五部

413　附录　罗勃特·拜伦小传

第一部

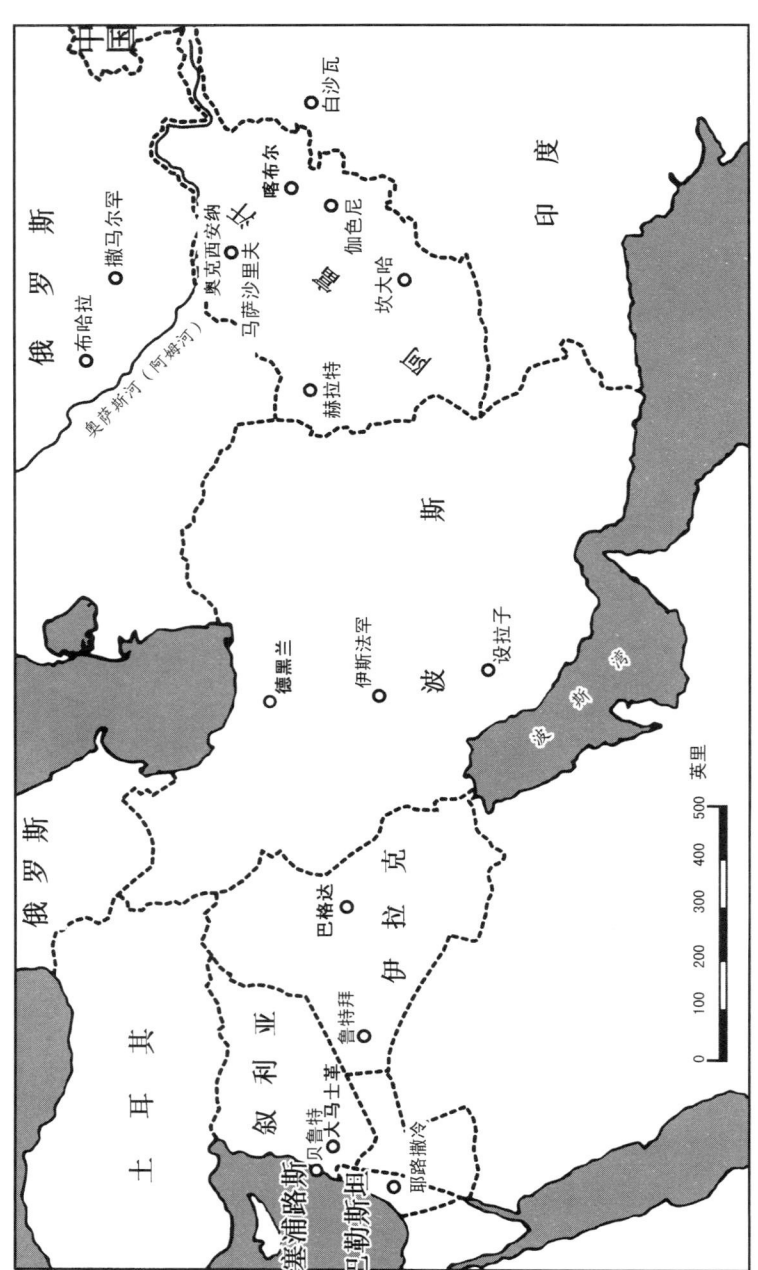

威尼斯,一九三三年八月二十日

在此做一头快乐的懒猪:比起两年前住在久戴卡岛①那家小旅馆的经验,这次真是个令人愉快的改变。早上我们去了丽都岛②,从快艇上望去,总督府远比坐在贡多拉中欣赏美丽多了。在这么平静无波的日子里下水,肯定会是全欧洲最糟糕的体验:水热得像岩浆,一个不小心烟蒂就会流进嘴里,更别提成群结队的水母了。

利法尔来晚餐。伯蒂说,所有的鲸鱼都有梅毒。

威尼斯,八月二十一日

仔细参观了两座宫殿,一是以提耶波洛③的壁画《埃及艳后的盛宴》闻名的拉比雅纳宫,一是布满围幔和皇室照片、如迷宫

---

① 久戴卡岛,威尼斯最大的附属岛屿,位于市区南边。
② 丽都岛,威尼斯附属小岛,著名度假胜地。
③ 提耶波洛(1696—1770),意大利画家,十八世纪威尼斯画派代表人物,以大型壁画著称。

般叫人喘不过气的帕帕多波里宫。我们在哈利酒吧暂时逃离文化的重压。结果引起一阵骚动,听到不太友善的招呼声:英国佬来了。

晚上又回到哈利酒吧,老板用香槟加樱桃白兰地调成的美酒款待我们。哈利悄悄告诉我们:"一定要用最烂的樱桃白兰地来调,味道才对。"我们手上这杯就是。

在此之前,我跟这位老板只在猎场上见过面。这会儿他身穿绿背心、白外套,感觉有点陌生。

威尼斯,八月二十二日

乘贡多拉到圣洛可教堂,丁托列多①的《耶稣受难像》让我震慑不已,我已经忘了这幅画。有列宁签名的旧访客名录收走了。在丽都岛时,微风扬起;海水荡漾、沁凉,不见任何杂物。

我们乘车到马康坦塔喝茶,它位于一条跨越泻湖的新公路旁,泻湖则挨在铁路边。虽然每本介绍帕拉迪奥②的书都会提到这个地方,但是当兰兹伯格在九年前发现这里的时候,它简直是一栋废墟,没窗、没门,只是个储藏农产品的仓库。兰

---

① 丁托列多(1518—1594),意大利文艺复兴后期威尼斯画派画家。
② 帕拉迪奥(1508—1580),意大利文艺复兴时期的著名建筑师,其作品以一种理想化的抽象形式,呈现出明晰简洁的特质,堪称史上模仿者最多且极富影响力的建筑泰斗。

兹伯格把它改造成一处宜人的住所。大厅和客房的比例之完美,宛如一首数学韵诗。换作别人,一定会把它漆得金碧辉煌,然后堆满所谓的意大利家具和古董商垃圾。可是兰兹伯格却只用了当地生产的普通木材加以装潢。整栋建筑除了蜡烛之外,没有一样是"有历史"的,而之所以用蜡烛,纯粹是因为没电使然。

在外观上,有人对房子侧面的设计有意见,也有人喜欢批评它的背面。但是它的正面却是无可挑剔的。它代表了一种典范,一个标准。你可以分析它——再不可能比它更层次分明的了——却不能质疑它。我和黛安站在门廊下的草地上,看着落日余晖将设计上的每个层次映照得更为澄澈动人。能在这栋代表欧洲人智慧结晶的建筑物前向欧洲道别,真是再完美不过了。黛安说:"人不应该远离文明。"她知道自己站在理字上。我陷入郁闷的情绪。

屋内,蜡烛已经燃亮,利法尔独自舞着。回程路上风雨交加。拨好闹钟,该睡了。

"意大利号",八月二十六日

身材魁梧、蓄着胡须的船夫,依约在清晨五点来接我。所有的城镇在黎明时分都一样,即使是牛津街[①],当它空无一人的时

[①] 牛津街,伦敦著名的平价购物大街,平日总是人潮汹涌。

候,也有一些美感,此刻的威尼斯显得没那么目不暇给、难以消受。给我一个罗斯金①当年初眼乍见、没有任何铁路的威尼斯;要不就给我一艘快艇和举世的财富。真人博物馆实在可怕,例如荷兰外海那些依然穿着传统服饰的岛屿。

这艘船自的港启航之际,首次出现在《旧约》中的景象仿佛又重演了。来自德国的犹太难民正要往赴巴勒斯坦。这厢是一位年高望重的犹太拉比②,他那正宗的鬓发和小圆礼帽,是他每个年满八岁以上的门徒的标准打扮;另一边,是一群穿着光鲜海滩服的孩子,借着歌声来压抑他们的情绪。群众挤在船下目送他们离去。随着船只缓缓开动,大伙暂时忘却了失踪的行李或被别人占去的位子。拉比跟扈从的长老们突然无力而不由自主地挥着双手;孩子们唱着庄严的圣歌,以凯旋般的节奏反复高诵着耶路撒冷。岸上的群众也跟着唱和,一路随送到码头尽端,然后站在那儿直到船只消失在地平线上。这时,巴勒斯坦高级专员的侍从长拉尔夫·斯托克利也赶抵码头,却发现船已经开了。他气急败坏的表情和赶搭快艇自后追赶的插曲,化解了紧绷的气氛。

一阵北风在碧蓝的海面泛起白色浪花,也让船舱下那些精

---

① 罗斯金(1819—1900),英国知名的散文家、艺术评论家和社会改革家,著有《威尼斯之石》等书,对当代的文学及美学发展影响巨大。
② 拉比,指犹太教负责执行教规、律法并主持宗教仪式的人员或犹太教会众领袖。

力充沛的犹太人安静了下来。昨天我们驶过爱奥尼亚群岛。那熟悉的海岸看似荒芜、没有人烟，但在晚霞的映照下却显得秀丽无比。我们从希腊的西南角转向东行，经过卡拉马塔海湾，来到马塔潘岬，上次我看到这座海岬，是从塔泰图斯山往下眺望，在远方海水的衬托下，宛如地图上的一角。此刻，岸上向阳面的岩石映着夺目的金光，阴影面则似罩着雾般的蓝纱。夕阳西沉，希腊的轮廓逐渐模糊，欧洲最南端的灯塔开始闪烁。绕过这个海角，我们进入了下一个海湾，这里是万家灯火的吉海恩。

斯托克利谈起有关他上司的一则轶闻。他的上司在布尔战争①中双腿中弹，在原地躺了整整三十六个小时才获救。当时腿部中弹的人很多，因为布尔人的瞄准点很低。有些人不幸阵亡，秃鹰立刻集结在他们四周。只要受伤者还能动，不管多么吃力，秃鹰都不会近身。一旦他们无法动弹，眼睛就会被活活啄出。斯托克利的上司曾向他描述过当时眼看着秃鹰就在几英尺之外盘旋、自己却无能为力的绝望心情。

今晨，圣托里尼的双峰划破火红的黎明。罗德岛就在眼前。明天中午我们将抵达塞浦路斯。在那里我有一星期属于自己的时间，等候木炭车队于九月六日抵达贝鲁特。

---

① 布尔战争，布尔人为荷兰裔的南非人，曾于一八八○年至一九○二年与英国两度发生殖民战争。

塞浦路斯：凯里尼亚，八月二十九日

这座岛屿的历史实在太丰富了，丰富到给人某种心理负担。在尼科西亚，新的政府大厦取代了在一九三一年暴动①中遭到摧毁的旧大楼。大厦外置有一门加农炮，那是一五二七年英王亨利八世送给耶路撒冷的圣约翰修会的礼物。炮上镌有都铎王朝的纹徽。但是一九二八年为纪念英国统治五十周年所铸造的纪念币上，采用的却是狮心王理查②的徽饰，他于一一九一年征服此岛，并在此完婚。我在拉纳卡上岸。公元四十五年，保罗与巴拿巴③曾在几英里外登陆。拉撒路④长眠于拉纳卡。肯恩主教的两个侄儿伊恩和威廉也埋骨在此，他们分别死于一六九三年及一七〇七年。关于塞浦路斯的最早记载，首见于公元前一四五〇年的一则埃及人的记录。公元十二世纪末，吕西尼昂家族⑤的

---

① 长期致力于争取与希腊合并的希裔塞浦路斯人士，于一九三一年发起一连串反英暴动，结果两位塞籍主教和暴动首脑均遭递解出境，英政府开始以严法统治塞岛。

② 狮心王理查，即理查一世(1157—1199)，英格兰国王(1189—1199)，率领第三次十字军东征(1191)，成为后世传奇中的骑士楷模，返国途中被奥地利俘获，以重金赎身后再度加冕。后在反对法王腓力二世的战争中负重伤而亡。

③ 巴拿巴，塞浦路斯岛萨拉米斯地方人士，在公元四十五年与使徒保罗一道促使塞岛总督皈依基督教。

④ 拉撒路，《圣经》中的人物，耶稣曾使他从死里复活，参见《约翰福音》第十一及十二章。

⑤ 吕西尼昂家族，于十二世纪末从圣殿骑士团手中接下塞浦路斯的统治权，在为期三百年的统治期间，创造了塞岛史上文化最为灿烂的时期，然而对塞岛人民而言，这却是一段最屈辱卑微的时期，因为该家族的统治者极力压榨农民，并强迫属于东正教的塞浦路斯教会接受一位西方主教的管辖。

统治与璀璨文化使它名扬四海：许多背景迥异的作家争相为其国王彼得一世撰写专书，包括薄伽丘和圣阿奎纳①。一四八九年，卡特琳娜女王②将王权交给了威尼斯人，八十年后，最后一任威尼斯指挥官遭到土耳其人活活剥皮的酷刑。接着是三百年默默无闻的岁月，直到《柏林条约》③将它租借给英国。一九一四年，英国正式将之并入版图。

这里的景观较接近亚洲，不似其他希腊岛屿。地面因冲刷而泛白，仅偶一可见的葡萄园或黑色棕褐色的山羊，能为这单调贫乏的景色增添些许颜色。连接拉纳卡到尼科西亚的是一条干净的柏油路，两旁植满了木麻黄与丝柏。但强风使树木长不高，每天下午都会由海上吹来又强又热的疾风，推动附近无数具风车。这些薄铁片构成的骨架矗立在城郊的树丛中，它们集体发出的嘎嘎声构成岛上主要的声乐。远处山峦绵延不断。极目所见皆笼罩在一种特殊的青紫色光芒中，使四周的景物显得益发清晰，每一只漫步的山羊，每一株角豆树，在白垩土的衬托下，都是那么的突出，仿佛是自立体镜头中看出去的画面。

从纯欣赏的角度，这里的确很美，但要实际在这里生活，却是极为艰苦。这里连花也很少见，目前的季节里只有一种小日光

---

① 圣阿奎纳(1225—1274)，罗马天主教神学家兼哲学家，被公认为最伟大的思想家之一，著有《神学大纲》等书。
② 卡特琳娜女王(1454—1510)，吕西尼昂家族最后一任国王詹姆士二世的遗孀，威尼斯人。
③ 一八七八年英国在柏林会议上以防止俄国扩张为名，向土耳其租借塞岛。

兰,颜色是"灰色"的,其枝叶摇动时宛如摆动的幽灵,希腊人称之为"蜡烛花"。山峦的北面,介于尼科西亚与海岸之间的土地,就比较适于人居。这里的土壤是红色的,看来较为肥沃,山上的梯田种着角豆树。我经过时正是收割旺季,壮丁负责用长杆子打下果实,妇女把豆子装入袋中,再用驴子驮走。角豆主要供出口制成牛饲料。它的外观像干硬的香蕉,吃起来,我觉得像含有葡萄糖的门垫。

我去拜访尼科西亚总主教,请他写一封介绍信给基提①的教士。他的侍从十分冷漠,因为该教会正带头反英②,他们也无从知道我曾在英国的报纸上为他们的立场辩护。不过总主教本人虽然年高耳聋,却似乎很高兴有客人来访,并命秘书缮打信件。打好后,属下拿来一支已经沾好红墨水的笔,他依据五世纪时罗马皇帝芝诺赋予的特权,签下了"＋Cyril of Cyprus"(塞浦路斯领主)③。这项特权后来一直遭到该岛的俗世总督僭夺。土耳其总督这么做是为了激怒当地居民,英国总督则是为了美化自己的头衔。

---

① 基提,塞浦路斯岛东边的小镇,镇上教堂的镶嵌画是六世纪东罗马帝国时代的杰作。
② 塞浦路斯的希裔居民长期以来一直视希腊为母国,并在东正教教会的支持下极力争取与希腊合并,但遭岛内土裔居民反对,一九三一年支持合并的运动者引发一连串严重的暴动,英国殖民政府采取强力镇压,将两位塞籍主教和暴动首脑人物递解出境,并在岛内推行严法统治。
③ Cyril 在希腊文中有神授领主之意。公元四八八年,罗马皇帝芝诺赋予塞浦路斯教会独立于安提阿主教长的权力,自此之后,塞岛的总主教不但将这种独立自治的权力运用在宗教事务之上,更运用于政治之上,历代的总主教皆手执代表王权而非教权的权杖,并以象征帝王的紫色墨水署名。

今晨,我去贝拉帕斯看那里的修道院。我的司机顺道去探望住在附近村子的未婚妻。她和她的婶婶准备了咖啡和核桃蜜饯供我品尝。我们坐在阳台上,在一盆盆罗勒和康乃馨的簇拥下,望着下方的村落屋宇和远方的海洋。婶婶的儿子才两岁,不断推着椅子,口中高喊:"我是汽船,我是汽车。"等到真正的汽车载着我离去后,他失望得嚎啕大哭,直到山下都还听得到。

下午在城堡附近,有人指了一位头戴白帽、胡须斑白的绅士,告诉我那是杰弗里先生。由于他负责保管岛上的文物,我便主动上前自我介绍。他的态度十分保留。为改善气氛,我提到他写过一本有关凯里尼亚围城史的书。他回说:"我写过很多东西,没办法都记在脑子里。不过,你知道吗,有时候再翻开来看看,我发现它们都还'蛮有趣的'。"

我们继续走向城堡,看到一群囚犯正在努力地胡乱挖掘。我们出现时,他们已放下铲子,脱掉衣服,从边门跑出去,跳进海里,进行他们的午泳。杰弗里先生说:"很快活的日子。他们只有想休息的时候才来这里。"他拿出一张十三世纪的地基平面图,这些地基就是这些囚犯们挖掘出来的。他解说得口干舌燥,于是我们到他的办公室喝水。"水最糟糕的一点,"他说,"就是让人觉得好渴。"

凯里尼亚,八月三十日

我骑着一匹巧克力色、耳朵足足有十八英寸长的驴子,往位于山上的圣希拉里翁堡走去。我们把驴子和它的同伴,一只灰毛骡，一起拴在城墙上。灰骡背的是一只巨大的希腊双耳瓶，内装冷水，上覆角豆叶。陡峭的道路和阶梯带领我们穿梭于礼拜堂、厅房、水池与城楼之间，最后来到最高点的平台和建于台上的瞭望塔。在银光闪闪的悬崖峭壁及长不高的绿绒松树之下，山势陡降三千英尺，直达沿海平原。平原上一望无际的暗红土色，点缀着无数的小树丛和它们的影子。在六十英里外碧蓝大海的另一边，隐约可见到小亚细亚及托罗斯山脉的轮廓。有如此壮丽的景色为伴，就算是遭到围攻，也足堪告慰。

尼科西亚（五百英尺高），八月三十一日

"因故须延后一周定十四日抵贝城已知会克里斯多夫停驶非设备之过。"

于是我又多出一周时间。我打算去耶路撒冷。"设备"，我想是指以木炭为燃料的装置。想到字字千金的电报费用，我猜一定是该装置出了问题。否则，何必多此一举地加以否认呢？

多年前，在希腊驻伦敦公使馆里，有人介绍我认识一位身着长袍、神情紧张的年轻人，他的手里拿一杯柠檬汁。他是亚述教会的主教长马席孟①阁下，此刻他正流亡塞浦路斯，于是我利用

---

① 马席孟（1908—1975），是亚述教会，即所谓的东方教会的主教长，同时也是亚述人的主要领袖。亚述人在第一次世界大战期间曾支持英法等协约国对抗土耳其政府，并获得战后支持其建国的允诺，没想到战争结束后，英国基于自身的利益背弃诺言，将亚述人置于伊拉克的统治之下。一九一八年亚述人遭受库尔德领袖屠杀，一九三三年马席孟家族遭伊拉克政府流放至塞浦路斯，此即下文所谓英国外交背叛的背景。

今天早上到新月饭店拜访他。出现在我眼前的他,体格结实,蓄着胡须,身着法兰绒长裤,操着英国大学出身者特有的腔调(他是剑桥毕业的)跟我打招呼。我向他表示慰问,他则提到最近发生的一些事:"我曾向弗朗西斯·汉弗莱斯爵士①表示,巴格达的报纸几个月来一直在宣传要对我们发动圣战。我问他能否保证我们的安全,他说可以,等等。四个月前他们把我关进牢里,尽管大家都知道接下来的发展会如何,但他依然毫无动作。离开这里以后,我打算到日内瓦去陈情,等等。他们不顾我的抗议,硬用飞机把我送出来,但我可怜的子民怎么办,被强暴、被机关枪扫,等等,我不知道。"等等。

这是英国外交政策背叛史上的又一案例。它有终结的一天吗?亚述人固然不易于驾驭,但马席孟想要表达的是,英国当局明明知道,或是有足够的管道可以知道,伊拉克人打着什么算盘,但是却未采取任何行动以防患未然。我同意他的看法。

法马古斯塔,九月二日

此地有两个城镇:希腊人居住的瓦罗莎和土耳其人居住的法马古斯塔。中间连接着英国人居住的郊区,里面有政府办公室、英国俱乐部、一座公共花园、无数的别墅和我下榻的萨伏依饭店。法马古斯塔是旧城,城墙紧挨着港口。

如果塞浦路斯属于法国人或意大利人的,那么今天造访法

---

① 当时的英国驻伊拉克大使。

马古斯塔的观光船只就会像驶往罗德岛那般络绎不绝。在英国统治之下,那种刻意的非利士人①作风令游客裹足不前。哥特式的内城依然被城墙紧密包围着。任何人均可任意搭盖新屋来破坏内城的景观;新建物的肮脏污秽更甚于老房子;教堂被贫户占据;居民在碉堡上四处大小便;连城寨都被改成公共工程局的木工厂;想要进入宫殿非得穿过警察局才到得了——凡此种种均显示英国的统治尽管欠缺艺术修养,但至少不会把整座城市弄成像博物馆般死气沉沉。没有导游、推销风景明信片的小贩和其他靠游客维生之人,也是此地的优点之一。然而,两座城镇加在一起,能够说出每座教堂名称的,居然只有一位希腊裔的男教师,可是他的个性极为腼腆,连正常的交谈都办不到;而杰弗里先生所写的那本可以让游客了解本地历史与地理的著作,得到四十英里外的尼科西亚才买得到;除了大教堂之外,其他教堂总是大门深锁,至于钥匙,就算追踪得到它们的下落,也是由不同的官员、教士或获准使用的家庭所保管,而这些人通常不住在法马古斯塔,而是住在瓦罗莎;如此待客之道连我都觉得太过分了,尽管我略通希腊文——这是大多数观光客没有的能力——又花了三个整天的时间,却还是完成不了一趟建筑之旅。这种漠不关心的现象本身,对有心研究大英国协的学者可能是个有趣的主题。但这种趣味不足以吸引一船船高消费力的观光客。对

---

① 非利士人,非利士为《圣经》中提及的巴勒斯坦西南海岸古国,此词后衍生为"平庸的、无教养的"等意。

他们而言,这里只有一处值得一游的景点:奥赛罗之塔①。那是个荒谬的传说,而且是在英国占领之后才出现的。然而不但出租车司机言之凿凿,连政府都在塔上挂了一个牌子,好像它是一个"茶水间"或"男厕所"。它是政府或任何人唯一能提供的指标。

我站在马丁嫩戈碉堡上,这是一座巨大的土垒,石块砌的墙面,外环以由岩壁凿就的护城河,深达四十英尺,海水一度可直接流进来。两条地下马车道如肠子般蜿蜒于这座山形堡寨的内部,然后从我的脚下突出。碉堡往左右两边延伸成包围全城的胸墙,中间穿插着一座座粗大的圆塔。前方是一片荒地,一名身着灯笼裤的土耳其人正领着一群骆驼穿越其间。两名土耳其妇女占据了一小块洼地,她们正在无花果树下烹煮食物。城镇在他们的身后展开,各式各样的小屋混杂在一起,有的是土造的,有的是盗取古迹石材建成的,也有些新砌的红顶白墙小屋。没有任何规划,也没考虑过优美舒适之类的问题。棕榈树夹杂在房舍之间,四周环绕着公共菜园。一座哥特式大教堂在繁复的雕饰与飞扶壁的簇拥下,耸立于这团混乱当中,它的橙黄色石材,划破了由碧海蓝天构成的统一色调。沿着左边的海岸线下去,是一条淡紫色的山脉。有一艘船正离开港口朝山脉驶去。一辆牛车出现在我的脚下。那队骆驼躺了下来。一位粉红洋装、阔边软帽的女士,正站

---

① 奥赛罗之塔,位于法马古斯塔港边的一座中世纪堡垒,这里的奥塞罗指的是一五〇六年的威尼斯总督,而非一般讹传中的莎士比亚《奥赛罗》一剧的主角。

在邻塔的塔顶,深情凝望着尼科西亚的方向。

拉纳卡,九月三日

　　这里的旅馆不够水准。其他地方的旅馆都很干净、整洁,而且最重要的是,便宜。这里的东西也不好吃;不过即使被英国人占领,希腊的烹调技术也没因而变得更糟。有些葡萄酒倒不错,水质也甜。

　　我开车到八英里外的基提。那里的教士和执事人员都穿着灯笼裤和长筒靴,他们以谨慎的态度接下总主教的信函。他们领我进教堂,教堂内的镶嵌画美不胜收,其技法在我看来应属十世纪,但有些人认为那是六世纪的作品。圣母玛利亚的袍子是深紫色,几近于木炭的色泽。她旁边的天使则穿着白、灰及暗黄色的打折衣衫;他们的炫丽翅膀呼应着手中所拿的绿球。脸部及手脚所使用的嵌块比其他部分小。整体的构图极富韵律。由于人物的尺寸不会超过真人大小,加上教堂又相当低矮,因此可以凑近到只隔十英尺的距离细细欣赏拱顶上的这幅杰作。

"玛莎·华盛顿号",九月四日

　　我看到克里斯多夫站在码头,脸上的胡子已五天未刮,虽不服帖,但还相当整洁。他没有接到木炭车队的任何讯息,但对耶路撒冷之行倒是十分期待。

　　船上有九百名乘客。克里斯多夫带我参观了三等舱。如果这里面关的是动物,肯定会有热心的英国人去向皇家保护动物协会(R.S.P.C.A.)检举。不过三等舱的票价低廉;至于那些犹太乘客,大家都知道他们并不是负担不起更高的票价,而只是不想要。头等舱的情况也好不到哪里去。我跟一位法国律师同房,他的瓶瓶罐罐和服饰行头把房里堆得水泄不通。他跟我大谈英国各地的教堂。达勒姆大教堂①值得一看。"至于其他的,老兄,根本只有铅管工的水准。"

晚餐时,我发现邻座是个英国人,我问候他一路可好,想借此打开话匣子。

他回答说:"很好,我们一路都很顺利。神恩一直眷顾着我们。"

一名面带倦容的妇人,拉着一个不听话的孩子经过我们面前。我说:"看到带小孩旅行的妇女,我总是为她们感到难过。"

"我不同意你的看法。对我而言,孩子就像阳光般闪耀。"

后来我看到这位仁兄坐在凉椅上读着《圣经》。他就是新教徒所谓的传教士。

巴勒斯坦:耶路撒冷(二千八百英尺高),九月六日

一个尼加拉瓜麻风病患者在任何英国托管地港务局所受到的待遇,可能都比我们昨天的遭遇要好。他们于清晨五点登船。

---

① 达勒姆大教堂,达勒姆为英格兰东北部城市,该城的大教堂始建于一〇九三年,以精美的雕刻圆柱和礼拜堂闻名,该地的主教一直是北英格兰的精神及政治领袖。

在排了两小时的长龙之后,他们问我,你没有签证怎么能上岸,更何况你的护照上连准许前往巴勒斯坦的批文都没有。我说签证我可以花钱买,并向他解释这种批文制度只是我们外交部不正直行为的许多活生生的例子之一,跟护照是否有效一点关系也没有。这时候,另一个多事者发现我去过俄罗斯。什么时候?为什么要去?噢,是去玩吗?好不好玩?这次又要去哪里?去阿富汗?干吗?又是去玩,真的。他一定认为,我正在进行环游世界之旅。后来克里斯多夫的外交签证吸引了他们全体的注意力,结果竟忘记给他一张登陆卡。

有一群人吵嚷不休地堵在舱门口。从外表上,我们可以在犹太人中间看到全世界最有教养和最粗鲁的代表。这群人正是最粗鲁的那种。他们推挤、尖叫、怒目而视,而且浑身恶臭。有个男子已苦等了五小时,忍不住哭了起来。眼看着犹太拉比也无法令他平静下来,克里斯多夫便从酒吧窗口递给他一杯威士忌加苏打。他不肯接受。我们的行李被一件件移到小船上,我跟着上了小船。不过克里斯多夫得回去拿登陆卡。当我们通过构成雅法"港"的暗礁区时,碰上了汹涌起伏的波涛。我扶着一位晕船的妇女。她的丈夫一边忙着照顾小孩,另一只手还得捧着一盆长得很高的婆婆纳属植物。

"请往上走!"汗流浃背、乱成一团的群众分作两行。半小时后我终于见到医生。他抱歉耽搁了一点时间,未做检查便给我一张体检证明。回到楼下,船夫向我们收钱。我们两个人加行李一共是一镑二先令。"你写书吗?"海关人员问我,好像嗅出我是某个身怀应税猥亵作品的作家。我说我不是那个拜伦爵士，请他继续他的查验工作。最后我们找到一辆车，我们放下车篷以示对圣地的敬意，然后启程前往耶路撒冷。

大卫王大饭店是上海以西全亚洲唯一的一家好旅馆。我们珍惜住在里面的每一刻。饭店的整体装潢和谐而简洁，几近朴素。但是挂在大厅里的这则告示给人的感觉却非如此：

耶路撒冷大卫王大饭店内部装潢告示

我们希望借着重现古代犹太建筑风格，来唤起对大卫王那个辉煌时代的记忆。

由于完全忠实的重建并不可行，于是设计师尝试自不同的犹太传统风格中，截取适合现代口味者。

门厅：大卫王时期（受亚述人影响）

大厅：大卫王时期（受西台人影响）

阅览室：所罗门王时期

酒吧：所罗门王时期

餐厅：希腊——叙利亚风格

宴会厅：腓尼基风格（受亚述人影响），等等。

G.A.胡契米德
瑞士工艺美术协会装潢师
日内瓦

耶路撒冷景观之秀丽可媲美托莱多①。整座城市坐落在深谷之上一块由雉堞城墙包绕的岩质台地上,群山环拥,处处可见巨大的圆顶与高塔。一直到远方的摩押山丘(hills of Moab)为止,这一带的等高线分布就和自然地理地图上的如出一辙,一圈圈的曲线非常有规则地沿着山坡循序而上,在陡峭的山谷中投下巨大的阴影。土地与岩石反射出火蛋白石般的光芒。如此的都市设计,无论是刻意安排或无心插柳的结果,均称得上是艺术杰作。

仔细看去,这里有许多连托莱多都无可比拟的地方,像是陡峻弯曲、铺有鹅卵石宽面台阶的狭窄街道,即使只有一匹骆驼从中经过,也得像巴士驶进英国小巷那般大费周章。从日出到日落,在熙来攘往的大卫王街上,放眼望去仍是一片"东方"景象,尚未遭到西服及角框眼镜的流风所影响。这边有沙漠阿拉伯人,蓄着零乱的小胡子,穿着他那镶有金线的宽大骆驼毛袍子四处游走;有脸上刺青的阿拉伯妇人,一身绣花服饰,头顶着篮子;有伊斯兰教士,留着修剪整齐的胡须,毡帽上缠着雪白的头巾;有正统犹太人,鬈发、小圆帽及黑色罩袍;有希腊正教的教士和僧侣,长须、梳髻,戴着烟囱形的高帽;还有来自埃及、阿比西尼亚②和亚美尼亚的教士和僧侣们;穿棕色袍子、戴白色遮阳帽的是拉丁神父;伯利恒妇人白色面纱下向后斜梳的发式,据说是诺曼王国的遗风;在这习以为常的景观中,偶尔会出现穿着西装棉

---

① 托莱多,西班牙中部古城,三面环河,是西班牙首屈一指的历史与文化重镇,城内保有亚伯拉罕诸教的经典教堂与建筑。
② 阿比西尼亚,东非国家埃塞俄比亚的旧称。

衫、身背相机的观光客。

然而耶路撒冷不只是景色出众,也不仅是诸多东方城市的翻版。这里或许肮脏污秽,却见不到砖头、灰泥,也没有崩塌或褪色的颓象。所有的建筑物都是石造的,一种宛如乳酪般的白色石材,光洁亮丽,在阳光的照耀下,反射出层次丰富的温润金光。这里没有神秘浪漫的气息。一切都是开放而和谐。幼年时期深植于脑海中有关历史与信仰的种种联想,在身历其境的这一刹那,一一消解。自然流露的信仰,犹太教徒与基督教徒的哀歌以及伊斯兰教信徒对圣岩的膜拜,在在皆使得此地的氛围不带有一丝神秘气息。那是真情的表露,迷信般的崇敬仪式或许有助于维系信仰,但信仰本身并不需要迷信。它的慈悲是赐予百夫长而非教士僧侣的。只见百夫长们又来了。这回他们穿着短裤,戴着遮阳帽,交谈时操的是约克郡口音。

如此明亮耀眼的环境,让圣墓教堂显得更加寒碜。它的晦暗更甚实际,它的建筑更显简陋,对它的崇拜也益发低降。来此的访客总是在心中交战不已。装作无动于衷,未免傲慢自大;故示虔诚,又有虚伪之嫌。真是左右为难。不过我躲过了这场困难的抉择。我在入口处碰到一位朋友,他教会我怎样适应这座圣地。

我的朋友是个身穿黑袍的僧侣,短须长发,头戴圆筒高帽。

"幸会,"我用希腊语说,"你是从阿索斯山[①]来的吧?"

---

① 阿索斯山,位于希腊北方,以众多的东正教修道院闻名,有"圣山"之称。

"不错,"他回答道,"我来自多契亚理欧修道院。我叫加布里尔。"

"你是亚理斯塔修斯的兄弟吗?"

"是的。"

"亚理斯塔修斯已经过世了吗?"

"是的。可是你怎么会知道?"

我在另一本书中曾提过亚理斯塔修斯。他是阿索斯山众修道院中最富有的瓦托匹迪修道院的僧侣。当我们在圣山上经过五星期的长途跋涉,终于饥寒交迫地抵达瓦托匹迪时,照顾我们的正是亚理斯塔修斯。他曾在英国游艇上当过仆人。每天早上他都会问我们:"先生,您今天打算几点钟用午餐?"他年轻、勤快、实际,完全不适合修道这一行,而且他下定决心如果能存够钱,就要移民到美国。他讨厌那些年长的僧侣,他们总是百般羞辱他。

在我们造访后的一两年,有一天,他弄到一把左轮枪,然后对那些老爱欺侮人的老家伙开了几枪。传说是这样的。不过可以确定的是,他后来举枪自尽了。从外表上看,再没比亚理斯塔修斯更神志清醒的人,不过当地社群都觉得这起悲剧是一大耻辱,没有人愿意提它。

"亚理斯塔修斯脑袋开花了。"加布里尔一面说,一面轻敲着自己的头。我知道加布里尔对修士这一行甚为满意——因为亚理斯塔修斯告诉过我——他认为自己兄弟的暴力行为只能归因于精神错乱。他接着改变话题,问道:"这是你第一次来耶路撒冷吗?"

"我们是今天早上到的。"

"我可以带你们四处逛逛。昨天我已经去过圣墓。明天十一点还要再去。请这边走。"

我们进入一个宽阔的圆形房间,有一般教堂那么高,一圈粗大的柱子撑起浅浅的圆顶。空荡荡的地板中央立着神龛,这是一座迷你教堂,看似旧式的火车引擎。

加布里尔问:"你上次到阿索斯山是什么时候?"

"一九二七年。"

"我记起来了。你到过多契亚理欧。"

"是的。请问我的朋友希尼西欧斯近来可好?"

"很不错。可惜他还太年轻,当不上长老。请进来这里。"

我发现自己置身于一间大理石小室,内部的雕刻是土耳其巴洛克风格。三名跪立在地的方济会修士阻住通往内殿的通道。

"你在多契亚理欧还认识哪些人?"

"我认识法兰克福。他还好吧?"

"法兰克福?"

"法兰克福,希尼西欧斯的猫。"

"哦,他的猫……别管那几个人;他们是天主教的。那是只黑猫——"

"对,而且活蹦乱跳的。"

"我知道。我们到了。小心头。"

加布里尔越过那群方济会修士,仿佛他们是一堆杂草,然后屈身走进一个三英尺高的洞穴。我跟着进去。内殿约七平方英尺。一块低矮的石板上,跪着一名进入冥思境界的法国妇人。她身旁站着另一位希腊僧侣。

加布里尔对他的同道说:"这位先生到过阿索斯山。"对方伸手越过那名法国妇人与我交握。"他六年前去过,而且还记得希尼西欧斯的猫。……这就是圣墓。"——他指着那片石板——"我明天整天都在这里。你一定要来看我。这里面有点挤,对不对?我们出去吧。我再带你们到其他地方看看。这块红色石头是当年清洗尸身的地方。有四盏灯是希腊教会的,其他是天主教和亚美尼亚的。髑髅地在楼上,请你的朋友上来。这边属于希腊正教,那边是天主教的。不过这些是希腊祭坛前的天主教,因为髑髅地在这里。你看那十字架上的铭刻。上面镶的是真钻石,是俄国沙皇奉献的。再看这座圣像。天主教徒常奉献这些东西给她。"

只见加布里尔指着一个玻璃盒子。里面是一尊圣母玛利亚的蜡像,上面挂满链子、手表、坠饰,足可媲美当铺的摆设。

我故意告诉加布里尔:"我朋友是个天主教徒。"

"噢,是吗?那你呢?是新教徒?还是什么都不信?"

"我想既然在这里,就应该信希腊正教。"

"我会告诉上帝的。看到那两个洞没?当年他们把耶稣放进洞里,一边一脚。"

"这在《圣经》中提到过吗?"

"《圣经》中当然有记录。这个洞穴是耶稣头骨的所在地。地震震裂石块的地方就在这里。我住在萨摩斯的母亲生了十三个孩子。

如今只剩在美国的一个兄弟,在君士坦丁堡的一个姐妹,跟我三个。那边是尼哥底母的墓,那是亚利马太人约瑟的墓①。"

"那两个小墓又是谁的?"

"里面葬的是亚马利太人约瑟的孩子。"

"我还以为亚马利太人约瑟葬在英格兰。"

加布里尔笑而不语,仿佛是说:"骗乡下人吧。"

接着他说:"这是亚历山大大帝驾临耶路撒冷时,先知前往迎接的画像。我忘了是哪个先知。"

"亚历山大真的来过耶路撒冷?"

"当然。我绝对不会骗你。"

"对不起,我以为那只是传说。"

我们终于重见天日。

"如果你后天来看我,就会看到我再度出墓。我要在圣墓中过夜,早上十一点出墓。"

"可是你不会想睡觉吗?"

"不会。我不爱睡觉。"

其他的圣地遗迹还包括哭墙及圣岩圆顶寺。来此悼谒的犹太人,或是对着《圣经》频频点头哀鸣,或是使劲把头挤进庞大的石墙罅隙中,他们不比圣墓中的信徒更吸引人。但至少这里阳

---

① 尼哥底母与亚利马太的约瑟皆为《圣经》中的人物,耶稣被钉十字架后,尼哥底母带着没药和沉香涂抹耶稣的身体,并与约瑟一起将耶稣埋葬,参见《约翰福音》第三、七及十九章。

耶路撒冷：圣岩圆顶寺

光普照，光明耀眼，而哭墙本身也可媲美印加文明的城墙。圣岩圆顶寺遮蔽了下方的悬崖峭壁，先知穆罕默德就是从这里升天的。听了这么多对耶路撒冷的赞颂之词，如今我们总算来到一处令它名不虚传的古迹。这里的白色大理石平台，面积广达数英亩，可眺望城墙及橄榄山，从不同方向经过拱门开道的八层阶梯，便可爬上平台。平台中央有一座与四周空间不成比例的低矮八角形建筑物，上面镶着闪闪发亮的蓝色瓷砖，八角形建筑物上是用蓝色瓷砖围成鼓座，宽度只有八角形的三分之一。鼓座上是一个略呈球状的圆顶，覆满古老的炫目镀金。旁边还有一座由列柱支撑的八角亭，仿佛是大八角形的小孩，亭下有一方泉水。圆顶寺的内部看得出希腊的影子：例如大理石列柱和拜占庭风格的柱头，金色马赛克的圆顶，加上阿拉伯式的旋转图纹，这一定是希腊工匠的杰作。锻铁屏幕则是基督教留下的遗迹，当年十字军曾将此地改为教堂。它最初是建于七世纪的一座清真寺，但目前的外观却是上千年累积的成果。就在最近，拜占庭式的柱头才刚重新涂上过于耀眼的金粉。过些时候，色泽会自然一点。

我们第一次看到这座清真寺时，已过了开放时间，但是从大卫王街底的入口处望进去，仍可略窥一二。一名阿拉伯人突然挡在我们前面，开始述说起来。我说我现在只想"看一看"这座寺庙，明天再听解说；可不可以请他行行好让开一点？他回答说："我是阿拉伯人，爱站在哪里就站在哪里。这是我的清真寺，不是你的。"阿拉伯人这样的待客之道真是不敢恭维。

当天傍晚我们前往伯利恒。抵达时天色已晚,感受不出大教堂那一排排列柱有多壮观。这里的导游简直比圣墓那里的更让人厌烦。我留下克里斯多夫一人参观马槽,或是其他导游想介绍的地方。

耶路撒冷,九月七日

我坐在圣岩圆顶寺庭园中的橄榄树下,有个阿拉伯男孩跑来一块乘凉,一面大声朗诵课文,听起来是英文课文。"海湾和孩价,海湾和孩价,海湾和孩价。"他一遍又一遍地念着。

我打断他说:"是海岬不是孩价,你的重音不对。"

他改变念法,但终究还是不正确。"海湾和海——价,海湾和海——价,海湾和海——价……"他说他的美劳成绩是全班第一,将来想到开罗去学画,当个艺术家。

斯托克利昨晚请吃饭,席间与两位阿拉伯宾客倒是很谈得来。其中之一过去曾在土耳其外交部工作,认识凯末尔①及其高堂。战争爆发时他正在萨罗尼加②担任领事,被萨拉伊③驱逐到土伦④——其实没有必要如此麻烦,因为那里距土耳其边界这么近,害得他平白损失了所有的家具和家当。话题又转到犹

---

① 凯末尔(1881—1938),土耳其国父,土耳其现代化的推动者。
② 萨罗尼加,希腊北部城市,位于保希边界,第一次世界大战前协约国为协助塞尔维亚曾在此建立萨罗尼加战线(1915—1918)。
③ 莫里斯·萨拉伊(1856—1929),法国将领,萨罗尼加战线的指挥官。
④ 土伦,法国南部港口。

太领袖阿洛索若夫身上,他与妻子一起在雅法的海滩上散步时遭射杀。凶手据说是犹太修正主义分子,这个极端党派想要赶走英国人,建立犹太国。我不知道他们觉得一旦英国人走后,阿拉伯人会允许任何一个犹太人存在多久。

今晨,我们应巴勒斯坦犹太人事务局①的主要演出者约书亚·戈登先生之邀,到特拉维夫做客。在其办公厅里,克里斯多夫因为其父的关系颇受礼遇②。厅内墙上挂着犹太复国主义诸使徒的画像:贝尔福、塞缪尔、艾伦比、爱因斯坦和雷丁③。此外还有一幅地图,按照年代——重现这个地方如何从仅有三千居民的困苦乌托邦演变成拥有七万民众的兴旺小区的过程。在巴勒斯坦饭店,我用阿拉伯人的论点来试探戈登先生。他嗤之以鼻。他说政府已经设立委员会来照顾失去土地的阿拉伯人,结

---

① 巴勒斯坦犹太人事务局,一九二九年在国际联盟的支持下,由英国成立的一个代表巴勒斯坦犹太社群的组织。该机构的半数成员皆来自巴勒斯坦之外,由世界犹太复国组织提名。他们不只负责犹太人屯垦事务,也处理犹太人的移民和投资事宜,并致力于阻挠英国政府成立类似的阿拉伯人机构。当以色列独立政府在一九四八年成立之际,其官员主要来自该机构。
② 克里斯多夫的父亲即在中东鼎鼎大名的英国外交官马克·赛克斯爵士(参见本书第三十三页注①)。
③ 贝尔福(1848—1930),英国政治家及外交家,一九一七年担任外相期间,发表了著名的《贝尔福宣言》,允诺英国政府将全力协助犹太人在巴勒斯坦重建民族家园。塞缪尔(1870—1963),英国政治家,第一任巴勒斯坦高级专员(1920—1925)。艾伦比(1861—1936),英国陆军将领,第一次世界大战期间率领英国远征军将土耳其人赶出巴勒斯坦并收复耶路撒冷。雷丁(1860—1935),犹太裔英国政治家,曾任英印总督。

果只找到数百人。此外,外约旦区的阿拉伯人也恳求犹太人到那里去开发他们的国家。

我问道,为了将来的和平着想,安抚阿拉伯人就算会造成本身的不便,难道对犹太人没有任何好处。戈登先生说没有。阿拉伯人和犹太人唯一可能达成谅解的基础是共同反对英国人,但犹太领袖不会赞成这一点。"如果国家想要发展,阿拉伯人就一定得受苦,因为他们不喜欢进步。这就是结论,没什么好说的。"近来,这些沙漠子民已听过够多的争辩。我觉得谈谈他们不断扩大的预算——那是目前世上唯一有增加的——并恭喜犹太人,会让大家心情愉快些。意大利人是戈登先生的另一个痛。不久前,他和其他人想在英国和巴勒斯坦之间开辟一条航线,使邮件不必借由意大利船只运送。后来因得不到英方合作而作罢。意大利人向所有巴勒斯坦人提供罗马的免费就学,还有减价优待的船票。虽然每年只有大约两百人前去,但戈登先生只要想起任何人有意到伦敦留学,即使是自费都会遭遇到种种困难,就满腹牢骚。

参观过橘色地带和歌剧院后,我们去死海边游泳。突然,我们看到"意大利号"上的阿伦森先生从海滩的拥挤人群中走了出来。"嗨,嗨,你们也在这里?每年这个时候耶路撒冷都死气沉沉的吧?不过我明天会去。再见。"

如果特拉维夫在俄国,全世界都会为它的规划建筑、和乐安详、对知识的追求以及充满朝气的精神赞誉不已。但此地跟俄国不同的是，这一切不是有待追求的目标，而是既成的事实。

耶路撒冷，九月十日

昨日我们与基什上校共进午餐。克里斯多夫率先走进餐厅。基什上校欠身让我先行，还说："我看得出来，你是马克·赛克斯爵士①的公子。"之所以会有这种误会，我们猜，是因为他相信没有一个出身这种家族的英国人会留着一脸胡子。进餐时，主人告诉我们，费萨尔国王②已于瑞士逝世。墙上挂着一幅很不错的耶路撒冷图，是鲁宾所绘，戈登先生很希望我们在特拉维夫时能去拜访他，可惜他不在。

我到旅馆对面的基督教青年会（YMCA）游泳。要进去必须付二先令，还得经过体检，然后在一堆毛茸茸、有大蒜味的盆栽间更衣，最后是冲热水澡和一场激烈的言语冲突，因为我拒绝用杀菌肥皂擦身。我终于来到池边，才游了几码，就被体育教练正在指导的水球比赛打断。起身时，身上浓浓的消毒药水味，逼得

---

① 马克·赛克斯爵士(1879—1919)，英国外交官，曾于一九一六年与法国外交官皮科签订所谓的《赛克斯—皮科协定》，划分英法两国在奥斯曼帝国近东地区的势力范围，该协议因为违反英国政府与阿拉伯各势力间的承诺，使得当时已极纷乱的局势更为复杂。

② 费萨尔国王(1885—1933)，汉志统治者侯赛因之子，曾协助"阿拉伯的劳伦斯"(1888—1935)于一九一六年发动阿拉伯叛变，此过程劳伦斯将之记录成书，名为《智慧七柱》。后在英国的支持下即位伊拉克国王，并在一九三〇年为伊拉克争取到完全的独立地位及国际联盟的会员国身份。

我不得不赶回去洗个澡,才能外出晚餐。

我们与高级专员一同用餐,实在再高兴不过。席间没有那些很适于大型宴会却会让小型聚会分外尴尬的繁文缛节。事实上,要不是有阿拉伯仆人在,我们简直就像是在英国的乡间宅邸进餐。彼拉多①当年是否也曾让他的宾客想起意大利的乡绅?

我们回去时,饭店正在举行舞会。克里斯多夫在酒吧里遇到同学,对方请他看在母校的分上,把胡子剃掉。"我的意思是,赛克斯,你铁定知道,不,我不想那么说,哦,我的意思是,别说了,我不想说得太明,老兄你知道,我是说假使我是你,我一定把胡子剃掉,因为别人铁定会认为,你知道的,我是说,不,我真的不想说,我绝对不能,那么说有欠厚道,铁定不厚道,不过如果你真心想知道,是你逼我说的,就是说,别人或许会认为你是个流浪汉,你知道,铁定不会错的。"

大家都上床后,我去了旧城。街道笼罩在雾中,像极了十一月的伦敦。在圣墓教堂中,一场希腊正教的仪式正在墓石上举行,并有俄罗斯村妇组成的唱诗班献唱。她们的歌声改变了一切,现场顿时显得庄严肃穆。此时胡须斑白的主教,头戴镶钻大冠冕,身穿刺绣斗篷,由神龛的门口步入微弱的烛光中。加布里

---

① 彼拉多,判耶稣死刑的罗马驻犹太总督。

尔也在场,礼拜完毕后,他带我挤进圣器收藏室,跟年高德邵的主教及宝物共饮咖啡。我回家时已三点半了。

叙利亚:大马士革(二千二百英尺高),九月十二日

　　东方原始的骚攘情景就在眼前。从我房间的窗户望出去,是一条狭窄的碎石路,路上人家烹煮食物的香味,被突然吹来的一阵冷空气打散了。黎明时分,对面清真寺的小叫拜塔上,叫拜人正以高亢奇异的呼喊声提醒祷告的时间到了,远方清真寺的呼喊声也此起彼落,人声开始骚动。小贩的叫卖声和牲口的蹄声很快就会传来。

　　我很遗憾,必须离开巴勒斯坦。能有幸造访这样的地方实在不虚此行。壮阔的自然景观,名不虚传的首都,加上发达的农业和急速增加的所得,还有值得骄傲的现代本土文化,以及人才辈出的画家、音乐家和建筑师,政府则像勤政爱民的庄园领主般照顾他的子民。即使不是犹太人也看得出来,这些成绩应归功于他们。犹太人正不断涌进巴勒斯坦。去年获得移民许可的只有六千人,但实际进入的有一万七千人,多出来的一万一千人是由无法看守的边界偷渡进入。一旦抵达巴勒斯坦,他们就把护照丢弃,如此当局便无法驱逐他们出境。但是他们显然也有生存的本钱。他们有进取心、毅力、一技之长和资金。

　　但是这片美景却笼罩在阿拉伯人敌意的阴影下。就一个肤浅的旁观者看来,政府似乎对阿拉伯人的忿忿不平曲意迎合,这等于是助长他们的不满情绪,然而阿拉伯人却不领情。阿拉伯人痛恨英国人,绝不会放过任何向英国人发泄怒气的机会。我不了解政府为什么如此纵容他们,他们不像印度人那样有肤色可作借口。

昨晚在此地晚餐时,克里斯多夫正在大谈波斯,他发现同桌有人正盯着我们看。突然,他听到对方在用波斯话交谈。他一面回想,一面轻声问我,刚才有没有说出对波斯国王或波斯不敬的内容。我们几乎到了神经紧张、动辄得咎的地步。尼科尔森夫人①告诉英国大众,她曾在德黑兰因为买不到橘子酱而引发了一场外交事件。

大马士革,九月十三日

倭马亚清真寺虽在一八九三年因一场大火而经过大幅翻修,但其历史可追溯到八世纪。它那宏伟的拱廊,其完美的对称比例以及充满伊斯兰教朴素风格的庄严节奏,足可媲美威尼斯的圣索维诺图书馆。最初,在它朴素的墙面上覆有闪闪发光的镶嵌画。如今有一些还保留着:可谓欧洲传统风景画的最早源头。画中所展现的庞贝式写实风格,列柱宫殿与巉崖包围的城堡,在在显示出这些镶嵌作品不仅是装饰,更是不折不扣的风景画,以树木或

---

① 尼科尔森夫人,应指英国外交家哈罗德·尼科尔森(1886—1968)的夫人。尼科尔森在外交界待了二十年,曾驻马德里、德黑兰和柏林,写了超过一百二十五本书。

河川的流动宣泄内在的种种限制。这些想必是希腊人的作品,而且绝对有资格称得上是格列柯①的托莱多风景画的老祖宗。即使到了今天,当阳光映照在外墙的残壁上,我们似乎仍可看见当年那一幕幕取材自阿拉伯故事的神奇画面所反射出的金绿光芒,那份华丽璀璨,仿佛是对漫无边际的枯黄沙漠的一种补偿。

贝鲁特,九月十四日

我们跟别人共乘一车来到这里。与我们一起坐在后座的是一位大块头阿拉伯男士,身穿黑底黄条纹的长袍,活像一只大黄蜂,膝上放着一篮蔬菜。前座是个阿拉伯寡妇,也带着一篮蔬菜和一名小男孩。每隔二十分钟她就会探出车窗呕吐一次。有时我们会停下来,碰上没停的时候,她吐出去的东西就会由另一个窗子飞进来。那三个小时真不好过。

邮局送来报道木炭车队出发的剪报。连《泰晤士报》都登了半栏。《每日快报》报道说:

> 昨晚有五名男子自伦敦西区某旅馆出发,展开秘密探险行动。这有可能成为有史以来最浪漫的一次探险。

---

① 格列柯(1541—1614),西班牙最重要的画家之一。在希腊克里特岛出生并习画的背景,使格列柯的画作充满浓郁的拜占庭僧侣传统。自由而强烈的情感张力是格列柯画作的特色,他绘有两幅著名的托莱多风景画,一幅是以地图(即平面图)为蓝本,一幅是惊异恐怖的暴风雨景象。

他们由伦敦前往法国马赛及撒哈拉沙漠,再下去就不太有人知道他们的目的地为何。

若提早宣布此行,可能引起严重的政治后果。

……

这五人将驾驶两辆由可携带式瓦斯装置推动的货车,使用的燃料是一般木炭,每隔五六十英里才需要重添燃料。这项新发明此次是首度使用,不过将来很可能普遍运用于所有的道路交通。

发现自己的名字与这种报道连在一起,实在不是滋味。

如今我们正等候"香波里昂号"的到来,以及船上的汽车和宴会。

贝鲁特,九月十六日

我不祥的预感应验了。

天刚破晓时我便登上"香波里昂号"。戈德曼?亨德森?两辆卡车?没有人看到过或听说过他们。好在卢特在船上,他带给我们荒谬而凄惨的消息。

那两辆车在法国的阿布维尔抛锚了。原本可以用汽油继续行驶,但是他们却悄悄驶回英国,等待新发明经过改良后再次出发。预定时间为一个月左右,但这次不会让媒体得知。为免我也回到伦敦,因而使车队失败的消息曝光,他们先派卢特护送我安全进入波斯。我就这样无缘无故地被赋予要挟别人的品格及权力。

今天我们把大部分时间都花在海上,以平复震惊的情绪。我们也订好周二开往巴格达的奈恩巴士的座位。

奈恩先生傍晚亲自过来小酌,也问到木炭车队的情形。他对于这次的新发明和许多类似的设计相当清楚,对它是否能够成功并不看好,而我们就算再有信心也反驳不了他。他的普尔曼新巴士的照片,已轰动叙利亚全国,预定十一月交车。

大马士革,九月十八日

自从我们抵达这一带海边之后,克里斯多夫和我就发现,每样东西的价钱,不论是豪华套房或一瓶汽水,都可以打对折,只要肯开口杀价。我们讨价还价的技巧在巴尔贝克①找旅馆时应用得挺不错。

"那间房间要四百皮阿斯特②?你是说四百?老天爷!走

---

① 巴尔贝克,黎巴嫩东方的村庄,以该村西北的罗马神殿遗迹闻名。公元一世纪罗马人在该地的卫城进行了一项巨大的工程,包括两座神殿、两座庭院以及由巨石建成的围墙。其中最著名的是朱庇特神殿南侧的六根廊柱。
② 皮阿斯特,埃及、叙利亚、黎巴嫩、苏丹等国辅币名,一百皮阿斯特相当于一英镑。

吧！叫车子。三百五？你是说一百五吧。三百？你是聋子，听不清楚吗？我说一百五。不然我们就走了，还有别家旅馆。来，把行李摆回去。我看我们根本不该待在巴尔贝克。"

"可是，先生，我们是第一流的旅馆。我给你们丰盛的晚餐，五段式套餐。这是我们最好的房间，有浴室，还可以看到废墟，很棒的。"

"老天爷，难道那些废墟是你们的？还要我们付钱？五道菜的晚餐太多了，而且我看浴室也不能用。你还是要三百？减一点吧，一点点。两百五，有进步。我出一百五。我再加到两百。另外那五十你自己掏腰包，好不好？就这样说定，拜托。我会很高兴的。那就两百了？不行？好。（我们跑下楼梯，走出那家旅馆。）再见。什么？我没听清楚。两百。我说嘛。"

"现在，来一杯威士忌，一杯汽水。要多少钱？五十皮阿斯特。要五十。你把我们当成什么？不管怎么说，你每次威士忌都倒得太多。我只出十五，五十就免谈。别笑，也别走开，我就只要这么多威士忌，不多不少，那只有半杯的量。你说要三十？五十的一半是三十吗？你会不会算算术？对，还有汽水。二十，不，不是二十五，是二十。这中间有很大的差别的，你知不知道？赶快把瓶子拿来，别再啰嗦。"

在进五段式晚餐时，我们恭维此人的一道美味禽类。

他回答："这是鹌鹑，先生，我把它们养在小屋子里。"

进入废墟,每人每次要五先令门票。在我们打电话到贝鲁特并获得减价的优惠之后,我们走到对街开始参观。

"要导游吗,先生?"

没有反应。

"导游,先生?"

没有反应。

(开始用法文。)"先生,需要什么吗?"

没有反应。

"您打哪儿来,先生?"

没有反应。

"您要往哪儿去,先生?"

没有反应。

"先生,来此有何贵事吗?"

"没有。"

"那是要到巴格达办事咯,先生?"

"不。"

"到德黑兰办事?"

"不。"

"那,请问先生在做什么?"

"我正在叙利亚旅行。"

"您是海军军官吗?"

"不是。"

"那您是什么?"

"我是个人。"

"什么?"

"人。"

"我知道了,是观光客(Touriste)。"

连法文的"旅行家"(voyageur)这个词都被淘汰了,也难怪,这个词带有褒奖的味道。以往的旅行家是为增长知识见闻而来,当地人也乐于向他们介绍本地的风土人情。这种相互欣赏的态度在欧洲早已烟消云散,但至少"观光客"在欧洲已不再是引人侧目的动物,大家已司空见惯,而且十之八九的观光客在旅费之外,没有多少闲钱可花。在这里,观光客仍被另眼相看。如果你是因公务自伦敦到叙利亚,那必然是有钱人。如果你千里迢迢来此却没有正事要办,那就不止是有钱,而是非常富有了。没有人在乎你喜不喜欢这里,或是为什么喜欢或讨厌。你只是一个观光客,就像狗改不了吃屎,是人类中的寄生虫,一身的铜臭味,是供当地人宰割的摇钱树。

在入口的旋转门,还要忍受最后的折磨。一名老者用颤抖的双手写出一张张门票,每张要等上十分钟。拿到票后,我们逃离这些枝微末节的琐事,进入古代遗迹的殿堂。

巴尔贝克是石材建筑的经典,就工艺语言而言,堪称辉煌灿烂,而在视觉语言上,纽约相形之下可谓小巫见大巫。石头本身是桃色,有金红色纹路,就像伦敦圣马丁教堂的石柱有煤灰色纹路。其质地是大理石,不透明,略呈粉状,像梅子上的粉霜。黎明是最适合参观的时间,仰望"六巨柱",只见金粉色光芒与蓝色天空相互争辉,即使是没有任何石柱矗立的空旷基地,在阳光的映照之下,衬托着深紫色的云彩,也别有一番味道。往上看,往上,越过这饱受磨难的肉身,看看那些庞大无比的柱身,再上去是已破损的柱头和如屋舍般大小的上楣,这些全都浮沉在蓝色的穹宇之中。自墙边望去,是一丛丛白枝绿叶的白杨树;再远,可看到沉浸在淡紫、浅红、蓝色和金色微光中的黎巴嫩。沿着山脉望向无边:沙漠,那坚硬而寸草不生的大海。尽情吸取这高爽的空气。用手轻抚石头。如果你拥有它,就向西方告别吧。接着,观光客,请向东转。

废墟关闭时,我们真的向东走去。已是薄暮时分。绅士淑女们三五成群地聚在河边的草地上野餐。有人坐在大理石喷水池旁的椅子上,抽着水烟袋;有人坐在疏落的大树下,点着灯笼吃饭。星星出来了,山坡渐渐暗下来。我感受到伊斯兰教的平和。如此稀松平常的经验之所以要提出来,是因为在埃及和土耳其现在已看不到这种宁静;至于在印度,伊斯兰教就像所有其他事物一样,已经完全印度化了。从某个角度看,事情就是如此,因为任何人或任何体制处于如此强势的大环境下,无法不改变自己来迎合环境。但是从我自己的角度我要说:如果我是在对波斯没有任何认识的情况下前往穆罕默德的印度去旅行,其结果就好比是某个想要考察欧洲上古文化的印度人,却在波罗的海而不是地中海上岸一样。

昨日下午在巴贝克时，克里斯多夫说他很疲倦，接着就上床休息，我们的行程因之延后，一直到天色昏暗才顶着酷寒来到黎巴嫩山顶。到大马士革后，他服下两片奎宁才就寝，睡梦中还是觉得头痛欲裂，甚至梦到自己是一只有角的犀牛，今早醒来时发烧到华氏一百零二度，幸好危险期已过去。我们取消明天的奈恩巴士订位，另订了周五出发的位子。

大马士革，九月二十一日
一名犹太年轻人与我们相谈甚欢。起因是旅馆里有个侍者跟希特勒长得一模一样，当我说起这件趣事时，那名犹太人、旅馆经理和侍者本人都笑得直不起腰来。

卢特和我走过一小片因法国轰炸而荒废的沙地，看到一个算命师正在一盘沙子上画东画西，旁边有个忧心的妇人带着瘦弱的孩子，正等待他解读孩子的命运。附近有另一位算命师，还没有顾客上门，于是我在他面前蹲下。他抓起一些沙放在我手掌上，要我撒在盘子里。然后他在沙上轻轻画出三条象形文字的符号，又仔细研究了一两遍，好像在玩一人牌戏，随后陷入沉思，最后突然画下一道深深的对角线，口中并念念有词，据卢特的翻译——他曾伪装成阿拉伯人在麦加待过九个月，想必翻得十分正确：

"有一个你很喜欢他、他也喜欢你的朋友，在几天内会寄给你一些钱，作为此次旅行的开销。以后他还会加入一起同行。你们的旅程会非常成功。"

看来我这要挟人的能耐正兀自在发挥力量。

旅馆主人是阿洛夫先生。他的孩子住在顶楼。有天晚上他带我们到一个密不透风的地窖,里面是一排排的玻璃柜和一个保险箱。他从其中取出以下的宝贝:

一对银质大碗,上面绘有基督信仰的标记及天使报喜图。

一份书写在土黄色布料上的文件,约三四英尺长,十八英寸宽,据说是第一任哈里发①阿布·贝克②留下的遗嘱,由侯赛因国王③的家族于一九二五年得自麦地那。

一个深蓝色拜占庭玻璃瓶,薄如蛋壳却完好无缺,高约十英寸。

一尊希腊化时期的黄金头像,有分开的双唇,玻璃眼珠,及鲜蓝色的眉毛。

一具放在木箱里的黄金木乃伊。

还有一具九英寸半高的银制小雕像,没有其他文物可以对照,阿洛夫先生说它是西台遗物。如果这件古董是真的,那必属

---

① 哈里发,穆罕默德的继承人,中世纪政教合一的阿拉伯国家和奥斯曼帝国国家元首的称号。
② 阿布·贝克,穆罕默德的挚友和岳父,创立伊斯兰教的主要支持者。穆罕默德死后,被推选为第一任哈里发(632—634)。
③ 侯赛因国王,麦加亲王暨汉志国王,即近九百年来统治麦加的先知穆罕默德一脉嫡系相传的子孙。侯赛因共有四个儿子:阿里、阿卜杜拉、费萨尔、扎伊德。阿里于一九二四年继承父职成为汉志国王,但翌年即逊位;二子阿卜杜拉成为外约旦(即后来的约旦)国王;费萨尔则成为伊拉克国王,称号费萨尔一世。

近年来近东最珍贵的发现之一。雕像是一个宽肩窄臀的男子,头戴与身同高的尖帽,左臂已断,右臂弯处夹着一只有角的公牛,手握王笏,腰间则绕着数圈金线。举凡腰带、王笏、牛角牛尾与帽子都是黄金做的,质地极软,阿洛夫先生得意地把王笏弯成直角,然后拉直。不论我如何央求,他坚决不让我拍照。不知道要到哪一天,在什么情况下,这尊雕像始得以重见天日。

周三克里斯多夫可以下床了,罗特带我们去与穆罕默德·巴萨姆喝茶。他是一位七十来岁的老者,一身贝都因人[①]装扮。他的家族和道蒂[②]关系良好,他本人也是阿拉伯费斯的名人。第一次世界大战期间他靠着骆驼发了大财,后来却因炒作德国马克损失四万镑。我们在大理石桌旁饮茶,椅子的高度只够让我们的下巴触及桌面。阿拉伯对话的嘈杂,加上各种声音表情,使我联想起丘吉尔的演讲。

阿拉伯人讨厌法国人更甚于英国人。他们虽有充分的理由这么做,但如今已比从前较有礼貌;换句话说,他们已经知道碰到欧洲人时不要轻易造次。站在旅人的角度,这使大马士革成为一个令人愉悦的都市。

---

① 贝都因人,居住于叙利亚、阿拉伯沙漠地带的阿拉伯人。
② 道蒂(1843—1926),英国旅行家及作家。曾在欧洲及中东进行漫长的旅程,并在阿拉伯西北部达到其游历高峰。他曾和游牧民族一起在城市和沙漠中生活,并将这些经验记载在《古沙国游记》一书中。

伊拉克：巴格达（一百一十五英尺高），九月二十七日

如果这世上还有任何事物能让此地更富吸引力，那肯定是我们这一路上的遭遇。我们搭乘连接在两人座别克汽车后座的双轮拖车前往巴格达。拖车的外形像香蕉，美其名为客车。在我们后面还有一辆巴士，是所有大客车的始祖。由于风沙的关系，车上门窗紧闭，但因饮水箱漏水，到处湿答答的。我们以四十英里的时速在沙漠上奔驰，忍受着烈日曝晒、石头摩擦薄底板时震耳欲聋的声响和五个汗流浃背的同行者令人窒息的气味。中午我们停下来吃午饭。午饭是汽车公司提供的餐盒，盒上标有"带着微笑服务"的字样。如果是我们在这样的地方经营运输业，一定会变成皱着眉头服务。奶油包装纸和蛋壳随风而逝，去污染阿拉伯的乡间了。日落时，我们来到鲁特拜，我曾在一九二九年前往印度途中路过此地用午餐，打从那时开始，由于摩苏尔油管经过的关系，这里已被苦力队伍和营地团团围住。我们在此晚餐，威士忌加苏打每杯要六先令。晚上大家的兴致都很高；月光自车窗照进来；那五个伊拉克人，由毛拉太太领头高歌。我们驶过一列装甲车队，那是护送费萨尔国王的兄弟，前国王阿里及阿布杜拉自费萨尔丧礼返京的车队。黎明时展现在我们面前的，不是金色沙漠，而是泥土，无穷无尽的泥土。越接近巴格达，感觉越荒凉。一直十分腼腆的毛拉太太，此时戴上厚厚的黑面罩，掩住了她的风采。男士们拿出便帽。到九点时，我们已可想象自己迷失在艾吉威路上的情景，这《一千零一夜》中的都市，以它空旷的街道迎接我们。

遥想当年美索不达米亚曾经多么富足，曾经孕育多少艺术

及发明，又曾经对苏美人、塞琉西王朝①和萨珊王朝②的子民何等厚爱，真令人不胜唏嘘。美索不达米亚历史上最重要的一个事件，便是旭烈兀③在十三世纪摧毁了该地的灌溉系统；从那时开始，两河流域始终是一片泥地，却享受不到泥地唯一的好处：适于蔬菜生长。这里地势平坦，平坦到一只苍鹭单腿立在少见的水渠旁休憩时，看起来都宛如天线那般高耸。由泥土搭建的村落和都市从这片平野上拔立。河流中夹带着稀泥。空气中含有泥土散发的气味。人也是土黄色的，土黄色的衣服，连他们的国民帽，也活像一个正经八百的泥浆派。在这样一处蒙上苍垂怜的地方，有巴格达这样的首都也就不令人意外了。它隐身于一团泥雾之中；只要气温降到华氏一百一十度（约摄氏四十三度）以下，居民们就开始抱怨天气寒冷，准备要穿起皮裘。如今它唯一名副其实的特产，就是一种要九个月才好得了而且会留下疤痕的疖疮。

克里斯多夫比我还厌恶这个地方，可是却说比起德黑兰，它简直有如天堂。的确，如果我相信他所说的有关波斯的一切，那么我应该把明天即将启程的旅途看成是某种刑罚。其实不然。

---

① 塞琉西王朝，公元前三一二年至前六四年统治小亚细亚的希腊王朝。
② 萨珊王朝，强盛一时的伊朗王朝，在公元二二四年推翻安息王朝，成为罗马帝国在东方最强大的敌手。到了公元六三六年被阿拉伯人赶出美索不达米亚。
③ 旭烈兀（1217—1265），成吉思汗的孙子，受命将蒙古帝国的势力拓展至伊斯兰教区域。进攻并攻陷伊斯兰教宗教和文化首都巴格达，有些历史学家认为他是摧毁中世纪伊朗文化的第一人。

因为克里斯多夫深爱着波斯。他之所以这么说,就好比一位有教养的中国人,在旁人问起自己的妻子时,会回答贱内还没死——意指他深爱着的貌美配偶情况非常好。

旅馆是亚述人开的,这个悲惨好斗的弱小民族有其温柔多情的一面,他们依然对自身的命运有着朝不保夕的忧虑。他们当中只有一个我会把他当成巴格达人。此人名唤大伍(Daood,即 David),年轻力壮,所有驶往德黑兰的汽车票价都被他大肆哄抬,连泰西封拱门①都被他说成是"好景色,先生,一流美景"。

这座拱门高一百二十一英尺半,宽八十二英尺。同样是泥造的,却也屹立了十四个世纪。有照片同时照出拱门的两侧以及正面。整体望去,那些烧得不很高明的土砖,颜色倒还漂亮,泛白的浅黄色衬着蓝蓝的天空,由于我们已出了巴格达城,所以天空再度蓝了起来。拱门基座不久前才经过整修,这可能是自它完工以来首度的修缮。

这里的博物馆有警卫驻守,其目的不是为保护乌尔②的宝

---

① 泰西封拱门,泰西封是位于底格里斯河左畔的古城废墟,曾是安息帝国和萨珊帝国的首都。以泥砖建成的泰西封宫殿,拥有世界最大径距的泥砖拱门。
② 乌尔,即《圣经》中的吾珥,古苏美和巴比伦时期美索不达米亚地区最古老且最重要的城市之一,一九二二年在英国考古学家的领导下,进行了全面的遗址挖掘工作。

藏,而是为防止参观者靠在展示柜上,从而弄脏了柜上的金属。由于展品中没有比顶针更大的对象,若想看乌尔宝藏只有败兴而归。博物馆的外墙上,挂着费萨尔国王纪念格特鲁德·贝尔①的碑匾。我想费萨尔国王应是有意要大众欣赏碑匾上的铭文,于是走上前去读将起来。没想到四名警卫却大声制止并把我拖开。我请教博物馆馆长为何如此。他不客气地说:"如果你有近视,可以特别通融。"再一次,叫人消受不起的阿拉伯待客之道。

晚上我们跟彼得·史卡列一起用餐,其友人华德说起在费萨尔丧礼上的一则趣谈。当天天气酷热,有个高大的黑人溜进贵宾席,没多久就被请走。没想到英军总指挥官却抗议说:"可恶,他们把我的树荫赶走了。"

钱正在这儿等着我,那个算命先生料事如神。

---

① 格特鲁德·贝尔(1868—1926),英国知名的旅行家和考古学家,热爱中东,对该区的地理、语言和人民极其熟稔,深受当时许多阿拉伯领袖的推崇。一九一七年担任英国驻伊拉克地区的行政官,积极推动巴格达的现代建设,并于一九二一年支持费萨尔即位。余生致力于创建巴格达国立考古博物馆,逝于巴格达。

第二部

俄罗斯

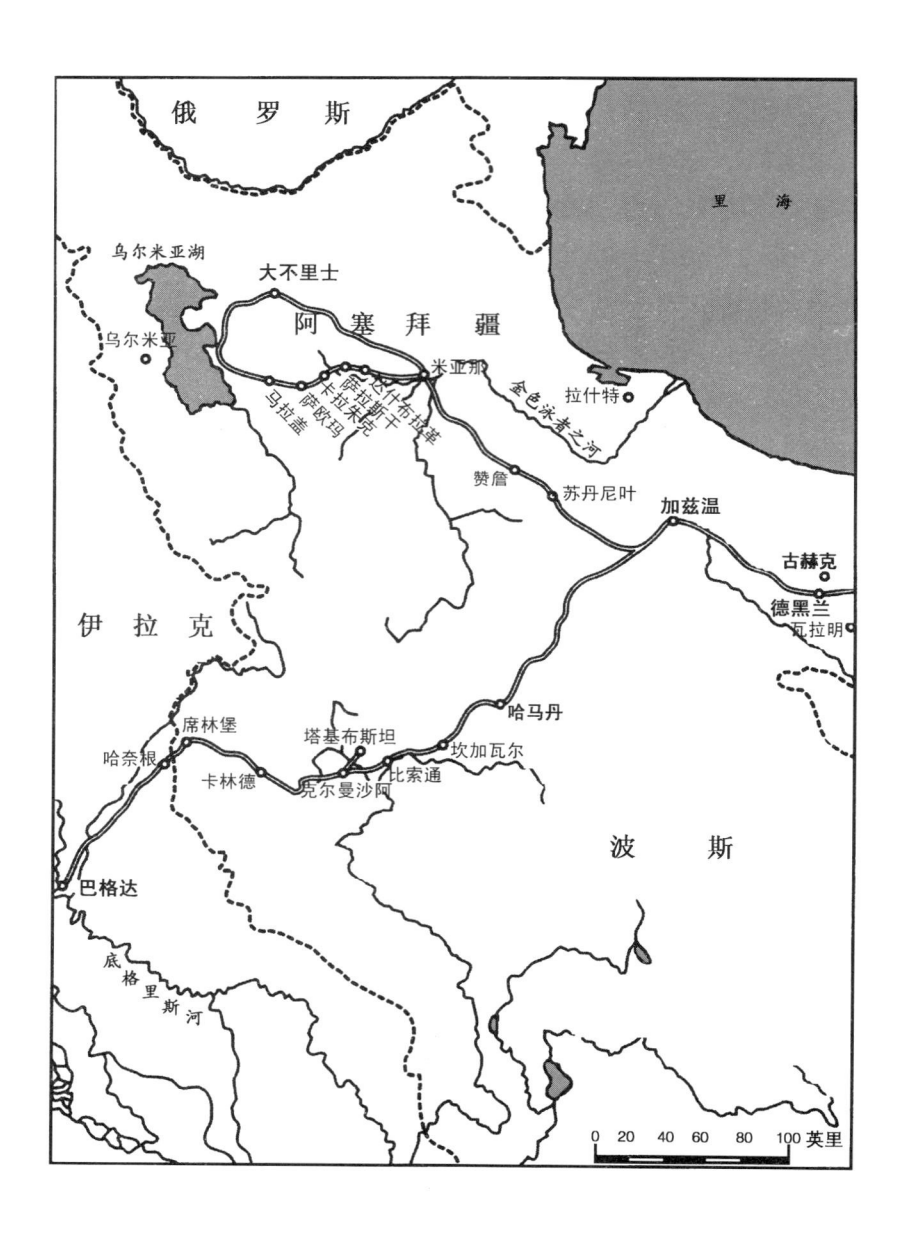

里 海

乌尔米亚湖
大不里士
阿塞拜疆
乌尔米亚
沙什布拉克
哈拉斯克
米亚那
马拉盖
萨欧玛
金色洗春之河
拉什特

赞詹
苏丹尼叶
加兹温
古赫克
德黑兰
瓦拉明

伊拉克

席林堡
塔基布斯坦
哈奈根
卡林德
克尔曼沙阿
比索通
坎加瓦尔
哈马丹

巴格达

底格里斯河

波 斯

0 20 40 60 80 100 英里

波斯:克尔曼沙阿(四千九百英尺高),九月二十九日

我们昨天坐了二十小时的车。不过说话比坐车更累。

通往哈奈根的路上,炙热的狂风沙像要把我们的车子卷起似的。在黑暗中隐约可见到丘陵起伏。克里斯多夫抓住我的手,很严肃地宣布:"伊朗的外墙到了!"一分钟后我们驶过一个小斜坡,又回到平地。就这样每隔五英里起落一次,直到绿洲出现,告诉世人城镇及边界到了。

我们在此换车,因为伊朗和伊拉克互不准许对方的司机入境。除此之外,我们受到的接待相当和气:波斯官员为那些恼人的海关手续对我们表示同情,但还是耽搁了我们三小时。在我为所携带的底片和药品缴付关税时,他们一面收钱,一面别过脸去,就像名媛淑女收取慈善捐款时会移开视线那般。

我向克里斯多夫批评当地人的衣着不甚高明:"为什么沙王①

---

① 沙王(Shah),"波斯国王"之意。

要他们戴那种帽子?"

"嘘,不可以大声直呼沙王①的名讳。称他史密斯先生好了。"

"可是我在意大利时一向称墨索里尼为史密斯先生。"

"那就叫布朗先生。"

"不行,那是斯大林在俄罗斯的代号。"

"那琼斯先生。"

"琼斯也不行。既然普里莫·德里维拉②死了,这个名字得留给希特勒。而且这些普通的姓氏我总是会弄混。为了容易分辨,最好还是叫他马乔里班克斯。"

"好吧。那你写东西的时候最好也用这个称呼,以防万一他们没收你的日记。"

今后我会这么做的。

在席林堡我们又停了一小时,等候警方发给我们德黑兰的通行证。然后伊朗壮丽的景色终于出现在眼前。落日余晖在身后闪烁,渐升的月光迎向我们,广大的原野上,一座座圆形山丘自萨珊帝国的废墟中一一冒现,又一一远离,有人烟的地方不时闪耀着琥珀色的灯光,直到远方升起绵延的高山巨峰,总算到达波斯真正的城墙了。忽上忽下,我们疾驰在清新舒爽的空气中,一直来到山底;然后一路上坡,开到参差于满天星斗、覆盖着松

---

① 这里的沙王指的是当时的在位者礼萨汗,巴列维王朝的创始人。
② 普里莫·德里维拉(1870—1930),西班牙政治领袖,一九二三年九月发动政变,建立军事独裁政府,直到一九三〇年被迫辞职为止。

树绿丛的尖峰之间——一处隘口。隘口的另一边是卡林德,我们在此一面聆赏溪流和蟋蟀的歌声,一面晚餐;眼睛望着外面花园中沐浴在月光下的白杨树,嘴里品尝着一篮篮甜美的葡萄。房中挂着印制粗劣的图画,画中是一名波斯女子依偎在马乔里班克斯的怀抱里,而贾姆希德、阿塔薛西斯和大流士等人①,则自泰西封拱门顶端一脸赞许地看着他。

德黑兰(三千九百英尺高),十月二日

在克尔曼沙阿,司机突然发起脾气。他不想在哈马丹过夜,希望到加兹温去睡。为什么?他说不出个所以然——我怀疑他自己也不清楚;就像孩子,明明两个一样的东西,他偏要这个不要那个。这场争辩惊动了旅馆上下的员工,我为避免继续闹下去,便决定早上要去塔基布斯坦。这么一来,这天的行程最远也只能到哈马丹。

塔基布斯坦的石窟雕刻必然出于不止一人之手。拱门上的天使有着科普特人②的面孔,衣饰皱褶的轻浅细腻程度,可媲美文艺复兴时期的铜雕徽章。拱门内壁的侧镶板是比较深的浮雕,不过彼此之间并不一致,左侧的雕刻均已完成且十分立体,但它对面的镶板却未曾完工,一块接一块的石板上已有刻痕,但

---

① 此三人皆为波斯古代名王。贾姆希德为波斯传说中的古代国王,曾在位达七百年之久。阿塔薛西斯为波斯阿契美尼德王朝全盛时期的最高统治者(前464—前424)。大流士在位期间(前522—前486)为波斯帝国最盛时期。
② 科普特人,埃及基督徒的称呼。

不像刻进去,反倒像是长出来的。拱门的背面与内壁那些宛如电影般写实的动态狩猎及宫廷画面适成强烈对比,那是一幅巨大的国王立像,他脸上空洞冷酷的表情,会让人误以为那是一面德国战争纪念碑。这是典型的萨珊王朝风格。然而此地的其他雕刻作品,则很难让人相信是出自波斯人之手。

这些石窟位于一处庞大的山壁底部,山壁的倒影浮沉于水塘中。绝壁与水塘边是一栋摇摇欲坠的度假别墅,有一群女士正在里面野餐。后来有位男士加入她们,现场的浪漫气氛显得更加浓郁。这位脸颊瘦削的男子,上身穿着皱巴巴的衬衫,下摆没扎进去,下身是淡紫色的棉缎灯笼裤、棉袜及淡紫色的系袜带。

比索通让我们多停留了一会儿,它那刻在血红色岩石上、仿如书页般的楔行文字碑铭,叫人油生崇敬之意;已遭废弃的小镇坎加瓦尔也吸引我们驻足,这里有一座希腊化时代的庙宇废墟相当有名,还有一群顽童向我们丢掷砖块。在哈马丹,我们避开了以斯帖和阿维森纳之墓①,选择去造访一座十二世纪的塞尔柱陵墓——贡巴德阿拉维俨②。虽然它那原色的灰泥板上窜出一丛丛枝叶茂盛、好生热闹的植物,然而其庄严豪华的程度绝不下于凡尔赛宫,如果把当时的物质条件考虑进去,甚至更有过之,

---

① 以斯帖,《圣经》中的人物,犹太裔波斯王妃,将其子民自残杀中拯救出来,参见《以斯帖记》。阿维森纳(980—1037),中世纪伊斯兰教世界最著名的哲学家、科学家及医学作家。
② 贡巴德阿拉维俨,"阿拉维家族陵墓"之意。阿拉维家族是塞尔柱统治时期(1055—1220)哈丹城最显赫的家族。

因为单靠凿子和一堆灰泥而非全世界的财富创造出来的富丽堂皇,凭的纯粹是设计上的真功夫。在这里欣赏伊斯兰教艺术,终于可以把阿尔汉布拉宫和泰姬陵①的味道完全揩掉。我到波斯就是为了摆脱这种味道。

今天的旅程毫无冷场。时而在山峦中起伏,时而在无尽的平野上奔驰,疾上疾下,跌跌撞撞。太阳晒得我们脱皮。龙卷风般的沙暴活似在沙漠中起舞的幽灵,阻挡住飞驰中的雪佛兰的去路,也叫我们呼吸困难。忽然,远远从河谷对面传来一道夺目的蓝光,那是一只碧蓝色大瓮在驴身上摇摆出的反光。主人一身暗蓝的衣服,走在一旁。看着大瓮和主人消失在无边的荒漠上,我终于了解为什么蓝色是波斯人的国色,为什么波斯文的"蓝色"一词也代表"水"。

我们在晚上抵达首都。地平线上没有一丝光线提醒我们就快到了。树木,然后是房屋,突如其来地包围住我们。白天,它是个巴尔干之类的城市。但占去半边天际的厄尔布尔士山脉,使得面山的街道增添不少耐人寻味的景致。

德黑兰,十月三日
我们在英国俱乐部遇到柯瑞夫特,他是赫茨菲尔德②在波

---

① 阿尔汉布拉宫和泰姬陵,伊斯兰教建筑的瑰宝,均以繁复镂刻的雕工纹饰闻名。前者位于西班牙格拉纳达,后者位于印度。
② 赫茨菲尔德(1879—1948),德国考古学家,曾主持包括波斯波里斯和伊拉克伊斯兰教古城萨迈拉等地的挖掘工作。

斯波利斯的助理,当时正和美国一等秘书瓦兹华斯谈得兴高采烈。他们实在是太兴奋了,忍不住要把正在谈论的秘密泄漏出来。原来在赫茨菲尔德出国期间,柯瑞夫特挖到一堆金银碑铭,上面记载着大流士建立波斯波利斯的经过。他先用抽象数学计算出碑铭所在的位置,实际挖掘后,果然在几个石箱中发现了这些古物。他有点不情愿地拿出照片给我们看,眼中露出考古学家特有的猜忌。看来赫茨菲尔德似乎已把波斯波利斯划为他的个人禁脔,不准任何人拍照。

当天下午我造访了米尔萨·杨梓,一位矮小但彬彬有礼的老先生。我们坐在他的书房里,俯视着圆形游泳池和他亲手种植的天竺葵和牵牛花花园。他是伊斯法罕城外亚美尼亚人殖民地焦勒法区的副首长,曾将拜伦的诗作《海盗》译为亚美尼亚文,由于拜伦曾提到过威尼斯的亚美尼亚修道院,因此亚美尼亚人对拜伦极有好感。我们谈起第一次世界大战,当时大多数波斯人都把钱财(包括实质及抽象两种)投注在同盟国这边。对海权毫无概念的他们,实在想象不出远在天边的英国会对德国造成多大的伤害。米尔萨·杨梓就比较有远见:

"我常讲这个故事给别人听。有一次我从巴士拉前往巴格达,途中在一位酋长家作客数日,他竭尽所能地招待我。他很富有,给了我一匹漂亮的灰色母马,那匹马又跳又跃,活力十足,可是他自己却骑着一匹无精打采的黑母马,慢慢跟在我身边。于是我问他:'为什么你把这匹好马给我,自己却骑一匹垂头丧气的黑马?'

"酋长答道:'你嫌她跑得慢吗?那我们来比比看。'

"前四分之一英里我领先。然后我回头喊着:'快!快!'还用手像这样催他跑快一点。可是没多久,我发觉黑马赶了上来。我快马加鞭,但为时已晚,黑马已超到我前面,可是它看起来还是那样垂头丧气的。

"我常告诉别人,灰马就是德国,黑马就是英国。"

古赫克(四千五百英尺高),十月五日

懒洋洋的早晨。树影洒映在走廊的草编帘子上。远山与蓝天隐身于树木之间。山上的小溪流入由蓝色瓷砖砌成的水池。留声机正唱着《魔笛》。

这是德黑兰的西姆拉①。

这两个星期从巴格达来了一群军人,由一名空军军官指挥,协助亚述人撤离。他说如果真如传闻,他们曾奉命轰炸亚述人,他和其他军官早就辞职了。他们降落的小机场在摩苏尔附近,机场上遍地尸首,多半是生殖器中弹;是他们,英国人,必须掩埋这些死尸。村口的迎风处传来恐怖的恶臭,令年长的军官们忆起了大战。他们拍下尸首的照片,但返回巴格达后立刻遭到没收,上级并命令他们不可将所见所闻泄漏半字。他简直是气愤莫名,任谁碰到为了保留英国颜面而必须被迫隐瞒战争罪行,必然都会有他这样的反应。

---

① 西姆拉,印度北边的山间度假胜地。

午餐时我们见到专猎大型猎物的美国人怀利先生,他一直在伊斯法罕一带寻找野驴。谈话的主题转到里海的老虎、海豹、野马及波斯狮。老虎和海豹十分常见。据说两年前有个德国人曾打中一匹野马,可惜他的仆役把马肉连马皮全吞进肚里,因此没有其他人见过那匹马。至于狮子,最后一次有人见到是在大战期间的舒什塔尔①附近。

我们出城,奔驰过一片片菜园、果园,来到光秃秃的丘陵,此时群山看起来特别美好:清朗、笃定,像是在召唤我们。达马万德峰孤零零地立在东边,山顶覆着积雪。太阳开始西沉,我们的影子越拉越长,最后汇聚成一团庞大的黑影,笼罩整个平原。黑影接着吞没低矮的山丘,然后一路上移,抵达山顶。但达马万德峰仍看得到太阳,它是渐墨天际中的一颗粉红火球。此时我们调转马头,这场光影的变幻又倒带重演了一次,这回它先落在一团云层背后,然后从云端下重新露脸。达马万德峰没入阴影区,山脚却亮了起来。这一次,黑影以更快的速度蹿升。山脊暗去。粉红火球再次现身,仅维持了一分钟。星星们走出天空,不再躲藏。

傍晚传来的消息,帖木儿·塔希前天晚上十点死于狱中,生前他已被剥夺所有的基本生活需求,包括他的床。即使是我——一个正巧在一九三二年的莫斯科碰上为他举行的欢迎会的陌生

---

① 舒什塔尔,位于伊朗西南部,邻近伊拉克。

人——都不免为他难过,更别提其他认识且喜爱这位权倾一时的重臣的人。在这里,正义全操于一人之手;他很可能是当众活活被踢死的。马乔里班克斯用酷刑统治这个国家,而其中最可怕的,莫过于皇靴。换个角度想,在这个武器已经可以从遥远的地方取人性命的时代,如此死法也算不辱他的身份。

德黑兰,十月七日

为了让行程平安顺利,我拜会了各界人士,包括内政部长马赫穆德·贾姆,英波石油公司经销经理穆斯塔法·法塔赫,以及碑文学家法拉赫拉·巴索。然后我转往米尔萨·杨梓府上喝茶。席间众人分别用英语、希腊语、亚美尼亚语、俄语和波斯语交谈。主客是陆军部长沙达尔·阿塞德的兄弟艾米尔·杨,他也是巴赫蒂亚里族①的酋长之一。他送给米尔萨·杨梓的女儿一套镀金衬丝绒的玩具家具。这份厚礼把茶会的气氛带到最高点,大家纷纷发出"巴!巴!"的惊叹声。

阿富汗大使希尔·阿赫马德,看起来像头打扮成犹太人的老虎。我说:"请阁下惠赐入境许可,在下希望拜访阿富汗。"

"希望拜访阿富汗?(大笑)当然,你一定要去的。"

据他说,的确有一条路可以从赫拉特通往马萨沙里夫。

---

① 巴赫蒂亚里族,伊朗境内的游牧民族,该族的酋长皆十分富有,多能遣送子女至欧洲求学。

瓦拉明：礼拜五清真寺(1132—1326)

德黑兰，十月十日

六英里外的雷城有一座中空墓塔，墓塔的下半部是塞尔柱式。再下去的瓦拉明也有一座墓塔，比较精致，但规模较小。雷城的那座墓塔有屋顶，里面住着一个鸦片烟鬼，他放下正在烹煮的午餐，抬起头对我们说，这是他家，已有三千年的历史。瓦拉明那儿的清真寺可追溯到十四世纪。从远处看，它像一座倾颓的修道院,好比丁登寺①,只是圆顶取代了尖塔,圆顶耸立在八角形的中介楼层之上,八角形的楼层下方,是正方形的西翼内殿。整栋建筑以寻常的浅褐色砖块建造,坚固、朴实,比例匀称,它所要传达的意念是满足,与摩尔人和印度人的建筑立面迥异其趣。寺内有一面灰泥砌的米哈拉布②,其建造技巧与哈马丹的贡巴德阿拉维俨(或阿拉维家族陵墓)相同,不过整个设计——虽然时代较晚——却显得粗糙凌乱。

此时,一个看似操劳过度的铁路挑夫走进寺内,在当前推行的撙节法令下,大部分波斯人都是如此清苦。他的手腕上栖着一只戴着皮兜帽的灰白斑猎鹰。那他是从鸟巢里抓来的。

我们与汉尼巴共餐,他跟普希金③一样,是那位"彼得大帝的黑人"的后裔,因此可说是某些英国王室的表亲。逃离布尔什维克的统治后,他成为波斯臣民,目前过着一种比波斯人还波斯的生活方式。一名仆人提着三英尺高的纸灯笼,引导我们像穿越迷宫般走过传统市街,来到他的住处。其他的宾客中有一位

---

① 丁登寺,英格兰西南部著名的建筑遗迹,以其和谐匀称的比例和优美的建筑细节著称,诗人华兹华斯的《丁登寺》一诗让它声名远播。
② 米哈拉布,即面朝麦加方向的长方形壁龛,是清真寺最神圣的所在。
③ 十九世纪俄国大文豪普希金父亲的母系祖先是阿比西尼亚(今埃塞俄比亚)黑人伊卜拉辛,被海盗从君士坦丁堡的后宫掳至俄国,由彼得大帝收养,拔擢为海军将领并取朝中淑女为妻,普希金经常表示自己系出那位"彼得大帝的黑人"。

卡扎尔①家族的王子,他的父亲是佛曼·佛玛,王子妃则是在香港长大的。他们比英国人还英国,因此对必须坐在地上吃饭坐立难安。房子不大,但小巧的风塔和下凹的庭院给了室内极佳的通风。汉尼巴正忙着筹办一座菲尔多西②图书馆,以纪念这位明年正逢千年冥诞的诗人。

赞詹(五千五百英尺高),十月十二日

我们一直很想搭乘卡车到大不里士,至今仍在设法。原定的行程一直无法照计划进行。卡车原定四点出发。到了四点半,车厂用一辆出租车把我们送到"加兹温门"外的另一个车厂。这个车厂又在五点时想用一辆故障的巴士送我们上路,同时透露根本没什么卡车可坐。于是我们雇了小汽车,但决定在出发前要向第一个车厂讨回我们的订金。此举引起一场激烈争执。没想到吵着吵着,居然又有卡车可坐,但是小汽车的司机扬言,如果我们不坐他的车,他就要去报警。我们没有丢下他。

翌日早晨,我们在加兹温雇了另一辆汽车,但司机不肯拉下车篷。他以四十英里的时速向前冲,一截木枝飞撞上我的额头,

---

① 卡扎尔,一七九五年至一九二五年间的伊朗统治家族,当时的沙王礼萨汗就是推翻该家族而开创了巴列维王朝。
② 菲尔多西(约935—1020),波斯伊斯兰教时代的第一位伟大诗人,被誉为伊朗民族史诗的作品《王书》,共六万多字,历时三十五年才完成,但因内容抨击暴君苛政,触怒统治者而被迫逃亡国外。

我从后面狠戳了他一下。车子整个煞住。我们吩咐他继续开。他开了,但是以每小时十英里的速度。我们要他开快一点。他稍微加速,然后又慢了下来。

  克里斯多夫:快一点! 快一点!
  司机:你们一直批评我,我怎么开嘛?
  我:你开就是了!
  司机:大人不喜欢我,我怎么开?
  克里斯多夫:小心开车。我们不是不喜欢你,我们只是讨厌危险驾驶。
  司机:老天,我怎么开? 大人讨厌我,这下我惨了。
  克里斯多夫:大人喜欢你。
  司机:我弄破他的头,他怎么会喜欢我。

  就这样你来我往,走了好一段路,直到发现一处警察局。他到这里又不肯走了,说是一定要向警方申诉。此时唯一的对策就是:先下手为强。我们立刻跳下车,大步迈向警局。司机一看情况不妙,因为我们那么急着找警方理论,到时警察一定会站在我们这边。于是他建议我们继续走。我们同意了。
  这起事件是个实例,也是个警讯,可以见出波斯人多么害怕体罚,即使是假装的。

  我们在平行的两座山脉间,笔直地驶过一英里又一英里。

苏丹尼叶①的圆顶隐约出现在沙漠边缘。要到那里,我们必须穿越一整片灌溉区。我们在这看到一个截然不同的波斯。距离大路才不过几英里,摩登的巴列维帽就被状似头盔的传统帽子所取代了,和波斯波利斯城墙浮雕上的帽子一模一样。大部分的村民口操土耳其语。我们从茶店里买了一碗奶酪和一片大得像帐篷般的面包皮,接着进入陵寝。

这座伟大的建筑是一三一八年由蒙古亲王完者都②完成的。高约百英尺的蛋形圆顶耸立在巍峨的八角楼上,八根尖塔从八角楼胸墙上的八个角端拔入天际,拱绕着巨大的圆顶。陵墓的砖材是桃红色。不过尖塔一度覆贴着青绿瓦,以琉璃滚边的青绿色三叶纹饰,闪闪地环抱着圆顶基座。在这片散压着泥砖小屋的单调沙漠上,这座壮丽的蒙古帝国遗迹为我们见证了中亚地区的强健活力,这股活力在塞尔柱、蒙古及帖木儿③帝国文化的浇灌下,打造出叫人激赏的波斯建筑。它的立面当然是建筑经典:是泰姬陵与上百个其他陵墓的师法典范。然而除了外观,它更拥有撼动人心的力量与内涵,这是那些只能在细节上略作增华的追随者模仿不来的。它展现了破除一切的大胆创意,甚至为了理念而不惜牺牲庄丽优雅,其结果也许未臻完美,

---

① 苏丹尼叶,意指"苏丹之城",是蒙古统治者在十四世纪为了取代大不里士而兴筑的新城。
② 完者都,伊朗的蒙古统治者,一三〇四至一三〇七年在位。
③ 帖木儿(1336—1405),帖木儿帝国创建者,突厥化的蒙古贵族家庭出身,兴起于撒马尔罕,先后征服西察合台、波斯、阿富汗、印度直到小亚细亚,暴卒于东侵中国途中。

苏丹尼叶：蒙古亲王完者都的陵墓

但却具现了理念战胜技术限制的格局。许多伟大的建筑物都属于这类。布鲁内列斯基①就是一例。

这里的小旅馆挂着"大饭店－市政厅"的招牌。我们不必完全依赖它,因为英波石油公司的当地代理商安戈拉尼请我们过去晚餐。他在一间白色的长厅中接待我们,天花板漆得光可照人,甚至连门窗都挂着白色布帘。家具包括两张铺着丝绸垫被的铜制床架;围成一圈、垫有白色丝绒的硬背长椅,每张长椅前各有一张覆了白桌巾的小桌子,摆了一碟碟的甜瓜、葡萄和蜜饯。铺着双层地毯的地板中央,立着三盏没有灯盖的大油灯。一名胡须花白、着淡黄色大礼服的管家——我们的主人称呼他"阿迦"②——招呼我们吃饭。

我们带去的介绍信上表示,我们想参观苏丹尼叶。主人说,如果我们回程还打算走这条路,他愿意开车带我们去。会不会太麻烦?他每天都要到那里去,或为公务或为运动。他在那里还有一栋房子,可以招待我们。我天真地相信了这些礼貌话,但克里斯多夫比我清楚。用手吃完一顿丰盛的大餐后,管家送我们回到"大饭店－市政厅"里那个简陋的小房间。

我坐在旅馆外的街道上,因为早晨的阳光是唯一的温暖来

---

① 布鲁内列斯基(1377—1466),意大利建筑师,文艺复兴建筑的开创者,佛罗伦萨大教堂的圆顶就是他的著名杰作。
② 阿迦,奥斯曼帝国时期伊斯兰教国家对文武大官或长者的尊称。

源。有个长得很像劳埃德·乔治①的老家伙走上前来,他一身格子呢西服,态度相当傲慢,自称是"雷西苏沙",也就是道路指挥或所谓的地方道路督察。他曾陪同英国人前往巴库②,但好心的结果却是遭到当地布尔什维克的监禁。

大不里士(四千五百英尺高),十月十五日

在赞詹我们终于搭上卡车。当克里斯多夫准备为坐在后座的我拍照时,有一名警察过来制止,表示不准拍照。卡车司机是乌尔米亚湖附近的亚述人,他旁边坐着一位亚述女教师,刚从德黑兰开完传教士会议准备返家。她拿出已经切好的楖桲③请我们吃。大家都对我认识马西孟这一点深感好奇,并警告我在大不里士时千万别提,因为那里正在迫害基督徒,乌尔米亚的柯克兰夫人妇女俱乐部已遭警方关闭。想到这件事,他们开始合唱《仁慈之光请引导我》,女教师告诉我,这是她教司机唱的,以免他总是哼些一般驾驶员唱的歌。我说其实挺喜欢那些驾驶员歌谣。她说她还说服司机,把水箱盖子上的蓝珠子拿掉,那是"那些穆斯林"的迷信。我告诉她,这种迷信在信仰希腊正教的基督徒当中也很普遍,她顿时哑口无言。后来她承认,迷信有时真的会灵验:例如有个叫梅赫梅特的魔鬼,娶人间女子为妻,他曾透

---

① 劳埃德·乔治(1863—1945),英国重要政治家,一九一六至一九二二年担任首相。
② 巴库,阿塞拜疆首都,当时属苏联所有。
③ 楖桲,蔷薇科灌木或小乔木,果实程圆形、卵形或梨形,表面有绒毛。

过妻子在其岳父的客厅中预言,世界大战即将爆发。女教师自称是《圣经》工作者,她想知道英国人大部分抽不抽烟。她想不透,为什么医生不但不禁止民众抽烟喝酒,甚至连自己也烟酒不忌。

我开始同情波斯当局。传教士做的工作固然伟大,然而一旦民众皈依或培养出本土的教徒和教士,他们也就没多大价值了。

克里斯多夫正在后座看书,旁边坐了一个德黑兰人、一个伊斯法罕人、两名骡夫,以及司机的助手。

德黑兰人:这是本什么书?

克里斯多夫:历史书。

德黑兰人:什么历史书?

克里斯多夫:讲罗马帝国和它邻近地方的历史,比方说波斯、埃及、土耳其和法兰西。

助手(翻开书):我的天啊!这是什么字!

德黑兰人:你看得懂吗?

克里斯多夫:当然,这是我们国家的文字。

德黑兰人:念给我们听吧。

克里斯多夫:可是你们听不懂。

伊斯法罕人:没关系,念一点嘛。

骡夫:念嘛!念嘛!

克里斯多夫:"这可能会让人有点惊讶,罗马教宗为什么要在法兰西心脏地带设立裁判所,并在此宣布将国王逐出教会;不过在我们对十一世纪的法兰西国王作过公正的评价之后,我们的惊讶就会立刻消失。"

德黑兰人:这是在说什么?

克里斯多夫:在说教宗。

德黑兰人:教中?谁是教中?

克里斯多夫:罗马的哈里发。

骡夫:这是罗马哈里发的历史。

德黑兰人:闭嘴!这是本新书吗?

助手:里面是不是都是些纯净的思想?

克里斯多夫:这书里没有谈到宗教,因为写书的人不相信先知。

德黑兰人:那他相不相信上帝?

克里斯多夫:可能。但是他不认为先知有什么了不起。他说耶稣是凡人(大家都同意),穆罕默德是凡人(大家都低头不语),琐罗亚斯德①也是凡人。

骡夫(只会说土耳其语,听得不是很懂):他是不是叫琐罗亚斯德?

克里斯多夫:不是,他叫吉本②。

大伙儿异口同声:吉本!吉本!

德黑兰人:有没有宗教是主张没有上帝的?

---

① 琐罗亚斯德(约前628—前551),古代波斯祆教创始人,据说二十岁时弃家隐修,后对波斯的多神教进行改革,创立琐罗亚斯德教,也就是祆教。
② 爱德华·吉本(1737—1794),英国历史学家。这里讲的是他的史学巨著《罗马帝国衰亡史》(1776—1788)六卷,记述从二世纪起到一四五三年君士坦丁堡陷落为止的历史。

克里斯多夫:我想没有。不过非洲人崇拜偶像。

德黑兰人:英国有没有很多崇拜偶像的人?

路开始进入山区,穿过一个大峡谷后,我们看到"金色泳者"之河。传说他是个牧羊人,善泳,经常游过河去与心上人约会,直到她终于完成那座十分壮观的大桥为止,我们也经过了那座桥。一群瞪羚羊在我们旁边活蹦乱跳。我们终于在长途跋涉之后来到阿塞拜疆高地,这里一片阴沉,像冬天的西班牙。我们经过米亚那,这里有一种出名的虫子,专咬陌生人。晚上我们投宿在一家偏僻的商队客栈,客栈院子里拴着一匹狼。抵达大不里士,警察要我们每人缴交五张照片(我们没交)和以下资料:

入境单

姓名	罗伯特·拜伦
	克里斯多夫·赛克斯
国籍	英国
	英国
职业	画家
	哲学家
抵达日期	十月十三日
	十月十三日
携带物品	神怪
	亨利·詹姆士的著作等

大不里士的特色如下：柠檬色的丘陵连接着如丝绒般的远山；尚可入口的白酒和非常难喝的啤酒；绵延数英里、叫人流连忘返的砖拱市集；新落成的市立花园，里面有一座马乔里班克斯披斗篷的铜像。此地有两处名胜：著名的蓝色清真寺遗迹，立面的马赛克是十五世纪的作品；以及所谓的城寨，一座以完美的艺术手法用红褐色小砖块堆砌而成的小山，它好像曾经是一座清真寺，果真如此，它肯定是世上最大的清真寺之一。除了官员之间，当地仅通行土耳其语。以往这里的商业十分繁荣，如今却因为马乔里班克斯相信计划经济而饱受摧残。

马拉盖（四千九百英尺高），十月十六日

今早我们花了四个小时车程才抵达这里，沿途的景色令我想起多尼戈尔①。远方的乌尔米亚湖像一条银蓝色的带子，系在更遥远的山肚上。正方形的鸽塔和顶端的枪眼，让这里的村落看起来颇有点要塞的味道。四周尽是葡萄园和"sanjuk"②树林，树上长满细长的灰色叶子和一簇簇黄色小果实。

马拉盖本身乏善可陈。宽直的马路从旧市集穿堂而过，破坏了它原有的特色。一名会说波斯语的小孩，那孩子的眉毛简

---

① 多尼戈尔，爱尔兰西北角的郡城，该郡大部分为山区，土壤贫瘠，以燕麦和马铃薯为主要农作物。
② 当地土耳其人的称呼，波斯人称之为"sinjid"，与英国的花楸树同属。——原注

直和鹭鸶羽毛一样长,带我们去拜访该见的官员;接着换那些官员们带我们去参观一处精致的多角形墓塔。墓塔建于十二世纪,是旭烈兀母后的陵寝,建材为饰有各式图案和铭文的紫红色砖块。这些老建材给人一种温暖舒服的感觉,仿佛是从某个英国私家庭园里敲下来的,在刻上了《古兰经》经文并镶以耀眼的蓝色瓷砖之后,显得出奇的漂亮。墓塔内部有一面以库法体①书写的楣楹,楣楹下方的墙面上有一整排供鸽子筑巢的洞口。

我们突发奇想,想要直接从这里骑马到米亚那,如此可免去那段以大不里士为顶点的三角形路程。这种走法会通过一些不知名的地带,至少乍看之下是如此,因为地图上完全没有标示。找马相当困难。我们同意了某个马主的价钱,他对此倒是大吃一惊,他的妻子刚死,如果他出门做生意,孩子便无人照顾。经过一小时的商量,他终于答应,可是当我们看到他的马,我们立刻打退堂鼓。客栈主人只好帮我们另外打听。我们希望明天晚上可以出发。傍晚出发是此地的习惯。

萨罕德(约五千英尺高),十月十七日

虽然不很重要,但我已尽可能地欣赏了此地的景色,这里仅

---

① 库法体,阿拉伯文的两种主要书写体之一,最初发展于幼发拉底河下的库法,是一种有角度的字体。早先使用于《古兰经》的珍贵抄本上,最适合做装饰用途,并广泛运用于伊斯兰建筑之上。

有一栋房舍,而且距马拉盖不过一波斯里(色诺芬①时代的古波斯距离单位)。波斯里现在开始和我们有关系了。目前它已"稳定"在相当于四英里长的距离,不过在一般的用法中,其长度由三英里到七英里不等。

我们把羊皮外套和睡袋摊放在位于楼上的房里。从没装玻璃的窗户望出去,可以看到白杨树的树梢,和冬日即将来临前天际的最后一线光明……我们燃起一根火柴,一盏灯笼照亮了凹凸不平的泥土墙面;窗外漆黑一片。警察阿巴斯蹲在火盆前,用钳子夹着一块鸦片加热。他刚才给我吸了一口,味道像马铃薯。蜷在角落里的骡夫名叫哈吉巴巴。克里斯多夫还在读吉朋的书。锅里正煮着鸡肉与洋葱。我心想早知如此,就该带些食物和杀虫剂来。

马拉盖的官员听说过"拉萨哈那",也就是"星相馆"或天文台,但没人见过。它是在十三世纪由旭烈兀建造的,在十五世纪初兀鲁伯②修改历法之前,该馆的观察结果可说是伊斯兰世界对天文学的最后贡献。我们起个大早,以全速翻过一座山头,来到一处平台,从这里有两条垂直交错的鹅卵石小径,循着指南针的东西南北四角,通往不同的土墩。我们猜测修筑这些小径是为方

---

① 色诺芬(约前430—前354),古希腊的历史学家、作家和将军。
② 兀鲁伯(1394—1449),阿拉伯天文学家和突厥斯坦的统治者,帖木儿的孙子。

便天文运算;至于那些土墩,应该是原有建筑物的遗迹。然而如果这里是我们的目的地,那么走在我们前面的其他人,市长、警察局局长和军事指挥官,又上哪儿去了?就在随行护卫四下找寻他们的空当,我们站在平台边缘,眺望下方的一大片原野以及远方的乌尔米亚湖,同时冀望聚集在山脚下白杨树丛里的猎犬能够跑开。突然,我们在脚下的崖壁中间,也就是我们的正下方,发现了那些失踪官员的踪迹;当我们牵着马滑下去与他们会合时,看到崖壁已被挖成一个半圆形凹穴,中间是通往某洞穴的入口。这个洞穴最初或许是天然的,但后来必定经过了人工扩凿。

洞内有两座祭坛,一座面对入口,朝南,另一座位于右边,坐东。两座祭坛都由原石凿刻而成,下连高台,上覆尖顶。右边祭坛后方的墙上,雕了一面粗略的米哈拉布,朝向麦加的方面。后面那个祭坛的两侧各有入口,分别通往两个隧道。隧道里面有一些小房间,墙上有凹槽可以放置油灯,继续走下去还有路,可惜堆积了太多灰尘,我们无法通过。我们很好奇这些通道是否曾与上面的天文台相通,如果是,那么当年他们观测天象会不会是在白天进行。有人说过,可以在太阳光下从井底看到天上的星星。

我一面对着洞穴里的景物拍照,一面想着这些照片在别人眼中会是多么无趣。克里斯多夫无意中听到警察局局长小声对军事指挥官说:"不知道英国政府为什么要这个洞穴里的照片。"随他怎么想啰。

马儿一匹匹蹲着后腿被拖下山崖,来到山脚下的村子。我们跟着他们滑下山,然后发现水果、茶及点心正在村长家中等着我们。

傍晚离开这个城镇时,我发现就在城门外有另一座十三世纪的塔楼,也是用陈旧的草莓色砖块砌成,不过是正方形,底部有石块堆成的基座。其中三面墙每面都分割成两块拱形的壁面,砖块则排列成格子花纹。墙角是以半圆形的列柱衔接。塔楼的第四面,是一块框有弧形镶边的大石板,石板中央开了一扇以库法体字母和蓝色镶嵌装饰而成的入口。塔楼内部,四面很深但很矮的内角拱撑起了浅浅的圆顶。里面没有任何装饰,事实上也没那个必要,单是它的匀称比例就够叫人叹为观止的了。如此典雅立体又刚柔并济的完美构造,向欧洲人展示了一个崭新的建筑世界。欧洲人原以为这般水平的建筑品质是他们的专利,从未想过亚洲建筑也有其超绝卓然之处。叫他们惊讶不已的是,他们不但在亚洲发现这类完美建筑,而且那建筑还是出自和他们截然不同的建筑语言。

萨欧玛(约五千五百英尺高),十月十八日

今天早上阿巴斯跟骡夫们都被鸦片麻醉得无法准时出发。我们提出抱怨,他们却当场大笑。这些人的态度真是坏透了,在这个极度讲究礼节的国家,实在没必要对他们太客气。于是今晚,当他们准备在我们的房里安顿下来时,我立刻把他们连同水烟袋和铜壶等一干杂物,全给赶了出去。克里斯多夫对此感到不安,他说这违反当地的习惯,还讲了个他亲身经历过的故事为证。有一次他和一位巴赫蒂亚里族的族长住在一起,因为想单独和族长谈些事情,于是建议他将仆人支开,此举把主人吓了一跳。我回答说,我也有我自己的习惯,其中之一就是不让我雇用的骡夫或烟袋对我造成不便。

今天我们骑了五个波斯里,喝了一碗奶酪,并饱受木制马鞍的折磨。过了萨罕德不久,我们经过一座美丽的古桥,桥身的三座圆拱以及穿插其间的两座位于桥墩上的小圆拱,同样是用温润的红砖砌成。过桥之后,开始进入起伏不定的高地,在这秋末时节,这里的景色格外显得辽阔、光秃、阴沉。有些地方已经犁过,露出肥沃的棕色土壤;其实这整个地区都很适合耕作,足可养活比现在多上许多的人口。这是我们看到的第一个大村落。村子中央立着一块大石板,石板的基座是一头古朴的石羊,那是村民榨油的地方。

我们占用了村长家最好的房间,房间位于马厩上方,不时有异味传来。墙壁才刚粉刷过;有一座不错的壁炉;四周墙上挖了许多壁龛,用来放置家用品、水瓶、脸盆和白铁杯,有些容器里面还盛放了由玫瑰花瓣和香料草混成的熏香料。屋内没有家具,只有地毯。墙角堆着被褥垫子,外罩以老式的印花棉布套。大战之前,这些印花棉布是俄罗斯专为中亚市场制造的;其中有个垫子是在朱红的底色上，印了由团团花草围绕的汽船、古董车和第一架飞机等图案。这些寝具看来光鲜洁净。可是才刚有一只跳蚤从我手中跳开，我开始担心今晚，不是为我自己，我从来不会被咬，而是替克里斯多夫担心，跳蚤对他可是非同小可。

主人送来一碗刚挤的牛乳，还带着微温。我们特别开了一瓶威士忌以示感谢。

阿塞拜疆人说波斯语时，会把 k 发成 ch，可是该发 ch 的时候，他们又念成 ts。

卡拉朱克（约五千五百英尺高），十月十九日

一小片一小片的云彩在蓝天中闪耀。我们越过平缓的斜坡，来到一处高低起伏的暗褐色原野，只见红黑两色的耕地纵横交错，筑有角塔的灰色村庄错落其间；远方的山脉被粉红嫩黄层层相叠的山丘打断；视野的尽头，则是一山又一山参差不齐的紫丁香。大不里士的双峰如影随形地跟着我们，还有一群黄色蝴蝶。遥远的山下有人骑着马趋近。"祝你平安。""祝你平安。"答，叩，答，叩，答，叩……我们再次独行。

昨天克里斯多夫给了我们主人一张面额为两块的纸钞，想换些零钱。没想到今天早上拿了零钱的阿巴斯却不肯交出来。克里斯多夫质问他："难道你是小偷？"他回答："我就是。"接着他严词抱怨这是对他的侮辱，他说他口袋里就有一千元，并且面不

改色地问我们，如果不偶尔收点礼他怎么活得下去。我们跟他的关系已够冷淡了，如今他又想把我们付给借我们午膳人家的费用据为己有，不啻是雪上加霜。他举起鞭子准备抽打年老的屋主，要不是我硬把他们拉开并痛斥阿巴斯，他真的会打下去。

因此，当我们在穿越一处荒凉寂静的盐水溪峡谷的途中，突然发现克里斯多夫的皮夹掉了，而我们的钱都在里面的时候，情势变得万分尴尬，因为现在我们必须完全仰赖阿巴斯为我们张罗免费的住处。当时他落在我们后面，因为他说他必须去拜访某个偏远的村庄，我们怀疑他是不是发现了那个皮夹，然后卷款潜逃。几分钟后他赶上我们。我们向他解释了我们的窘境。他虽然面露得意之色，不过还是差了一名骡夫回头寻找皮夹。

稍堪告慰的是，我们受到当地某要员管家的热忱接待，这会儿正斜倚在香气四溢的炉火边打着双人桥牌。嘶嘶作响的炉炭茶壶给人一种舒适安全的感觉。上帝保佑，但愿骡夫能找回皮夹——他正走进来。没，他没找到，事实上他根本还没出发，他希望能让哈吉巴巴跟他一起去，而且要付他们每人一元。我从身上仅剩的十二元中抽出两张给他们，而此刻身在阿塞拜疆境内的我们，得靠着一镑多一点的钱返回德黑兰。

后来——克里斯多夫发现皮夹原来扣在自己的衬衫里。这时要召回那两名骡夫已经来不及了，不过我们还是给了阿巴斯两块钱，以补偿我们对他的怀疑，虽然我们并未明说。

阿克布拉革（约五千五百英尺高），十月二十日

克里斯多夫早上醒来时病了，是遭跳蚤咬的结果。管家得知后替他送来一球黑蜂蜜，并嘱咐他要连吃四天，同时禁食奶酪和用来烹煮任何食物的酸奶油，这样跳蚤绝对会避他像避我一样。当我们在火炉边享用牛奶加鸡蛋的早餐时，一个约摸十四岁的男童，由一名老者和一群仆从簇拥着走了进来。看来他就是提供我们如此丰盛美食及殷勤招待的乡绅，那名老者是他的叔父。他的名讳是穆罕默德·阿里汗，今晚招待我们的主人说他是"所有村庄的领主"。

骡夫连夜走了二十英里，回到我们午餐的村子然后折返。不过他们今天倒是和平常一样勤快，甚至还灵活些，因为他们没抽鸦片。

一波斯里的路程把我们带到一处叫做萨拉斯干的村镇，这里有一栋古老的砖造茶馆相当有名。我们在一家商店里买了一些葡萄，店里还出售巴伐利亚制的铅笔、钢管笔和印花棉布。下午我们去了达什布拉革，我们在溪边歇憩，静静凝望着那几间灰泥小屋，覆着待风干的粪肥的圆锥形塔楼，以及和光秃秃的浅红色山丘恰成对比的白色大树干和金绿色树叶。

阿克布拉革的地势较高而且几乎完全裸露，它的唯一屏障是一株不耐狂风吹拂而发育不良的小树。太阳落入双峰之背。

在污秽无窗的房间里,我就着灯笼的光线,不断用冷水为克里斯多夫擦拭,他因跳蚤咬伤而全身高烧,有些地方红肿得非常厉害,我们没有其他消毒药剂,只能用威士忌擦拭。幸好他病得不是很重,还可以对当地首长作礼貌性的回访:

"愿你平安。"

"愿你平安。"

"殿下的情况可好?"

"感谢上帝,托阁下的福,很好。"

"殿下有事请尽管吩咐,赴汤蹈火,在所不辞。请将此处当成贵府。在下愿效犬马之劳。"

"愿阁下永远康泰。"

他是一位严肃的老人家,用正式的礼仪接见我们,双腿跪坐,手背在身后,眼睑下垂,我们则像没有手臂的婴儿般匍匐在地毯上。他说十七年前,曾有四个俄国人来过此地,在此之前和自此之后,该地从未见过欧洲人。其子伊斯麦尔坐在他身旁,他是个纤弱的孩子,几年前病得很严重,他父亲还特地到马什哈德①去为他祈祷。

我们给克里斯多夫吃下一剂鸦片和一碗流质黑蜂蜜权充药品。我们没有其他办法。

---

① 马什哈德,伊朗第三大城,意为"殉道之地",是什叶派第八任伊玛目阿里·礼萨的埋骨之处,因而成为什叶派最重要的圣地。

赞詹，十月二十二日

"大饭店－市政厅"，我们又回来了。

通往米亚那的漫长的下坡路越来越乏味，目的地却始终不肯出现。一个仿佛大流士装扮的牧羊童向我们讨"纸草"（papyrus），这是俄文中"香烟"的意思。一路上在茶馆里经常有人用俄语和我们交谈，不过在偏远的山上听到俄语还是有点奇怪。骡夫和阿巴斯在一栋偏僻的木屋里吸着他们的午烟，这是前后二十英里内我们唯一经过的房舍。当米亚那终于出现在我们的视线范围内时，连马儿都加快了脚步，虽然还有两小时的路程。在穿过一道宽广的河床后，我们由西面进入城内。

我们仿佛是从天而降。众人纷纷夺门而出，把我们团团围住。我朝民政警察局冲去。克里斯多夫则向阿巴斯所属的道路警察队求助，并带着队长一起回来。他对我们表示极度怀疑。

"你们在路上有照任何东西吗？"

"有，"克里斯多夫爽快地答道，"一块精巧的老石头，其实是一头石羊，在萨欧玛。真的，大人，你应该自己亲自去看一看。"

阿巴斯证实此言不假，但队长的疑心并未稍减。

骡夫当然是奉命要收取超过他们应得数目的金钱。克里斯多夫拿出一张他的波斯文名片，请他们要不就回去修理自己的雇主，要不就去向大不里士的英国领事馆申诉。我们跳上一辆卡车，在凌晨一点抵达赞詹，然后被安排睡在储藏室。今天早上，我一共在睡袋里打死十六只虫子、五只跳蚤和一只虱子。

克里斯多夫的情况很惨。他的双腿一直肿到膝盖,而且长满水泡。我们订了下午出发的汽车,应该可以在午夜抵达德黑兰。

第三部

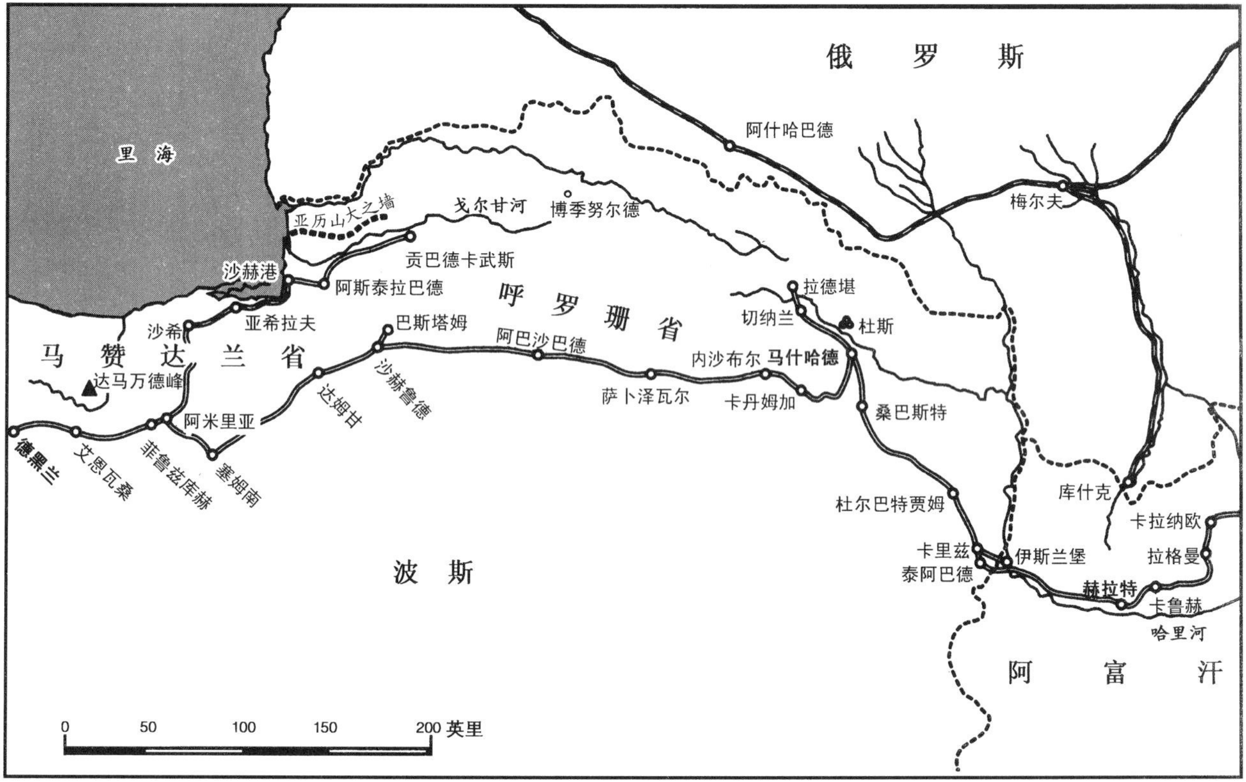
俄罗斯
里海
阿什哈巴德
梅尔夫
亚历山大之墙
戈尔甘河
博季努尔德
贡巴德卡武斯
沙赫港
阿斯泰拉巴德
呼罗珊省
拉德堪
切纳兰
杜斯
亚希拉夫
沙希
巴斯塔姆
阿巴沙巴德
内沙布尔
马什哈德
马赞达兰省
达马万德峰
沙赫鲁德
达姆甘
萨卜泽瓦尔
卡丹姆加
桑巴斯特
阿米里亚
德黑兰
艾恩瓦桑
菲鲁兹库赫
塞姆南
杜尔巴特贾姆
库什克
卡拉纳欧
卡里兹
泰阿巴德
伊斯兰堡
拉格曼
赫拉特
卡鲁赫
哈里河
波斯
阿富汗
0
50
100
150
200 英里

德黑兰，十月二十五日

卢特发来的电报正等着我，上面说，木炭车队预定二十一日离开贝鲁特。由于这封电报是二十一日前一周发出的，所以连他们是否已抵达马赛都无法确定。我想我应该留在这里等他们，或等他们传来无法抵达的消息。可是冬天就快到了，这么干等真叫人心急。

我们住的金鸡旅馆由皮德侯夫妇经营，他们还养了许多宠物。皮德侯曾当过日本大使的厨子，他的第一份工作是在巴黎德比爵士府邸充任厨房小弟。德巴斯夫妇和他们的土耳其牧羊犬卡拉戈鲁也住在这里。

克里斯多夫已住进疗养院养伤，双腿缠满了石膏绷带，要十天后才能取下，而且取下后还得花上一个月的时间酸痛才会痊愈。阿塞拜疆的跳蚤实在太厉害了。

我去参观了古利斯坦，那是沙王接受朝觐的宫殿，一栋由十九世纪的瓷砖和钟乳石状的切割玻璃组成的怪异建筑。孔雀御座很适合这里的调调,整张座椅只有下方那面镶有珠宝的珐琅狮浮雕看起来有些历史,想必是那张来自德里的原始御座的一部分。这里还有另一张御座,是恺加王朝从设拉子带回来的,放在一间面朝花园的印度式朝觐厅中。这张御座采用的是平台形式,下撑以人物雕像,由一整块半透明的黄绿灰大理石或滑石雕刻而成,有些地方还镀了金。平台上的沙王座位前方,有一方小水池。

德黑兰,十一月六日

还在这里。

木炭车队音讯全无。但最近从巴格达过来的信差带回一则谣言,说那几辆车终于坏了。另外,一则《泰晤士报》的剪报说,诺尔上校已自伦敦出发,驾着一部使用同样木炭装置的劳斯莱斯,准备开往印度。他一定是看到《泰晤士报》对木炭车队首次出发的报道,以为这就是那项新发明的保证书。祝他好运!

已经绝望了,两天前我差点就要一个人前往阿富汗。好险,逃过一劫。

美国代办瓦兹华斯介绍我认识法克哈森。一张不太吸引人的面孔出现在我眼前,下巴瘦削突出,头发已垂到鼻梁。一串平板单调的声音从他嘴里发出。可是,我想,也只能退而求其次了。克里斯多夫躺在病床上,临时要找别人同行也很困难。

笔者:听说你想去阿富汗。或许我们可以一起去,如果你真的——

法克哈森:我必须先向你解释清楚,我在这里的行程"粉"(很)匆忙。我已经在德黑兰待了两天。他们告诉我应该到"孔雀御座"去看看,不管那是什么。我不觉得特别想看什么御座。坦白说我对观光没有兴趣。我有兴趣的是历史,是自由。即使在美国,自由也跟过去的观念不同。当然我希望你了解,我的时间实在"粉"赶。我父母不是很赞成我来这里旅行。家父最近在孟菲斯①开了一家广告公司,他希望我在圣诞节以前赶回家。也许我会一直待到元月,看情形再决定。有一种行程是向南,在伊斯法罕和设拉子各停留一天。有一种是去大不里士。还有一种去阿富汗。老实说,如果能去阿富汗,我倒是很想去。不过我的计划没有定数,我出发时甚至不确定是否会来波斯。在美国有人说波斯很危险。这里的人对阿富汗也是同样的说法。也许他们说得没错,可是我有点怀疑。我旅行过很多地方。欧洲国家中除俄罗斯外没有一个我没去过,冰岛也不例外。有一次我在阿尔巴尼亚睡在水沟里。当然那也算不了什么,不过后来我在曼菲斯常常谈起此事。所以如果可能,我是想去阿富汗。可是行程一定"粉"赶。我们或许到得了喀布尔,或许来不及。如果到得了,我可能会租飞机飞回这里。现在我还不是很想去印度。印度很大,我打算留待下一次。在德黑兰我已停了两天,主

---

① 孟菲斯,位于美国田纳西州。

要是一些社交拜会。我虽然过得很愉快,可是那不是我来此的目的。我来这里,你知道的,是"粉"匆忙的一次旅行。如果可以去阿富汗,我希望明天就动身。瓦兹华斯先生,他也是曼菲斯人,他给了我一封致阿富汗大使的信。我不小心遗失了,他又给了我一封。今天早上我过去,可惜大使没办法见我,他跟一些女士有约。我见到一位秘书,可是他不懂英文,而我的法文只停留在大学时代,所以我们没谈"粉"多。我不知道能不能拿到签证。不论如何我还是希望明天早晨就能出发。你知道,我的行程"粉"赶。

笔者:我的想法是,如果你想结伴同行,那我可以跟你一起去,共同分担开销。这对我比较方便,因为我一个人租不起车。

法克哈森:我得承认我手头并不缺钱。我有工作,在美国人人都是如此。你们欧洲的情况就不同了。我们那里没有悠闲阶级,人人都得工作,即使不缺钱也要做。如果不事生产,就会被社会看不起。这一趟旅行我准备了四千美元,不过我也不会随意挥霍。我想只要抽得出时间,去阿富汗的钱不是问题。你知道,我的时间"粉"有限。

笔者:如果你能告诉我,你确实想花多少时间,或许我们可以订个计划。

法克哈森:要看情形而定。(又重复一次刚刚说过的那些话,而且更啰嗦。)

最后我自己去了趟阿富汗大使馆,看看能不能帮法克哈森申请到签证。同时我们也约好第二天碰面。他到达金鸡旅馆时,克里斯多夫和我正在跟刚从欧洲回来的赫茨菲尔德一起用午餐。

法克哈森(正快步走过餐厅,上气不接下气):我想我的计划有希望了。虽然我还没有真正拿到签证,不过我想应该没问题。现在有一两件事情我"粉"想跟你讨论一下——

笔者:容我介绍赫茨菲尔德教授?

法克哈森:……幸会,幸会。你知道我的时间"粉"紧凑,刚才我是想说——

克里斯多夫:你不先坐下?

法克哈森:我是想说,最主要的一点,如果可能的话,我"粉"希望明天早晨就走。当然也许办不到,可是如果行得通,这就是我的计划。

赫茨菲尔德(试图改变这无聊的话题):我看见你们的院子里有一只驯养过的狐狸。

克里斯多夫:以前还有一只野猪。可是因为它会趁客人熟睡时爬到客人床上,后来不得不将它处决。皮德侯夫人说,她也不晓得为什么房客会介意,其实它只是想对人示好。可是房客都受不了,它只有死路一条。

笔者:狐狸也会爬到床上,还在上面尿尿。

法克哈森:这当然很有趣,不过我不太懂它的趣味在哪里。我有几点"粉"想跟你商量一下。

赫茨菲尔德：我在波斯波利斯养了一只豪猪，它已经很习惯与人生活。只要上茶晚了一分钟，它就会发脾气，它的刺，就是你们所称的刚毛，会整个竖起来。

法克哈森：有一些事我"粉"想——

赫茨菲尔德：它上厕所的习惯也跟人一样。每天早上我都得等它用完，我们全家都得等它。

法克哈森（脸色苍白）：你说的再有趣不过了，可是我不是听得很懂。有一两件事——

笔者：我看我们还是到我房间去谈。（我们离开。）

法克哈森：我真的"粉"急着跟你谈一谈。我想把话说清楚，假设要去阿富汗，我一定得快去快回。我一定要打开天窗说亮话。你不认识我，我也不认识你。我想我们可以走得成，但愿如此。可是有些事情在出发前就要弄清楚。我已经把一些要点写了下来，现在念一念。第一点我称之为人际关系。我有相当多的旅行经验，所以我知道旅行途中会表现出一个人最坏的一面。比方说我在曼菲斯有个兄弟。他非常喜欢音乐，我却不喜欢。我们结伴游览巴黎。晚餐后他要听音乐会，我不要。我很爱我兄弟，可是即使如此，也难免会发生这一类的问题。你不认识我，我也不认识你。我们可能遇到困难，可能突然生病。生病时很难会有什么好心情。除此之外，我想我们必须记住这个人际关系的问题。第二点我称之为政治因素。我打开天窗说"亮"话。我的时间不多，你也知道，假使我们两个一起去阿富汗，我希望我们能够成行，那我要先讲明，一路上必须由我做主。所以这第二点我称它为政治因素。如果我决定不想去某个地方,那我们就不去。我会尽量配合你的意愿,尽量做到公平。我想我会很公平的。瓦兹华斯先生也是曼菲斯人,他跟我们家很熟,我想他会告诉你,我应该是很公平的。可是决定权一定在我。第三点是财务因素。由于这次行程大部分由我作主,所以我愿意付比一半多一点的车资。可是你也知道,我时间有限,必须速战速决,有可能我会直接去印度,然后在那里上船。我从你的话中,知道你手头比较紧。我不可能让同行的伙伴留在印度进退不得。所以在我们启程前,我必须要确定,你有足够的旅费再回波斯,而且我一定要看到实际的钞票在你手里——

笔者:你说什么?

法克哈森:我一定要看到实际的钞票在你手里——

笔者:再见。

法克哈森:……在出发以前,这样我可以确定你不会有问题,万一——

笔者:如果你不是聋子,请你滚蛋。

法克哈森落荒而逃。他出去时碰到克里斯多夫和赫茨菲尔德,还很热烈地与他们握手。"很高兴认识两位,我得走了。你们明白我的行程'粉'赶……"

他不得不赶,因为我紧追着他不放。我可没打算碰他,除非给我一瓶消毒药水和塑胶手套。不过要吓他实在很简单。昨天我见过他更衣,我注意到他的肌肉不是很发达。

德黑兰,十一月九日

还在这里。

纳迪尔沙国王①在喀布尔遭人刺杀。

早上在银行听到一则奇怪的传闻,指伊拉克国王加济已逝世②。公使馆在下午一点获知正确消息。路透社则在晚间证实了传闻属实。印度的政府反应十分激烈。阿富汗本身却没有任何消息传出。然而不论当地有没有骚乱,发生这种事情并不会让我的旅程更容易——如果我走得了。

一位巴赫蒂亚里族的族长,他是克里斯多夫的一位老友,来与我们共进晚餐。他要求找个隐秘的场所,因为身为部落王位的继承人,与外国人来往是很危险的事。事实上这些族长全都遭到马乔里班克斯非正式的软禁。他们可以住在德黑兰,可以任意挥霍,就是不准回到巴赫蒂亚里故地。马乔里班克斯忌惮这些部族,为了分散他们的力量,他将族人分置在由警察控制的村落中,并不让他们与自己的族长接近。过去这些部族曾出过

---

① 纳迪尔沙国王,阿富汗国王,一九二九年击败篡位盗贼萨卡,被拥立为新王。即位之后重新整顿国家秩序,颁布宪法并进行一连串改革,一九三三年因政治内讧遭人暗杀身亡。
② 这是一个误会,因为纳迪尔沙国王的全名为 Nadir Shah Ghazi,与伊拉克国王加齐(Ghazi)同名,故有此误传。

不少沙王。

我们的宾客谈到他对未来有不祥的预感。他说他是听天由命。波斯向来如此。唯一的办法就是耐心等待暴君一命呜呼。

德黑兰，十一月十一日

星期六。还在这里。

我决定星期二动身。星期一我找到一辆莫里斯汽车，售价三十镑，似乎很划算。当时我以为只要买下它，第二天就能出发。

没想到从此开始的一连串手续，包括购买这辆车，申请驾驶执照，申请波斯的居留许可，申请前往马什哈德的通行证，取得一封致马什哈德总督的推荐信，以及取得致沿途各地方官的介绍信，整整花了我四天的时间。他们说我"违抗法律"，因为我没有身份证。为取得身份证，我填写了一式三份的表格，提供波斯国家档案局有关家母出生地的秘密。另一方面，那辆车的主人已离开德黑兰，将交易全权委托一位年纪很大却穿着粉红色苏格兰呢大礼服的律师处理。交易谈成了；也在证人的见证下签了字；但警方却拒绝登记过户，因为那位律师受委托的范围虽涵盖其当事人所有的财产，但财产清单中并未列入这辆车。于是我们向更高阶的警官申诉，并获得相反裁定，他还以电话将此决定通知其属下。可是当我们回到距离仅三百码外的另一个单位时，却没有人知晓此事。他们一一询问邻近单位的人有没有接到这通电话。最后终于有人想起，接到电话的人出去了。老天保佑，我们在街上碰到他，然后一路跟他回到办公室。没想到此举惹恼了他。他表示一定要一份授权书，否则免谈。在授权书准备好之前，请我们行行好别再打扰他。律师一拐一拐地前去买了张白纸。我们，包括车主之子、汽车客栈老板和我，暂避于大广场的行人道上，蹲踞在脾气颇大的老书记四周，他的眼镜已滑落到鼻端，手上的笔在白纸上一刻一画，好让写出来的字像是镌上去的。一行字都还没写完，警察就来赶我们；另一行才刚下笔，又被警察赶。我们就像一群蟾蜍，在广场上一圈又一圈绕着，这里写一个字，那里写一个字，从黄昏写到入夜。等我们好不容易呈上授权书，他居然要我们当场再做一份副本。这里的情况比广场还糟，因为办公室停电，我们必须不断点火柴照明，结果每个人的手指都被烧得好痛。我忍不住笑了起来，其他人也跟着笑了，警察更是笑得像疯子，不过他很快又一脸严肃地表示，产权证明再怎么样也要三天后才能拿。经过一小时的争辩，他终于答应第二天早上可以来拿。次日早晨我去取件，没想到他们又说得等三天。不过这次因为只有我一个人结果反倒方便，因为我的波斯文程度只够表达我的愿望，却不足以听懂对方的拒绝。于是我们再一次到对街的长官那里。只见他们一会儿在办公室间穿来梭去，一会儿对着电话口沫横飞。我要的文件就这样诞生了。容我加上一句，上述这一切只是过去这四天来，我种种遭遇中极一的小部分。

这辆车的年份是一九二六,引擎也需经一番检修。昨日经过测试之后,我曾提议今早六时出发。没想到测试完毕,电池就故障了。我预计中午启程,希望今晚能抵达阿米里亚(Amiriya),到了那里,最难通过的隘口就只剩下一个了。

诺尔车队驾驶两辆劳斯莱斯在昨晚抵达此地。他们在多佛尔港即已丢弃木炭推进设备。据他们说,木炭车队曾在大马士革和巴格达之间的沙漠度过五个晚上,但因两个连杆头故障,目前正在修理。我还是无法确定他们是否能顺利抵达此地。我不能这样没有把握地等下去。过十一月十五日,那些隘口随时可能关闭。

艾恩瓦桑(约五千英尺高),超过晚间七时三十分
后轮轴故障,距德黑兰六十英里。

城门口的警员喊着:"往呼罗珊!往呼罗珊!"当我们在艾布耳士隘道轧轧前进之际,我感受到一种美妙的悸动。不论上坡下坡,引擎都放到最低挡,唯有如此才能在通过不时出现的 U 形急转弯时,不致坠落谷底。

七个农民吆喝着帮忙把车推上山,推到村里的车棚内。所有买车的钱都损失了,可是我不会再回德黑兰。

沙赫鲁德①(四千四百英尺高),十一月十三日

隔日早晨艾恩瓦桑来了一辆巴士,上面坐满了要到马什哈德朝圣的女士。我被她们在楼下院子里高谈阔论的声音给吵醒。五分钟后我已坐在司机旁边,行李搁在女士们的脚下。

从阿米里亚上方的隘口往回看,可以望见绵延不断的崇山峻岭,一山高过一山,直到耸入天际的达马万德白色山顶;向前瞧,则是一望无际的原野,山陵呈波浪状起伏,有些地方明,有些地方暗,阳光和阴影随着它们的主人,也就是云彩,一同越过地球这座舞台。寂寥的村庄掩映在秋天的黄叶中。除此之外,尽是沙漠——东波斯地区泛着黑光的岩质沙漠。巴士在塞姆南暂停,女士们坐进一间砖造客栈喝茶,我听说这里有一座古老的尖塔,便抢在警察发现我之前寻访到它。等到他们出现后,我只能把无法在这座美丽城市继续待下去的悲哀,像俗话所说的,往肚子里吞。我们迎着暮色继续上路。司机说:"跟我们一起到马什哈德吧。"他是个黑人,开出来的车资也很够朋友。不过我还是坚持要在达姆甘下车。

这里有两座圆形墓塔,根据铭文记载是建于十一世纪,建材为灰泥及浅褐色砖块。另有一座现已废弃的清真寺,名为塔利赫罕纳,意即"历史之屋",其年代更为久远。它那粗短的圆柱,

---

① 沙赫鲁德,即今伊玛目鲁德。

会令人想起诺曼时期①的英格兰乡村教堂,这种非自然演进的仿罗马式风格,想必是承继自萨珊王朝的传统。在伊斯兰教征服波斯之后,整个伊斯兰教世界的建筑艺术均仿自这个传统。不过能够看到它在取得艺术价值之前的地道原貌,的确是饶富趣味。

此地的警察脾气甚好,只是受我之累没法用午餐,这会儿正饿得发昏。接近傍晚时,从西面开来一辆卡车,他们立刻将我推上车去,我再不走,他们那天就别想吃饭了。我们在八点抵达沙赫鲁德,并预计午夜离开。

值得推崇的波斯式商队客栈,一直拒绝被现代运输淘汰。汽车客栈到处都有,这是当然。不过它们的基本规划却不出传统客栈的格局。通常是由一座方庭组成,面积约有牛津的一个学院那么大,由宏伟的大门护卫客栈的安全。在大门附近的拱形入口两旁,有厨房、食堂、通铺及买卖交易的场所。另外三边则是类似修道院静修室的一排排小房间,以及停放马匹和汽车的场地。舒适的程度各地不一。在此地的马西斯汽车客栈,我的房间有弹簧床、地毯和炉子;吃的是鲜嫩的鸡肉,饭后还有香甜的葡萄。可是在达姆甘,房里完全没有家具,食物也只是一团微温的米饭。

---

① 诺曼时期,指诺曼人威廉在一〇六六年征服英格兰之后的那两个世纪。

内沙布尔（四千英尺高），十一月十四日

任何东西都可以变成鉴赏对象。我在达姆甘搭上的那辆卡车，在全波斯可是闻所未闻：那是一辆全新的"里欧快车"①，这次是它的处女行，平地时速可达三十五英里，配备有双轮胎，常保低温的水箱，以及驾驶座的电灯。我们的司机马赫穆德和伊斯梅尔正以破纪录的速度从德黑兰驶往印度边界。他们每隔五分钟就问候我一次，还邀我和他们一起直奔杜兹达卜②。

黎明宛如绞刑台上的微笑，刺穿了狂风细雨的夜晚。我吃了一点奶酪，以及沙赫鲁德那块鸡胸的另一边。两株矮小的柳树和一间茶馆，自朦胧的沙漠中升起。马赫穆德及伊斯梅尔走进茶馆和路上的同道打招呼。我则坐在位子上打瞌睡。

在阿巴沙巴德，我们围在火堆旁休息，当地人趁机向我们兜售珠子、烟嘴及一种用灰绿色软石做成的骰子。穿着大红色俄式上衣的这些人，是被阿拔斯沙王③迁徙来此的格鲁吉亚④殖民

---

① 里欧快车，里欧是美国发行家及早期汽车制造商奥尔兹成立的汽车公司。
② 杜兹达卜，即今扎黑丹，位于伊朗和巴基斯坦边境。
③ 阿拔斯沙王，即阿拔斯一世（1571—1629），是一位行政奇才及军事战略家，其统治期间将波斯的土地、国力和财富均带至巅峰之境，后人尊称为阿拔斯大帝。
④ 格鲁吉亚，位于黑海和里海之间的中亚国家，信仰希腊正教，十五世纪遭到土耳其和波斯瓜分，但他们谋求独立的决心始终未减。阿拔斯沙王在位期间曾将数千名格鲁吉亚人迁徙到波斯中部，并以炙铁将他们的女王折磨至死。

后裔。我们冒着风雨继续上路,越过一重重灰色沙丘。飘过天际的灰色云朵飞得又低又快,偶尔一见的灰色村庄却杳无人烟。村旁已废弃的城堞四周,簇结着许多蜂窝状及金字塔状的泥块,那些泥块在雨水的冲刷下正逐渐溶化。打从洪荒伊始,这些泥块便一再遭雨水溶化,又一再随着夏季来临而成形,直到宇宙终结。泛着紫色漩涡的溪流,顺着峡谷盘旋而下,滑进平地,隐入沙漠。它的足迹缀成了水道。某天夜里,白杨落光了所有树叶,筱悬木的叶子勉强多撑了一天。几队骆驼摇摇摆摆地行经我们,雄骆驼身上传出的隆隆铃声,不一会儿就消失于远方。穿着白色粗呢大衣的牧羊人,顶着强风,召回放牧的羊群。黑帐篷与黑毡帽宣告我们已接近土库曼人①之地,中亚的边缘就在前方。这就是所谓的"黄金之路"②。八百年前,霍斯鲁格德的尖塔也是这样看顾着东西往来的旅人,就像它今天注视着我们经过。再走两英里就是萨卜泽瓦尔。那儿的客栈供应烤肉串、奶酪、石榴和一瓶当地酿的红葡萄酒。

夜幕刚落下不久,卡车的车灯突然熄了。那两个不中用的破纪录勇士,马赫穆德和伊斯梅尔,身上居然找不到任何火柴或蜡烛。幸好我有,可是故障之处没那么容易修好,今晚到不了马什哈德,我们只得在此打尖。

---

① 土库曼人,突厥民族的一支,居住在阿姆河南部平原,毗邻伊朗北部和阿富汗西北。
② 黄金之路,由马什哈德通往萨拉赫斯这段古丝路的昵称。

可恶,这里是欧玛尔·海亚姆①的故乡。

马什哈德(三千一百英尺高),十一月十六日

内沙布尔距马什哈德九十英里。我原本以为中午就可到达。

可是那辆了不起的里欧快车竟然无法动弹,害我一直等到九点才搭上便车,那是一辆英国贝德福出厂的朝圣巴士。在十六英里外的卡丹姆加,司机好心地停车让我们参观圣祠。那是一座覆有球根状圆顶的小八角楼,建于十七世纪中叶,是为了纪念礼萨伊玛目②曾在此休憩。圣祠坐落于一块崖壁下的平台上,高大的伞松及潺潺溪流环抱四周。阳光在瓷砖上照耀出粉红与碧蓝的金光,映衬着低矮的天空下郁郁的叶影。一名包着黑头巾、蓄胡须的跛腿瞎子,正在向人讨钱。他那一跳一扣的动作,真是利落得可怕。我转身逃回巴士。

这辆车超载了一倍的乘客,以及一倍的行李。司机眼看目的地就在前方,兴高采烈地以四十英里的时速猛冲下山,在它摇摇晃晃地越过一处河床,才刚要爬上对面斜坡的时候,前轮突然

---

① 欧玛尔·海亚姆(1048—1131),波斯诗人、天文学家兼数学家,生于十一至十二世纪的塞尔柱时期,曾参与修订伊斯兰教历法,以四言诗《鲁拜集》享誉西方。
② 礼萨伊玛目,即阿里·礼萨,什叶派的第八任伊玛目,于八一八年遭毒杀身亡,什叶派信徒相信他是因信仰而遭迫害,因此与他有关的地方皆成为该派的朝圣之地。卡丹姆加的字面意义即"驻足之地",伊玛目礼萨曾在此留下巨大的足印。

脱落并向后朝我冲来，我还来不及尖叫就听到它嘎的一声撞歪了踏板，然后滚进沙漠。司机面带嫌恶地问我："你是不是英国人？你看看。"原来是一英寸宽的英国制钢环断裂松脱。

换装工作花了一个半钟头。朝圣者背着狂风围成一圈，男士们躲在他们的黄色羊皮下，女士们则用黑纱将自己紧紧裹住。三只单腿绑在一起的鸡儿暂获自由。不过任凭它们怎么叫，终究还是难逃一死。再次上路之后，司机简直小心过头，时速只剩五英里，而且每到一处客栈一定会停下来喝茶压惊。我们终于抵达一个小隘口，新的景色映入眼帘。

灯火点点的层层山峦绵延至地平线尽头。夜色和云浪自东方袭滚而来。山下平原上的模糊烟影、树木和房舍向我们预告，沙王的圣城马什哈德到了。清冷的秋雾中，金色与蓝色的圆顶一明一暗。自从伊玛目礼萨长眠于哈伦·拉希德①哈里发的墓旁，千百年来，这幅画面一直是已疲惫于沙漠景观的朝圣者、商人、军队、君王及旅行者的沁眼甘泉——也是一辆已故障巴士上数十个焦急旅客最后的希望。

几方石冢标示出圣地的位置。男朝圣者纷纷下车，背对马什哈德，面向麦加，跪地祈祷。巴士司机下来收取车资，由于先

---

① 哈伦·拉希德（763—809），阿拉伯帝国的统治者，阿拔斯王朝的第五代哈里发，在位期间，哈里发的地位无论在权力、财富和文化上，都达于前所未有的高峰。

第三部　101

生们正忙着祷告,他便执意向妻子们收取。尖锐的抗议声四起,刺耳的女高音破坏了这属于祈祷感恩的时刻。虔诚的男士们继续膜拜,他们以额头撞击石冢,割裂穿了袜子的双脚,痛苦哀吟,凝望上苍,总之就是想尽可能拖延该付的车资。在以铁丝网隔开的车厢里,那些头戴面纱的泼妇们也拒绝付钱,司机和助手绕着车身又叫又跳。先生们一一想趁两人不注意时溜回车上。可是仍被逮个正着。每个人都要讨价还价约一刻钟,最后还是有三个人坚持不肯付钱,结果在咆哮与诅咒声中,被连打带踢地赶下车。有个满口怨言的家伙,是这群朝圣者中最不安分的一个,他一直跟我坐在前座,此刻在他的带领下,三人一起跌跌撞撞地飞奔下山。

巴士才刚要追上去,后面立刻传来那些女士们高八度的喧闹声。她们的拳头和家用品眼看就要敲破隔在乘客与驾驶座之间的那层薄木板。我们再次停车。那些汗流浃背的凶悍女子,央求我把那三个人找回来。此刻我只关心天黑前能否到达旅舍。于是我对司机说:"赶快把那三个抓回来,要不就继续开车。如果再耗在这里,你连我的车钱也甭想要了。"这句话奏了效。他追上那三个还继续往下跑的家伙,请他们回到车上。他们不肯。他们退进路旁的沟道,表示他们绝不原谅那两个破坏他们一生中最神圣时刻的坏蛋。妇人们又开始尖叫敲打。隔板再次发出震耳欲裂的响声。整辆巴士开始嘎嘎作响。我一面大喊:"继续!"一面猛跺脚,跺到底板整个陷进煞车里面。司机跳下车,抓住那三个叛逃者,一阵拳打脚踢,直到三人苦苦求饶,才把他们拖回车上。带头起哄者还想坐回我旁边。现在轮到我发火了。我说不要他靠近我。没想到他竟抓起我的手,强拉到他那扎人又滴着口水的胡须下拼命亲吻。我使劲把他推开,并趁机跳到另一边,对着不明就里但已疲惫不堪、面有愠色的司机说,为了不再受这家伙骚扰,我打算自己用脚走到马什哈德,并把我欠他的车资扣在口袋里。那些妇人听到我这么说,立刻把撒泼对象转向那个讨厌鬼。他缩着身子被拉了起来,赶到后座。接着,我们以足可撞烂炮车的速度,火速奔往圣城。

我和司机相视大笑。

马什哈德,十一月十七日

圣寺是城内最重要的建筑。土库曼人、哈萨克人、阿富汗人、塔吉克人和哈扎拉人①,混杂在一身欧式装扮但却脏乱依旧的波斯人中间,将通往圣寺的道路挤得水泄不通。尽管官方推行的反教士政策规定开放所有清真寺供大众参观,但由于此地的警方十分忌惮这些狂热分子,因此圣寺仍然禁止非穆斯林进入。旅馆的人说:"如果你真想进去看看,我可以把帽子借给你。有帽子就没问题了。"我嫌恶地看着那顶象征马乔里班克斯统治的破旧帽子,那是法国平顶军帽的拙劣翻版。我认为即使戴上

---

① 哈扎拉人,蒙古人的一支,主要分布于阿富汗中部,说波斯语,信仰伊斯兰教什叶派。

那顶帽子,我的蓝眼珠和金色胡子还是逃不过警方的检查。

不久前,马乔里班克斯首次出巡锡斯坦①。为了迎合他对现代道路规划的喜好,戒慎恐惧的地方政府特别辟建了一座全新市镇,这座波将金②式的城镇外墙虽然装饰得华丽异常,然而墙内却是空无一物。在他抵达的前一天,一辆卡车载来孩童们的衣服。次日当学童在校园里集合时,那情景仿佛是到了法国的幼稚园。沙王随后驾临,但他一直停留到将校长革职之后才离开,因为学童的衣服全穿反了。沙王继续他的巡视行程,但那些童装必须先飞快脱下,送上卡车,抢在他之前送达下一站。波斯依然是哈吉巴巴③的国家。

诺尔的车队昨天抵达。我向一辆车身漆满玫瑰的阿富汗卡车订了座位,准备前往赫拉特。车子预计后天出发。

---

① 锡斯坦,伊朗省名,位于东南方与阿富汗交界之处。
② 波将金,十八世纪的俄国行政官、殖民者、陆军元帅及叶卡捷琳娜二世的参谋和情夫。一七八七年,叶卡捷琳娜二世率领声势浩大的随从循第聂伯河南下,视察波将金治下的新俄罗斯拓垦区和黑海舰队,据说当时波将金曾建造许多假村庄,让女王对该区的扩展印象深刻。
③ 哈吉巴巴,小说《伊斯法罕的哈吉巴巴历险记》一书的主角。该书的作者是英国外交官兼作者莫里耶,他在一八二四年以自身在波斯的旅游经历写下这本脍炙人口的小说。哈吉巴巴是个标准的机会主义者,精明世故,讨人喜爱,但行事作为毫不顾念道德。他在土库曼牧民的胁迫下参与他们打家劫舍的行列,在游走于伊朗和阿富汗的过程中,一路学习各种技能并逐步打进上层社会,最后却发现宫廷里面有的只是一位暴君和无数的谗言小人。

马什哈德,十一月十八日

杜斯,诗人菲尔多西的故乡,在马什哈德建城之前就已存在,是靠着伊玛目礼萨的尸骨繁荣发迹的。它位于西北方十八英里处,就在通往俄国边境城市阿什哈巴德的公路旁边。

土墩和田垄勾勒了这座古城的轮廓。一座有着八道桥拱的古桥横跨河上。宏伟的圆顶陵墓耸立在蓝色的山脉前方,其砖色有如枯萎的玫瑰花瓣。没有人知道里面葬的是谁,不过从它和梅尔夫的桑贾尔苏丹①陵墓的类似程度看来,应该是建于十二世纪。如今只剩这座陵墓还保存着杜斯的辉煌过去。

不过为了纪念菲尔多西的千年冥诞,明年此地将有一场盛大的庆典活动。外国人听说过菲尔多西,但多半只知道他是一位诗人而未读过他的诗作。因此可以预期的是,他们的礼赞重点恐怕不会是他的作品而是他的国籍。至少这是波斯人的期望。庆祝活动的计划已经颁布。届时,凡是其边界或其他利益与波斯一致的国家,都会派遣代表团来提醒马乔里班克斯,当他的祖先已在撰写史诗之际,其他国家还处于文身的落后时代。他们还会接着表示,直到今天这种对比仍未过时。国王陛下新辟的铁路,他的公正无私,以及他对西服的爱好,在在为这个已然失序的世界注入了新希望。事实上,是沙王礼萨·巴列维让

---

① 梅尔夫,中亚古城,位于今土库曼共和国境内。自雅典帝国时代开始,该城便一直是西亚与中国之间重要的交通中枢。阿拉伯人统治期间,该城成为呼罗珊首府以及研究伊斯兰教教义的重要中心。塞尔柱统治期间,桑贾尔苏丹将其扩建为十二世纪的首都所在地。一二二一年落入蒙古手中,原有的水库、灌溉系统和宫殿等建筑,悉数遭到破坏。

菲尔多西永垂不朽。

长久以来隐寂于群山沙漠间的杜斯,将成为这些嘉言赞语的发表舞台。一座新建的纪念碑,将在据说很可能是诗人墓址的地点正式揭幕。这座即将完工的作品,出人意料地颇有可观之处。方形锥体的主建筑——之后会覆以白石——立于宽阔的石阶之上。碑前是一方长形水池,四周种有一排排树木,入口处是一对古典式凉亭。想要以东方风格来实践一种本质上属于西方的理念,必然会遭遇种种限制,如果把这一层考虑进去,这座纪念碑的设计确实颇值得称道。它的西式部分,也就是纪念碑本身,设计得至为简单;而波斯式部分,也就是花园,则像往常一般精美;而且这两部分的比例融合得恰到好处。当所有的纪念活动宣告结束,一切又恢复到只闻羊铃响的日子之后,菲尔多西的爱好者或许可以在这座平实的圣祠中,找到值得庆幸的宁静。

今日下午领事馆有一场茶会,接着是余兴节目。看起来很像、实际上也很可能就是刽子手的警察总长,在玩游戏时向一位美国女传教士展示夹在他臂弯中的怪东西。我遇到美国传教团的负责人唐纳森先生,他刚出版了一本谈论什叶派的书,不知是他没尽力劝人皈依基督,还是他当真行有余裕。

从德黑兰发来的一封电报写着,木炭车队已抵达当地,一旦海关释还他们携带的枪支,他们就会立刻赶来这里。没理由在这里等他们。就算我们真要会合，也应该是在马萨沙里夫。即使是现在，道路也可能已遭冰雪阻断。

诺尔这会儿也想试着申请阿富汗签证。

阿富汗：赫拉特（三千英尺高），十一月二十一日

诺尔拿到签证并把我带到这里，或者应该说是我把他带到这里。一路从伦敦开车过来，他很高兴能把方向盘交给别人。他于下午取道南边公路驶往坎大哈①。

除了过着囚犯般生活的俄国领事馆人员，我是此地唯一的欧洲人，当地人的注目礼逼得我不得不表现出最谨言慎行的一面。我在旅馆结识三名同伴，他们都是帕西人②，正在骑单车环游世界。他们刚从马萨沙里夫过来，走的是今夏才通车的新公路。他们在路上遇到好几批俄国人，都是从阿姆河对岸逃到这里，接应者正准备取道瓦罕走廊③将他们护送到中国新疆。他们当中有一个人是记者，他交给他们一封信，信中描述了他所遭

---

① 坎大哈，阿富汗南方坎大哈省首府，全国第二大城，亦是成长最快速的农业中心。
② 帕西人，即印度拜火教教徒，公元七一七年为躲避伊斯兰教统治而移居印度，自此便以印度为主要居住地。帕西人在印度的经济、艺术和社会等方面，皆享有相当高的成就。
③ 瓦罕走廊，指从阿富汗东北突伸入中国境内的高险山路，全长约三百三十二公里。

第三部　107

遇的苦况。他的靴底已经磨出破洞,但他还打算徒步走到北京。

赫拉特有它自己的外事官,职衔是穆迪瑞哈里加,他说只要我能找到交通工具就可以前往突厥斯坦①。我也觐见了总督大人阿布都·拉希姆汗,他是一位英俊的老先生,头戴黑色的羔羊皮高帽,蓄着兴登堡②式的八字胡。他准许我随意游走,并愿意为我写介绍函给沿途的地方官员。

稍后我去拜访电信局长,他会说英语。
"阿曼努拉汗③现在人在哪里?"他突然提出这个问题,同时留意着窗外,以确定附近没有闲杂人等。
"我想是在罗马。"
"他会回来吗?"
"你应该比我更清楚才对。"
"我什么都不知道。"
"他的兄弟印亚杜拉现在在德黑兰。"

---

① 突厥斯坦,广义的突厥斯坦指东起天山、喀喇昆仑山,西滨里海,南接阿富汗、伊朗东部,北连西西伯利亚在内的广大中亚地区。这里的突厥斯坦应该是特指阿富汗北部地区。
② 兴登堡(1847—1934),一战的德军统帅及魏玛共和国总统。
③ 阿曼努拉汗(1892—1960),一九一九年至一九二九年间的阿富汗国王,致力于争取阿富汗的独立主权及推动阿国的现代化工程。他的改革计划包括颁布宪法、普及教育、政教分离和解放妇女等。这些计划触怒了宗教领袖和各族族长,叛逆之声四起。一九二九年,一位名叫萨卡的盗贼攻占了首都喀布尔,阿曼努拉汗被迫退位,流亡欧洲。

局长坐直身体:"他什么时候到的?"

"他就住在那里。"

"他都做些什么?"

"打高尔夫。可是他的球技实在太差,别国的外交官都避之惟恐不及。可是一听到纳迪尔沙国王遭人刺杀的消息,他们又争相打电话邀他打球。"

局长对这种前倨后恭的态度频频摇头。然后他问:"什么是高尔夫?"

当地政府傍晚派人来慰问我是否舒适。我承认如果我房间的窗户能有玻璃会舒服些。经营这家旅馆的是赛义德·马赫穆德,看起来像是阿夫里迪人[①],以前曾在卡拉奇的一家旅馆工作过。他拿出旅客登记簿给我看,我看到德国驻加尔各答的领事格拉夫·冯·巴塞维兹,曾在八月结束度假返回任所途中在此留宿。这是自一九二九年来,我首度听到他的消息。

赫拉特,十一月二十二日

赫拉特位于一条分别向东西两方面延伸的农业发达地带,与南方的哈里河和北方的兴都库什山脉尾端各相距三英里。城区分成新旧两部分。旧城由方形城墙包绕,里面是狭窄弯曲、宛

---

① 阿夫里迪人,普什图部落的一支,分布地从巴基斯坦西北边省绵延至阿富汗地区,所使用的语言属波斯语系。

如迷宫般的巷弄,长达两英里的主市集通道沿着对角线将旧城一分为二。城堡耸立在北端,是一座建于小丘上的中世纪堡砦,居高临下地俯瞰着周遭平原。城堡对面是新城,包括一条从市集入口向北延伸的宽广马路,以及另一条与之垂直交叉的类似的大道。两条路上的店铺栉比鳞次,而我住的二楼旅馆正是位于这些店铺之上。旅馆隔壁是一间铜匠铺,从早到晚此起彼落的敲打声,敲得我们这些房客都不敢稍有懈怠。再往下就来到了十字路口,那里是卡车的售票处,乘客每天在此跟一捆捆的货物和柳条箱内的一桶桶俄国石油一起等车。

这里与波斯的鲜明对比引起我的注意,我也开始对人们的好奇眼光回以注目礼。一般波斯人为了遵守马乔里班克斯反奢侈法所做的打扮,简直是对人性尊严的一种侮辱,看到那群包裹在不伦不类、简陋寒酸的衣着下的人们,你绝不相信那是曾经骄傲地向无数外来客展示其礼仪、花园、骑术和文学喜好的那个民族。阿富汗人究竟有哪些特质叫人喜爱,这一点还有待观察。不过单是他们的服装和走路的样子,就给人挺不错的印象。有少数人,主要是政府官员,会穿着整套的欧式西装,搭配时髦的小羊皮帽。一般市民偶尔也会展示一下他们的维多利亚式背心,或是印度伊斯兰教风味的双排扣高领大礼服。然而这些外来装束一旦配上大如床单的头巾,五彩缤纷的披肩,长及鞋底、臀宽腿窄的松垮老爷裤,以及绣金凤尾鞋,立刻就有一股奇特的华丽味道,就好像歌剧院里的印度披肩。这是南方那些正宗阿富汗人偏好的服饰。塔吉克人或波斯人喜欢突厥斯坦的长棉袄。土库曼人则钟爱红色长外套、黑长靴,以及用柔滑闪亮的黑山羊皮制成的高顶帽。打扮最与众不同的,应该是附近高原上的居民,他们经常会穿着一件硬挺的白色哔叽紧外套,抖着宛如翅膀般的假袖子在街头踅荡,那对袖子不但长及膝窝,而且还有镂空花纹。偶尔还可看到一个个顶端开了窗户的白色棉布蜂窝从街上一闪而逝。那是当地的妇女。

目光如隼、鼻如鹰钩的男子,黑眉微蹙,带着连魔鬼都惧怕三分的自信表情,大摇大摆地走过阴暗市集。他们背着来复枪逛街的情形,就像伦敦人带伞出门那般平常。如此凶悍的外表其实有几分装腔作势的味道。他们手上的来复枪可能射不出子弹。裹在合身军服下的体格,也没看上去那么强壮。就连眼中发出的凶光,也常常是靠化妆烘托出来的。不过在这样一个法治不彰、凡事都用拳头解决的国度,这种姿态已变成一种传统。站在政府的立场上,这或许是个不太方便的传统,不过它至少能让人民心理平衡并对自己充满信心。他们期待欧洲人去顺应他们的标准,而不是要自己去配合它,这是我今天早上领悟到的心得,我走遍全城想要买些亚力酒①,可是却连一滴也找不到。我终于到了没有自卑情结的亚洲。传说阿曼努拉曾向马乔里班克斯夸口,他一定可以让阿富汗的西化速度超过马乔里班克斯的

---

① 亚力酒,由米、椰子及糖蜜酿制而成的烧酒。由于穆斯林禁止饮酒,所以作者才有此叹。

波斯。阿曼努拉祸从口出，断送了他和他的后继者的前途。

从波斯通往赫拉特的道路，一直沿着山势前进，直到与从库什克过来的道路交会之后，才转向下坡，朝城市走去。我们抵达时夜幕已落，然而星光正灿。这种夜晚总给人一种神秘之感；在这个陌生的国度，通过戍守荒野的边界警卫，一种以往少有的兴奋之情油然升起。忽然，道路两旁出现一根根高大的烟囱，在我们经过后，它们黑色的身影又在星光下现身。我一时愣住了——怎么也想不到这里会有工厂——直到一团圆形轮廓映入眼帘，这才回过神来，那是一个与巨大烟囱不成比例的破旧圆顶，圆顶表面还有着奇怪的棱纹，仿佛哈密瓜。全世界只有另一个和这一样的圆顶，我想它的名字应该每个人都听过：撒马尔罕的帖木儿之墓。这么说来，那些烟囱必定是墓寺的尖塔。我上床时的心情简直就像是圣诞夜的孩子，迫不及待地希望清晨快快来临。

清晨终于来临。我走出户外，爬上旅馆隔壁的屋顶，看到光秃秃的原野上立着七根天蓝色的尖塔，背景是娇嫩的石南色山脉。黎明为每根尖塔笼上泛白的金光。在这七道金光之间，闪烁着形似哈密瓜的蓝色拱顶，哈密瓜的顶端已咬了一口。它们的美，不仅美在由光线或周遭景致营造出来的整体印象。贴近细看，每一块瓷砖，每一朵花饰，甚至每一片马赛克，也都美得恰如其分。即便是已成废墟，那个黄金时代的风华依然寄寓其间。历史已经忘了它吗？

并不尽然。十五世纪时,赫拉特的细密画不但在当时为它博得盛名,连后世的波斯和蒙古绘画也深受其影响。但是孕生出这些极品的文化和人们,包括眼前的这些建筑在内,在世界史上却是毫无地位。

原因出在赫拉特位于阿富汗;而撒马尔罕却是帖木儿本人而非帖木儿汗国的首都①,而且该地还有铁路经过。阿富汗严格说来一直到不久之前,都还是外人无门踏入的禁地;而撒马尔罕却在过去五十年间吸引了许多的学者、画家及摄影师。因此,一般人多以为帖木儿汗国的文艺复兴是发生在撒马尔罕与河中地区②,而其真正的首都赫拉特,始终只是个名字和无人知晓的捉刀者。不过如今的情况正好相反。俄国关闭了突厥斯坦。阿富汗则开放了它的国土。此刻正是匡正过去失衡现象的大好机会。漫步在通往这些尖塔的道路上,我的心情仿佛是自己在无意间发现了古罗马历史学家李维③的某部失传作品或某幅不为人知的波提切利④画作。这种感觉是言语无法形容的。对大多

---

① 帖木儿堪称十五世纪初的成吉思汗,是中亚最后一位伟大的征服者。除了彪炳的战功之外,帖木儿还将首都撒马尔罕打造成当时最辉煌的城市。帖木儿逝世后,他所建立的帝国立时崩解,其子沙阿鲁赫仅保有伊朗和突厥斯坦的部分地区,赫拉特即沙阿鲁赫在位时期的帖木儿汗国首都。
② 河中地区,指介于锡尔河和阿姆河之间的广大地区,即所谓的西突厥斯坦。
③ 蒂托·李维(前59—17),古罗马历史学家,著罗马史一百四十二卷,记述罗马建城至公元九年的历史,大多已遗失。
④ 波提切利(1445—1510),意大利文艺复兴时期佛罗伦萨的画家,创造出富于线条节奏且擅长表现情感的独特风格。

数人而言,帖木儿汗国实在是遥远到无法产生任何遐想。然而对我来说,这正是旅游最珍贵的意义。

无论如何,这支东方美第奇①的确是个不同凡响的部族。他们的历代领袖,除了帖木儿的儿子沙阿鲁赫和征服印度的巴布尔②外,都为了追求个人野心而不顾人民死活;在政治上他们个个仿效帖木儿,想成为开疆拓土的征服者。推动帖木儿建立帝国的这股冲动,让奥克西安纳③得以摆脱游牧民族的侵扰,并将中亚的突厥人纳入波斯文化版图。然而同样的冲动,却让他的子孙毁了他所有的功业,甚至自相残杀。他们的眼中没有任何继承法规。他们骨肉相弑,以此为炫。然后一个接着一个醉死在酒池肉林。可是如果说享乐是他们的人生目的,那么艺术就是这些王公贵族心目中最高级的享乐形式,并获得全国子民的风偃景从。于是想要跻身士绅阶级,即便本身不是艺术家,至少也得附庸风雅。名臣阿里・希尔(Ali Shir Nevai)在为沙阿鲁赫王作传之时,本身不会作诗的他却经常引用诗句,让行文读来抑扬顿挫。他们喜欢推陈出新。他们派人到中国去学习新的绘画原理。他们不满于古典波斯文的含蓄,改而采用表达力更

---

① 美第奇(Medici),十五至十六世纪意大利佛罗伦萨的显赫家族,雅好艺术,统治佛罗伦萨多年。
② 巴布尔(1483—1530),成吉思汗的后裔,印度莫卧尔王朝的第一任皇帝及创建者。
③ 奥克西安纳,即阿姆河平原,奥克西安纳一词源自阿姆河的古名奥萨斯。

强的突厥语写作，如同但丁有感于拉丁文的不足而采用意大利语。翔实细腻的生平描述，是那个时代的杰出遗产之一。虽然它那编年体的记录方式十分冗长琐碎，而且脱不出勾心斗角、征战杀伐的范围，然而里面的主人翁却是个个有血有肉。他们的性格与我们对他们的想象如出一辙。我们经常可以在画像中看到他们的相貌、衣着和姿态。而他们所兴造的各种建筑，也散发出屋如其人的独特风格。这种个人化表现手法所反映的是一种在伊斯兰教史上极为少见的现象，一个人文主义的时代。

以欧洲的标准来看，这是一种有限的人文主义。帖木儿汗国的文艺复兴和我们的文艺复兴一样，都发生于十五世纪，都是拜王公贵族的支持所赐，之后也同样造成民族国家的兴起。但是这两个运动有一点很不相同。在欧洲，它主要是对宗教信仰的一种反动，理性居于上风；但在帖木儿汗国，它却呼应了新一波信仰力量的再强化。中亚的突厥人当时已与中国的物质主义失去联系；是帖木儿引导他们接受伊斯兰教，但不仅是当做一种宗教信仰，因为这一点已经确立，而是当做整套社会制度的基础。突厥人原本就对形而上的思索兴趣阙然。帖木儿的后裔进一步将波斯文化的发展导向追求人世的享乐，他们关心的是现世的荣华而非来世的喜悦。他们把生命的意义这类大问题，留给圣人和神学家，他们供养这两种人的生活所需，并在死后予以旌表。至于在实际生活方面，他们是在伊斯兰教的规范之内根据自身的常识行事，除了遵循理性思考，并无特殊的偏袒或好恶。

如此这般孕育出来的心智特质，充分显露在《巴布尔回忆录》中，这些回忆录是用突厥文写作，完成于十六世纪初，曾两度译为英文。我们可以从中看出，他对日常生活的享受、衣着、言谈、容貌、宴会、音乐、建筑和花园的关切程度，并不下于他对失去某个奥克西安纳公国，或成功地在印度建立帝国的重视；他对自然界的兴趣和政治一样强烈，所以他会记下一只印度青蛙能游多远这类事情；他对自己就像对他人一样诚实，因此这些记录即使透过翻译，依然让人有历历在目的感觉，他留给我们的是一幅毫无保留的自画像。巴布尔是帖木儿的第六世孙，直到死前才征服印度，并成为印度史上第一位莫卧尔王朝的统治者。然而即使是这样的丰功伟业，在他眼里也只是退而求其次的结果。他曾耗费三十年的时间企图夺回奥克西安纳，那才是他的最高理想。不过身为一位品位超卓之士，为了在这样一个叫人作呕的地方生活下去，他开始尽可能地推动他的改造工程。从他对印度的评语中，我们就可看出他所渴望的标准有多高。他认为印度人相貌丑陋，言语乏味，水果没有味道，牲口也欠肥美；"手工艺不讲究形制或对称，工法或品质……他们的建筑既不考虑优雅、气候，也不在乎外观和匀称"。他对印度人习性的批评，就和麦考利①对印度学识的批评，或吉朋对拜占庭人的批评一样，都是以一种古典传统为标准。这种传统自乌兹别克人征服奥克

---

① 麦考利(1800—1859)，英国史学家、文学家和政治家，是维多利亚早期的代表人物之一，曾任职于印度总督府最高委员会。

西安纳和赫拉特后,已在其他地方相继灭绝,于是巴布尔开始动手恢复。他和其后继者整个改变了印度的面貌。他们给了它一套通用语言,一种新的绘画学和建筑风格。他们再度恢复了印度的大一统思想,并在日后变成英国统治的基础。他们的最后一位皇帝在一八六二年死于流亡地仰光,将宝座让给了维多利亚女王。直到今日,帖木儿的后代依然穷困但骄傲地居住在德里的某个不知名角落。

我回到位于铜匠市集的旅馆,贝弗里奇夫人翻译的《巴布尔回忆录》躺在桌上,我则躺在地板的睡袋里。赫拉特正好位于帖木儿帝国的两大部分,波斯与奥克西安纳中间,在连接这两大地区的两条道路中,赫拉特控制了比较好走的那一条,也就是我将选择的那一条;取道梅尔夫的另一条道路,沿途尽是沙漠,水源缺乏。因此从地理上看,赫拉特比撒马尔罕更适合作为都城;在帖木儿于一四〇五年崩逝之后,沙阿鲁赫王果然就迁都于此。它成为中亚的政治、文化及商业中心。开罗、君士坦丁堡和北京相继派遣大使进驻;布雷特施奈德的《东亚史料中的中世纪研究》一书,提供了中国对这段历史的记载。自一四四七年沙阿鲁赫王死后,帖木儿汗国陷入长达二十年的混战,最后由帖木儿的儿子欧玛尔亲王的后人侯赛因·拜卡拉统一全国,并带来了四十年的和平。那四十年是帖木儿汗国文艺复兴的全盛时期,米尔宏和宏德米[①]正

---

① 米尔宏和宏德米均为帖木儿汗国的历史学家。

赫拉特：古哈尔沙德皇陵和皇陵东边有两个阳台的孤立尖塔(1432)

在撰写他们的历史,贾米①正在高歌,比塞特②正在作画,至于阿里·希尔,则执握了突厥文学界的牛耳。年轻的巴布尔所看到的,正是这个时期的赫拉特——当时乌兹别克人正挥军南下,并攻陷了撒马尔罕。他日后回忆道:"在这个世界上,再没有另一个城市能比得上侯赛因·拜卡拉苏丹治理下的赫拉特……在整个呼罗珊境内,尤其是赫拉特,处处可见学识技艺超卓非凡的高人。不论从事的是什么工作,每个人都以追求完美为目标。"

巴布尔在一五〇六年秋天,曾在此停留三周。他碰到的天气很可能也是这样:风和日丽的日子越来越短,也越来越冷。每天他都骑马外出寻幽访胜。今天早上我追随他的脚步,参观了他曾看过的建筑。可惜所剩无几,我只能根据七座尖塔和一座破败的皇陵来摹画那个时代。所幸有后世作家、军人及考古学家留下的历史记录可资参考。其中尤以两个人的著作引发了我对此地的好奇。

在他们出现之前,这里有过一段很长的空白,因为帖木儿汗国的文艺复兴之光,在一五〇七年乌兹别克人攻下赫拉特后便告熄灭。巴布尔眼见此城不保,随即远走他乡,并在日后以记下乌兹别克首领谢巴尼如何夜郎自大,竟敢纠正比塞特的画作,来

---

① 贾米,帖木儿汗国著名的诗人。
② 比塞特,帖木儿汗国最富声誉的细密画画家,擅长优美细腻、高雅抒情的风格。

发泄心中的怨愤。三年后赫拉特落入伊斯梅尔沙王①手中,并入他新建立的波斯王朝。黑影更加沉重。古文化的光辉在一五四四年巴布尔之子胡马雍抵达时,闪过了最后一线光芒,当时他正从印度取道此地,准备去伊斯法罕拜见太美斯普一世②。三百年后,赫拉特的帘幕再度拉开,我们看到的是:纳迪尔沙③的帝国残片和十九世纪的军事旅行家。

有几位英国军官在十九世纪初来过赫拉特。埃尔德雷德·波廷杰是其中之一。他在一八三八年波斯军队来犯期间,负责主持赫拉特的防御工作,并因而成为莫德·戴弗④小说中的英雄人物,对于喜欢弗洛拉·安妮·斯蒂尔⑤那派小说的读者,那是一本还不错的作品。伯恩斯⑥是另外一个,后来在喀布尔遭

---

① 伊斯梅尔沙王(1487—1524),伊朗萨法维王朝的缔造者,一五〇一年征服阿塞拜疆,并在大不里士自立为伊朗沙王,宣布以十二伊玛派的什叶派为国教。一五一〇年在梅尔夫打败乌兹别克人,达到其征服的最高峰,是一位极有胆识的天生领袖与行政官。
② 太美斯普一世(1514—1576),萨法维王朝沙王,提倡文化与艺术建设。
③ 纳迪尔沙,这里的纳迪尔沙并非一九三三年遭人刺杀的阿富汗国王,而是十八世纪的波斯征服者(1688—1747)。出身于呼罗珊的一个牧羊人家庭,靠着他的军事天才和灵活手腕,建立了一个包括伊朗、阿富汗、俄属中亚和印度北部的大帝国。
④ 莫德·戴弗(1867—1945),英国小说家,原名凯瑟琳·海伦·戴弗,出生于印度,著有《印度的英国女子》《风中之烛》《赫拉特英雄》等书。
⑤ 弗洛拉·安妮·斯蒂尔(1847—1929),英国小说家,出生于印度,擅以小说嘲讽大英帝国的社会和统治,著有《陶艺家的拇指》等书。
⑥ 亚历山大·伯恩斯(1805—1841),英国中尉军官兼外交家,一八三二年与两位同伴穿越旁遮普,取道白沙瓦前往布哈拉,探查了亚历山大大帝的征服路线和奥萨斯河流域,他的这项成就使他于一八三九年受封为骑士。

人暗杀。他的印度籍秘书穆宏·拉尔，写过一篇介绍该地史迹的文章，刊登在一八三四年的《孟加拉亚洲学会学报》。还有一个满脑子发财梦的法国军人费里埃，他曾在一八四五年两度企图乔装潜入喀布尔，但最后都遭到遣送回国的命运。他的著作也躺在我桌上，只是书中不清不楚的描述，实在不值得浪费那么多纸张。接着在十九世纪中叶，有两位学者造访此地，分别是匈牙利东方学学者万贝里和俄罗斯的汉尼可夫。万贝里究竟有没有到过布哈拉①这件事，经常遭人质疑；而他对赫拉特的描述，更是没有一处不是从诸如康诺利和阿博特②这类军官那里收集来的。汉尼可夫也同样叫人失望。虽然他在赫拉特住了一整个冬天，可是登载在一八六〇年《亚洲学报》中的文章，却只记述了一些铭文和一张赫拉特的地图。

到了一八八五年，军队终于介入此地。俄国军队在阿富汗北境集结，印度政府无法加以阻止，因为印度政府和阿富汗人都不知道边界究竟在哪里。于是英、俄两强便组成联合委员会来解决这个问题，代表英方的历史学家是叶特兄弟（A.C.Yate与C.E.Yate）。他俩走过那片当时几乎是无人知晓的地区，以军人般的精准眼光，将所见所闻巨细靡遗地记录下来，弟弟还特别写

---

① 布哈拉，中亚古城，今乌兹别克斯坦城市。曾是丝路的重要商站，十世纪的伊斯兰教学术中心，以及十六世纪萨曼王朝的首都，繁荣一时，后因海运取代沙漠旅行而逐渐没落。
② 康诺利和阿博特都是十九世纪的英国军官，两人皆曾深入中亚（巴基斯坦和阿富汗）地区，为英国进行秘密的军事及探查活动，以阻止俄国的势力南下。他俩的相关探查报告是早期研究中亚地区的重要资料。

了一章有关赫拉特古物的介绍，读起来像是在分析一款新型野战炮，不过他倒是没忽略掉古物的美丽之处。他是我的主要导游之一，我已经把他从桌上移到膝前。

如果可以把试图只手挑起战端的人也归入军人的话，我的另一位导游也是军人。一九一四年秋天，一小群德国人聚集在君士坦丁堡，准备到亚洲去为英国人制造麻烦。这群德国人当中有一批留在波斯，其中之一便是克里斯多夫的偶像华斯穆斯①。另一批人继续前往阿富汗，他们的颠覆工作进行得非常成功，阿曼努拉在一九一九年进攻印度一事就是最好的证明，只可惜迟了一年。尼德迈尔就是这批人当中的一个。他于阿富汗拍摄的照片，在一九二四年汇整成摄影集出版。恩斯特·迪雅兹教授为此书作序，他在序文中拿尼德迈尔的照片与历史记录和游记资料相互对照，并确认了此地大部分建筑的身份与年代。迪雅兹和我是老朋友了，我从德黑兰出发时，他的《呼罗珊古迹遗址》就躺在我的背包里，这部厚重的四开本巨著，或许就是弄坏莫里斯汽车轮轴的罪魁祸首。我不认识尼德迈尔。不过很幸运地在马什哈德的领事馆里找到他的书，当时我是去领事馆寄存迪雅兹的"巨"作，免得让诺尔的劳斯莱斯也遭到同样的命运。

暂时写到这里。有一位本地医师来访。

---

① 华斯穆斯，一战期间的德国外交间谍，负责操作中东事务，克里斯多夫曾写过一本有关他的专书，名为《46 华斯穆斯——"德国的劳伦斯"》，介绍他于一战期间和战后在波斯从事的冒险活动。

他是一个友善的旁遮普人,在阿富汗行医。他来看我的目的是打听消息和练习英语。我告诉他我和总督见面的情形,并表示很高兴能脱离波斯那种处处监视的环境,享受这里比较自由的气氛。

"如果您以为这里没有人怀疑您,那可是大错特错。猜疑在这里简直是无孔不入。我告诉你,先生,在这方面,阿富汗比起波斯绝对是有过之而无不及。目前共有二十个外国人住在这里,包括印度人和俄国人。政府用了大约一百二十个密探在监视他们。您以为他们不会监视您?他们此刻就在楼下看着您。我看到他们,他们也看到我。他们时时刻刻都盯着我。他们立刻就会把我上到您房间的事报告上去。我想俄国人也在监视您。他们必然会对您在此地的一举一动感到好奇。这里的一切事务他们都要插手。我有证据可以证明本地的邮局就是在他们的掌控之中。今年年初我写信给英格兰的一个亲戚,信里无意中提到了库什克的俄国铁路,以及从这里到库什克的距离。没错,中间只隔了八十英里。等我下次去到俄国领事馆,当然是为了工作,他们竟然直截了当地问我:'你为什么要把这种资讯告诉别人?这不关你的事。'他们一点都不避讳让我知道他们看了我的信。从此以后我再也没写过一封信。

"现在不是来阿富汗的好时机,先生。纳迪尔沙国王被刺杀,这里很快就会出乱子。也许一个月内就会天下大乱。也或许会拖到明年春天,各部族在山里比较好活动的时候。可是我看就是这个月了。把你想做的、想看的尽快做了、看了。然后火速离开。我现在就要走了。一旦安排好车子,我就要带着全家人离开。我们要去坎大哈去,然后再转往我的家乡拉合尔。这是个糟糕的国家,先生,我希望永远不必再回来。"

赫拉特,十一月二十三日

我把两位导游装在脑子里,朝新城的四条马路中往北方的那条走去,那条路通向一座巨大的土墩,长约六百码,看来是人工堆成的,而且不管从哪个角度看,它都跟巴尔赫①附近的土墩群非常相似。爬上土墩之后可以上到另一座墙顶,那是这个城镇的防御工事,穆萨拉的全貌尽在眼底。穆萨拉是那七座尖塔和皇陵的通称。不过事实上它们是属于不同时代的个别建筑,有些建于沙阿鲁赫王在位时期,有一座是在侯赛因·拜卡拉的时代完成的。

尖塔的高度介于一百英尺到一百三十英尺。它们各自向不同的角度倾斜,不过塔顶都已颓损,而且基部的扭曲侵蚀程度相当严重。这七座尖塔是从西南西朝东北东延伸排列,两两之间相距最远的距离大约是四分之一英里。最西端的那两座直径最大,但和靠东端的那四座一样,各有一个阳台。孤立在中间的那一座则有两个阳台。皇陵介于西端那两座尖塔之间,不

---

① 巴尔赫,即今瓦兹拉巴德,阿富汗北部城市,有"诸城之母"和"旌旗巍峨之都"的美称。古名巴克特拉,曾是希腊大夏王国的首府,佛教寺庙与灵骨塔错落其间。七世纪末被纳入阿拉伯版图。

过位于它们北方。皇陵的高度仅有尖塔的一半,远远看过去甚至更低。

　　这一整排从棕色田地和黄色菜园上随意冒出的蓝色尖塔,给人一种极不自然的感觉。早期的伊斯兰教君王的确有单独兴建尖塔而不搭配其他建筑物的习惯,有时建单座,有时建一对:德里的库特卜塔①和其对塔的基座便是一例。可是这种风气一直要到十五世纪才开始流行,而且从未出现过七座并列的情况。不过从尖塔内部的瓷砖只贴到距地面四十英尺高,可以看出它们原本应该是与墙壁或拱门相连,因此必然是属于某座清真寺或学院的一部分。可是其他那些部分跑到哪里去了呢?这种规模的建筑固然有可能倒塌,但总会留下某些遗迹。不可能像眼前这些尖塔所属的建筑物那样,消失得无影无踪。

　　这实在是太遗憾了。连曾经目睹其消失的叶特,也不禁发出军人不该有的叹息。费里埃认为这些建筑物当时虽已倾颓,但仍属亚洲第一。其他旅行家也同意它们的精美无与伦比,它们的镶嵌瓷砖光辉耀眼,镀金铭文气势磅礴。假如我没记错,康诺利曾提过有二三十座尖塔。如果把英文和波斯文之间的差异考虑进去,那么他的描述与宏德米在它们巅峰时期对这些建筑物所作的记载,可说相去不远。

---

① 库特卜塔,德里最杰出的早期伊斯兰教建筑,建于十三世纪,高七十一点五米。

在十九世纪七八十年代，英国人经常把赫拉特挂在嘴边。连维多利亚女王在信里都会提到它。如果俄国人占领该地，那么根据当时人的预测，他们一定会继续拿下地势低洼的坎大哈公路，以便修筑一条直达印度边界的铁路。一八八五年喷赤河事件①爆发。虽圣彼得堡方面已同意加入联合边界委员会，但俄军仍攻击梅尔夫东南方的阿富汗人并驱赶他们。俄军随时可能进攻赫拉特，阿卜杜勒拉赫曼汗②下令全城进入备战状态。由于俄国人将从北方攻来，因此城北所有可能让他们作为掩护的建筑物都必须拆除。多年来，印度军团的军官一直建议阿富汗政府这么做。我猜这次的特别命令是英国示意的，不过真相究竟如何，还是得等到德里政府和英国陆军部的档案解禁之后才能知晓。无论如何，这些十五世纪伊斯兰教建筑最辉煌的遗产，就在躲过四百年的蛮族踩躏之后，于英国殖民长官的首肯之下，当着他的面被夷为平地。只剩九座尖塔和那座皇陵得以幸存。

然而即使是这篇墓志铭的墓志铭，如今也摇摇欲坠。自尼德迈尔造访之后，已有两座尖塔消失无踪。一九三一年的地震震垮了它们，还震毁他曾经拍过照片的另一座圆顶皇陵。昨天

---

① 喷赤河事件，即上文所提的俄军在阿富汗北境集结一事。喷赤河位于今阿富汗东北与俄属中亚交界之处。

② 阿卜杜勒拉赫曼汗，一八八〇年至一九〇一年间的阿富汗国王，第二次英阿战争期间，在英国人的支持下登上王位，是一位勇猛坚毅的君主。在位期间建立了强大的国民军与有效的税收政策，并在英国的主导下，接受杜兰线作为阿富汗与印度的边界，直到今日。

我去看了这处遗址，它就位于通往库什克和波斯边界的交叉道路附近，结果只见到一堆碎石。除非能妥善整修，并加强其基座，否则剩余的这些古迹很快也会沦为一堆瓦砾。

幸好留下来的遗迹和记录，还足够我们拼凑出它们在一八八五年时的英姿。

前年被震倒的尖塔，与西端那两座较粗的尖塔原本是一对。这四座尖塔正是原有清真寺的四个角落。而这才是正宗的穆萨拉。尼德迈尔曾为其中的一座尖塔留下照片，但那座尖塔想必已毁于地震之中。根据那座尖塔上的铭文，这座清真寺是由古哈尔沙德，也就是帖木儿之子沙阿鲁赫王的妻子，拿出私房钱兴建的，时间在一四一七年到一四三七年间。负责兴建的建筑师极可能是设拉子的卡瓦马丁，沙阿鲁赫在位期间的首席皇家建筑师，历史学家道拉特沙将他誉为沙阿鲁赫王廷的四盏明灯之一。

迪雅兹对这里的了解就和一般人一样，他也不像我有亲历其境的情感包袱，他说这些尖塔的装饰"极其丰富且细致"，没有其他伊斯兰教建筑能望其项背。他只是看过照片就已赞叹若此。然而没有任何照片或任何描述，能够呈现它们那种带有天蓝粉光的紫蓝色泽，或是那些让它们显得既深邃又明亮的复杂涡旋。八角形的尖塔基座以白色大理石石板砌成，上面刻有巴洛克式的库法体字母，以及用黄、白、橄榄绿、暗红和两种蓝色镶嵌而成的繁复花海，上面的纹饰和铭文就像茶杯上的图案一般细腻。基座上方的圆柱覆满了细小的钻石状菱形,每个菱形上面都绘满花朵,但主体仍是紫蓝色。两根柱子的末端都饰有以白陶为材质的浮雕,让每座尖塔的上半部看起来就像是覆盖在一张闪闪发亮的金网之中。

根据伊斯兰教建筑的习惯,尖塔通常是整个建筑中最不讲究装饰的部分。如果说穆萨拉其余部分的镶嵌装饰,其华美程度超过甚或只是等同于今天所见的遗迹,那么这座清真寺的精致程度绝对是空前绝后。

然而我无法确定。古哈尔沙德在马什哈德的圣寺中也建过一座清真寺,目前保存完好。如果我回程走的还是这条路,一定要想办法去看一看。

就细部而言,皇陵的装饰就比不上这两座尖塔。圆顶的鼓座由高大的石板围绕而成,上面镶满淡紫色的六角形瓷砖配上凸起的三角形灰泥。屋顶本身是蓝绿色,拱顶上的肋柱和撒马尔罕的帖木儿陵墓一样,点缀着黑白两色的钻石。每根肋柱的长度是圆弧的四分之三,粗细相当于六十四英寸的管风琴音管。肋柱以下的墙壁一片素净,只有几块上了釉彩的砖块,和一扇造型奇特的三面凸窗,有点像克拉珀姆①的别墅常用的那种凸窗。这些个别部分的质感或许有些粗糙,但因为整个建筑的比例十分和谐,整体的概念也相当明确,因此可说瑕不掩瑜。很少有建筑师能够在有肋柱的圆顶上,免去盲目不实的华丽装饰。

---

① 克拉珀姆,伦敦郊区,该区的房屋以高突的屋顶和屋檐的凸窗为特色。

这座皇陵似乎也是古哈尔沙德的杰作。巴布尔说她一共建了三座建筑物：清真寺，即穆萨拉；马德拉萨，即学院；还有就是这座皇陵。宏德米说过好几次，皇陵就在学院里。她本人的确葬在这座皇陵当中；叶特曾记下她的墓志铭。他还抄录了其他五座墓碑的碑文，它们的主人全是帖木儿汗国的亲王。汉尼可夫在二十五年前的记录中表示，这里共有九座墓碑。如今仅存三座，全由暗黑色的石材砌成，外观像长方形的箱子，上面雕有花朵图案。其中有一个比其他两个小。

接下去，在皇陵的东边是那座有着两个阳台的孤立尖塔。它的起源倒是让我伤透脑筋。它那缀有花朵图案的蓝色菱形，以普通的砖块相互隔开，这样的装饰当然是无法与穆萨拉的尖塔相比。也许它是古哈尔沙德学院的一部分。学院自然是比清真寺朴素。依照巴布尔的说法，学院、清真寺和皇陵应该都靠得很近。

我对古哈尔沙德有点好奇。倒不是因为她如此虔诚的捐输，而是因为她是个有艺术天分的女性。若不是她本身天赋过人，就是她懂得任用那些有天分的人。这表示她是个有地位的人。除此之外，她还十分富有。品位、地位加上财富，就等于权力。在伊斯兰教世界里，除了以美色事人，有权力的女性还不多见。

其余那四座尖塔邻近一座桥梁，桥下有弯曲的运河流过。

第三部　129

这些尖塔同样像是包覆在一张白网之下,不过它们的蓝色比穆萨拉的尖塔更为鲜艳,因此当你置身其下,仿佛是从一张闪闪发亮的细网中看到一片天空,又好像是突然从它身上冒出了簇簇花海。这四座尖塔标示了侯赛因·拜卡拉学院的四个角落,他曾在一四六九年至一五〇六年间统治赫拉特。他祖父的墓碑就在附近,形制和皇陵里的其他墓碑相同,但因雕工较为华丽,一般称为"七笔石",至今仍是深受民众景仰的一处圣祠。

这几座尖塔所呈现的平实写意之美,适正反映了兴建它的那位君王的风格。侯赛因·拜卡拉与古哈尔沙德不同,他不只是一个名字。至少我们对他的长相并不陌生,而且是出自比塞特之手。巴布尔曾经描述过那幅画以及他的消遣娱乐。他的眼角上翘,胡须斑白,腰身瘦削。喜欢穿红戴绿。平常戴的是羊皮小帽。可是逢上喜庆节日,他"有时会缠上三重头巾,裹得蓬蓬丑丑的,然后再插上一根鹭鸶羽毛,前去祈祷"。至少这是他能做的,因为在他晚年,严重风湿所导致的行动不便,使他无法进行标准的祈祷仪式。他和小老百姓一样,喜欢放鸽子,比赛斗鸡和斗羊。他也是一位诗人,不过却匿名出版他的诗集。他很善于带动气氛,也乐于与人接触,但是脾气暴躁,不留情面。在爱情上,不论合法或非法的情人,都无法餍足他的需求。他有无数的嫔妃和子女,这些人不但毁了国家的和平,也毁了他的晚年。结果是"他的儿子、士兵和整座城市,每个人都在追逐无止境的罪孽及享乐"。

巴布尔不是清教徒。赫拉特永无休止的饮宴,逼得他不得不醉生梦死。在他解释这种情形如何发生的同时,他也首次透露了,这种气氛对一个年轻人的身心平衡会造成什么样的影响。然而,在他自己也成为伟人并重新回顾当年的赫拉特时,他的笔下依然充满敬意,那种感觉就像是一个人目睹了一个大时代的辉煌,从中学会了如何生活,然后又看着它在眼前消逝——像塔列朗①。那个时代的人文主义是他的人生榜样。而他的历史成就,便是去恢复这个榜样,并让后世子孙能在印度斯坦的无边酷热和无文群众之间,珍惜这个榜样。

外事官告诉我,四天内会有卡车出发,驶往安德胡伊。这表示我必须在那里再找其他卡车前往马萨沙里夫。他还说,从突厥斯坦到喀布尔的路况非常良好,邮车仍在通行。

马什哈德的波斯皇家银行给了我其孟买分行的卢比汇票,以便在阿富汗使用。今早我到新成立的国营贸易公司,去兑领其中的一张。公司里没有人看得懂那张汇票,甚至上面的数字也看不懂。可是他们相信我说那张汇票值一百卢比,他们经过查询,显然是透过心电感应,得知卢比目前在坎大哈的汇率,然后数了六百七十二个银币给我,每个都有一先令那么大。我扛起这两大袋银币,吃力地穿梭在街市人群之中,活像漫画里的百万富翁。

---

① 塔列朗(1754—1838),法国外交部长、外交大臣、驻英大使,前后经历过七个政权,是当时最具影响力的政治家。他曾亲眼目睹并参与了法国大革命的兴起、发展和结束。

赫拉特，十一月二十四日

此地的疑心病今天曝光了。

我曾提过城墙北边的伊赫提亚尔丁城堡。最初是由卡尔提德王朝①建于十四世纪，可能是在他们不再效忠蒙古人之后。此一举动所显现的波斯民族主义只是昙花一现。十四世纪末，另一波攻势席卷整个中亚；帖木儿的军队摧毁了卡尔提德王朝和他们的城堡。后来沙阿鲁赫王觉得他需要一座城堡，便在一四一五年召集七千名壮丁，重修原有的堡垒。自此，赫拉特的政治史便开始以它为中心。如今它是指挥总部和卫戍要塞的所在地。

城堡北面是由一道长约四分之一英里的高大城墙以及穿插其间的半圆形塔楼所组成，在最西端那座塔楼的土墙上，可以看到用蓝色砖块排列而成的图案，这种别出心裁的素材组合，显示这座塔楼有可能是沙阿鲁赫王下令重建的。看完这座塔楼，我接着走回校阅场，想到最远的那个角落拍张照片。校阅场四周围有城墙，它同时也是城堡和新城之间的界线。结果我在角落附近发现一座炮场，堆了大约二十门大炮，远远看去，可能会误以为那是堆置废弃婴儿车的垃圾场。随后我返回旅馆，想去拿几支粉笔将那座塔楼底部的库法体铭文拓下来。外事官派来照顾我的那位老先生，就趁这个空当跑出去吃午饭。

---

① 卡尔提德王朝曾在十四世纪以蒙古附庸国的身份统治赫拉特。

他回来后,我说我们必须再回城堡去拓那段铭文。他说校阅场已经关了。

"你是说已经关了吗?一个小时前我们不是才去过那里。"

"没错,我们是去过,可是现在已经关门了。"

"好吧,那我们明天再去。"

"明天它也不会开放。"

"既然这样,那我现在立刻过去。"

于是我快步走出去,老人家辛苦地自后追赶,并不停抗议。不出我所料,校阅场的大门依旧敞开。但是在我的跟班跟警卫一阵耳语之后,警卫立刻把我拖了出去。我说总督本人亲口告诉我,我可以参观城堡。可是老家伙说那不算数,他奉的是萨希布长官的命令。

回到旅馆后,我找到那位医生。他正要到城堡去替总司令看病。半小时后他带着一位军官一道回来,军官说,总司令认为让我拓抄塔楼底部的铭文没什么关系,他愿意陪我去。

这回我尽量不去看那座炮场,以免造成他的困扰。不过好奇心还是让我忍不住偷瞄。如今我手上握有一条重要的军事机密,这里面所囤藏的武器,其火力足以抵御或加速苏联军队进犯印度。我想象着自己因为呈报这个秘密而获颁维多利亚十字勋章,说不定还可因此当上内阁阁员。

有机会亲身体验间谍最初是如何走上这一行,实在是很有趣。

校阅场外有个马车招呼站。我们一走出来,立刻有两匹小马扬起后腿迎上前来。它们拉的不是盖有防水布的双轮马车,而是车声隆隆的蓝色敞篷四轮马车,车身有波斯王室的纹章,内部还有天蓝色缎子的衬里。我跟老家伙乘着这辆马车,一同前往加萨加圣祠,它位于赫拉特东北部山脉的第一座山坡上。

每个人都去过加萨加。巴布尔去过,胡马雍也去过。阿拔斯沙王还曾改进过该地的供水系统。这里至今依然是赫拉特人最偏好的名胜,也是他们最喜欢向外来游客夸耀的地方。它一共有三进。第一进包括一片伞松林和一座供野餐用的十边形两层楼凉亭。第二进由不规则的房舍围绕而成,中央有一座水池,池边种满桑椹和玫瑰花。第三进呈长方形,里面立满墓碑,包括多斯特·穆罕默德①国王之墓。它的尽头是一道八十英尺高的围墙,墙上有一座大拱门,正确的说法应该是伊望②,从它内部的镶嵌风格可以看出中国的影响。在它前方的一株老冬青树下,葬了一位圣徒。白色大理石的墓碑上刻有他的生平,这段生平自然是添加过传说的成分。

圣徒阿卜杜拉·安萨里死于一〇八八年,享年八十四岁,他是在苦修时遭几名男孩投掷石块致死。我相当同情那些孩子,

---

① 多斯特·穆罕默德(1793—1863),一八二六年至一八六三年间的阿富汗国王,现代阿富汗的建立者,也是穆罕默德王朝的第一任统治者。在位期间利用英俄两国的冲突,完成阿富汗的领土统一,并为日后的现代化奠定基础。
② 伊望,指位于墙面或回廊中间的长方形敞厅,有穹窿状的厅顶,三面封住,正面开口面向中庭。

赫拉特：加萨加圣祠

即使在圣徒当中,他也是特别难以忍受的一个。他还在摇篮里时就会说话,十四岁开始传教,曾向一千位王公贵族讲授教理,背得出十万首诗(一说一百二十万首),自己还做过相同数量的诗。爱猫成痴。沙阿鲁赫王对他万分崇拜,并在一四二八年将圣祠重建成今日所见的样子。由于当时正值中国遣使时期,这或许可以解释何以伊望中会出现中国风味的图案。到了十五世纪后期,由于皇陵已满,有些地位较低的帖木儿贵族便埋葬于此。汉尼可夫曾提到其中的五座,有一座是侯赛因·拜卡拉的兄弟穆罕默德·穆扎法尔之墓,其墓志铭没有一般诔词的陈腔滥调,而是告诉后代子孙,他是被他的表亲拜桑霍之子穆罕默德所谋杀。我在排列于两侧拱廊边的一间间小墓室中,发现一座黑石砌成的皇族之墓,其三片石板上的雕工,比"七笔石"更为精美。其他的墓碑我都无法辨识。

中庭的东南角有一座圆顶凉亭,天青色的内壁上绘着朵朵金花。费里埃说他曾在壁上看到吉拉尔迪的签名,他是阿拔斯沙王聘来的意大利画家。不过这次我还是没找到。

回程途中,我们造访了"旅行者王座",那是一座阶梯式的露台花园,如今已完全荒废。原本就显阴郁的气氛,因秋日暮光和飒飒晚风而更形萧瑟。一整列的水池水道,自最顶端的空荡水塘顺梯而下。这座侯赛因·拜卡拉的庭园是以强迫劳役的方式盖成的。由于当时他所制定的道德戒律已相当宽松,如果哪个子民连这些标准都守不住,就必须去修筑苏丹的庭园,以代替坐牢。直到上个世纪,这里依然有一座凉亭,还有潺潺不绝的水声。穆宏·拉尔曾如此描绘这里的壮观喷泉："它喷出的水箭，仿佛是在和这栋建筑比高。"多么传神的句子！虽然他曾向《孟加拉国学会学报》的编辑致歉，表示他的英文不好，其实他时有神来之笔。例如他对赫拉特当时的统治者雅尔·穆罕默德的这段记载，便很难出其右："他是一位郁郁寡欢又垂垂老矣的君王；叫人油生同情。"

旅馆来了个匈牙利人。他刚在坎大哈的医院住了一个月，不过他的胃还是很不舒服，吃不下东西。事实上，他很可能会活活饿死。我让他吃了一点汤和阿华田，这使他的精神振作不少，于是开始用蹩脚的法语和我聊天。

"我已经旅行了五年，先生，我还要再走五年。五年后或许我会写点东西。"

"你喜欢旅行？"

"有谁会喜欢在亚洲旅行，先生？我受过良好的教育。家父家母要是看到我现在在这种地方，沦落到如此地步，不知会怎么想？这里不像欧洲。贝鲁特就像欧洲。去贝鲁特我赞成。但是这个国家，这些人民……还有我看到的那些事情！我没办法告诉你我看到的那些事情。我没办法。唉——！"想到那些事情，他不禁双手抱头。

"想开点，老兄。"我拍拍他说，"把你那些可怕的经历告诉我，你会觉得好受些。"

"先生，我不是那种自以为高高在上的人。我真的不觉得自己高人一等。也许我还比别人更差。可是这些人，这些阿富汗人，他们根本不是人。他们是狗，是畜生。他们连禽兽都不如。"

第三部　137

"此话怎讲?"

"你还看不出来吗,先生?你的眼睛呢?看看那边那些人。他们是不是正在用手吃东西?用手啊!真是可怕。我告诉你,先生,我曾在某个村子看到一名疯汉,他全身赤裸……一丝不挂。"

他顿了一下,用很认真的语调问我:"你知道斯坦布尔①吗?"

"知道。"

"我在斯坦布尔住了一年,我可以告诉你,先生,那里是地狱,而且无处可逃。"

"真的。可是你现在人在这里,所以你找到出路了?"

"谢天谢地,先生,我找到了。"

赫拉特,十一月二十五日

我应该今日就要离开。

夜里开始下雨,到早上仍未停止。无论如何我还是整好了行囊,在房里等到十二点,直到大家一致认定卡车不会开了。我又解开行李,改去参观"马斯吉德朱马"。

"马斯吉德朱马"就是礼拜五清真寺的意思。每个城镇都有一座,类似于西方的乡间教区教堂或都市里的大教堂,通常是当地历史最久、规模最大的建筑。和欧洲各城镇的修道院和大教堂一样,尽管城里的其他部分不断随时代而改变,它们却始终保

---

① 斯坦布尔,土耳其伊斯坦布尔的旧称。

留着中世纪的形貌,在赫拉特也是如此,位于城内的这座阴沉古老的清真寺,足可和城外那些帖木儿汗国的光荣遗迹比老。那些往日的荣光一夕乍起,它们造就了多少英雄豪杰,它们尽情展现,它们陨落灭亡。在帖木儿汗国尚未崛起之前,这座礼拜五清真寺早已老朽颓圮。如今它的破旧不若以往,可是已无人再提起帖木儿汗国。七百年来,赫拉特人一直在寺内祈祷。今日的他们依然如此,它的历史就是他们的历史。

我走过旧城阴暗迂回的迷宫,来到一个插着旗帜的方庭,方庭长一百码,宽六十五码。四座伊望,也就是正面开口的穹窿厅,切断了四侧的回廊。主伊望位于西面,两座巨塔耸护在侧,塔顶覆着蓝色的圆顶阁。除了这些和角落里一株倾斜的伞松,不见任何色彩,有的只是粉饰、破砖和七零八落的马赛克。方形水池里映着一位毛拉和其弟子的倒影,他们正一身雪白地走过池边。宁静的气氛与阳光让历经风霜的步道一片祥和。去他的卡车,管他走不走得成。我把一切抛诸脑后。

这座清真寺是古尔王朝①的吉雅斯丁②在一二〇〇年动土兴建,他是萨姆之子,在伽色尼帝国③分崩离析之后,定都于赫

---

① 古尔王朝,十二至十三世纪的阿富汗统治王朝,发迹于阿富汗中部的古尔地区,主要统治地区包括印度北部和阿富汗。
② 吉雅斯丁,古尔王朝的重要君王,将古尔公国的疆域从印度西疆向西拓展到伊拉克,向东扩伸到旁遮普。
③ 伽色尼帝国,以阿富汗伽色尼城为权力中心的伊斯兰教统治王朝,建于十世纪中叶,并在十一世纪前半叶达至巅峰,极盛时期的疆域包括阿富汗和印度北部。

拉特，德里库特卜塔的底层铭文，对此有相关记载。回廊就是在他手上完成的，那是由深达十英尺以上的尖形拱门串接而成的走道；在东北角的一座拱门上，约略可看见昔日用花式砖块拼成的库法体铭文，我想我们可以从这个线索推塑出它最初的风貌。吉雅斯丁的陵墓就在旁边，那是一栋附接于清真寺的方形建物，它的圆顶已完全坍塌。瓦砾中还有坟冢若干，但没任何石碑或铭文。

在帖木儿汗国入侵之前，这里一直是皇家墓地。卡尔提德王朝的统治者均埋葬于此，他们曾在十四世纪时重新粉刷墙壁，并胡乱刻了些字句上去，好让它看来像一座古迹。他们还在主伊望内侧嵌上一段铭文，而且是用一种怪异的旋钩状库法体，这好像是他们从伽色尼学来的，也是刻意的拟古之作。

如同惯例，主伊望后方原本也有一间圣堂，后来因为有坍塌之虞，在一四九八年被阿里·希尔拆除。阿里·希尔继诸位亲王之后，成为帖木儿文艺复兴的典型人物，不管是在态度上还是行为上。早年他辅佐侯赛因·拜卡拉，并随他一起荣登富贵。然而无妻无子的他，并无意于争权夺利，他将所有的权势都投注在艺术之上。巴布尔说："像他这么支持才华、爱护才艺的赞助者，可说是见所未见、闻所未闻。"他曾拯救侯赛因·拜卡拉免受于什叶派的诱惑；而他对占星术及迷信的蔑视，更充分显露他是一位理性之人。他的财富全奉献于公共建筑。单单在呼罗珊，他就建造了三百七十座清真寺、学院、商队客栈、医院、阅览室和桥梁。他的藏书极为丰富，并交由历史学家米尔宏自由运用。

根据巴布尔的记述:"在音乐上,他也有一些不错的作品,有几首抒情曲和序曲相当动听。"赫拉特人对他十分景仰,很多新发明的商品都以他命名,包括新式的马鞍和手帕,就像有人把饼干取名为加里波第[1]一样。在学术上,他以倡导突厥文写作,并力抗波斯人对此的讪笑著称。他于一五〇一年辞世。五年之后,巴布尔曾在其故居停留。

在他晚年,眼看着礼拜五清真寺日渐颓圮,而它所代表的历史记忆也将随之湮灭,于是在苏丹的同意下动手抢修。整建工作如火如荼地展开,他本人更是挽起长袍、手执泥铲地亲自监工。回廊顶端加了一道护墙,墙上的拱门与下方回廊的拱门一一呼应;回廊与护墙的立面都正对中庭,并以镶嵌瓷砖取得一致的风格。至少最初的计划是如此。这项计划从未完成,目前只有西南角保存完好。当时也曾修建新的圣堂,根据宏德米的记载,里面的装饰还是采用中国式的设计。如今这一切全都消失无踪。

这座清真寺里还保存了另一项帖木儿汗国的遗物:一口直径约四英尺的青铜锅,锅表覆有阿拉伯式的花纹图案和铭文浮雕。另一口类似的青铜锅,是帖木儿下令为突厥斯坦市的亚萨维清真寺所铸造,目前仍保存在该寺[2]。赫拉特的这口青铜锅,目前放置在主伊望台阶上的一个栏柜里,可在它的铭文中找到

---

[1] 加里波第(1807—1882),意大利建国英雄,"红衫军"的传奇领导人。
[2] 这口青铜锅于一九三五年运至列宁格勒作为波斯特展的展品,很可能从此就会留在那里。——原注

中国遣使的记载。

一四二七年二月二十一日星期五,有人企图在寺内谋刺沙阿鲁赫王,逃过此劫的他,继续将其帝国延续了二十年之久。同样是在星期五的同一地点,另一次企图推翻现任政府的阴谋也未得逞。

两天前,俄罗斯领事馆的官员在市集中散播谣言,指新国王也和老国王一样已遭人暗杀,他们的目的是想要挑起动乱,以制造对阿曼努拉有利的情势。但俄国人并未考虑到总督的立场,总督不喜欢阿曼努拉,还曾在一年前敉平一次拥护他的叛变,显然军方是支持总督的。俄国人必然是打算在周四下午下饵,好让民众在周五的休假日①上钩。没想到民众吞下的是总督的饵。阿布都·拉希米汗在礼拜五清真寺的公众祈祷中,向信徒公开否认这则传闻,并向大家保证,不管情况如何,这里的治安绝对可以维持。后面这项保证令民众大失所望。大家并不在乎国王的安危,只盼望发生动乱,好借机吵闹打斗,并抢劫什叶派商人。这个美梦如今只有延到明年春天。

下午一群缠着头巾的孩子冲进我的房间,有人拿着铁槌,有人拿着铁钉,有人拿着凿子,七手八脚地把玻璃镶进窗框。他们要是早几天来该多好。天气如果继续放晴,卡车明天一定会出发。

---

① 星期五为伊斯兰教国家的星期天,依教规应在这一天上清真寺做礼拜。

从匈牙利人那儿传来他生病的消息。昨晚他还苍白得宛如鬼魂,这会儿却烧得满脸通红,真是病得不轻。他睡的地板上只铺了一小块垫子,身上盖的,也只有那条已破洞的毯子。我尽力喂他吃下一些药,给他加了床毯子,并表示他必须看医生。经过在厨房里长达半小时的争辩,他总算同意请医生。结果派去的人回报,医生已经睡了。我决定亲自前去,进门时故意弄出些声响,以免医生家中的妇女来不及戴上面罩。我说服他同意出诊。诊断的结果是病人因罹患疟疾而导致发烧,必须尽快前往医院;可是病人骂他是个印度庸医,并拒绝前往医院。三小时后,有位男子前来接他去医院。此时外事官的命令也传到,内容是说,在医生正式开出申请入院的文件之前,不得送他进医院。我差遣跟随我的老家伙去取那份证明。后来有个土耳其人走进来,他说外事官已经离开办公室,在明天早晨之前不可能拿到入院许可。我只有放弃。

帕西人说,那个匈牙利人根本身无分文,也就是说,阿富汗当局必须负担他的生活费和交通费。他真是恩将仇报。显然喀布尔的英国公使馆拒绝发给他印度签证,在那些帕西人看来,是完全正确的做法,他们虽不是多爱国,却看不惯"穷白人"。我留给他一罐浓缩汤块和一些奶油奶酪,好帮助他回到马什哈德。

我不知道波斯文的热水瓶怎么说,今晚在厨房要热水瓶时闹了笑话。

赫拉特,十一月二十六日

今晨万里无云,温暖宜人,对这个季节而言,是十分理想的一天。九点时我和卡车司机见面,他说十一点应该会起程。到了十一点,卡车正在装载一桶桶的石油,司机的助手要我准备一点出发。一点整,我请人把行李抬下楼,却听说今天又不走了。昨天因为下雨,其他乘客都回到各自的村子,今天全没出现。

看来我可能会在这里耗上一辈子(照这种情形恐怕也活不了太久),还是把房间好好打扫一番吧。我应该描述一下这个房间,其实应该是整座旅馆。楼下有三个大房间,每间都有面对街道的玻璃窗。第一间是厨房,从池里的血污和人行道上的鸡头,就知道绝对错不了。第二和第三间摆满大理石面的桌子,墙上挂了一幅幅画在玻璃上的欧洲风景画,画家是一位熟悉早期《伦敦画报》的印度人。这里还放了旅馆老板的书桌、一个放留声机的柜子,柜子的脚架来自孟买,还有一堆印度唱片。厨房旁边有一座露天楼梯,上去是一条自然采光的长形走道,走道两旁都有房间。我的房间在较后面,可以稍微避开一点铜匠铺的噪音。房间里有一个正方形箱子,露出桁梁的天花板,白色的墙壁和天蓝色的护墙板。地上铺着瓷砖,瓷砖间的缝隙躲满尘埃杂草;有一半的地面铺有地毯,另一半摆着我的寝具和防水床单。两张温莎式座椅和一张铺了白色美国桌巾的桌子,就是全部的家具。桌上放了一只蓝白螺纹的花瓶,瓶身还有一朵粉红色的玻璃玫瑰,就是在投环游戏中用来当作奖品的那种,老板在瓶中紧紧插了一束菊花,最外圈是大黄菊,接着一圈巧克力红菊,最里面是黄色小雏菊。在没铺地毯的那半边地板上,有一个白镴脸盆和造型雅致的水罐可供梳洗。寝具包括绿色睡袋、黄色羊毛皮以及一条深红色的阿富汗棉被。旁边放了我的台灯、鲍斯威尔①、时钟、香烟和一盘顺手放在行李箱上的葡萄。热水瓶正等着把开水灌进去。我请人钉了三根钉子,分别挂上我的领带、帽子和镜子。如果门和窗户不要正好面对面,又如果门可以关紧,窗上又有完整的玻璃,我应该可以住得相当舒服。可惜这里空气流通的程度简直就像是海上暴风。所有的垃圾都可以直接从窗户吹进市政府的花园。

刚才当我踏进洒满月光的走道时,心脏差点跳出来。四支步枪对准我的肚子,枪后是四个穿白斗篷的男人,像鬼魅般蹲踞在对门。我可以看到罩在他们白色头巾下的一双双闪亮眸子。另外四个人背对我,步枪指向窗外。显然这只是一场闹着玩的夜间游戏。不过因为今天早上电报局长才刚说过可能会发生暴动,有一度我还在想是不是阿曼努拉真的来了。

这里有一个比礼拜五清真寺更古老的历史遗迹。穆卡达西②曾在十世纪时描述这座马兰桥,说它是一位祆教僧侣建造的。一千多年来,它默默承担了哈里河上往返于印度的交通。

---

① 鲍斯威尔(1740—1795),苏格兰作家,以《约翰逊传》和极富想象力的日记文学蜚声国际。
② 穆卡达西,十世纪的阿拉伯地理学者。

今天它仍保有二十六座桥拱——在宏德米的时代有二十八座——而且宽度足够两辆卡车并排通过。桥拱的形状各不相同,每逢春季泛滥,必定会有一两座遭河水冲毁,因此这桥一定整建过无数次。不过支撑新桥柱的,可能还是那些老桥墩。

从南边眺望这座城市,真是十分壮丽。在我们乘坐蓝色敞篷马车从河边返回的途中,我们看到它那笔直的灰色城垛,正睥睨着周遭的平原村落,一如大炮尚未发明的时代。城垛一共有三道墙。最高的那道有八十英尺,并有一连串的防御高塔。另外两道墙上挖有许多枪眼。墙下是长满芦苇的宽护城河。君士坦丁堡面向陆地的那面,也是采用同样的防御设计,只不过当地用的是石头,这里用的是泥土。

沿护城河的路上,我们碰到三位男士,正坐在一匹吃力奔走的迷你马后面兜风。他们叠坐在一辆狭小的推车里,车里堆放的枪械足够装潢一间豪华大厅。

卡罗赫(四千四百英尺高)十一月二十八日

早上决定不整理行囊,静下心来看书。这招有用:卡车于一点出发。我差点没赶上。

一条宽阔的碎石路朝正东方爬上哈里河的河谷,接着它会穿山越岭直到巴米安,虽然路还没修到那里。我们在十三英里外的帕拉皮利村,转朝北边的一条小径开去。乘客们齐声喊着:"啦突厥斯坦,啦突厥斯坦。"到突厥斯坦之路!简直不敢相信我终于要开往那里。

接下来的二十英里,一直是在峡谷中不断来来回回地穿越同一条河流。峡谷的坡度,也许该说是"平"度,只要专心驾驶,汽车也可走得跟骡马一样顺利。我们于三点半停车,准备过夜。路旁附近有一座圣祠,前面种着浓密的伞松,它的香味让我想起了拉韦纳①的松园。记忆中的意大利还是那么鲜活在目!要不是那次旅行让我邂逅了这个广大的世界,我可能早已成为牙医或公务员。内庭也种着同样的伞松,当地人管它叫"霍尔赫约"。林荫通道的尽头是一座庄严的拱门,它那镀锡的圆顶阁老远就闪着光芒迎接我们。祠内是一位伊斯兰教酋长之墓,他是在一八○七年死于对抗波斯人的战争,据说是被砍掉头颅。其子阿布尔·卡西姆建祠种树,以纪念父亲。

一整排建筑隔开了两座中庭,我们被分到其中一栋的楼上房间。车上的其他乘客都是军人,他们立刻把握机会换下军服,戴上头巾,穿上长大衣和宽松长裤。受不了多如雨下的军用绑腿和紧身上衣,我只好拿着寝具,躲到阳台一角,当我正打开铺盖时,一队衣着光鲜的中年绅士走进楼下的中庭。他们在一株裂开的树木前方脱下头巾外套,一个个轮流尝试从裂缝中钻过

---

① 拉韦纳,意大利东北部的一座古城,曾经是东罗马帝国的西方都邑。

去。据说能顺利钻过去的人,便可自此得救。但成功的人不多。

"有没有一点亚力酒?"那些人走后,门房轻声问我。

他带我沿着林荫通道走上那座墓坟。我站在拱门顶上,欣赏盘旋于天际的鹤群和覆盖白雪、映着红霞的山峦,这时又走过来一群衣着更为考究之人。领头的那位相貌堂堂,身穿黑色及膝马靴和绿色棉袄,庞大的头巾下,一髯白胡须散躺在有如球胸鸽的胸膛上。门房喊道:"村长大人来拜访阁下这位来自西欧的贵客。"

我礼貌性地与他寒暄:"您在下面的池子里养了什么鱼,这么大一尾?"

"那些鱼!"村长不屑地说,"你该看看我在学校里养的那些。"

我们一行人往村中的学校走去,一路上都有人对我们肃立鞠躬。在一处悬有《古兰经》经文的走廊下,一位毛拉坐在里面,旁边围着一群男孩,他们正在背诵经文。方形鱼池周围点缀着杨柳和其他树木。村长命人拿来面包,丢入水里。一群水鸭争先恐后地抢食着,突然,一群体型硕大的鲤鱼浮出水面,赶走鸭子,它们只能饿着肚皮游开。

松树在月光的照耀下,于林荫道上投下长长的身影。微风摇动着防风灯里的火光。努尔·穆罕默德,那名负责照顾我的士兵,已经在阳台的角落睡着了。他的头枕着步枪,枪口指向我的鼻子。我们刚用完大餐;村长在晚餐过后先送来一盘干果石榴,然后又亲自过来看我们。随后上茶,但是用碗而不是玻璃杯,让我感觉更接近中国。

村长问我:"你属于哪一国政府?"

148　前往阿姆河之乡

"英吉利斯坦政府。"

"英吉利斯坦是什么?"

"就跟印度斯坦一样。"

"英吉利斯坦是不是印度斯坦的一部分?"

"是的。"

路上来了一支商队。隆,隆,公骆驼身上的铃声填满空荡的夜。尽管努尔·穆罕默德鼾声不断,依然掩不过那越来越响的高频铃声。我的笔自己在鬼画符。是该上床了。

卡拉纳欧(二千九百英尺高),十一月三十日

我们于早上九点半抵达,在此停留休息。

由卡罗赫来此的路上,经过一片高低起伏的草原,并有一道纵深河谷贯穿其间。路上曾碰到哈萨克部族经过,那群面无表情的扁圆脸孔,以驴、马、牛代步。在冷清的客栈里,两辆来自安德胡伊的卡车给了我们一些路况消息:不是很乐观。最后是一条已经干涸得快成为小溪的河流,将我们带进七弯八拐的河谷,两边的山脊轮流向外伸出,像两道相互咬合的齿轮。大约二十英里后,终于脱离谷地,转向北行。抵达雪线时,卡车打住,车轮像打蛋器般空转不止。

我们有备而来。防滑用的几捆铁链、三把铲子、一把十字镐加上粗大的绳索,很快就准备停当。接下来的一英里路总共花

了一小时才走完。有人负责铲雪开路；有人负责拉紧绳索；有人负责撒下有薄荷香味的草束，仿佛是在救世主的驴子前面献上草料。弯道终于出现，我们在欢呼声中来到索萨克隘道的狭窄鞍脊，此时已接近黄昏。

在逐渐昏暗的光线中走了五十英里后，总算看到应许之地的外墙：突厥斯坦山脉，它像一道顶部平缓的山墙，一直延续到兴都库什山。山雨欲来的天空中，金色云朵不断升起。一团团裸露的红色岩块，防御着隘口。隘口北面的湿气先是显示在杜松林上，然后是废弃的孤立岗哨，接着一直弥漫到远处山冈上的茂密森林。

那湿气是我们的致命伤。在我们走出雪线下的积雪后，路面开始滑得像凡士林，其陡峭程度不下登山游览铁道，路宽也经常比卡车的轴距多出不到一码。我们砍下树枝，拉紧绳索，在U形弯道堆起石块，结果全都无效。卡车完全不听煞车或方向盘的指挥，自行横冲直撞地滑下山去，轮胎在半空中摇摇晃晃，车身在崖壁上撞来撞去，我们则在昏暗的天色和寒冻彻骨的融雪中，跌跌撞撞地跟在后面。有个牧羊人从下方向我们招手。在他身边，一辆四轮朝天的卡车正静静躺在月光之下。此时我们的灯光渐渐不济。等我们终于抵达开阔的山坡地时，司机已无法开车，我们也一步都走不动了。

我们选了一处狭窄的关道，没想到那里的风势更强。士兵们生起火焰。没东西可煮,更糟糕的是连水都没有。从早上开始我就一直觉得口渴,这会儿我们喝的,是用白泥、融雪和汽油混调而成的饮料,原先它是装在汽油罐里,准备给水箱用的。月光皎洁,道路难行,风不断掀开我的毯子;士兵们前后踏步,一面守夜,一面唱歌,为自己打气。原本还在为这些扰人安眠的障碍唉声叹气,没想到睁开眼睛时已经天光大亮。我居然连睡了十小时。

昨晚我们原打算抵达的村庄,其实只剩下一刻钟的路程。在这里我们又遇见两辆从安德胡伊来的卡车。车上的乘客都是犹太人,从他们椭圆的脸形、细致的五官和圆锥形镶有毛边的帽子,可以看得出来他们与布哈拉的居民沾亲带故。他们也是露天睡了一晚,可是他们的麻烦更复杂,有点像是集体流亡。有几名妇人招手把我叫到一旁,开始用俄语在我耳边嘟囔。我说我不懂俄语,她们不相信,指着我的金发坚称我是俄国人。我们对隘口的描述,让他们陷入令人同情的不安状态。母亲们紧紧抱住自己的孩子,老人们一面用肮脏的指甲拨弄着胡须,一面摇头叹息。后来我们又碰到另外两辆卡车,也载着犹太人,正以危险的速度前进。

卡拉纳欧意指"新堡",是个约有二千居民的小市集。我在镇上唯一的一条大街尽头找到总督,他坐在一座荒废的花园里,让他的马,一匹将近十五个手掌宽(约一米五)的种马,在无人看管的花床上游走。他看过赫拉特外事官为我写的介绍信后,便

第三部　151

分配我住进一个可以俯视大街的房间,由努尔·穆罕默德继续照顾我。"别管鸡肉的价钱,你在这里是客人。"他是基于礼貌和好心才这么说的,可是却害得我想买两只鸡都买不成,其中一只我是打算为明天的行程准备的。

下午,努尔·穆罕默德与我往我们前来的路上走了一英里半,去探访山边的一些洞穴。刚爬到洞穴下方,我突然一阵眩晕,不得不回到平地,孤单地等他下来。努尔·穆罕默德探险完毕后,向我保证那些洞里既没有壁画也没有雕刻。

刚刚总督的秘书持着手电筒来访,他穿了一件紫色衬毛里的披风,并在这本日记里写下一段长句,据他说,是为了享受一下用我这漂亮的墨水笔写字的特权。

卡拉纳欧,十二月一日

又休息一天,可惜并非好事。昨夜刮起强风,风力之劲,把房里相对的两扇门轰地吹开,我差点就被扫下床去。被这么戏剧化的方式吵醒后,我发觉自己病了。这里没有"一般的医务室",不过后院有一个人兽都医的地方。我在屋外的阶梯上滑了一跤。灯笼灭了;我身上的仅有衣物,一件雨衣,被风吹翻到头上;我发现自己正裸身躺在雪地里,下面是一堆排泄物,因天寒地冻而粘在我身上。一时之间我头昏眼花,动弹不得。有东西断了,我必须用手去摸,才能确定究竟是我的头骨还是最后一阶楼梯。当我发现是阶梯时,不禁放声大笑。

雪下得很大,我们无法出发。

总督的秘书今早差人来找我,他兜了好大的一个圈子,表示希望我能将笔送给他。我拒绝了。之后他又亲自来要。我想不给他一点什么是不行的,于是便请他坐下,为他画了一幅彩色肖像。他提醒我注意那件衬毛里的披风,于是我小心翼翼地把它画上。他满意了。

所有的犹太人又回到这里,四辆卡车加起来超过六十人。接着又来了一群土库曼人,妇女一律系着高高的红色头巾,头巾上挂着镶红玉的镀银饰牌。突然增加了这么多客人,食物不够分配,燃料也感缺乏。我只能打开房门借助天光,因此必须把所有的衣物穿在身上并躲进被窝,才能保暖。商店里有卖俄国香烟和天鹅牌墨水,这两样对我都没用。好在我已经买了一些家庭手工织的袜子,即使到北极也足以御寒。

卡拉纳欧,十二月二日

这里的居民表示,就算我们到得了突厥斯坦,下去喀布尔的路也一定会被雪封住。从地图上标示的高度我也看得出来。骑马走这段路程需要一个月,而所需要的钱和装备,我想也超出我现有的能力。此外我还担心无法在圣诞节打电报回家。大雪仍下个不停,居民派人到赫拉特去找马来运送那些犹太人。或许

第三部　153

我应该跟他们一起回去。

连努尔·穆罕默德也备觉沮丧。他不断祷告,如果我不小心刚好挡住他,他就会伏在我身上继续祈祷。

卡拉纳欧,十二月三日

腹泻已恶化成疾痢,我必须回去。

这或许是胆小怕死,但我宁愿说是基本常识。不过其间的差别已被失望的心情所掩盖。好在我已发现这条走得通,这是过去没人知道的。

天气放晴,我又开始三心二意。为免决心动摇,我喝下呛口的威士忌,并一早就去拜访总督。我在密室里找到他,那是个长形房间,他正蹲坐在屋角的火炉边。他摸了摸我的脉搏,说我没有病,就算我病了,他也必须先打电话到赫拉特,才能发给我通行证。可是现在电话不通,也没法找到马匹。傍晚接到消息,说电话已经修好,通行证也已准备好,马匹则在明早八点可供我检选。

卡车清晨四点启程。如果不是感觉如此虚弱,我可能还是会跟着卡车走。

拉格曼(四千六百英尺高),十二月四日

这是隘口下的村庄。

马匹十分准时。可是有一匹的左前脚无法着地,另两匹则像是《圣经·启示录》中死神的坐骑。我的抗议声惊动了尚未穿戴完毕的总督,为免再度遭受我这种不顾礼仪的行为,他表示愿意以五镑的代价,提供我三匹公家马和一名向导。这钱花得很值得。尽管我的病情让我们每隔二十分钟就得休息一次,但我们仍旧在半天之内跑了双倍的路程,虽然到卡罗赫据说要十三小时,我们依然有可能在明天赶达。

不论阿富汗的马鞍或饥饿的煎熬有多不舒服,都无法破坏行走在银光闪闪的山脉间所享受到的那片美景。在峡谷与河谷的交会处,哈萨克人已住进泥墙内的冬季营地,每到冬天他们便会回到这里。那一幕幕的营帐,就像从银白色大地上矮矮突起的黑色圆顶。一群狂吠不已的狗儿冲下山坡,大概是要欢迎我们,其中有几只中东猎犬均小心地裹上了围毯,其受呵护的程度不下于参加滑铁卢杯的名犬。在某个营帐前方,有两个人拦下我们,问道:"你的吉比卡在哪里?"

"我的什么?"

"你的吉比卡?"

"什么是吉比卡?"

他们一脸的不屑和怒气,指着自己用毛毡和枝条搭盖的屋子说:"你的吉比卡——你一定有吉比卡,在哪里?"

"在英吉利斯坦。"

"英吉利斯坦在哪里?"

"在印度斯坦。"

"那是在俄罗斯吗?"

"对。"

这个村子的人很奇怪,一点也不热络。蛋?煤油?干草?他们一概没有。我说我会付钱,可是看到有政府官员陪着我,他们不相信我的话。最后还是靠官员用公权力得到我们想要的东西,还有一间可以栖身的屋子,里面只有四面墙和开着孔的屋顶。不幸的是,地板中央炭火炉中冒出的烟,却无法从这个孔排放出去。不过能够暖和一下总是好的。我们一共有七个人。

向导怀疑村人对我们有不良意图。我自己也有点不放心。我上方的墙壁上有个裂缝,只用一小块布遮住。突然,我发现那块布不见了,取代它的是一只手,正四处搜寻我的财物。我告知向导,他抓起步枪冲了出去。但没听到枪声。

我们用石块将裂缝塞住。我必须睡一下,但脑海里全是明年夏天来走这趟旅程的计划。届时或许克里斯多夫也能来。

卡罗赫,十二月六日,凌晨二时三十分

今天我骑了将近六十英里,刚喝完一杯汤躺下。第一声鸡啼已经传来。

赫拉特,十二月八日

这是什么日子!请上帝垂怜,让我不必再空着肚子去探险。

天尚未破晓,我们便自拉格曼开拔,直上隘口。形似鬼魅的杜松不时映入眼帘,又一一消失于灰色云雾。马蹄深陷雪中。最后太阳终于自隘口上方的山巅露脸,在蓝天与银白大地的衬托下,显得越发通红。我回首向突厥斯坦山脉道别,不知道卡车是否已到达那里,真是讨厌自己的犹豫不决。下坡时,马匹开始小跑步。我努力想让它恢复正常步伐,却怎样都没办法,不知是它不行,还是我控制不当。如果我踩着马蹬站起身,衬了深红色带穗垫子的木质马鞍还会磨破我的腿。如果我侧坐,随马身起伏,那种颠簸又会让我的肠胃消受不起。我怎么坐都不是;往前贴紧鞍头,向后挪到鞍尾;也试过侧坐;甚至考虑过转身反骑。然而不管有痛苦,我都打定主意要在当晚抵达卡罗赫,向导也有此意,因为拉格曼居民赌我们到不了。整个下午,除了停下来让马吃草,我们一直在看不到尽头的山谷中赶路。在每个山脊的转角处,我都盼望能看到草原丘陵,可是等待我们的总是另一个山脊;而卡罗赫,我知道,距离河谷的开口处还有好一段距离。夕阳西下,我和向导换马,他的马上有软鞍。我们终于走出群山。在峡谷中穿越河流时,看到一片潮湿的黄色丘陵,一直延伸到覆着点点白雪、笼着浓重乌云的深蓝色山脉。穿白披风的牧羊人和他的羊群,以及远方村落的炊烟,为这冷清的大地带来几许人味。我们在峡谷中上上下下,不断赶路。向导开始担心,要我骑快一点。

在我们第三度涉水走过同一条河流时,黑夜吞噬掉最后一线光明,没有月亮,也没有星星。点灯笼时,我们听到脚步声。向导全神戒备,发现走过来的只有一个人,于是他策马上前,挥舞着步枪,扬言要对那个天黑后还逗留在外的人开枪。最后我们终于到达一个村庄。那不是卡罗赫,是卡罗赫沙尔,向导说他知道从这里有一条小路可抄。路越来越窄。我们一直绕来绕去,也曾试图找寻回头路,直到走上一条羊肠小径。

"这真的是通往卡罗赫的路吗?"我已经是第十次这么问了。

"不会错的。我跟你说过多少遍,就是这条路。你不懂波斯话。"

"你怎么知道是这条路?"

"我就是知道。"

"这不是答案。是你不懂波斯话。"

"哦,我不懂波斯话吗? 我什么都不懂,我也不知道这条路究竟通往哪里。"

"到底它到不到卡罗赫? 请你回答我。"

"我不知道。我不懂波斯话,我什么都不知道。你一直说卡罗赫、卡罗赫、卡罗赫,我不知道卡罗赫在哪里。"

忽然,他跌坐在草地上,把头埋进手里,口中发出呻吟。

我们迷路了。在这个过了宵禁时间个人安全就不保的地方,真是叫人进退维谷。可是它像魔法般立刻治好了我的疼痛。有那么一刻我起了疑心,向导是不是另有所图才故意把我带来这里。不过他的呻吟听起来不像假装的;我不怀好心地想着,他也许是个盗贼,但不是个好演员。他甚至不肯帮我卸下行李。我好不容易把他从绝望中劝回头,他答应把马拴住。然后又蹲坐到草地上,拒绝我拿给他的食物,也不肯接受我的毯子,直到我把毯子绑在他肩膀上才勉强收下。气候非常寒冷,我们又被潮湿的厚厚云层所笼罩。我铺好自己的寝具,就着威士忌吃了一些香肠、蛋和奶酪,读了几页鲍斯威尔的书,便把钱袋藏在跨下,把长长的猎刀打开抓在手里,在香气四溢的草丛中,沉沉睡去。

午夜一点,我被月光照醒,竟然发现我们就置身峡谷边缘。河流在远远的下方像一条银蛇蜿蜒而去。正前方,约二英里外,有一块黑影,我认得出那是卡罗赫的松树林。这真是幸运的一瞥。才刚找到马匹,乌云又飘过来。幸好向导已辨明地势,一小时后我们已敲着一家大客栈的大门,据他说住这里比住圣祠舒服。他说得没错。我一个人睡一间铺有地毯的宽敞大房,隔天早上很晚的时候,被三个留着胡须的哲人吵醒,他们无视我充满疑问的眼光,频频念着祷词。

我们四点钟抵达赫拉特。旅馆老板赛义德·马赫穆德率全体员工恭迎,仿佛在迎接一位回头浪子。有人拉开地毯,有人打水来给我梳洗。我用来挂领带、镜子和帽子的铁钉,不等我开口,都已换新。有一罐新的我极爱吃的果酱,老板还答应明天要给我一堆海绵蛋糕。

是的,那些印度人已经离去,匈牙利人也走了。这段时间又有些西欧人来到此地,他相信是我的朋友。啊,那些人就在那边。

门边正站着木炭车队。

我从我坐的角落里向他们打招呼:"哈啰。"
"是你?哦——哈啰。"
"对不起,我把威士忌都喝完了。"
"没关系。"
"为了我的健康。"
"我们听说你病了。"
"你们觉得阿富汗冷吗?"
"雨挺讨厌。"
"不过你们喜欢这里的建筑物吧,我希望。"
"噢,很吸引人。"

这不是我们想象中的重逢画面。这会儿要到突厥斯坦已经迟了十天,他们势必得向南走,到坎大哈去。他们以为我会跟他们一起走。

晚餐的鹌鹑使气氛轻松不少。

赫拉特,十二月十一日

他们自己走了。我的目标原本就是突厥斯坦,而不是木炭检测。现在它还是我的目标。我要先回波斯,等春天再出发。

波斯:马什哈德,十二月十七日

一趟很糟糕的旅程让我精疲力竭,因此停顿了这些日子。

不过,至少在天气方面运气不错。路面刚干,路况也很好。一群要到纳贾夫①去的朝圣者,挤在卡车后座。和我一起坐在前座的,是一个故作虔诚状的年轻旅人。他头包黑色头巾,身穿棕色骆驼毛披风,来自伊拉克,正在进行他的伊斯兰城市之旅,目前准备取道杜兹达卜和奎达②前往印度。在边境据点伊斯兰堡过夜后,我们经过十二英里的颠簸,在湿地鸟群以及它们的哀鸣声的陪伴下,走过分隔两国间的无人地带。就在卡里兹的波斯海关拖延我们的过关手续之际,有个德国人与我搭讪。他曾归化俄国,此刻刚从那里逃出来,原本打算一路走到印度,没想到却被阿富汗当局遣送回来。他的妻子因病留在村里,他们已身无分文,走投无路。我正准备掏些钱给他,他却因自尊心而消失无踪。

我的大腿先前就肿了一个脓疱,如今更是从脚踝整个肿到鼠蹊部,几乎无法走路。为减轻痛楚,我买了些亚力酒,那位年轻旅人却故作惊恐地向我抗议。我心想,我在波斯偷偷喝酒关

---

① 纳贾夫,伊拉克境内最受什叶派信徒尊崇的两座城市之一。先知穆罕默德的侄子兼女婿阿里(第四任哈里发),即埋葬于此。
② 奎达,今巴基斯坦中部与阿富汗交界的城市。

他屁事。于是我迅速拔开瓶盖，把瓶口往他的胡子插去。他像个要遭强暴的修女般拼命逃走；但是在车上他无处可逃。只要酒瓶一出现，他就作势朝方向盘倒去，仿佛是被酒精的毒气熏得失去知觉，接着又呼喊上帝和司机惩罚这种违背教条的罪行。司机大笑。至于上帝呢，在我们于午夜抵达托尔巴特贾姆之前，也没采取任何行动。

接着，当我在这里的客栈卸下行李时，几个士兵偷了我的鞍袋。我以为他们的房门一定是锁紧的，于是就举起我还健全的那条腿，使尽全力地朝门踢去。没想到门未上锁，而我踢门的那股冲力，硬是把四名士兵撞倒在地，其中有一个弯身倒在赃物上，还不小心撞到我的膝盖。其他人非常生气，追着要打我，我只能单脚行动，像只蚱蜢，他们一直追到厨房，在那里因为受不了众人的嘲笑，这才作罢。接着我询问可以睡在哪里，有人郑重其事地把我带到火炉附近的一块垫子旁边，已经有五个人睡在那里。我取了一茶壶的热水，在庭院里找到一处冷僻的角落，好安安静静地为肿起的那只腿敷药。三条透气绷带将纱布和我的皮肉紧紧贴合。"这里还舒服吗？"是那个假惺惺的旅人在问我，他悄悄来到我身后，手上捧着一个白包袱。我用亚力酒的酒瓶把他赶走。

没有任何朝圣者会比我更高兴看到马什哈德那两座圆顶。领事馆的汉柏夫人曾邀请我回程时去她家居住，现在我已没力气故作犹豫了。我的腿在美国医院经过吸脓治疗。翌日早晨醒来，发现身上盖的是干净的床单，还可用餐盘在床上享用早餐，哇——那个已被遗忘的世界真是让我又惊又喜。

马什哈德，十二月二十一日

体力和精神又恢复了，这主要得归功于《安娜·卡列妮娜》，以前我没看过这本小说。腿部已经消肿不少，我可以自己穿衣服了。这表示我可以逃离医院那种强制性的亲密。昨天在我的病房里，有一个病人未经麻醉拔掉七颗牙齿，另一个病人则是接受睪丸癌的检查。

那些辱骂传教士的人，一定没见过他们在医疗上的贡献。呼罗珊地区所有的医疗工作都得仰仗他们。正是因为这一点，而非他们的劝人归主，让波斯当局对他们无比憎恨、百般阻挠。其实传教士根本不值得波斯当局如此忌妒，因为他们在这里的影响力甚至比不上罗马的伊斯兰教传教团。波斯人就是有那种为维护自尊心而适得其反的本事。他们停止德国的容克战机服役，理由是那会显示外国优于波斯。他们修筑道路，却以高额关税阻止外国汽车进口。他们希望吸引观光客，可是禁止拍照，因为曾有人刊出一张伊朗乞丐的照片。至于遵守波斯警察的各种规定，更是一门学问，这是我前一两天才发现的。马乔里班克斯的土地上的确充斥着各种"进步"，可是相对于阿富汗，这些进步实在叫人沮丧。我想起龟兔赛跑的故事。

马什哈德,十二月二十四日

汉柏夫人去了印度。不过汉柏先生极为好心地请我陪他共度圣诞。

每天早上我都驾着双马马车前往圣拉比圣祠,坐在祠中与世无争地作画,直到冬日的短昼被长夜所取代。这座陵墓是一六二一年由阿拔斯沙王所建,矗立在市郊的一座花园里。色彩艳丽的瓷砖,碧蓝、琉璃、紫红、橙黄,对应着四周光秃的树枝与空荡的花架,别有一股独特的孤寂。正适合我目前的心境。

此地其他的古迹包括皇家清真寺[①],那是一座位于市集内的清真寺废墟,建于一四五一年,它的两座尖塔跟赫拉特那座双阳台尖塔形式雷同,镶有蓝色及紫色瓷砖。穆萨拉是一座已坍塌的拱门,年代较晚,表面有精细但欠美感的马赛克。还有就是黎扎伊尔玛目那座宏伟壮观的圣寺。

这些清真寺、陵墓、摊子、市集和曲折蜿蜒的街道,汇集成马什哈德的市中心。最近完成的一条环状大道,将这块圣地与其他市区区隔开来,其他的主要街道均由此向四方辐射,所以不管从哪个角度,一定都会看到圆顶和尖塔。我首次在薄暮时分抵达此城时,映入我眼帘的,就是飘浮在朦胧天空中的一座巨大的海蓝色圆顶;一座光线呆滞的金色圆顶立在一旁;模糊的尖塔之

---

① 皇家清真寺,即今伊玛目清真寺。

间,挂着一串小巧可爱的灯饰。

两场葬礼将呼罗珊的首府从杜斯改到马什哈德。公元八〇九年,哈伦·拉希德哈里发深受河中地区的叛乱所苦。其子马蒙率军攻至梅尔夫;哈里发跟随在后,却在杜斯病殁,葬于二十英里外的一处圣地,也就是今天的马什哈德。马蒙留在梅尔夫,并于八一六年将什叶派第八代伊玛目,麦地那的阿里·礼萨,召至梅尔夫,宣布他为哈里发继承人。没想到两年之后,这位伊玛目也在陪同马蒙前往为其父扫墓的途中,死于杜斯。官书中记载的死因,是他吃了过多的葡萄。但什叶派信徒认为,他是被马蒙毒死的。无论如何,他最后葬于哈伦·拉希德的墓旁,而其陵墓也成为除了纳贾夫的阿里之墓外,什叶派最神圣的地方。

随着圣寺日渐兴盛,它周围的城市也跟着蓬勃。直到今天,当朝圣者在瞻仰黎扎伊尔玛目之墓的同时,仍会朝着哈伦·拉希德的墓吐口水。对我们而言,哈伦·拉希德这个名字代表的是亚洲的辉煌。但是在什叶派教徒心中,他只是个谋杀圣人的凶手之父。

在一个讨人厌的警官的陪同下,整个早晨我都在不同的屋顶上,透过望远镜,从环状街道的另一边观看这座圣寺。它一共有三座主要中庭,每一座都有四个伊望(没有其他词汇可以形容这些巨大、正面开口、有尖拱和高大立面的门厅,那是波斯清真寺建筑的特色)。其中两座中庭背靠着背,一个朝南,一个朝北,但不在同一轴线上;从远处看,其瓷砖的镶嵌图案有如印花棉布,应该是十七或十八世纪的作品。在这两座中庭之间,有一个覆满金片的头盔形圆顶,那便是伊玛目的埋骨之处,圆顶是阿拔斯沙王在一六〇七年兴建的,一六七二年,为了修复地震后的圆顶,波斯人重新在伊斯法罕打造金片,夏尔丹①曾目睹其制作过程。圆顶旁有一根金色尖塔,朝南那个中庭的东面,也有一根一样的尖塔。

第三座中庭朝西,与另两座呈直角。那是古哈尔沙德在一四〇五年到一四一八年间兴建的清真寺。两根巨大的尖塔拱卫着中庭尽头的圣堂,圣堂上方就是那座海蓝色的球根状圆顶,圆顶的肋拱上刻有粗黑的库法体字母,以及自顶端绵延而下的浅黄色藤蔓。

整座中庭的马赛克似乎仍保持得相当完好。即使从四分之一英里外望去,仍可看出其色泽质地不同于其他两座。这里正是追寻赫拉特已消失的往日风华的最佳线索。在我离开波斯之前,一定要深入这座清真寺好好欣赏。但不是现在,现在我提不起劲来。我想势必要等到春天,到那时,我可能对古哈尔沙德已有更深的了解。

马什哈德,圣诞节

汉柏和我,以及同样待在领事馆的哈特夫妇及其幼子凯斯

---

① 夏尔丹(1643—1713),法国作家和旅行家,以波斯和印度的游记闻名,著有《波斯和东印度之旅》。

一同午餐。我吃了太多布丁,有点不太舒服,这是每个人在圣诞节下午的通病,到晚餐时就会恢复正常。汉柏邀请了美国传教团的全体成员,哈特全家,以及一位来自玻利维亚的德国女孩共进晚餐。她是此地某家人的家庭教师,言行举止颇有条顿人的作风。饭后玩游戏。我赢得一支墨水笔,那是男士比赛装饰女帽的优胜奖品。

德黑兰,一月九日

我离开汉柏舒适的家,再次走入野蛮世界,这真是感伤的一刻。

回德黑兰的路上,我在沙赫鲁德停了一会儿。当时正值清早,而且又是在斋戒月①期间,一般人中午前是不会起床的。我未经允许便牵走一匹马,骑往巴斯塔姆。那是藏身于群山之间的一个寂静的小村落,位于通往阿斯泰拉巴德②的路上。建于十四世纪的巴亚济圣祠,其外表非常田园,尖塔就像英国肯特郡的谷物烘房,可是祠内那座灰泥雕砌的米哈拉布,却是出乎意料的华丽。真的,这种技术每每都叫我惊艳不已,它所呈现的效果与它所使用的平凡原料根本不成比例。这里的米哈拉布没有哈马丹那么繁复,是以线条而非浮雕为主。可是它同样有华而不浮、

---

① 斋戒月,回历的九月,该月内穆斯林每日从黎明到日落禁食。
② 阿斯泰拉巴德,即今戈尔甘。

巴斯塔姆：一座墓塔，十四世纪初的建筑

细而不乱的可取之处。清真寺附近有一座墓塔,是十四世纪初的建筑,圆形的塔身边缘包绕着小小的尖锐拱壁。砖工的构图非常漂亮,它利用纵面与横面交错排列的砖块,组成许多漂亮的小图形。

我在返回沙赫鲁德的路上被捕。不过警察局局长在我拿出文件时表现得十分和善。我解释说,我虽然很赞成斋戒月期间这种昼夜颠倒的作息,但是在我寻访古迹时,我真的无法配合这种习惯。他同意我的解释而且面带羞赧。或许又有什么可笑的敕令正在流行,指斋戒月是落伍的。

卡车低速爬行的噪音还在耳中作响,眼前的德黑兰像是一座脚穿天鹅绒的饿鬼之城。在英波石油公司的餐会上,有人为我穿上晚礼服,又带我去参加除夕舞会。原以为只会受到漠不经心的客套回应,以免我的话匣子开个不停,没想到大家对我的旅行见闻居然颇感兴趣,真是叫人感动。突然,我看到巴斯克,公使馆新到任的秘书,我真是不敢相信他的身材居然比我高大,因为在学校时他是全班最矮的男生之一,毕业后我们不曾见过。

他愁眉苦脸地问道:"可是我当年并不是个'声名狼藉'的矮子吧?"

第四部

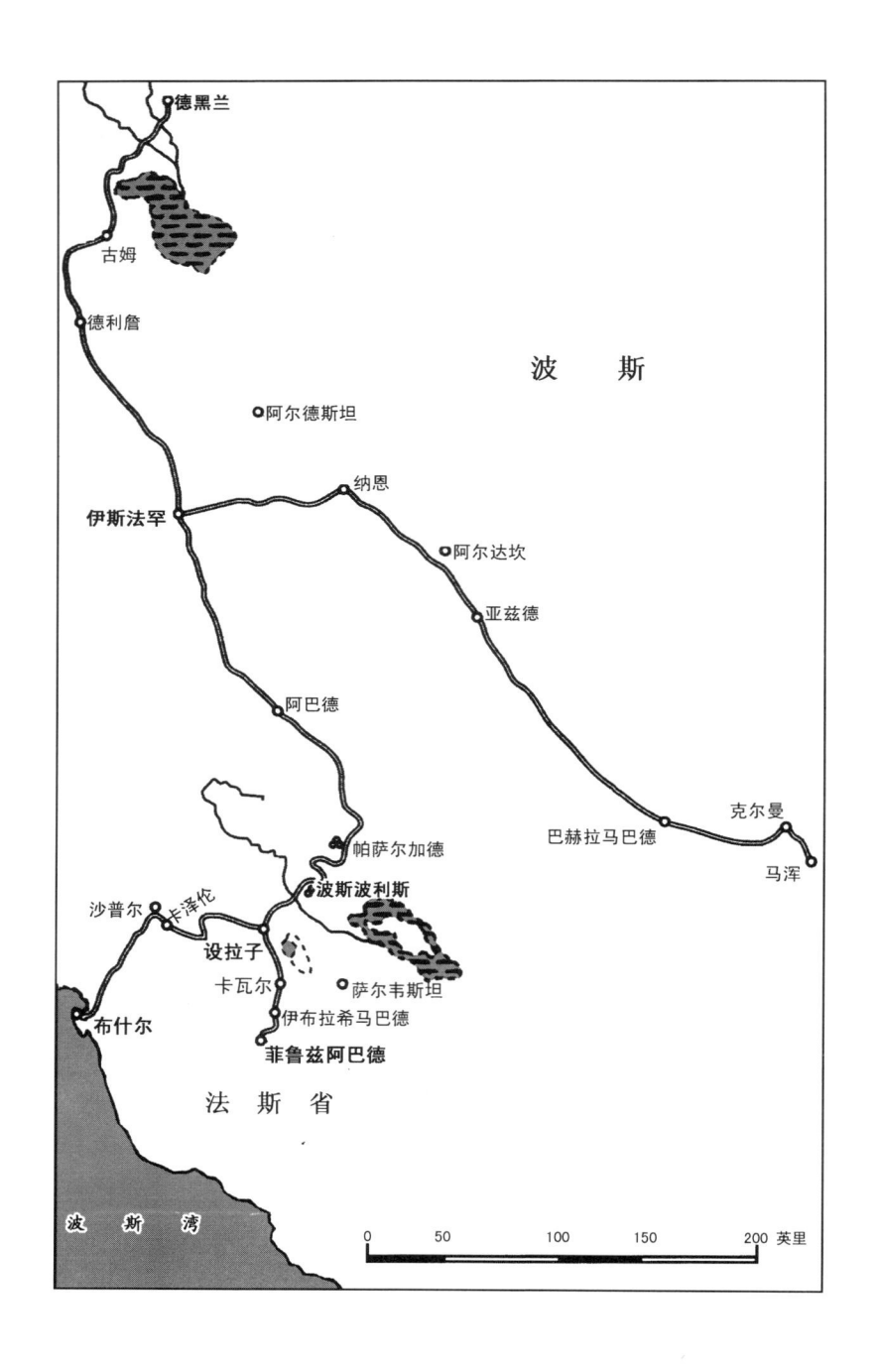

德黑兰
古姆
德利詹
波 斯
阿尔德斯坦
纳恩
伊斯法罕
阿尔达坎
亚兹德
阿巴德
克尔曼
帕萨尔加德
巴赫拉马巴德
沙普尔
卡泽伦
波斯波利斯
马浑
设拉子
卡瓦尔
萨尔韦斯坦
伊布拉希马巴德
布什尔
菲鲁兹阿巴德
法 斯 省
波 斯 湾
0 50 100 150 200 英里

德黑兰,一月十五日

这可恶的地方。

十一月我离开后不久,马乔里班克斯认为有人要发动政变推翻他。他去阿斯泰拉巴德视察新建的铁路,并参加土库曼赛会。陪同他前往的是陆军部长沙达尔·阿塞德,他同时也是巴赫蒂亚里各部族的领袖。政变阴谋的第一个公开迹象,是沙达尔·阿塞德突然搭乘卡车返回德黑兰:这种旅行方式对身为部落贵族中最有钱有势的人物而言,确实不寻常。他和他的兄弟们现在都已入狱,包括在米尔萨·杨梓府上喝茶时见过的艾米尔杨,以及沙达尔·巴哈度;部队和飞机也已进驻伊斯法罕以南的巴赫蒂亚里区。此外,卡凡穆克也遭到怀疑,他是设拉子的卡希盖族显贵,过去一直被视为是马乔里班克斯最叫人害怕的心腹。如今连他也遭到软禁,其千金们的伴从帕默-史密斯小姐,则因担心食物被人下毒而陷入恍惚状态。

谁也不知道最初是不是真有政变阴谋。但是每个人都相信很快就会有了。谣传马乔里班克斯已罹患胃癌,皇太子自留学

第四部　　173

的瑞士返国时会遭人谋杀，各部族将在春天爆发暴动。这些谣言我全都不相信；独裁政府免不了会生出这类传言。令我苦恼的是已沸腾到最高点的排外情绪。巴赫蒂亚里人所遭受的羞辱，部分被归咎于他们与英国人交好，外国人若想要参观波斯比较文明的生活，一定得到他们那里去走一遭。因此，除了奉政府之命必须与外国人打交道者，其余波斯人对待外国人就都像看到疯狗一样，避之惟恐不及。

这种感觉又因为德巴斯回到英国后，在《泰晤士报》上发表的一篇文章而火上加油。他在文中提到，马乔里班克斯当着外交使节团的面，攻击土库曼骑师。波斯各报纸则反指英国国王若没有三千名侍卫护从，根本不敢离开王宫，还说威尔士亲王养了一百只狗，每天都会从特制的梯子爬上他的床，和他睡在一起。这些反弹令英国外交部吃不消，于是说服《泰晤士报》在显著的版面上刊登文章以示修好，文中将现代波斯比拟为都铎时期的英国，还拿马乔里班克斯的成就与亨利八世相提并论。没想到反而弄巧成拙，因为都铎王朝在此地被视为落伍的象征。外交部这次耗资数百镑电报费的干预举动，结果只是更加坚定波斯人的两大成见——这还多亏我们前任外相的大力促成——一、只要骂的声音够大，英国就会害怕；二、英国外交部掌控了英国媒体。可怜英方的一片好意，却遭到波斯因自尊心受损而穷追猛打。谢天谢地，我的推荐信是美国方面出的。

德黑兰,一月十七日

　　波斯人的另一个情结就是要命的妒忌心,生怕他们的西化速度会被阿富汗人超前。听说我到过阿富汗,有教养的波斯人总是会先深呼一口气,仿佛在压抑自己的情绪,然后礼貌地对阿富汗的情况表示关切,并故作殷勤地问我,在那里有没有看到铁路、医院或学校。我说医院和学校当然看到过,整个伊斯兰教世界都看得到;至于铁路,在这个汽车发达的时代,蒸汽火车自然是落伍了。当我告诉米尔萨·杨梓,阿富汗人是公开谈论政治问题,不像在这里总是轻声耳语,他答道:"当然啦,他们不像我们波斯人这么有教养。"

　　阿富汗人同样不喜欢波斯人,但性质不同。他们是看不起而不是妒忌波斯人。

　　昨天我拜访阿富汗大使希尔·阿赫马德,向他报告我此行的经历。他穿着一件闪着珍珠般光泽的天鹅绒家居服,捋着柔顺的胡须,看起来非常有威严。

　　笔者:若蒙大使阁下您的许可,我想在春天重返阿富汗。
　　大使(弱):你想回去?(大吼)当然,你要回去。
　　笔者:赛克斯希望跟我一起去。
　　大使(中):希望?他不用希望。(大吼)当然,他该跟你一起去。(极弱)我会给他签证。
　　笔者:我喜欢阿富汗人,因为他们大声说话,而且都说实话。

他们不会拐弯抹角。

大使(侧目,弱):哈,哈,你错了。他们很会顾左右而言他,(中)很会,(中缓)很会。你不够聪明。(弱)你还没见识过他们。

笔者(气馁地):不论如何,大使阁下,你的同胞对我很好。如果我要写阿富汗,不管写什么我都会先给您过目。

大使(极强):为什么?

笔者:免得冒犯了您。

大使(中):没有必要。(中缓)不必了。(强)我不会看的。我不想看。如果你写得很好,我们会很高兴有朋友称赞。若是写得不好,我们也很乐意接受朋友的忠告。你想怎么写就怎么写。(弱)你是诚实的人。

笔者:大使阁下实在太好了。

大使(中强):我很好,哈,哈。阿富汗的每个人都是好人。他们都活得很好。(极弱)不喝酒,(强)不戏人之妻。(中强)他们信奉神和宗教。阿富汗人都是好人,都是 fiddles①。

笔者:fiddles?

大使(渐强):fiddles,不对吗? 法文不是这么说的? 就是 faithfuls,对不对?

笔者:跟波斯人很不一样。

大使(中强):没有不一样。(中缓)没有不同。波斯人也很虔诚。(极弱)我跟你讲个故事:

---

① 意为"欺诈",与下文意为"虔诚信徒"的 faithfuls 恰恰相反。

（中）你知道波斯人是什叶派，阿富汗人是逊尼派。波斯人爱阿里，阿富汗人却认为阿里（极强）呸！（中）波斯人会在穆哈兰姆节①纪念阿里逝世并举行盛会。去年他们请我去巴拉第亚（Baladiya）参加盛会，你们是怎么说的，就是市政府。我去了。（中缓）我去了。（中）我站在市长旁边。所有的毛拉也围着他。当时来了很多人。（中缓）很多很多人。（中）所有的人，是的，包括年轻人、老人，（极强）甚至波斯军队的军官，（极弱）大家都齐声痛哭，（强）捶胸顿足，以纪念阿里辞世。（渐强）全是虔诚的信徒，全都热爱宗教。我是逊尼派，我不喜欢看到那种场面，男人哭，军官也哭。（大吼）我实在不喜欢。（渐强）毛拉对我说："大使阁下要不要说几句话？"（极强）"有何不可？"我说，（极弱）"我就讲他几句。"（渐强）我劈头就问他们：

（极弱）"阿里是不是波斯人？"

（中）毛拉们心想我怎么问这么愚蠢的问题，便说：（强）"阁下学富五车，您当然知道阿里是阿拉伯人。"

（渐强）我再问他们：（极弱）"阿里是阿利安人吗？"

（中）毛拉们认为我真是蠢得可以。他们说：（强）"阁下知道阿拉伯人不是阿利安人。"

（渐强）我又问第三个问题：（极弱）"波斯人和阿拉伯人是不

---

① 穆哈兰姆节，穆哈兰姆是回历的第一个月份，也是什叶派教徒的哀悼月，穆哈兰姆月的第十天为穆哈兰姆节，是什叶派穆斯林最重要的节日，为纪念先知之孙侯赛因在卡尔巴拉战役上的牺牲。节庆当天，什叶派信徒会随着游行队伍痛哭并捶打自己的胸膛。

是同一个民族?"

（中）毛拉们想我是蠢得无可救药了。没错。（中缓）他们想得没错。他们说:（强）"阁下博学多才。您知道波斯人是阿利安人,但阿拉伯人不是阿利安人。"

（中）我是个笨蛋。所有的毛拉、在场的来宾,大家都认为我是笨蛋。我问他们:（极弱）"阿里他跟波斯人有没有血缘关系?"

（中）毛拉们说:（强）"没有。"

（中强）"谢谢各位。"我对他们说,（极强）"谢谢。"

（中）然后我问他们,有没有人在阿拉伯人的地方过过穆哈兰姆节。有人回答说有,我再问:（极弱）"阿拉伯人纪念阿里会不会痛哭流涕?"

（中）他们说没有。

（强）于是我说:"阿拉伯人跟阿里是同一个民族,可是他们不会以哭来纪念他。波斯人跟阿里没有关系,却要大哭。"

（中）毛拉们告诉我确实是如此。

（极强）我说:"很奇怪,实在太奇怪了。我不懂波斯人为什么哭。（大吼）在阿富汗,男孩子到六岁以后如果还哭,我们就会骂他娘娘腔。"

（中）毛拉们纷纷表示遗憾,表示十分惭愧。他们告诉我:"还好阁下不是二十年前在波斯过穆哈兰姆节。那时候我们比现在哭得还厉害。将来,再十年后,我们会更进步。不会再痛哭和捶胸了。您等着看好了。"

（渐强）那次穆哈兰姆节过后第二个星期,沙王便请我进宫去。我去了。(中缓)我去了。

(中)沙王他对我说:"阁下是波斯的诤友。"

我说:"陛下如此垂爱,在下担受不起。当然陛下所言甚是,在下是波斯的朋友。但敢问陛下是如何认定在下为波斯之友?"

(中强)国王说:"阁下,(中缓)阁下阻止波斯人民在穆哈兰姆节哭泣,本王也禁止。(大吼)明年他们便不许哭了。本王已发出敕令。"

(极弱)现在穆哈兰姆节又要来了。我们等着看。(中缓)等着看吧。

德黑兰,一月十八日

纳斯穆克夫人昨日在卡拉戈兹鲁宅邸举行酒会。卡拉戈兹鲁是另一个波斯世族,来自哈马丹,迄今尚未失宠于王室。据说纳斯穆克夫人偶尔还会指正马乔里班克斯,而且至今仍活着。我相信此言不虚。她眼看我就快把柠檬汁洒到锦缎椅上,立刻忙不迭地向我提出指正。

酒会自五点进行到八点,大约有三百人参加,还有爵士乐队助兴。现场盛传的谣言是:沙达尔·阿塞德已"死于"狱中。

一个名叫马尔可夫的俄国建筑师,在这里设立了收容所,收容刚自俄国逃出的难民。我们在马什哈德门附近的一栋小房子里,发现大约五十五位难民,他们都发出同样的一股俄罗斯臭

第四部　179

味，那气味究竟是从何而来？他们看起来都相当健康，只有两个衣衫褴褛的小女孩例外，收容所从别处为孩子募来旧衣服和玩具。难民之一是从萨马拉来的神父，他利用三年的时间，不断更换离边界越来越近的工作，最后终于趁机越过边境。他随身带着一尊精美的旧圣像，不过其他难民家庭辛辛苦苦保存的那些圣像都很丑，也不值钱。

收容所的宗旨，是让历经长途跋涉的难民可在此休息进食，并提供衣物靴子，然后将他们分送到伊斯法罕、克尔曼和波斯中部各地。去年单是土库曼一族，就有二万五千人越过边界进入波斯，此外俄罗斯人也以每年一千人的速度涌向波斯。他们多半并不是反对布尔什维克，而是为了逃离饥饿。如果他们所言属实，即某些地方的工人住家外有成堆的空乌龟壳，因为乌龟已成为他们的主食，无怪乎俄国政府要劝阻外国人造访俄属中亚。

为确定劝阻是否代表不准，我与本地的俄国领事达提耶夫(M.Datiev)走得很近。他不像某些共党同志那样拘泥不化，常穿花色鲜艳的苏格兰呢，并以正式礼帽取代无边帽。我第一次去见他时，他招待我吃樱桃塔，第二次是薄荷甜酒。

德黑兰，一月二十二日

克里斯多夫买了一辆车，我们原打算昨天出发到伊斯法罕。但是路被雪封住了。邮包和信差在德黑兰与哈马丹之间失踪。

已经够令人厌烦了,没想到这里还推出亚美尼亚语的《奥塞罗》。主角请到莫斯科名演员帕帕齐安,他的确不负莫斯科演艺水准一流的美名。其他演员清一色是本地的业余人士,由于对我们英国过去的服饰没有任何可参考的对象,他们只得根据伊斯法罕壁画上的欧洲人来装扮。

更糟的是,德国公使布卢彻竟然在电影院里宴请大家观赏纳粹宣传片——《德国的觉醒》。希特勒、戈培尔和纳粹党人在片中齐声呐喊。中场休息有茶点招待。达提耶夫戴礼帽,他的上司大使却戴无边帽。我为布卢彻感到难过,也庆幸自己不是德国人。

德黑兰,一月二十五日

还在这里。雪依然下个不停。邮包和信差仍然下落不明。

走进文具店想买些画纸,发现教廷大使站在柜台前,我正陷入自己的思绪,一时语塞。

"早安,阁下。"

"早安,先生。"

沉默。

"您是艺术家吗,阁下?"

"什么?"

"您是画家吗?您要买蜡笔,买颜料吗?"

我这番言语吓坏了他脸上圣洁的表情。

"当然不是。我是来买邀请卡的。"

希尔·阿赫马德和英波石油公司的常务董事汤米·杰克斯,晚上到俱乐部来用晚餐。晚餐的菜色不错,有鱼子酱、甜菜根、罗宋汤、熏鲑鱼、烤鹌鹑配蘑菇、炸薯条配沙拉、中间镶冰块的热布丁,以及加了糖与香料的热红葡萄酒。

希尔·阿赫马德(中强):尊夫人呢?(口齿不清)她是一位美丽的女士。
杰克斯:她不能来。
希尔·阿赫马德(大吼):为什么不能来?(愤怒的嘟囔,中强)我很生气,(中缓)非常非常生气。

饭后打桥牌,但三局分胜负的牌局始终打不完,因为希尔·阿赫马德不时要下桌去,唱作俱佳地表演他口中所说的故事。阿富汗王室的历史就讲了半小时,他在讲述中透露,希尔·阿赫马德和阿曼努拉以及当今的阿富汗国王都有亲戚关系,其原因可追溯到王朝的首位国王总共有一百二十名子女。出完一轮牌后,他又继续说阿曼努拉的欧洲之行。有一次在意大利各家贵族的陪同下,他们到罗马歌剧院的包厢里观赏歌剧。

(中)意大利女士她坐在我旁边。她(眨着眼睛,极强)很大,呀!很伟大?不是,是很胖。(中强)她比埃及夫人〔埃及公使夫人]还要胖,她的胸部(中缓)太雄伟,(中强)都挤到包厢外去了,像这样。上面有好多钻石和金饰。(极弱)我很害怕。那胸部如果抵到我脸上,(强)我会窒息的。

场景又跳到白金汉宫的国宴上。

(中)威尔士亲王他跟我说话。(弱)我对他说:"殿下(极强)你真笨!(大吼)你是个笨瓜!"(中)威尔士亲王说:"为什么说我笨?"(中)我说:"因为您喜欢马术障碍跳高。那很危险的,(中缓)非常危险。(弱)殿下若有不测,英国人民会很难过。"(中)国王他听到了,就告诉王后:"玛丽,那位贵宾骂皇子笨。"他非常生气,(中缓)非常生气。(中强)王后她问我为什么说皇子笨。我说因为他喜欢障碍跳高。王后对我说:(口齿不清)"阁下,您说得不错,(中缓)说得不错。"(中)王后谢我,国王也谢我。

德黑兰,一月二十九日

还在这里。

昨天早上我们三点便起床,六点出城,希望当天就能抵达伊斯法罕。才走了十英里,路面就变成一块大浮冰,是雪融化后再度结的冰。我加速前进。二十码后我们就出了车祸,差一点翻车,而且很不幸地无法继续前进。此时太阳正好出来,一线火光照亮了雪白大地,银白的厄尔布尔士山脉蒙上一层金蓝色的薄纱,一丝温暖的空气缓和了冰冷的寒风。在这美丽景色的鼓舞下,我们回到首都德黑兰。

为了打发叫人心慌的寂寥,我们在达尔班德①的山上度过一天。马乔里班克斯在此有一座王宫。克里斯多夫与王室的一名园丁聊天,听起来马乔里班克斯很喜欢花。

德黑兰,二月六日
还在这里。

克里斯多夫三日便离开了。二日晚上,我因为前次在阿富汗的感染再次复发,不得不放弃伊斯法罕,住进疗养院。在疗养院里他们为我敷药,割开伤口除脓,清洗,每天重复不下百次。这是英国人开设的疗养院,在波斯颇负盛名,不过院务的管理权造成公使馆和英波石油公司之间争斗不断,前景不看好。

医生说我后天便可出院。

库姆(三千二百英尺高),二月八日
我离开了。

贺伊兰夫妇让我搭顺风车。贺伊兰先生原是驻克尔曼沙阿

---

① 达尔班德,德黑兰北郊的游览胜地。

的领事,现在要调往设拉子,他们驾着两辆车,带着一只爱犬,一起搬家。我们出发前已下了一整天的雨,我们选错日子,今天搭船可能还比开车快。

古姆的圣祠虽然在十九世纪重修过,但是高大的金色圆顶和四根蓝色尖塔配得很美。

德利詹(五千英尺高),二月九日
又困住了。

我们原定可以到伊斯法罕去喝下午茶的,可是转过一个弯后却发现,两辆卡车和一辆福特车陷在五十码宽的急流中动弹不得。我们别无选择,只有回到这个村子,下榻村中最大的房舍。这栋房子有两个通风塔,塔上的密室夏天可以打开,增加空气流通,屋内有一个大房间,泥墙上装饰着正反相对的图样,图案下挂着十九世纪八十年代在孟买照的六英寸大照片,照片上是一位身穿诺福克上装①的男士。贺伊兰太太带着长耳犬走过门槛时,一个斜眼老太婆大声抗议,生怕不洁的动物玷污了这个过去有贵人住过的房子。经过想赚我们房钱的屋主兄弟制止,她才住口。

下午我在庭院里写生:一棵砍过的树干,一个空空如也的池子,一串滴着雨水的晾晒衣物,让人对波斯花园产生全新的认识。

---

① 诺福克装,男性穿着的有腰带宽上衣。

第四部 185

园内一角有一座拱顶凉亭,可是就在我拿起铅笔正要画它时,整座亭子居然轰地垮成一堆。接着远处又陆续传来崩塌的声响。德利詹的泥土并不适于在这种恶劣的天候下拿来当建材。

我在自己的小房间里挨着熊熊柴火坐着,这家的长兄阿加·马赫穆德,将什叶派经典中有关哈桑①的部分念给我听。他不时停下来,悄悄对我说,这栋房子是他的,房租只可以交给他一人。

德利詹,二月十日

我们开车到河边。水位依然居高不下,所幸太阳出来了,我们仍抱着希望。

整个夜里房屋倒塌声不断,全村几乎没有一个屋顶是完整的。

伊斯法罕(五千二百英尺高),二月十一日

我们在今日下午抵达。要不是生病又碰上天气欠佳,我应该在正好三星期前就已到达此地。

---

① 哈桑,什叶派的第二代伊玛目,为阿里和法蒂玛之子,先知穆罕默德之孙。

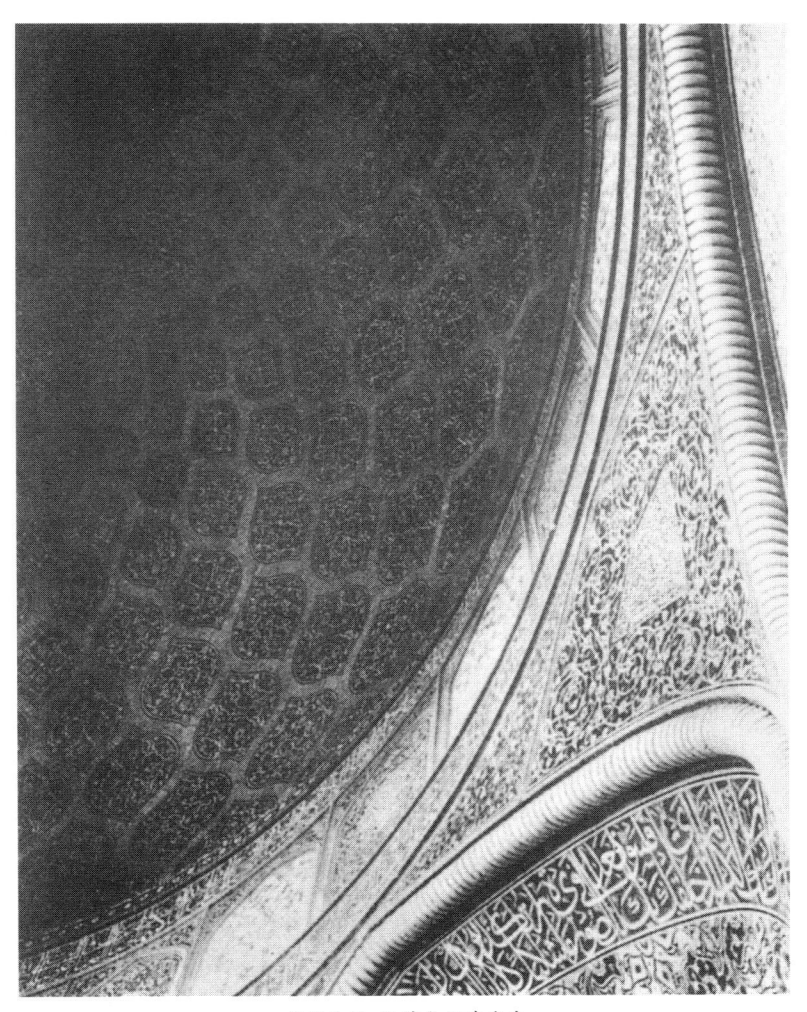

伊斯法罕:洛特夫拉清真寺

夜里德利詹又开始下雨。我们不抱任何希望地穿好衣服,正在轻松地享用早餐时,忽然消息传来,指河水已经下降,但很快就会再上涨。五分钟后,我们已开着车子在公路上冒着生命危险奔驰。每辆车的踏板上都有一名农夫拿着铲子待命。贺伊兰很勇敢地在激流中迂回前进,安全驶抵对岸。不过贺伊兰太太和我却被困住了,后来劳驾了二十名壮汉才把我们推出河中。

天黑前还有时间在伊斯法罕周围转一转。走过四十柱宫,那幅池水倒映着松树和宏阔走廊的景象,早已经由照片深印在我的脑海。我驶进沙王广场①。粉刷过的无窗回廊总共有两层,中间包围着长四分之一英里、宽一百五十码的空地。靠近我站的这一端,留有市集门的遗迹;对面较远的那端,是皇家清真寺的蓝色正门,以及它的圆顶、伊望和斜向麦加排列的尖塔,每座塔前各有一对大理石马球门柱。右边是砖造的阿里卡普宫;对面是洛特夫拉清真寺的浅碟形圆顶,上有花卉为饰,歪斜地倚在一处蓝色凹壁上。整齐对称,但不过度。它的美,美在由广场的方正与周遭建筑的浪漫所形成的对比。为破坏这种效果,也为了彰显巴赫蒂亚里族的绅士们不得再在此地打马球或遛马,于是打着"进步"的名目,于广场中间增建了一片装饰用的流水,外绕以哥特式的铁栏杆和刚刚萌芽的喇叭花花床。

这个广场和里面的古迹,可上溯至十七世纪。位于市中心

---

① 沙王广场,即今伊玛目广场,为阿拔斯沙王所建。

188　前往阿姆河之乡

的礼拜五清真寺,其年代更为久远,建于十一世纪。和赫拉特的清真寺一样,这个城市的发展史也全反映在这栋单一建筑物和它的历次整修之上;面对它的庄严堂皇,萨法维王朝的色彩魅力,就像帖木儿王朝的绚烂功业一样,都得黯然失色。这座清真寺有许多地方显得笨拙,有些地方更称得上是丑陋。不过由塞尔柱王朝的马里克沙①兴建的蛋形圆顶,虽仅以普通砖块砌成,但那种朴实无华的表达方式,正是伊斯兰教圆顶的精彩所在,能够与之媲美的建筑并不多见。

我抵达沙王之母学院已是傍晚时刻,这是萨法维王朝的苏丹侯赛因沙王于一七一〇年兴建的。穿过入口,一方窄小凹池引我到一道黑色拱门,然后是相毗连的另一道黑色拱门,好像在玩建筑纸牌把戏。白杨刚修剪过,枝叶洒满一地。我转入察哈尔巴格②,即阿拔斯沙王大道,在夹道林荫的遮护下一路开到阿里维尔迪汗桥③,该桥连接着通往设拉子的公路,过河后的沙王大道,是一条长达一英里的斜坡。桥以拱墙封住了道路,墙外是一条缩小版的拱廊供行人通行。此时拱廊上已挤满人群,但全镇民众仍相继涌来,记忆中从未见过如此汹涌的人潮。灯火亮起,轻风微动,四个月来我首次感觉吹来的风中没有寒意。我嗅

---

① 马里克沙(1055—1092),塞尔柱王朝的第三任苏丹,在武功与文治方面皆颇有建树。
② 察哈尔巴格,字面意义为"四花园",伊斯法罕的主要大道,建于一五九七年,总长五公里,阿拔斯沙王大道指的是察哈尔巴格的中段,伊斯法罕的主要景点、商店和旅馆都位于附近。
③ 阿里维尔迪汗桥,即著名的三十三拱桥,连接察哈尔巴格的上下坡段。

到春天的气息,欣欣向荣的生气。很少有如此完全平静的一刻,全身放松,心无挂碍,天下太平。逃离德黑兰真是叫人无限欣喜。

伊斯法罕,二月十三日

有一群强调健身并把抽烟喝酒视为罪恶的西方传教士,在这里十分活跃。这些男子戴着眼镜,身穿格子呢外套、法兰绒长裤,领着一群小男孩,大步走过察哈尔巴格,一副英国教师的正字表情;他们的背挺得老直,仿佛脊椎根本弯不了。这一切的幕后推手,是一位英国国教派的主教,他最近刚成为牛津运动①的鼓吹者。布克曼教派在伊斯法罕!这简直是对"巴哈伊教派②在芝加哥"的一大报复。

迦兰副主教则是比较人性化的英式道德标准的代表人物,他在此地居住了三十年。他常说,三十年让他争取到一名皈依者。那是一位老妇人,她因叛教而遭受亲友排斥,因此在临终时,唯一能请到的朋友就只有迦兰副主教。她告诉副主教,她只有一个最后的请求。

"是什么请求?"急于想让她死而无憾,副主教问道。

"请替我找一位毛拉来。"

他果真请来毛拉,事后还常向人提及这个故事。

---

① 牛津运动,源自一九二一年,是美国宗教家布克曼所提倡的宗教运动,强调绝对诚实、绝对清洁、绝对不自私和绝对的爱。一九三八年改称为道德重整运动。
② 巴哈伊教派,由波斯人巴哈欧拉创立的教派,强调人类的统一性,主张废除所有国家、种族和宗教的偏见与迷思,统一在神的领导之下。

今天下午在雨中漫步的乐趣，因为一具尸体的召唤而增色不少。当时路面泥泞，躺在担架上的尸体打我前面经过，我们不小心撞在一起；尸体的手脚从一块格子纹桌布中露出来，乍看之下仿佛在向我招手。

河对岸的焦勒法区有一座亚美尼亚教堂，外观很像十七世纪的伊斯兰教圣祠。教堂内部挂满那个时代的意大利传统油画。教堂附设一座博物馆，馆内收藏品的历史意义高于艺术价值。

阿巴德（六千一百英尺高），二月十四日

当官员完全解除武装，恢复本性之后，波斯也有它很可爱的一面。

贺伊兰夫妇和我抵达时天色还早，我看到街上有一匹好马，于是请教警察局局长能否让我骑一小时。两匹口吐涎沫的骏马立刻出现在我下榻处的门口。我们迎着夕阳，以赛马的速度奔驰在原野上，完全看不清马匹越过的沟渠或田埂。我们的目的地是一个寂静的花园。有好一会儿，同行的警员哈比布拉一言不发地坐着，淙淙的水声和闪烁的波光让他出了神。"你应该夏天来的。"他语带感性地说。然后仿佛是为自己的真情流露感到羞赧，他立刻改口高谈打猎：羚羊和野羊。

由于我骑的棕色马匹是他的，所以我给了他十个克朗。可是晚上他又拿来还我，说是奉警察局局长之命。如果我想回报他，可以向设拉子的警察局局长推荐他。

阿巴德是个幸运的村庄。村里的主街铺着整齐的碎石子，村民个个富裕，他们生产波斯品质最佳的鞋子。这里的气候十分干燥。即使是在这个季节，其他地方都深为水患所苦，此地却是一点雨也没有。

焦勒法的红酒喝起来像是希腊酿的勃艮第。今天我们每个人各喝了一瓶。

设拉子（五千英尺高），二月十七日

南方，终于来到可爱的南方！它让我的心情像首次在地中海边迎接朝阳那般悸动。晴空闪耀，万里无云。丝柏的深色枝叶刻画着蛋壳色的山丘，紫色远山覆着白雪。耸立在高柱上的蓝绿色韭葱圆顶，不时从一片泥顶大海中突伸出来。旅馆花园里的橙树结实累累。我在床上写作，窗户敞开，轻柔的春风徐来，把昨晚冰冷的斗室变成了此刻的天堂。

自阿巴德出发后，我们在波斯波利斯逗留了一会儿，顺着大主厅的阶梯跑上平台。我始终对它的石材十分好奇。柱子是白色大理石，因风化而掺杂着乳白、棕、黑等颜色；它有一种桃红色的光泽，可是比潘特里肯山[①]的大理石白一点，也比较不透明，缺少那种沐浴在阳光下的美感，帕特农神殿就有这种优点。这

---

① 潘特里肯山，希腊雅典东北部的山脊，盛产大理石。

里的浮雕刻在单调的灰色石材上，不透明但雕工细致，惜因风吹日晒，已是黑点斑驳。

我们没有时间参观新修复的阶梯，但留下名片给赫茨菲尔德，表示改天会专程来拜访。

抵达领事馆对贺伊兰夫妇是相当重要的一刻，他们今后三年都要以此为家。我们坐下喝茶时，克里斯多夫来了。他对于得以发现华斯穆斯的罪行，感到异常兴奋。华斯穆斯是大战期间游走于波斯部落间的神秘间谍，当年若是德国战胜，他如今应可取得劳伦斯上校①的地位。我们准备一起去菲鲁兹阿巴德，那里有一处英军与波斯部落作战的战场，迄今尚保存完整，他要好好参观一番，我则有阿尔达希尔宫②在等着我。

这里仍留有英国占领时的遗痕。出租马车上还有天农③啤酒的广告。旅馆经理在晚餐时请我们吃洋芋片。大自然在战前的设拉子附近耸立起一座奇特的孤山，为主街景增色不少，那山看来仿佛是利西帕斯④风格的贝尔福勋爵仰卧图。居民们如今

---

① 指阿拉伯的劳伦斯，一战期间，劳伦斯为英国穿梭于阿拉伯部落之间，故有此说。
② 阿尔达希尔宫，阿尔达希尔是萨珊王朝开国君主，他在公元二二四年于菲鲁兹阿巴德击败安息人，并在此建立王宫，该王宫是现存最古老的萨珊建筑。
③ 天农，苏格兰著名的啤酒品牌。
④ 利西帕斯，公元前四世纪的希腊雕塑家，其作品为古典主义的完美形式与新兴的希腊写实主义之间的产物，以铜雕为主，采用当时男性的人体标准比例。

第四部

把这座山叫做"库赫巴尔费",意思是"雪山"。如果山上真的下过雪,这名称倒也名副其实。可是它从没下过。其实它的名字应该是"库赫贝尔福"("贝尔福山"之意),"巴费"是波斯人以讹传讹的结果。

我到英国传教团去打针时,梅斯医生,一位女医师,给了我一根烟,自己也拿起一根。又回到南方了!

设拉子的古迹奇特性甚于重要性,尽管其礼拜五清真寺——现已荒废——的方庭立面似乎隐藏着极为古老的石造工艺。某种像是石造神龛的建筑物矗立在方庭中央,两旁有四根粗大的圆柱,也是石块建成。每根柱子上方都有一圈蓝底的石雕文字,再上去则空无一物。这种结合石头和彩陶的手法,我只在这里看过。效果并不理想,就像是扎勒①复制的科尼亚②城。

设拉子学院的方庭也已成废墟,不过这种颓圮反倒衬得它那些粉红与黄色花朵的十八世纪瓷砖更显出色。院内的主要装饰,是位于八角水塘旁的一株枝叶繁茂的无花果树。方庭的入口是一道八角形玄关,玄关上方是浅碟形的拱顶,以蝙蝠翅膀般的浅内角拱支撑。这个部分的马赛克装饰,充满十七世纪的冷艳风格。

---

① 弗里德里希·扎勒(1865—1945),德国考古学家。
② 科尼亚,土耳其古城,希腊罗马时代即以基督和圣徒画像闻名,十一世纪成为塞尔柱土耳其的首都,有许多纪念性建筑。

城外有一座高大的正方形建筑，过去一度覆有圆顶，它的名称是哈图恩，据说是穆扎法尔家族①某国王的公主之墓，不过看起来像是比较晚的建筑。这栋建筑的正面已经倒塌，但由普通砖块砌成的侧翼及后墙，因为有两排扶墙支撑而免于坍颓，扶墙内面都有马赛克装饰。砖块是玫瑰黄的颜色，跟附近的山丘一样。

　　再过去，就是哈菲兹②花园和萨阿迪③花园，两位诗人的墓分别坐落于园中。此外还有许多花园，全都满植丝柏、松树和柑橘，还有白鸽展翅，鸟雀吱喳，令人流连忘返。园外的空地上，有人在晒羊皮，或是把羊皮包扎成捆，南方的羊皮季节来得如此之早。

　　晚上我去见柏格纳，他是赫茨菲尔德的助理之一。我向他请教到波斯波利斯拍照的问题。我听从他的建议给赫茨菲尔德写了一封信，正式请求他的允许，并小心地保证我无意抢走他的新发现。柏格纳下榻的地方位于安拉至上门④附近。由于昨天

---

① 穆扎法尔家族，十四世纪亚兹德地区的统治家族，一三五〇年占领设拉子，并在克尔曼和伊斯法罕等地建立过短命的统治王朝，一三九三年，帖木儿屠杀了该家族所有的亲王。
② 哈菲兹（1325/26—1389/90），波斯最著名的抒情诗人，著有《诗集》等。
③ 萨阿迪（1210—1291），波斯泛神论神秘主义诗人，诗作以结合宗教神秘思想和热烈的欢愉情感著称，著有《果园》和《蔷薇园》等诗。与哈菲兹皆出生于设拉子。
④ 安拉至上门（Allah-ho-Akbar Gate），Allah-ho-Akbar 是穆斯林的信仰宣示，意为"安拉至上"。

是周五,全设拉子的人都涌上这条路,有些是步行去看朋友,有些是赶赴山下的城镇,有些则是野餐回来,也有不少人骑马游街。这里的马主要是阿拉伯血统,虽然没有沙漠种阿拉伯马那么好的骨架,但在与北方的土库曼种混血后,也没变得像蒙古马那样瘦小,实在叫人喜爱万分。它们都装扮得十分漂亮,常载着绣有姓名缩写的鞍褥。就连驴子也经过打扮,巨大的白色身躯披着滚了花边、垂着丝穗的褥垫。于是在这场欢乐的游行队伍中,骑马者和骑驴者可说平分秋色。驴子是给中年人骑的,最小的马则给最年幼的男孩骑,他们个个骑得四平八稳。波斯人在马背上找回了尊严,即使是巴列维帽也无法损其分毫。他们端坐在马鞍上,动也不动,就好像是从马背上长出来的一样。克里斯多夫告诉我,他们手上没有缰绳,完全靠平衡感,当年他当外交官时,曾跟波斯人打过马球。

葡萄酒是波斯南部另一项特产,远近驰名。正因如此,语源学家才会对雪利酒这个名称究竟是源自赫雷斯[①]还是设拉子争辩不休。到目前为止,我们在此地一共发现三种葡萄酒:有一种呈金黄色,没有一点甜味,虽然它的口感提过的人不多,可是却是我最偏爱的雪利酒;第二种是不甜的红葡萄酒,入口时没什么特别的感觉,不过佐餐还可接受;第三种是比较甜的玫瑰红酒,喝完会让人齿颊留香。如果这里的葡萄园能冠上名称以资区

---

① 赫雷斯,位于西班牙南部,一般认为是雪利酒名称的起源。

别,酒厂能使用软木瓶塞以便储藏,或许设拉子就能生产出真正的葡萄酒。但是波斯人,从他们对宗教见解的广博程度看来,喝酒主要是为了挑战禁忌而非讲究品位。如果有外国人想引进上述的改良措施,一定会设法模仿他本国既有的牌子,就像德国人在大不里士的做法。二流的德国白酒固然尚可入口,但很难引起喝的兴致,我宁可选择虽味道较差但有其独特风味的酒。在地中海一带住过很长一段时期的贺伊兰夫妇,打算自今年秋天开始,有系统地研究设拉子的各个葡萄园。

设拉子,二月十八日

设拉子予人的好感烟消云散了。

克里斯多夫和我去拜访警察局局长,这是例行的必要手续,顺便请他准我们前往菲鲁兹阿巴德,由于卡希盖族作乱,要去那里通常不易获准;事实上,赫茨菲尔德和斯坦因[1]似乎是继十九世纪八十年代的迪厄拉弗瓦[2]之后,唯一曾参观过当地古迹的两个人。

局长严肃地看着我说:"你,可以去。但只能一个人去。"

---

[1] 奥雷尔·斯坦因(1862—1943),匈牙利裔英籍探险家、考古学家和地理学家。他探索了连接中国、印度和西方的古代商路,并发现了敦煌千佛洞的艺术宝藏,对地理学与考古学的贡献甚大。
[2] 马塞尔·迪厄拉弗瓦(1884—1920),法国考古学家和土木工程师,于一八八五年负责挖掘波斯古城苏沙的大流士一世宫殿和阿塔薛西斯二世宫殿,挖掘成果大多展示于卢浮宫。

"我不明白。你是说我可以去,但赛克斯先生不行?"

"完全正确。"

这已经够叫人沮丧了,但更糟的还在后面。我们想开车出城,呼吸一下山间空气,但驻守安拉至上门的警察要我们停车,他说我们只能走去。

后来我去拜访总督,一个兴趣广泛的人物。他说,翻译是一种艺术,那是他把柏拉图和王尔德的作品译成波斯文的实际心得。当我说出我们与警方打交道的经过后,他随即打电话询问警察局局长这其中是否有什么误解,局长回答说没有。

听到这个结果,克里斯多夫又去了一次警察局,要求解释。不胜逼问的局长终于透露,他接到来自德黑兰的命令,不得让克里斯多夫离开此城。他不能去菲鲁兹阿巴德,不能去布什尔①,不能出城打猎,将来连到乡下走走都不行。

我在波斯遇到过许多外国人,包括来自不同国家、出自各种不同生活背景的外交官、商人和考古学家,在这些人当中,克里斯多夫是唯一一个喜欢波斯人,同情他们在国家发展过程中所遭遇到的痛苦,而且始终如一地卫护他们的种种美德,有时甚至到达是非不分的程度。在当前的这股仇外风潮中,他绝对应该是波斯当局最后而非首要的目标。老朽的马乔里班克斯对欧洲人的评语极为敏感,动不动就要报复。然而,不管我们怎么痛骂那个喜欢小题大做的老糊涂,也还是弥补不了我们的损失,我们

---

① 布什尔,濒临波斯湾,是一个悠闲愉快、充满美食的旅游胜地。

才刚燃起的游兴,就这样被破坏殆尽。

卡瓦尔(五千二百英尺高),二月二十日

要在波斯安排一次旅程,就像是解代数方程式一样:可能解得出来,也可能无解。昨天我一整天都在忙这件事,今早我们六点钟就出发了,但所有的时间都耗在等候此地的骑警和马匹。

波斯有两种警察:"纳斯米亚"掌管各城市;"安姆尼亚"掌管道路及法律明文规定的内陆地区。在纳斯米亚首长的建议下,我去拜访安姆尼亚的首长,因为我欲前往菲鲁兹阿巴德的旅程应由他的属下负责。他是个滑稽的胖家伙,很热心地要帮忙我。

总督已打过电话给他,说明我的身份和旅行目的。因此他的第一个动作就是回电总督,询问我的目的与身份。在得到满意的答复后,他主动提议并获得总督首肯,就是由总督写一封信,载明我的目的与身份,好让事情单纯化。

在动身取信之前,我问他我是否需要护卫随行,因为传闻这条路上有盗贼出没。他说没有必要,完全没有必要。我赶忙搭了一辆出租马车到总督府,祭出恭维法宝,先称赞总督的柑橘树,然后开口问信写好没有。

总督若有所思地说:"你不觉得应该有护卫陪你一路走吗?"

"当然需要,请总督大人提供您宝贵的意见。安姆尼亚的局长说没有必要。"

"我来打电话给他……"

局长在那一端答道:"当然,当然,他一定要有护卫,他不可能单独行动。"可是有一个困难。本地的财政厅长才刚开始巡回各处丈量土地(其中包括卡凡穆克的土地),并带走百名骑警;也就是说,此刻没有任何多余的马匹,我的随行护卫只能走路。

我说:"既然这样,我出钱替他们雇马。"

总督和局长都觉得这是个好主意。

此时总督的秘书正在隔壁起草那封致安姆尼亚局长的信。经总督认可后,秘书重新誊缮,然后总督签字,封缄,再交给我。我立刻跳上车,在离开不到两小时后,再度出现在安姆尼亚警局。

局长殷勤地问我:"你觉得是不是需要有护卫带你到菲鲁兹阿巴德去?"

"当然,请阁下您告诉我该怎么做。"

"依我的意见,你应该带。一个人够不够?"

"当然够。我不是百万富翁,没办法为大队人马雇用马匹。"

"那还用说,又有谁办得到?我想五个人应该够。当然他们都会骑政府的马;我们有很多多余的马。如果你的车上能够多载一名警官一直到卡瓦尔,办起事来会方便许多。到那里之后,他会为你安排你自己的马。我会叫他五点钟到旅馆去找你,安排细节。"

"阁下实在太周到了。可不可以请他八点再来,因为我打算出去喝茶?"

"就这么办。我会告诉他七点去。"

我们开着一辆福特汽车出发,同行的有我的新仆人阿里·

阿斯加、苏丹(意指"队长")、驾驶和其助手,再加上行李、食物和酒。我这一次简直是王公级的旅行,目的是要节省时间;如果没有仆人,每天我至少得花掉半天的时间整理或打开行囊。

我们快到达部落散居地时,队长停下来视察安姆尼亚的岗哨,那一间间工寮式小屋,围墙上钻有许多枪眼。能够看到部落如何服从中央统治,以及安姆尼亚的运作情形,是很有趣的经验。这支警察队伍相当整齐,是马乔里班克斯最成功的创举。

岗哨和汽车道路止于卡瓦尔。这个村子为阿布杜·卡林·席拉齐所有,他刚盖好一栋新房子。于是我得以享受极为舒适的住宿,虽然墙上的泥土尚未干透。庭院中的池子与溪流相通,非常清澈。溪水由石制怪兽的嘴中喷洒而出。

村主在村外有个旧花园,约十二英亩大。园丁打开茅草墙上的栅门让我进入,整个下午我就在一条条笔直的草径上漫步,这些草径将波斯式花园区隔成一块块的正方形或长方形区域。每条步道两旁都种着白杨或筱悬木,并有灌溉渠道分布其间;至于每块区域,若不是种植果树,便是空空荡荡的耕地。"区域"这个词听起来有点正式,其实用"农园"或"野外"来形容波斯式的花园会更贴切些。冬春两季在今天下午相遇。一股强劲的暖风,带着肃杀声吹了过来,随即是枯叶落地的沙沙声,枯叶堆中,冒出了羊齿植物的新生绿芽。四处可见早生的玫瑰嫩叶因霜冻而黑青。光秃秃的苹果树枝桠上,缠绕着已枯死的槲寄生;一株树龄有几百岁的高大栗树,在分叉处也有一团枝叶,据园丁说是"帕兰达"的窝,他说的是喜鹊还是松鼠?那形状像是这两种窝中的一种。

今年第一批蝴蝶已出茧：一种灰白蝶，我说不出品种，才刚孵化出来，像没头苍蝇般乱飞，仿佛无法适应这尚缺绿意的世界；一种五彩蝶，刚自冬眠中醒来，正四处停伫，一一探视去年九月所熟悉的花园。已经有些花儿为它们绽放。有株桃树（或是梅树）已开满花朵，它那红色花蕾、白色透明花瓣和深色枝干，在和煦蓝空的映照下，美得令人目不暇给。自墙外望出去，是看不见尽头的山峰，淡紫加狮子色，寸草不生的荒芜。羔羊和孩童的叫喊声把我拉回到花园门口。一个小女孩正在村子墓地旁放羊，那边有三棵庞大的丝柏类垂松。队长说："那几棵叫做'卡尔吉'。你说这树高大？你还没见过种在洛雷斯坦省①博鲁杰尔德②的那些呢。"一只灰色猫头鹰从第一株垂松上、一个它正在检视的洞里飞出来。一块点缀着黄色莲蓬头的沼泽湿地里，雌水鸡正开始筑巢。

我躺在床上享用一瓶红酒。阿里·阿斯加正在锅里"烘"一只鹌鹑，他在大战期间曾当过英国某军团的厨子。骑警们已集合，马也校阅过。他们说到菲鲁兹阿巴德需要两天的路程，可是我希望一天就能赶到。

菲鲁兹阿巴德（四千四百英尺高），二月二十二日

我成功了，虽然费了一番力气，不过其他人可就辛苦多了。

---

① 洛雷斯坦省，波斯西部与伊斯法罕相邻的一省。
② 博鲁杰尔德，介于哈马丹与霍拉马巴德主要道路上的一座古城，以塞尔柱时期的清真寺和圆顶闻名。

卡瓦尔那边的说法是，两地距离有九个波斯里，合三十六英里。我骑了十一个小时，中间只有午餐时休息过一次，由于好走和难走的路程长短差不多，而我的平均时速不可能低于四英里，因此两地的距离必然在四十英里以上。

经过一些惯常会发生的小波折——一根捆行李的绳子断了；一匹马跳起来，把行李摔在地上——我们终于在七点出发。一群呼噜叫的猪，正按身形大小成一纵队通过我们要走的路。由于地面上有太多石块，我们无法超前，尽管如此，还是有一名护卫不死心地试图闯关。在一小段奔驰之后，我们开始和那群猪并行，那名护卫叫道："你想不想要一只？"我原本就不想要，而且英国狩猎法在我脑中种下的模糊制约，也令我迟疑。于是他们掉转马头，我失去了一睹波斯人一面全速奔驰，一面猎取猎物的机会。

山边长满了灌木丛以及开着粉红色花朵的野生果树。有棵树下躺着一只死狼。才爬完一段艰难的上坡路，紧接着又是一段马匹不好着力的陡峭泥板岩，好不容易终于来到穆克隘口的顶端；然后我们沿着溪流前进，深蓝色的风信子点缀岸边。溪流将我们带到桑吉兰峡谷，这里是夹在两道悬崖之间的狭小通道，也是盗匪猖獗的所在。没路了。只剩下溪谷，由于山岩、树干和荆棘所造成的阻挡，这里的水位特别深，马匹几乎走不过去。溪水出了峡谷之后，便直接注入不同高度和不同方向的灌溉水道。

一片热闹繁盛的平原突然出现在我们眼前，距离约百英尺外还有另一块类似的平原，在那块平原的尽头，我们看到远方的村

第四部　203

落。对面山峦中有一道黑色缺口,那就是我们的目的地:唐阿布,意为"水隘口"。我们在伊斯麦拉巴德稍事休息,我坐在树下吃着奶酪,周围是青翠的草地和四散的牛骨。

这是个破破烂烂的地方,村长吓得不知所措,因为这一带地方很少看到警察。他抱歉地说:"你们应该到那边的伊布拉希马巴德去。"当我请他把我的马取来时,他误会了我的意思,以为我要一匹新马,就给我一匹新的。这真是求之不得。我拿出五克朗,可是他怎么也不肯收,直到我祭出屡试不爽的说词:"给孩子们的。"

水隘口的峭壁呈斜梯状,那样子好像这座山脉是被人一刀劈开,如果用力推挤还可以重新合起来。这样的崖壁或紧接其后的峡谷,是我继在克里特岛南岸的阿吉亚鲁梅里之后第一次看到。快到隘口时,一条从东边山脚下蜿蜒过来的河流,突然转了几个直角流进隘口,而且好像是向上奔流而去,在长达四英里的峡谷中,这种幻觉一直持续。峡谷的地势奇特,宽度由半英里到百码不等;崖壁的高度则在五百英尺到八百英尺之间。小路在那条弯曲的河道上反复穿越。大约走到中点时,我发现了第一座古迹:在东边崖壁一块凸起的岩石上,有一座萨珊王朝的城堡,堡身借由一道长长的城墙与一座较小的堡垒相连。这两栋建筑分别叫作卡拉杜赫塔和卡拉匹沙。卡拉的意思是"城堡",杜赫塔是"少女",跟英文的"daughter"同义。可是我一时想不起来,就问阿里·阿斯加那是什么意思,他忽然用英语回答我:"杜赫塔吗,主人?杜赫塔就是小女孩。"

一层层壮观的山岩,带领我们走上东边的崖壁,那些长方形的巨大石块计有三十英里长、二十英里宽,起先我以为是人工开凿的道路,就像印加人①建造的通往库斯科②的山路。此刻天色渐暗。阿里·阿斯加和行李落后了有数英里之远。虽然他带着三名护卫,但是跟我一起的两名护卫却越来越担心。

"怎么回事?"我问。

"强盗。"

"可是伟大的万王之王礼萨已经救平了波斯所有的盗贼。"

"真的吗?上个月还有盗贼打死了我管辖的四匹马,打伤了我的头。他们可以为了一克朗而取走阁下您的性命。"

我们终于出现在河流东岸的南边出口。昏暗的光线只够我们分辨出阿尔达希尔那座庞大宫殿的模糊身影,距离对岸大约半英里,我的护卫管它叫阿提什哈纳,意思是"火宫"。等我们走出峡谷来到开阔平野,在星光的照耀下,可以看见一座极为粗大的尖塔轮廓。随行的护卫迷失了方向,但是他们想停留的那个村落为了打发我们,十分热心地指引我们该怎么走。不到半小时,我们便发现自己置身于沐浴在月光下的静谧街道。一位路过的游民告诉我们总督官邸在哪里。

我走上楼。

---

① 印加人,居住在南美秘鲁地区的印第安部落,曾建立辉煌的印加帝国。
② 库斯科,古印加帝国的首都,今秘鲁南部一省。

房间里没有家具。地板中央有一盏高高的铜灯,朝着红色地毯和空空如也的白墙,投射出清冷的白光。灯的两侧有两个白铁碗,其中一个插着一枝枝粉红色的水果花,另一个则插着大朵的黄色水仙,中间围着一束紫罗兰。总督就坐在水仙花旁,双腿交迭,双手交握在袖子里;其幼子坐在水果花旁,那孩子的瓜子脸、黑眼珠和弯睫毛,正是波斯细密画画家眼中标准的美少年。他们无所事事,没有书籍、纸笔,也没有任何饮食。父子俩正沉浸在春天的景物和香气之中。

我们这群累得歪歪斜斜、满身尘土、一脸胡子、仿佛野人般的不速之客,选在这个时候上门,实在有违正常礼仪,他们掩不住诧异地慌忙起身,但仍好心地为我们张罗一切。那充满诗情画意的沉思气氛,想必已被我们破坏殆尽。我蹲下身来,像进了玩具屋的狗儿一样,窸窸窣窣爬着,然后把鼻子凑到水仙花上闻闻香味,此时火已点燃,茶壶也重新烧起,浓郁的红酒已经在杯子里摇动;总督亲自切下肉片,为我串成肉串,放在炭火上烤;然后他又剥了橘子,沾上糖,为我做布丁。最后他居然要把他的床让给我睡。我解释说我的被褥马上就会送到,请他让我睡在楼下的房间即可。

这个小部落市集城镇见不到警察,安姆尼亚和纳斯米亚都没有,总督的安全只靠几个士兵保护。人民衣着随心所欲,男子穿着条纹罩袍,系着松松的宽腰带,腰间别着家伙,头上则是无边圆帽。很少看到有人戴巴列维帽。总算来到深受许多旅行者钟爱的另一个波斯,如果可能的话,我真想待上一个星期。可是克里斯多夫和我必须及时赶到阿富汗,以抢先避开大家都预言一定会发生的"春季动乱",我们应该在四月十五日之前离开德黑兰,所以我没有时间久留。并不是真的可能发生什么乱事。不过单单是这样的流言,就有可能让外国人一两个月进不了阿富汗。

因此我一反常态地十分积极,一早便赶去参观古迹。总督知道我的马累了,表示要借他的马给我骑。我谢谢他,不过这会儿光是提起马鞍这两个字,都会让我叫苦连天。我决定劳动双腿。菲鲁兹阿巴德其实比布什尔更南,气候炎热。从城外,我看到棕榈树在平坦的屋顶上随风摇曳。我走完到古尔的两英里半路程,古尔是阿尔达希尔在公元二二〇年左右建立的城市,当我开始后悔为何不骑马来时,随即听到急促的马蹄声自身后传来。跑在最前面的是总督,他的棕色坐骑正举起前腿,后面是总督之子,他骑的灰马正拱背跃起;接着是镇长和几个乡绅;再来是一队武装士兵,其中一人骑着一匹草莓花色马。这大队人马中间,夹着一匹昂首阔步的高大白驴,驮着高高的一堆地毯,但是没有人骑。总督说:"这是给你的,不能叫客人走路。"

昨晚看到的"尖塔"原来是一个正方形的大石柱,有八十英尺到一百英尺高、二十英尺宽,是粗糙的萨珊时期石造建筑,没有出入口,也没有出入口的遗迹。柱子四边有上行的阶梯遗痕,想必是顺着四面呈螺旋状往上走去。我想起赫茨菲尔德在《旅游纪事》一书中曾推测,这些阶梯原先是有围墙的,因而形成一个可由内部上下的塔,如今则仅存核心部分。迪厄拉弗瓦的想象力比较丰富,他认为这座石柱是一个烧火用的祭坛,并描绘祭司们如何鱼贯步上柱顶,鸟瞰台下的众多信徒,仿佛这是一座阿兹提克人①的神庙。但是这两种理论均无法解释,除了为展现统治者的伟大之外,还有什么其他动机可以汇集多达四万立方英尺的石块,堆建成如此坚实的石柱。即使是金字塔的内部也略有中空。

这座塔没有名称,但据说是为纪念一块自天而降的石头而建造的。塔的四周,方圆大约一英里之内,可以见到阿尔达希尔的都城轮廓。其中许多的地基和地基上的围墙,看来只比地面低个一两英尺,而且地基上方还有一座平台。这是用切割得十分整齐的长方形石块,以阿契美尼德②式的砌法建造而成,跟塔本身所采用的杂乱工法差异甚大,建塔所用的石块没有一定形状,而且全都包覆着灰泥。我很想挖掘这处遗址,它应该是波斯境内尚未被碰触过的最丰富的遗址。萨珊王朝的遗物很少具欣赏价值。但是它们却见证了古代与现代交会之际的那段迷雾般的历史。

其他人骑马,我骑驴,这头驴子在每个转弯处都超前总督的

---

① 阿兹提克人,中美洲墨西哥地区的古民族,曾建立阿兹提克帝国,阶梯状的金字塔神殿是该帝国的重要象征。
② 阿契美尼德,由居鲁士开创的古波斯统治王朝(公元前六世纪至前三三一年),前文提到的波斯波利斯王宫,就是阿契美尼德时期的建筑与艺术代表。

种马一个头,它摇耳、跃沟,一副傲视群马的架势。回程我们在一处花园休息,斜倚在橘子树下,啜饮着加了豆蔻的凝乳。行至城外,三名衣衫褴褛的孩童骑在骆驼背上,合十向总督行鞠躬礼。总督拉紧缰绳,让种马扬起前脚,另一幅金缕地①的场景仿佛又出现在我面前,他也很礼貌地问候对方:"平安,托上帝的福,各位阁下可还安好?"这是个很有趣的玩笑,我们全都忍俊不住,那些孩子也开怀大笑。但这同时也是一句真心问候,让我对阿布塔希·席拉齐这位菲鲁兹阿巴德总督的仁慈备感温馨。

伊布拉希马巴德(约四千四百英尺高),二月二十三日

可爱的总督原打算跟我一起去峡谷,但因为今天是星期五,他得招待全体镇民在纳斯拉巴德野餐,分不开身。他不相信我会这么快离开,还以为我也会去参加野餐。事实上,他听说我要离开时差点就动怒了。不过我向他保证,我可以对天发誓,他心中的遗憾程度绝对不及我的万分之一。

今天可说是完美的一天,就算其他日子都无法像今天这样,也足以叫我这趟远自英国的长途跋涉不虚此行。

一开始并不顺利。我从伊斯麦拉巴德骑来的马,昨晚被带

---

① 金缕地,一五二〇年英王亨利八世与法王弗兰西斯一世召开著名会议的所在地。位于英属加来省附近的一处山谷。两位国王及其随从在这里磋商会谈、飨宴作乐,可说是中世纪侠义精神的最后一次礼仪展现。由于会议期间的帐篷以及出席者所穿的服饰清一色是使用当时最流行的金缕布,故得此名。

到市集去钉铁蹄,结果马挣脱缰绳逃跑了。随行的护卫曾保证会分我一匹马,可是今早他们都起得很迟,心想现在是我有求于他们。后来我们在城外找到那匹跑掉的马,没想到反而使我们的行程再度延误。那匹马正轻咬着地面,脸上带着马走失时一贯的不知如何是好的表情,不时还抬起头来四下张望,似乎在寻找能够带它回家的善心人士。我们花费了半个小时,想要取得发挥这种善心的机会,结果却只是造成我们这边的马儿蠢蠢欲动,它老兄仍然无动于衷,照旧一副纯洁无助的样子。最后我们把这畜生赶进峡谷,由一名护卫守住我们这端,如此一来,就算它想从另一边逃走,也只能回到它的故乡。

阿尔达希尔宫在我们渡河时看起来壮丽无比,并让两座位于其下方草地上的卡希盖族帐篷显得更加渺小。这两座黑色帐篷呈长方形,搭建在低矮的石墙之上。狗、羊、鸡只和孩童在草地上追逐着,益发加重了笼罩在他们身上的粗野色彩。两个身穿百褶裙的妇女,正用带有长柄的木杵,在一块布上捣打玉米。

没有时间好好丈量这座王宫。不过我很快就发现,迪厄拉弗瓦的估计有误。这是个有趣的发现,因为这栋古建筑在建筑史上十分重要,而迪厄拉弗瓦的说法,又是有心研究这个主题的人迄今唯一能参考的对象。

入口本来在南边,要通过一座巨大的隧道形伊望。今天看起来像是主建筑的立面,朝向东方,并越过河水一直望进峡谷的谷口。立面后方是两座方庭,分立于南北两端,南端那一座约半英亩大，北端那座就小得多。两座方庭中间隔着一连三间的圆顶厅，正好贯穿整座王宫。由于最东边的那间厅房只剩下半壁和半座圆顶，因此乍看之下，王宫立面的线条好像是被一座三十英尺宽、五十英尺高的开口通道切断。可是你很快就会发现，其实根本无所谓的立面——我是为了叙述方便才使用这个词——而正好位于卡希盖人居住的绿色斜坡边缘的整面东墙，已在逐渐塌陷之中，连带把第一间厅房的前端也跟着往下拖。

靠里面的两间厅房面积也是大约三十英尺见方，圆顶的直径相同，都是由简单的内角拱支撑。两座圆顶的尖端都开了一个很大的洞，洞外有一圈向上砌的石墙。这两个洞口是目前仅有的光线来源，如果原先这里是封起来的，那么这两座厅房就必须要靠人工照明，而且每个圆洞上想必还会有一个盖子，如此一来，等于是为佩里格①的仿罗马式圆顶上那些奇特的乳头形顶盖，找到了前身。中间那个厅房的圆顶约比另两间高出十五英尺。而介于它和前厅房圆顶之间的椭圆形穹顶，甚至还要更高，椭圆形穹顶的下方，是连接中间厅房与靠外面已经坍塌的那间厅房的通道。这通道分为两层，上层的地板开了一方天井，以便让洞口透进来的光线可以一直照到下层。中间厅房与后面那间也有类似的通道相隔。后面那条通道的屋顶是一个巨大的半圆形顶棚，完全没有光线。

---

① 佩里格，法国西南部城市，为今日多尔多涅省的省会，城内有一座拥有五个圆顶的圣弗龙大教堂。

迪厄拉弗瓦不但把三个圆顶说成一样高,还略过了通道的椭圆形穹顶。

想要从错综复杂的内墙,或散落在两个方庭里的坍塌石墙中理出头绪,需要很长的时间。不过看得出来,在北边的圆顶厅房旁,曾有一间或是好几间覆有半圆形顶棚的房间。如今顶棚已消失无踪,不过以其半圆形顶座支撑顶棚的横墙,还保留了两面。横墙的底部有矮浅拱道通过,就像桥拱一样,其弧度比穹顶的弧度小,而且为了支撑墙壁的重量,必须在顶端加上支柱,使之加倍丑陋。

大部分的墙面多半有五英尺厚。石头未经雕切,接缝处则涂以灰泥。三个厅房内部也以灰泥为饰,其风格分为两种。一种我们称为仿罗马式:内角拱是倚靠在犬牙状的飞檐之上;门厅的环状顶部外框以向心式的凹凸装饰;在南边的方庭中,也有类似的凹壁,并饰有犬牙形的凹凸。另一种风格一般误称为埃及式,系抄袭自波斯波利斯:拱形的门厅之上覆有水平展开的顶棚,顶棚分别向前及向外呈扇形延伸,并饰有放射状的羽毛图案。这种建筑风格即使是在其发源地并使用原有的石材,也无法散发任何美感。如今经过第三手的传承,使用的又是质地更差的原料,其结果只能和二十世纪初年的伦敦郡议会前后呼应。

只有考古学家看得出萨珊建筑之美。因为他们关心的是历史价值。这座王宫兴建于公元三世纪初,是建筑发展史上重要的里程碑。王宫中所出现的内角拱,即呈某个角度跨越两道墙的简单拱形,正好呼应了在叙利亚出现的三角穹,即以一根角柱支撑的风筝形穹窿；这两项新发明进而衍生出两种主要的建筑形式，并配合两种宗教向外传布：一是中古波斯式，渐次传向美索不达米亚、地中海东岸与印度；二是拜占庭仿罗马式，一直传抵北欧边界。在此之前，人类还无法将圆顶建在方形的四壁之上，或是建在任何其内侧面积大于圆顶本身的建筑物上。然而有了这两项发明之后，只要把内角拱和三角穹加大，再把内角拱区分为数个钟乳石状和蝙蝠翼状的区域，则任何形状、任何大小的建筑物都可以采用圆顶。基督教世界在这方面的尝试，以君士坦丁堡的圣索菲亚大教堂为巅峰，后来又在佛罗伦萨由布鲁内列斯基设计的圆顶上，再一次展现它的活力。这两项发明在伊斯兰教世界的成就还有待考察，但前提是这位考察者必须能对现代考古学界互忌相轻的风气无动于衷才行。不过有一点可以确定，若是没有这两项重要发明——其中之一可在这里找到原型——今日的建筑史必定会全面改写，而当前世人最熟悉的许多著名建筑，例如圣彼得大教堂、美国国会大厦和泰姬陵，也将不复存在。

我希望能到萨尔韦斯坦。那里更靠近设拉子，有另一座萨珊王宫，从宫墙延伸而出的一排拱门，是以圆形的石柱支撑。这里或许是伊斯兰教建筑的另一个主要特色——拱廊——的发源地。根据达姆甘的挖掘结果，石柱在萨珊建筑中的确具有不容忽视的地位，而且以萨珊王朝对拱形的偏好，石柱很可能大部分都是用来支撑拱顶。

这一连串的发现令我兴奋不已,爬下屋顶后,看到卡希盖人已为我们准备好茶水。一位年老的部落居民很热心,拿出锥子和线为我修补鞍袋上的横栓。另一个说他知道怎么前往卡拉杜赫塔的年轻人,已先行到峡谷里等候我们。我们走到山下时,他从上面向我们招手。爬上去并不如想象中困难,但也够狼狈。

从后面看过去,这座城堡矗立在突出的山岬上,三面均有绝壁屏障,绝壁则几乎是直接从外墙边缘垂直而下。最后一段要攀爬的是连接山岬与主悬崖的鞍部。攀上后就到达城堡的后方,城堡的方位是坐南朝北,坚固的城墙上没有任何门窗,但是墙本身是弧形的,仿佛里面围的是运动场。每隔一小段距离,就有高而薄的拱壁支撑着城墙,拱壁的顶端则由一座座圆拱连接。

我顶着强劲的风势小心翼翼地爬过墙缘,来到城堡中央的厅房。

这座城堡分为三层。从下面的峡谷看过去,可以看到一道洞开的黑色拱门,由这里可通往位于东面的地下室。我无法进入,因为通往地下室的螺旋状阶梯被堵住了,我也不想从外面爬下去。堡里有两处这样的阶梯,都包在方形的角塔里,原先是由最底层,经过我现在所站的大厅靠东边的两个角落,再向上抵达第三层。

这座厅房的形式大致类似阿尔达希尔宫的厅房,呈正方形,顶端是内角拱支撑的圆顶。灰泥墙上有一些弹孔,除此之外都保存得很好,只是没有任何装饰。每面墙上都开了一座覆有宽大圆顶的拱门,东、西、南三面的拱门都是开放的,只有北边的门被封堵住,虽然曾用灰泥重新粉刷过,但是轮廓依然明显。

这面墙的位置正好是在厅房远远面向峡谷的那边,两端连接着城堡背面的弧形城墙。这里有一点叫人想不通。在厅房与城墙之间有一片很大的区域,除了被堵住的那扇拱门之外,似乎没有其他入口,除非是另有地下密道。可是我找不到任何这类通道的痕迹。地下室里或许有一条。但我觉得不太可能,因为我发现已经有别人注意到这个疑点,并曾在拱门两边的墙壁各挖了一条相当深的隧道,想要设法进入那片封闭区域。他们不可能毫无理由地花费那么大的力气。隧道中比较长的那一条,延续了二十英尺后就变成石块,此路不通。

位于南墙上的拱门可通往一片由高墙围住的草坪,草坪一直延伸到六十英尺外的峡谷边。自靠里面那面墙的半圆形墙顶望过去,可以看到这些高墙支撑着一个直径四十英尺的半圆形顶棚。墙的另一边则是永远敞开的。由此看来,位于菲鲁兹阿巴德的卡拉杜赫塔,提供了另一种萨珊建筑的原型,这是波斯对伊斯兰教建筑,仅次于内角拱圆顶的第二项重要贡献:伊望或敞厅。这种建筑形式是改变早期清真寺风格的最主要的因素。起先它只用在建筑物的某一边,以显示圣堂的所在位置和麦加的方向。后来又用它来打破其他墙面的单调。然后它变得越来越高。其平直、如屏风般的正面,最适于添加各种装饰和文字。伊望又往两边生出尖塔和拱廊,并往上长出穹窿顶。它的多样风貌改变了每一座伊斯兰城市的景观,而当我发现自己就斜倚在这个概念的源生地的一棵老榛树下吃着柑橘,那种感觉真是愉快至极。

卡希盖族的向导突然问道："你要不要看看哈蒙（'浴场'之意）？"

我的确很想知道他指的是什么，因为土耳其式的浴场很少会设在杳无人迹的山顶。我的护卫们拿起步枪，大家一齐跟着他，沿着悬崖边一条曲折的小径往下走。没有多久，护卫们就喊着"纳吉斯！纳吉斯！"跑开了。我想他们可能是发现了野兽，于是继续跟着向导，那些护卫若是要保护我的安全，按道理应该是要看着向导才对，后来向导钻到悬崖下，并示意我跟着下去。现在我们来到一个地道的入口，四周长满了羊齿类植物，又传来一股腥臭味，里面像是野兽的洞穴：从里面一堆堆的骨头和羽毛看来，这个推论颇为合理。

向地道里走进去四十英尺，又来到一个凹洞口。此时几乎是一团漆黑。一股热气和冒泡声冲向我们。突然我们脚下踩的不再是坚硬的岩石，而是令人站不稳的泥堆。

"还是你先走吧。"我说。

"我想应该你先走才对。"卡希盖人说。

最后我们决定点起火把。

即使借助火把的光线，我们也看不到凹洞的底部，也瞧不出气泡来自何方。我一手拿着火把，正要往前踏进泥地时，火把的热烟惊动了一大群蝙蝠。它们只有一个出口，可是却被我挡住。蝙蝠的翅膀拍打着我的脖子，我连忙逃出地道，站在阳光下，看着那些恐怖的小东西栖息在羊齿植物上。它们属于短耳的那一种，体型介于麻雀和画眉鸟之间，那些粉色的小脸满怀敌意，向下瞪着我看。

一阵笑声和四条腿出现,表示护卫已找到我们。下到悬崖边时,他们手上拿的不是我预期中的兽皮,而是大把大把的水仙,花朵足足有英国水仙的两倍,和我在总督家看到的大水仙是同一品种。原来纳吉斯①就是英文的水仙。

我自悬崖边望下去,想找找过去是否有路可从下面上来,果真发现崖壁上有人工开凿的小径。灰泥和石造建筑都是萨珊王朝特有的。因此刚才那个凹洞当年极有可能是一座土耳其浴场,若非如此,很难想象有什么理由要开一条路上去。萨珊王室留下的文字记录很少提及日常生活的种种。但现在我可以想象出,他们在周末穿着拖鞋,也就是作轻松的打扮,到卡拉杜赫塔来度假,为风湿所苦的皇亲国戚可在热水中泡一个早晨,贵妇们则可在泥堆中享受脸部按摩。既然塔布伊小姐都可以把尼布甲尼撒②的一生写成一本几乎让人抬不动的"巨"著,那我自然可以用今天所得到的有关阿尔达希尔的素材,写它两大部书。

---

① 阿拉米语和亚美尼亚语也用这个名称,在中国人的记载里是用 nai-ki;参见贝特霍尔德·兰费尔的《中伊辞典》(1919,芝加哥),第四二七页。——原注
② 尼布甲尼撒,这里指的是伽勒底帝国(新巴比伦帝国)最著名的君主尼布甲尼撒二世(前 605—前 562),在位期间不断扩张领土,打造了横跨亚非两洲的大帝国,并重新美化巴比伦,兴建世界七大奇景之一"空中花园"。

抵达谷底时，我跳进河里。河水的深度足够游泳，又不会太冷，经过炎热的一个早上，能泡在水里实在太舒服了。可是向导觉得这种举动实在太危险了，连忙拔起几株小树，燃成一个火堆，好在我上岸时，给我一番急救。连卡希盖人在内，现在我们一共是六个人；多亏阿里·阿斯加安排周到，我鞍袋中的食物足够大家一起午餐，我只保留一瓶酒自己独享。有一只鱼狗在河面上迅速地飞来窜去，它的毛色黑白交杂，体型比我们英国种的要大，可是一眼就可看出是同一种鸟，头部都很大，尾部粗短，身手矫捷。河岸边长着一两株淡紫色无叶的鸢尾花或是百合花，有三英寸高。

峡谷里有两处萨珊石刻，E.弗朗丹和P.科斯特曾绘过图，但没有出版过照片。其中比较有趣的那一个，是描绘阿尔达希尔与敌人亚达伦五世交战的情形。亚达伦是安息王朝①的最后一位国王，阿尔达希尔打败他后取而代之。可惜它比较靠近菲鲁兹阿巴德那一端，我已经错过了，也没时间再回头。不过我骑马去参观了另一处，向导曾在悬崖顶上指给我看过。这里刻的是常见的神祇胡尔穆兹德②，他与国王阿尔达希尔同时抓着一个铁环；国王头戴气球，有些专家说，那是包头发的袋子，由数名随从跟着，摆出像现代拳击中的防御架势（雕刻者的用意是要表现

---

① 安息王朝，由安息人阿萨西斯一世建立的王朝，又称阿萨西斯王朝，自公元前二四七年击败塞琉古王朝至公元二二四年为萨珊王朝取代，总计统治伊朗达四世纪以上。
② 胡尔穆兹德，代表光明与善的神祇。

恭顺）。这石刻规模不大，是刻在一面阴沉、略带紫色的岩石上，孤零零地置身于高耸的崖壁之中，河川、树木及鱼狗为此处带来唯一的生气。上述那一排古代人物不太会令人联想到萨珊王朝的丰功伟业，反倒会让人想起他们所结束的那个黑暗时代。如今石刻人物和峡谷都没改变，只是路过的人不多，也没以前方便，以前在石刻旁边有一座桥，如今河里仍有一倒塌的桥柱，将河水一分为二。这桥柱由切割过的石块砌成，其灰泥历经十三个世纪的冲刷依然完好。我强迫坐骑走进急流，直到马肚已触及水面，我疾目四望，想要找寻赫茨菲尔德在此地看到的石碑，碑上题着此桥为阿尔达希尔的大臣阿普珊所建，可惜没有找到。

护卫们担心我们会再一次不及在天黑前走出峡谷，心里十分焦急。于是不顾山石树木，一阵狂奔，终于在天黑前看到水隘口，此时蛙鸣声响起。然后月光带着我们走过原野，来到伊布拉希马巴德这个奇特的村落，村中的街道都在地下，跟曲折复杂的地铁一样，房屋则盖在地面上。

阿里·阿斯加在门扉开启的屋顶上等候我们。茶具已摆好在茶盘上；书与酒则摆在架子上。"阁下晚餐想吃些什么？"

山羊、马粪、石蜡和杀虫剂的气味，都被水仙的香气掩盖了。

设拉子，二月二十五日

克里斯多夫还在这里，不过已经获准前往布什尔，只是有一个条件，就是在布什尔之后他必须立即离开波斯。除非这个决定能够平反，否则我们的阿富汗之行就没希望了；由于一场外交角力正在暗中酝酿，平反的机会不无可能。雷金纳德·霍尔爵士不是那种自己的公使馆吃了暗亏还能逆来顺受的人，更何况克里斯多夫曾是公使馆的一员，又是他的亲表弟。不过波斯当局不觉得有必要找个理由来安抚他；德黑兰的警察总长阿伊伦也只是重申驱逐令发自参谋本部，换句话说，就是马乔里班克斯本人下的令。或许隐忍已久的狮子也有发威的一天。

我去见了柯瑞夫特一会儿，他告诉我是设拉子的总督不对，总督说赫茨菲尔德无权拒绝让别人拍摄波斯波利斯遗址的照片，可是他说公共教育部长明确表示赫茨菲尔德有这个权利。我必须再向总督查证，以免被他唬了。由于这番交谈，我居然梦到波斯波利斯变成一个织造艺术中心，圆柱上挂满了织有英王詹姆士二世格子纹徽的苏格兰呢帘幕，赫茨菲尔德教授正全神贯注于这些图案，并不忘向访客引荐。

卡泽伦（二千九百英尺高），二月二十七日
我发现昨天是我的生日。

从皮尔桑隘口的山顶往下走，大约过了五百英尺才到达这里。这段路程大部分是沿一条狭窄的岩壁垂直下降，这是世界大战为波斯带来的好处之一。自隘口西边开始出现一种新的颜色,那是波斯湾清冷的灰色。每年的这个时节,也就是当绿草纷纷探头之际,卡泽伦灰色的村落、不规则的田野、曲折的巷弄和破败倾颓的石墙,在在会让人联想起爱尔兰。这种比拟,即使把眼前的棕榈树加进去,也不算离谱。

附近的沙普尔废墟虽然距主干道不远,却跟菲鲁兹阿巴德那边的遗址一样,仍是考古挖掘的处女地,但或许没有菲鲁兹阿巴德那么有趣。这里是根据其建造者沙普尔一世①命名,他与神祇的关系、他无数的丰功伟业,以及他俘虏罗马帝国皇帝瓦勒良的事迹,都雕刻在一个小峡谷的岩壁上。就历史文物的角度,这些石刻对萨珊人穿戴的盔甲、裤子、鞋子及武器形制,都留下十分详尽的图像记录。以历史建筑而言,它们有趣地反映出上古时期埃及、美索不达米亚及伊朗各王朝,想要利用天然岩刻使自己永垂不朽的那股原始冲动,在萨珊王朝时期又再度复活。就艺术表现观之,它们是在向罗马东施效颦,有可能是想要透过罗马帝国的战俘和地中海式的富丽堂皇,来掩饰其粗野无文的浅薄浮夸。只有那些欣赏蛮力不讲艺术以及重视形式甚于心灵的人,才会觉得这些石雕很美。

沙普尔的雕像是一座具体成形的石刻而非浮雕,高度有真

---

① 沙普尔一世(215—270),萨珊王朝的统治者(240—270),阿尔达希尔之子。

人大小的三倍，它比那些浮雕强的地方，就只有位置不错，位于峡谷后方三英里外的一个洞穴入口。洞口距谷底六百英尺高。最后的十五英尺也是垂直的峭壁，我爬到一半就上不去了，河谷在我脚下浮沉。可是我还来不及抗拒，村民们就不由分说地把我套起来，像袋子般拉了上去，跟我们的午餐和美酒享有同等待遇。这座雕像原来应有二十英尺高，而且是由洞口的地面一直耸立到天花板。不过眼前看到的，是一尊头戴冠冕、蓄委拉斯开兹①胡、留西班牙公主式卷发的雕像头部，躺在一个凹洞的洞底，上面斜倾着雕像的躯干，有流苏为装饰，大腿部分已断裂。海德先生于一八二一年将自己的名字刻在上面。我们则及时阻止了我们的印度司机，不要再加上他的大名。两个穿着方头鞋的脚，仍留在雕像底座上。

从洞穴的后面向下走，有一连串巨大的坑洞，可是全都黑得伸手不见五指。我们有一个灯笼，但能照到的范围有限，看不到那么远，只能警告自己，水太多，走不过去。

返回峡谷后，克里斯多夫和我在流经峡谷中的河里游泳。我们记起上一次一同游泳是在贝鲁特。今天早上我与他道别。他到布什尔去了，我们下次见面不是在阿富汗，就是在丽兹酒店午餐。

---

① 委拉斯开兹(1599—1660)，西班牙十七世纪著名画家，以善于掌握明暗和技巧高超著称。蓄有八字胡。

波斯波利斯（五千五百英尺高），同日傍晚

在来此地的路上，我曾在设拉子停留，去拿总督致莫斯塔法维博士的信，他正在替波斯政府监督古城的挖掘工作。出城的路上，我碰到柯瑞夫特正要开车去参加在银行举行的舞会。他给了我另一封信：

波斯波利斯，设拉子
东方学院波斯考古队

拜伦先生钧鉴：

　　请恕我回信较迟，我实在是忘记了。目前情况如此：由于波斯缺乏保护著作权等法律，为防止每个人都前来此地拍照并出售或出版其照片，唯一的方法便是不准摄影。因为只要看到外国人拍照，报纸上便会出现文章（迄今已有三次），指责任何外人都可拍摄波斯的国家古迹，波斯人反倒不准。我曾为了此一问题与波斯政府有过最不愉快的信函往来。

　　因此我们特别做了安排，有意想刊登相关照片的人，可以自芝加哥大学东方学院取得，出版时应注明出处。很抱歉我无法破例。若是一群人用小型相机合影，拍照者也在其中，以留作纪念，则不算是正式摄影。但仍不得出版。

　　顺颂时祺！

恩斯特·赫茨菲尔德

柯瑞夫特加了一句:"你会发现教授现在是一个人,他很欢迎有人作伴。"

是吗?眼前我睡在一个茶馆附设的马厩里,旁边是一堆刚排出的马粪。

波斯波利斯,三月一日

这茶馆位于波斯波利斯再上去一英里半之处。由于正好与纳什鲁斯塔姆同方向,我决定先到那里,正要动身时,当地人告诉我不能步行,因为河水涨得太高。此时正好有个骑马者路过,停下来吃早餐。我对他说:"你需要一辆车在道路上开,而我需要一匹马在原野上骑。不如我们来交换?"他欣然同意。

纳什鲁斯塔姆崖壁上的石刻,上下横跨达二十多个世纪,自埃兰人①到阿契美尼德王朝,再到萨珊王朝。石刻下方有两座火祭坛,年代不详,另有一处阿契美尼德王朝的墓室。只有最后这栋建筑堪称美丽。其他则都是负面的艺术教材,徒惹人生厌。只要这座山存在,下令开凿这些石刻的狂人便不会遭人遗忘——他们非常明白这一点。然而他们却毫不在乎后人是否会

---

① 埃兰人,上古时期的伊朗古民族,居住在伊朗西南部的胡齐斯坦地区,公元前四千年开始使用印章,公元前三千年发展出大型建筑与雕刻,流传至今日的埃兰浮雕和多层神殿,大多是公元前二千年左右的作品。公元前八世纪与入侵的伊朗人相互融合。

"心存感激"。在他们眼中没有会消亡的美学,也没有合理的慈悲!他们一心追求的只是受人注意,他们也真的如愿以偿,只是其手段就跟撒野的儿童或希特勒一样,完全是诉诸蛮横的坚持。这面巨大的表意文字,记录了人类思想史十分关键的一刻,亦即史前的君权神授思想又在近代世界死灰复燃。

四座阿契美尼德国王的墓室,更加强化了这种气息,它们都是从崖壁上开凿出来的,依序排列,呈十字状。每一座都雕着千篇一律、不甚高明的浮雕。最上面一定是神与国王的信约——当时的神祇以圣甲虫的形象出现——接着是一对图坦卡蒙①式的睡椅,上下相叠,其中刻有一排排的纳贡行列,一直延伸到十字形的两侧,然后是由半圆形柱子构成的假立面,上有牛头形状的柱头。柱子与柱子之间的岩石表面,则刻有楔形文字。住在墓室里的两个人放下山羊毛制的绳索,借着绳索的助力,我爬上其中一座墓室,是西边算过来的第二座,崖壁朝南。墓内分为三座凹壁,每座凹壁又分成三个储藏格,最后一座凹壁有一两个储藏格的圆锥形盖子已被撬开。整间墓室的封口,必然是一扇靠着顶底两端的石栓作为旋转枢纽的石门,门的沟槽到今天仍然可见。

纳什鲁斯塔姆的石刻位于墓室下方,已经有过不少相关的记录与研究。崖壁朝南,由东到西我注意到以下的石刻,但不清

---

① 图坦卡蒙,埃及第十八王朝的法老,其陵墓的挖掘工作是近代埃及考古学上的一大发现。

楚其历史意义：

介于崖壁角落与第二座墓室之间——

一、一片空白的石壁，已经整理好可供雕刻，但上面只有一小段现代题字。

二、一群萨珊人。国王身穿细棉布的牧民裤、脚着系有长饰带的方头鞋、头戴气球状发套，面对着一个寓言式的人物，后者的冠冕上堆着香肠般的卷毛，挺像伯纳德·帕特里奇①的设计风格。这个生物的性别各方说法不一，它手持指环，象征着国王与它之间的信约。他们之间站着一个孩童，国王身后有个戴着弗里吉亚②帽的男子。整面石刻一直延伸到今日的地平面以下，是经过挖掘才露出地面。

第二座墓室下方——

三、一位戴气球形发套的萨珊国王正在与敌人拼斗。这幅石刻损坏得十分厉害。

四、在上面这幅的下方，是另两名交战中的战士的头部与肩膀。这里尚未挖掘，大部分浮雕都还藏在地下。

---

① 伯纳德·帕特里奇（1861—1945），英国画家、设计师、漫画家和插画家，曾任职于著名的《潘趣》杂志。
② 弗里吉亚，小亚细亚古国名。弗里吉亚帽是一种紧头巾，遮沿弯曲向上，被解放的罗马奴隶就是戴这种帽子，法国大革命时期这种帽子重新流行，成为自由的象征。

介于第二与第三座墓室之间——

五、以相当于实际尺寸三倍的构图，描绘沙普尔骑在马上，接受罗马皇帝瓦勒里安跪地称臣。马的姿势仿自罗马，但缺乏雄壮有力的感觉。这面石刻与所有的萨珊浮雕一样，没有力量：像填充制成的假人。东边的人物中有一张阿契美尼德的面孔。可不可能是那里原有别的浮雕，后来被萨珊人毁掉，换上自己的广告？

第四座墓室下方——

六、一位萨珊国王正在与居下风的敌人缠斗。他的发套比别人小，呈柠檬状，并用草茎绑在头上。这幅雕刻较有精神，抄袭罗马的地方较少，并以银箔来处理那些马上英雄，展现了那个时代真正的创意。

第四座墓室再过去——

七、一位萨珊国王与朝臣齐聚于讲道坛或走廊上。这一奇怪的组合是刻在三边凸起的岩石上。国王站在中央，朝臣环绕在侧，由于两者之间留有缝隙，我们可以看到他的全身。他两旁各有三个只看得到半身的大臣陪侍，凸起的西面也刻着两位大臣。他们的脸部也都是阿契美尼德人的长相，但国王却是典型的萨珊人。我再次怀疑这里原先可能是阿契美尼德人的浮刻，抑或这是刻意仿古的结果。

八、不论阿契美尼德人有没有动过这片石壁，在萨珊人之

第四部

前必定已有捷足先登者，似乎是公元前一千五百年左右的某个民族，所以可称他们为埃兰人。在凸起的东面可看到一个原始的鸟形图像，是非常浅的浮雕，那有棱有角的线条让人联想起墨西哥的象形文字。在西边的两个半身像下方，有另一个同样风格的头部。这些头部都是侧面，却可以看到完整的双眼，非常类似古埃及的手法。①

九、在讲道坛上的那一群人西边，紧接着两个当仁不让的骑士，各自都想向前抓住那个象征性的指环。这里的萨珊国王在弗里吉亚帽上还套着气球形的发套，神祇则戴了一顶小冠冕。两匹马的脚下践踏着主人的敌人，从它们身上可以很清楚地看到萨珊人的马具形制。马鞍上挂着以细绳拴住的长长流苏，在马的后腿间摆荡。

在这面石雕之后，崖壁开始朝北边弯去，而且山势渐缓，最后形成一处缓坡。两座火祭坛便位于转角处，高四英尺六英寸，如果漆上棕色，很可能会被误认成一对新希腊式的冷酒器。

阿契美尼德王朝的墓室独自矗立在第四座墓室对面。一般习称为琐罗亚斯德之墓，但考古学家素来对这个称呼嗤之以鼻，直到赫茨菲尔德发现这种说法可能不全是穿凿附会。

---

① 杰拉德·赖特林格在其所著《头骨之塔》第九十九页中指出，在萨珊国王双脚旁的凸起处正面，另有一个同样风格的雕刻，"国王穿着十分合身的袍服，坐在形如盘蛇状的王座之上"。——原注

228　前往阿姆河之乡

这才是真正的建筑；或者应该说是，由于它的功能与形式无关，所以它代表的是一种往往为我们西方人所忽略的真正的建筑传统。它模仿自某一栋屋宇。那栋屋宇在哪里呢？在波斯吗？可是我们在它身上找不到任何线索，可以看出随后在波斯波利斯开花结果的那种集各家之大成的复杂手法。如果它位于某个地中海国家，它一定会被誉为意大利十五世纪和英国乔治王时代①住宅建筑的发源地。古希腊的神殿源自木造形式，因此着重的是如何克服重量的承受力，但这处墓室不同，它的源头是砖造或泥造形式，因此着重于如何表达完满的概念，它的美丑乃取决于如何将平面墙上的装饰图案做出最妥善的配置。自文艺复兴以来，西方所有好的住宅建筑都是遵照这个原则，然而波斯人居然在公元前六世纪中叶便已充分掌握此一规则，实在令人惊讶。同样叫人诧异的是，过去造访过纳什鲁斯塔姆的人，居然都没注意到这一点。

这栋建筑的面积约十七英尺平方，高度自目前的地平面算起，有二十七英尺，不过根据目前在北边所进行的考古挖掘显示，它原来应该还要再高出十英尺。屋墙厚四英尺半，是用白色大理石块建成，其做工之细，可媲美君士坦丁堡的金门。墙与墙的接角处还有浅扶壁加以支撑，扶壁之间有小飞檐，但扶壁外没有。平坦的屋顶由两块巨大的岩石并排而成。

---

① 乔治王时代，指英王乔治一世至四世在位时期，即一七一四年至一八三〇年。

第四部　　229

东、南、西三面各镶有三对窗户,窗框是颜色较深的石材,与大理石齐平,框内是百叶窗板,窗板又由两侧及上方的第二层内框封住。最下面那对是长度大于宽度的长方形;中间这一对是正方形;最上面那对与最下面的外形相同,但尺寸小很多,而且相当接近飞檐:这种安排会让人联想起维特鲁威[1]和帕拉迪欧的风格。从垂直的角度看,这三对窗户的距离相等。可是从水平角度观察,窗与窗之间的距离,是窗与转角扶壁内侧距离的两倍以上。除窗户外,墙上还装饰着由浅而小的长方形垂直凹壁排成的图案,这些凹壁像夹钳般遮住了大理石块的接缝处,只不过其明暗与实物正好相反,就如同照相的底片一般。

面向悬崖的北墙没有窗户,只在墙面的上半部开了一个出入口,其门槛和内部地板的高度相当于边墙上中间的那对窗户。出入口上方有一个角状的横梁,梁的上方是一扇无框的小百叶窗。游客可以爬上这个出入口,因为它下方的石墙上有许多凿痕,想必是有人认为出入口下方应该有个房间,所以想凿穿这面墙壁。

下午我前往波斯波斯里,将法斯省[2]总督给我的信交予莫斯塔法维博士。

---

[1] 维特鲁威,公元前一世纪的罗马建筑师和工程师,曾规划罗马城内的用水供应,并在法鲁姆建造了一座皇宫。他的《建筑十书》是文艺复兴时期古典建筑之所以复活的最主要的根据。

[2] 法斯省,即设拉子所在省份,设拉子为该省首府。这里的法斯省总督,就是前文的设拉子总督。

纳什鲁斯塔姆：一处阿契美尼德王朝的墓室，建自公元前六世纪

赫茨菲尔德加入我们。他十分殷勤地带我参观各个挖掘地点，还放开他豢养的那头野母猪布布，布布立刻偷走其死对头——一只脾气暴戾的老黄毛狗——的一块石头。接着是一场在废墟中进行的追逐好戏。母猪的蹄子在古迹的石阶和走道上摇摇摆摆，与卓别林的双脚颇有异曲同工之妙。其间还夹杂着猪的呼噜声、狗的咆哮声和赫茨菲尔德的喝斥声。最后我们坐在柯瑞夫特为考古队搭建的屋子里喝茶。我说屋子，其实是一座宫殿，是利用遗址现有的木材，根据更早的阿契美尼德建筑形式搭建而成，包括石门与窗框在内。经费由摩尔夫人与芝加哥大学提供，成品则是介于耶路撒冷的大卫王饭店与柏林的帕加马博物馆之间的豪华混合体。这种做法挺理所当然的，因为在挖掘工作结束后，这座宫殿仍可为出钱的两造服务。

笔者：可能你误会了我信中的意思。

赫茨菲尔德：我完全了解。但是你不可以拍摄这里的任何东西。如果被波斯人看到，他们会找麻烦。

笔者：我想你一定是误会了。法斯省的总督说，他希望我在这里拍照。

赫茨菲尔德：这个问题曾经给我制造多少麻烦，外人很难想象。我刚来的时候，把好的照片送到设拉子冲洗。照相师傅却复制那些底片，并把印出来的相片当成自己的作品出售。后来又来了那位可怕的某先生，趁我不在，偷拍下一百张我发掘的成果。直到报纸上把这些照片当作他的发掘刊登出来,我才知道有这回事。现在迈伦·史密斯先生也要求准许他拍照。他对我在美国的支持者颇有影响力,为了打发他,我把自己保存的所有照片都交给芝加哥大学。为了处理这位仁兄的事,我写了不下十二封信。

笔者:我很明白,如果别人拍摄你的成果拿去出售,等于是窃取这次考古工作的经费。可是请听听我的立场。我不是考古学家,我无意刺探你的发掘成果。我只对这里的建筑形式感兴趣,且不是因为它们的历史悠久,而是因为它们在建筑史上有一定的地位。比方说门,门只有跟人的体形放在一起看才有意义;我们可以根据同一种标准来判断这里的门、文艺复兴时期的门和柯布西耶[1]的门。为了进行这类比较,我必须对这些已经被大家看了两千年,也有无数人画过和照过的东西,留下一些参考用的照片。这种照片非得我自己照不可,因为只有我自己知道我想凸显的是哪些细节。如果你不放心让我和你挖出来的古物独处,你可以派人跟着我,这很合理吧?或许你觉得依法你有权利可以完全禁止我拍照。可是你一定也不会否认,这在道理上说不过去。那就好像雅典的帕特农神殿忽然变成私人财产,世界上的其他人均不得进入。

赫茨菲尔德(抬起头):不对。欧洲向来有类似的规矩。我

---

[1] 勒·柯布西耶(1887—1965),法国建筑学家及城市规划师,是现代主义建筑学派的大师和核心人物。

年轻时参与考古挖掘工作,大家也都不准拍照。

笔者:可是也没有理由在你年长之后还得遵守这个坏榜样。

赫茨菲尔德(猛吸烟):我觉得这个规矩完全正——确!

这种德国式的独断作风,表现在一个眼看就要被纳粹赶出自己国家的人身上,显得很不相称。幸好此时柯瑞夫特来了,这句话才没脱口而出。我趁机站起来告辞。

赫茨菲尔德用较友善的口气问道:"你的车在哪里?我们后面有车库。我吩咐他们把你的行李拿进来。"

"你太客气了,不过我已住进前面一点的一家茶馆里。"

"那里多不舒服。为什么不住这儿?"

当我表示拒绝时,他们的脸色相当难看,不是因为失去我的作伴,而是因为我对他们的款待不领情。

赫茨菲尔德打起精神说:"好吧,或许我们明天还看得到你。"

我微笑着说:"是的,希望如此。再见,谢谢你的邀请,但愿我能住下来。"

这是真心话。没有一个正常人会愿意放弃舒适的环境和良好的同伴,宁可与粪堆为邻。

波斯波利斯,三月二日中午

早上我送出这封信:

赫茨菲尔德先生钧鉴：

鉴于法斯总督及莫斯塔法维博士均曾明确表示，阁下无权阻止我拍摄拱门及石柱原本便在地面以上的部分，唯一能够阻止我拍摄的只有以下两个办法：

一是出示阁下的特许状中能证明阁下有此权利的文字。

二是诉诸武力。

请选择你想用的办法。

后来当我在拍照时，有个圆滚滚的小东西在台地上鬼鬼祟祟地移动。他说："我从未见过像你那么不忠的行为。"说完，一转身，又一溜烟跑走了。

对谁不忠，我想不透。

这是原则问题。我拍到我要的照片，也为日后来访的人做了一件好事，戳破赫茨菲尔德的虚张声势。不过话说回来，失去与他谈话的机会的确有点可惜。

波斯波利斯还有很多值得一提之处。

在其全盛时期，也就是当墙是泥造的而屋顶用的是木材的那个时期，这座城看起来很可能相当拙劣，至少是比它应该有的样子拙劣，事实上，它很可能会像是好莱坞搭建的伪造品。可是在今天，起码它已不再像是拙劣的赝品。因为除了偶尔挖掘到的亚历山大时期的废墟，这里只有石造的部分存留下来。这些

第四部　235

刻工精美的石块,不论大家对其风格形制有什么样的解释,都叫人叹为观止。而其所使用的两种石材——不透明的灰色与半透明的白色——所造成的对比效果,更为它增色不少。此外,还有以毫无瑕疵与裂痕的黑玉色大理石雕成的个别装饰品。

就只有这些吗?

耐心些!过去的人是骑马来此。你骑过一阶阶的石梯上到平台。你扎营于此,石柱及长了翅膀的石兽,在星光下享受着孤寂,没有一丝声响或一点动作打扰这月光下空荡荡的平原。你不禁想起大流士、薛西斯一世和亚历山大大帝。你独自徜徉在古典世界,用古希腊人的眼睛看待亚洲,并感觉到他们灵敏的嗅觉正在向中国延伸而去。如此动人的情绪,让人无暇顾及美学或任何课题。

如今我们乘汽车而来,下车时还不时听到货车呼啸而过,卷起一团尘埃。你走近一看,古迹附近都围起了围墙。进去参观还须先获得门房的允许。走上平台,迎面而来的是轻便铁轨,一间德国旅舍,和由芝加哥遥控的学院派猜忌作风。这些有用的添加物彰显出人类的智慧。你或许可装作视而不见,让自己沉浸在古典的浪漫世界。可是这些多余的东西,却让人感觉像是艺评家在参观画展。这是知识增加的害处。但那不是我的错。没有人会比我更乐于不用大脑地浸淫于历史和自然景观的美梦之中,享受阳光、微风和其他不可知的意外。然而如果外在环境一定要向我展现比我愿意看到的更多的东西,那也不必自欺欺人。

因此那些石柱可以一言以蔽之,就是叫人吃惊,就像吉尔伯特·斯科特①爵士在孟买兴建的市政厅一样叫人大开眼界,因为那栋建筑结合了印度式与哥特式的特点。这种混血体就跟马驴杂交的骡子一样,无法生育后代、绵延不绝。这两者对建筑史的整体走向都不具任何意义,也无法树立任何典范。它们或许偶尔会受到青睐,但必须正好切合当时的流行。但波斯波利斯的石柱并不符合目前的潮流。

一到此地,最先映入眼帘的就是石柱。其他的建筑特色还包括阶梯、平台和宫殿的殿门。阶梯很不错,因为它们的数量庞大。平台也不错,因为它所使用的庞大石块会造成工程的困难,可是却能加以克服。阶梯和平台均无艺术可言。但是殿门不然。唯有在它们身上能看一丝真正的创意;相较于其他的门廊,它们反映了某些理念,表达了某种意见。这些门的比例又窄又厚,因此会诱使我们不断来回,而我们一般的门是要能够长时间地打开和合拢。和英国巨石陈的拱门一样,它们也是用巨大的岩石建成,左右及上方各有一块。但是其衔接处和转角处却十分尖锐细致,好像用机器切过一般。

接着把目光转到装饰浮雕。曾经看过照片的人,在目睹实物的那一刻,一定会感到无比震惊。尽管这些浮雕历经风吹雨打,但是它的线条和节奏在已是黑点斑驳的石头上依然显得诗意盎然。殿门内侧和赫茨菲尔德挖掘出来的其他浮雕,也有着

---

① 吉尔伯特·斯科特(1811—1878),英国建筑师,新哥特式建筑的领袖人物。

一模一样的线条和节奏。然而由于石头本身坚硬无比,完全不受岁月侵害,直到今日依旧散发着光亮平滑的灰色,就像铝锅一般光鲜。这种光洁辉映在刻工上,就好像阳光照在伪装的大师身上,不但显露不出观者期望的天才横溢,反而令人有种仓惶的空虚之感。我太能体会克里斯多夫话里的涵义了,他说这些雕刻"既不感性也不知性"。在赫茨菲尔德领我参观新出土的楼梯时,我不自觉想着:"这花费了多少人力物力?是在工厂里做的吗?不,它不是。那么有多少工人,花费了多少年的时间,来切割和打磨这些数不清的雕像?"它们当然不是机械化的雕像;它们的精细本身并无不当;它们也没有因技艺不佳而显得低俗廉价。可是它们却是法国人所谓的伪佳作,有艺术的成分存在,但不是浑然天成的艺术,更绝非伟大的艺术。它们表现的不是人的感觉或心灵,而是没有灵魂的精致,一种无谓的虚饰,地中海文化让这些亚洲人本身的艺术本能受到压抑和沉沦。想要了解这种艺术本能的真面貌,以及它们与这里的作品有何不同,请到大英博物馆去看看亚述人的浮雕。

顺着阶梯的胸墙和扶手依序排立的雉堞,给人的感觉就没那么震撼。赫茨菲尔德发现它们保存得十分完好;每个都有三步的宽度,看起来很像是用小孩玩的积木拼成的。所有的宫殿都装饰了这些锯齿状的赘物,连柯瑞夫特也在他搭建的屋子四周,小心仿制了它们。它们本身已经够丑陋了,而它们那种笨拙的重复和僵硬的阴影,更是糟蹋了相邻浮雕的细致刻工。赫茨菲尔德说:"它们可以增添生气。"的确没错。可并非具有美感的生气,而是破坏一切的生气。

阿巴德,三月三日

阿里·阿斯加再也受不了那个茶馆。我们吃过午饭便离开波斯波利斯。

一条新铺设的大路由通往伊斯法罕的路上岔出,将我们带到居鲁士的陵墓[1]。那是一座雕刻精美的白色大理石石棺,鹤立于四周的耕地之上,阶梯式的基座十分高耸。它的外表充分透露它的年岁:每块石头都被亲吻过,每个接合处都被摸得凹陷,仿佛饱受海水侵蚀。没有任何装饰或刻意引人注意的设计破坏它的庄严肃穆。其实有亚历山大大帝作为它的第一个参观者就够了。陵墓附近原本有一座神殿。今日仍可从它的石柱基座推想出当初坐落的格局。

从那之后,这里变成了所罗门王母后之墓[2]。可是当地民众无视于这种转换,有人在一面内墙上挖了一座米哈拉布,并刻上阿拉伯铭文。米哈拉布上挂着一束碎布铃铛;一本旧《古兰经》的书页在地板上飘荡。许多穆斯林的坟墓,占据了这座神殿界线内的土地。

---

[1] 这座陵墓位于居鲁士创建的首都——帕萨尔加德。该地是一块类似波斯波利斯的遗址,包括雄伟的大门,花园式的宫殿、平原上的会客厅、城堡、神殿、祭火坛和居鲁士的陵墓。
[2] 所罗门王母后之墓,所罗门王乃以色列国王(前972—前932),加强国防,发展贸易,以武力维持其统一,使犹太臻于鼎盛时期,以智慧著称。

第四部

再向前半英里，有一座波斯波利斯式的平台，上面矗立着一根无装饰的白色石柱，附近是一处类似纳什鲁斯塔姆的陵墓废墟。最后，趁着太阳穿透一大块乌云，发出最后的光芒之际，我拖着沉重的步伐穿越田地，走向那根孤耸的大理石柱，它的柱头是四尊有翅膀的居鲁士雕像。此刻我真的可以体会以往那些造访波斯波利斯的旅人的心情；我就这样在黑暗中神游并迷失了方向，直到汽车的车灯前来解救。

伊斯法罕，三月五日

今天我跟威秀在一起，威秀意指"石油队长"，也就是英波石油公司的地方分部经理。

伊斯法罕的总督名叫川普拉斐尔。在拜访他之前，我请威秀的手下把我的推荐信翻译一下：

致伊斯法罕总督大人阁下：

拜伦先生为英国饱学之士，正前往贵处参访附近地区之历史建筑等等，并将拍摄此等建筑之照片。

敬请向有关当局下达必要之指示，以提供其所需之协助。

马穆德·贾姆
（关防）内政部

川普拉斐尔先生告诉我，他有很多整建沙王广场的计划。但是出师不利，因为马乔里班克斯反对他兴建新水池，理由是可能孳生疟蚊。不过他仍打算继续推行其他计划。拱廊的壁面将加铺瓷砖。在广场东北角市集入口前的道路两侧，将各兴建一座贴有瓷砖的大型拱门。承揽这些工程的是一位德籍建筑师，并由赫茨菲尔德、戈达德①及其他学者组成的委员会负责监督。

伊斯法罕，三月九日

曾在伦敦举行过画展并替女王画过像的画家穆扎法尔，带我们回到艺术家气质还不流行的那个时代，当时艺术家只是听命行事。他承袭历代画家的技法，也继承了他们的匠人心态，事实上，他就是靠替笔盒画画起家的。我请他为我画一幅细密画。他说没问题，只要我给他一张照片就可以。我回答说，那跟我的目的正好相反，我之所以找他，就是想看看他能不能对照着活人作画。他可以。他画了一幅肖像，也抓住了神韵，并且相当符合波斯画的风格。可是构图完全要由我设计，我必须告诉他如何在画纸上分配五官，还得决定背景要用单色还是要有花样。他的学生则以临摹传统图样的方式，为我的画像配上背景和饰边。

他为自己兼擅波斯和欧洲两种画风而自豪。我看过他依据照片画出来的一些细密画，完全是照片的翻版，只不过加了颜料。前几天他为本地某个牌子的香烟设计了一张有两只孔雀的

---

① 据后文推测是当时法国古迹维护处的处长。

第四部

海报，真是不敢恭维。可是他却骄傲地说："你看！我可以画细密画，也可以画这种。鲁本斯①就没办法两者兼擅。"

为什么是鲁本斯？为什么要单单把鲁本斯抬出来？

伊斯法罕，三月十三日

根据来自德黑兰的消息，克里斯多夫现已被软禁在布什尔的总督官邸。警察总长阿伊伦仍说是参谋本部的错。外交大臣又说是警察总长个人的命令。

身价达三千二百万镑的布吉·巴克利夫人，在一群财富略逊一筹的百万富翁的陪同下，驾临此地。他们为了鱼子酱快要吃完而烦恼不已。整体而言，他们这趟旅行的舒适程度远比不上我。就算有一打仆从（他们只有两个）为他们充排场，也比不过一个懂得烹饪又能在五分钟内把猪舍变成一般卧室的能干仆人，阿里·阿斯加就有这种能耐。

这一团的团员当中，曾有人如此形容正在搭飞机前来此地的摩尔夫人："有钱？她的钱足够买下我们所有人的财产四次。"

川普拉斐尔先生为他们举行茶会。我坐在英国主教和一位恺加王子中间。

主教很生气地问我："你为什么来这里？"

---

① 鲁本斯(1577—1640)，十七世纪佛兰德画派最杰出的人物，以完美的技巧结合欧洲北部和意大利的艺术传统。

"来旅行。"

"旅什么行?"

伊斯法罕,三月十六日

昨天是马乔里班克斯的华诞。依照波斯习俗,总督在前一晚举行庆祝宴会。

这突如其来的用途让四十柱宫重现生机,它从一座破旧凉亭恢复成原先豪华高贵的欢乐宫。迤逦的地毯,如金字塔般的明灯,加上数以百计的宾客,让这座游廊显得堂皇无比;其木头廊柱与彩绘顶棚耸入夜空;廊底的玻璃壁龛闪耀着金银丝线的熠熠光芒,给人无限辽远的感觉。黑色装扮的波斯宾客一排排正襟危坐,双手交叠,双脚藏在椅子底下。德籍牙医伍尔夫医师戴着高顶礼帽。前方的长桌上堆满糕饼和橘子。侍者无限制地供应茶水。

川普拉斐尔先生穿着无尾晚礼服,外罩风衣,抵达宴会厅。他显然对宾客都来捧场甚感高兴,大家也很乐于见到他。他像个称职的主人跟每一位够得到的人握手,而不像一般的英国总督,只是摆摆官样。

焦勒法区的亚美尼亚男孩开始演奏管乐,我们则移往前方欣赏烟火。长坦克、火箭、凯撒琳转轮和其他各式烟花,一一在水池边引爆,最后是两道金色喷泉,缓缓流入黑暗的池水中,马乔里班克斯本人则在另一端劈英里啪啦地化作熊熊烈火。乐队奏起波斯国歌,第一场宴会结束。

第二场的宾客就稍微经过挑选。约有五十个人聚集在一个长形拱顶的房间,站在阴沉无力的萨法维王朝壁画之下,这些壁画就和欧玛尔·海亚姆一样,严重误导了世人对波斯艺术与情感的认识。德国银行经理的夫人担任女主人的角色。另一支也是从焦勒法请来的乐队,在玻璃橱窗中演奏着爵士乐。房间最里面是吧台,提供一杯杯由大酒缸中勺出的红色水酒。这种由三份亚力酒配一份焦勒法葡萄酒调制而成的饮料,比外表看起来要烈上许多。

没有任何波斯人敢不铺地毯就邀请客人上门,更别说是办酒会了。可是随着舞会开始,地面也跟着像波涛汹涌的海面般起伏不定。直到有几对跳舞的宾客绊倒,才有人用钉子把那片羊毛浪涛给止住。恺加的亲王们在吧台边跟他们的政敌,也就是总督和警察局局长,十分热络地交谈着。他们无懈可击的衣着和卡地亚饰扣,在在让我身上那套借来的西装显得十分寒伧,幸好有德国人在场,不管在任何地方,他们都保证可以让其他国家的人觉得自己相当出色。眼前就有一位七英尺高的德国仁兄,身着燕尾外套,一件领子深达四英寸却没任何开口的衬衫,以及暗黄色的皮背心,没想到穿成这样的他,居然还敢瞪着我的腰带打量。

非常愉快的一夜,当川普拉斐尔先生一脸诚恳地问我感觉如何时,我衷心称赞他的好品位。晚宴的安排没有丝毫做作,没有刻意要表现爱国、怀古的情操,也无意于凸显波斯的现代化,以免败了宾客的兴。波斯人有一种轻松面对社交的天赋。这场晚宴的品位，让我对我们今天为他庆祝的那个老怪物多了几分好感。更何况，并不是每个人都能夸耀他曾在四十柱宫跳过舞。

在我走回河对岸的威秀家的路上，整条察哈尔巴格灯火通明。树下交错排列着一层层的灯光与蜡烛，宛如结婚蛋糕的三十英尺灯座，覆着红色布幔，衬着镀金镜子，叫人目不暇给。伊斯法罕政府为了表现忠诚，费尽心力与财力才打造出这片光芒四射的景象，然而学院的毛拉们却是不动声色地更胜一筹。他们自宏伟大门的胸墙上，垂下三个由切割玻璃制成的豪华吊灯，灯台上的白蜡烛在城门外无尽的黑暗中摇曳，照亮了悬在吊灯之间的三缸金鱼。

翌日下午有庆祝游行。我因为一整个早上都在妆点那辆英波花车，吃完午饭便沉沉睡去，错过了游行。威秀也没看到游行，因为所有的员工都出去看热闹，他必须在公司留守。

伊斯法罕，三月十八日

伊斯法罕的美在不知不觉中偷了我的心。开车四处兜风，走过白色树干与枝叶闪烁的林荫大道；欣赏浮云片片的紫蓝色天空下，一座座碧蓝加嫩黄的圆顶；沿着沙洲四散的河流漫步，蓝天映照在混浊的银色河水中，两岸是茂密的丛林，树汁缓缓滴下；穿过用苍白的太妃糖砖块砌成的桥梁，只见一排又一排的拱门打断了以桩木支撑的凉亭；淡紫色的山脉在四周俯视着，再过去是状似潘趣①驼背的苏菲山,以及只看得到积雪峰顶的朦胧山脊;你还来不及反应,伊斯法罕就已成为不可磨灭的印象,深印在你内心深处最珍贵的角落。

我实在不该为自然美景分心。这里的古迹已叫我无法分身。

即使花上好几个月的时间,也无法看尽这里的古迹。打从十一世纪起,建筑师和工匠便以他们的技艺记录着这个城镇的兴衰,以及它的品位、政府和信仰的转变。建筑反映了当地的种种变迁,这就是它们的迷人之处,也是大部分老城市的魅力所在。不过这里有几栋老建筑特别是艺术上的登峰造极之作,它们让伊斯法罕有资格跟雅典或罗马这类不可多得的名城相提并论,它们都是人类共通的精神食粮。

礼拜五清真寺的两座圆顶厅,以各自不同的特色展现出不凡的艺术成就。它们均建于相同的时代,十一世纪末。在较大的那座圆顶厅,也就是清真寺的主圣堂里,十二根巨大的柱子与圆顶的重量做着永无止境的挣扎。事实上,这种挣扎甚至比它巧妙的设计更引人注目:想要领略其设计之妙,必须先对中世纪的建筑工程或塞尔柱人的性格具有一定的素养。与之成对比的是较小的那座圆顶厅,它其实是附属在清真寺内的一座墓塔。其内部约三十英尺见方,高六十英尺,容积可能只有另一座的三分之一。就在那座大圆顶厅显现出对如此规模的建筑物缺乏经

---

① 潘趣,英国木偶戏《潘趣与朱迪》中的角色,是个驼背的滑稽人物。

验的同时，小的这座却具现了介于经验不足与经验过多之间的珍贵时刻，那个时刻的建筑元素已精炼掉过剩的体积，却仍不失大而美的风采；它的每个元素，就像是一位训练有素的运动员的每块肌肉，都能十分精确地发挥其功能；它不隐藏自己锻炼的成果，像过度优雅者会做的那样，而是用它的成果来展现最高的思想层次。这是建筑学的完美境界，这种境界不全是靠各种元素的形式来达成——因为形式多半是袭自传统——而是透过追求比例与平衡的骑士精神。这座小圆顶厅的内部比我想象的更接近完美的水准，原本我以为除了古典时期的欧洲，再也见不到这种典范。

它所使用的建材十分合乎经济原则：鼠灰色的坚硬小砖块，这些砖块以其清教徒式的目的专一原则，吞没了所有的库法体铭文和灰泥镶嵌装饰。在结构上，这座厅堂由有系统的拱门所组成，每面墙中央都有一个宽拱门，每个转角旁有两个窄拱门，每个内拱角里有四个迷你拱门，内拱角区有八个拱门，内拱角上方则有十六个，其作用是支撑圆顶。菲鲁兹阿巴德的发明已在此更见成熟，而且在波斯建筑于十八世纪消亡之前，它还会有更辉煌的进步。在此我们所看到的是波斯建筑充满活力的青春时期。即使是在这个阶段，这种排列系统也一直在其他建筑物上重复或变形，例如马拉盖的墓塔。然而我怀疑，在波斯，甚至在整个伊斯兰教世界，还会不会有另一个建筑能像这座厅堂这般强烈而直接地表现出纯立体的形式。

从圆顶四周的铭文可以看出，这座墓塔是马里克沙的大臣阿布加奈姆·马苏班于一〇八八年建造的。我们不禁要问,是什么样的时代背景造就出如此天才横溢的作品。是因为来自中亚的新血轮注入了波斯高原的古文明,使游牧民族的活力结合波斯的美学观而孕育出的成果吗？塞尔柱人并不是唯一一个创造出这种成就的波斯征服者。在他们之前的伽色尼王朝,以及他们之后的蒙古与帖木儿王朝,也都是来自奥萨斯河以北,也都曾在波斯的土地上,创造出新的文艺复兴。就连激励波斯艺术进入其最后也是最呆滞阶段的萨法维王朝,其祖先也是土耳其人。

就是这最后的阶段,赋予了伊斯法罕今日的面貌,而且奇怪的是,伊斯法罕的另一栋经典建筑也是完成于这个时代。一六一二年,阿拔斯沙王全神贯注于皇家清真寺的兴筑工作,清真寺的寺址位于沙王广场西南角,其庞大的蓝色主建筑和大面积的粗糙花砖,正是欧玛尔·海亚姆迷们最爱慕的那种"东方"景致——漂亮,如果你喜欢的话甚至是壮观,然而整个摆在一起就是显不出分量。可是到了一六一八年,阿拔斯沙王又在广场的东南角,盖了另一座清真寺,并以其岳父洛特夫拉亲王的名讳命名。

这座清真寺和礼拜五清真寺的那间小圆顶厅,正好是建筑艺术的两个极端。小圆顶厅的特出之处除了独树一格之外,还在于它展现了很多人认为只有欧洲人才办得到的美感。至于洛特夫拉清真寺,则充分发挥了波斯建筑非理性的一面,也就是所谓的欧玛尔·海亚姆派,他们认为理性的形式就和理性的行动一样,应该受到诅咒。他们在这栋建筑中尽情地为所欲为。小圆顶厅只有形式，没有颜色，而且还在建造时刻意去除掉任何装饰。反之，洛特夫拉清真寺却把所有的建筑痕迹或力学结构，全都隐藏在由浅弧形的表面所组成的幻象之下，这些浅弧形正是由内拱角繁衍出来的无数子孙。这栋建筑当然有形式，可是它是如何产生，其背后又有什么理论基础，却是一般人的眼睛无法察觉的问题，因为设计者的用意，正是不要让形式转移了大家对其瑰丽色彩和炫目图案的注意力。色彩和图案在波斯建筑中可说司空见惯。不过这座建筑物在这两方面的水准之高，一定会令欧洲人大吃一惊，倒不是因为它违背了被欧洲人视为自身专利的美学原则，而是因为之前，欧洲人根本无法想象，抽象图案竟可产生如此壮观的景象。

仿佛是为了抢先一步向世人昭告其特点，洛特夫拉清真寺从外观上，就已经完全不顾对称原则到匪夷所思的地步。从正面只看得到圆顶和大门。由于这座清真寺的轴线和对面的阿里卡普宫并不一致，因此大门并未直接开在圆顶之下，而是略微偏向一边。不过这正是这座圆顶的特色，也是它和波斯或别处的其他圆顶不一样的地方，以致很少有人注意到这个瑕疵。它那没精打采的半球形圆顶是用细小的砖块砌成，外覆有一层虾色的薄涂料，圆顶四周镶着一圈怒放的玫瑰树，以黑白两色为主。走近细看，其设计颇有威廉·莫里斯[①]的风格，尤其是树上的棘

---

① 威廉·莫里斯(1834—1896)，英国维多利亚时代最活跃也最具影响力的艺术家之一。致力于融合中古艺术与现代理念，并企图将结合实用与美观的物品带入居家生活。

刺；但整体而言，其风格较前拉斐尔派①要来得拘谨，比较接近把意大利热那亚的织锦放大数百倍后的图案。在树枝交叉处或叶片中间，不时会掺杂一些赭色和深蓝色的装饰，以缓和黑白花纹的冷硬感，并与背景的柔和金粉色较为协调；基于同样的目的，叶片下缘也都加了一层淡淡的浅蓝色。不过这种效果真正的特出之处，是表面上的处理。镶嵌的部分有上釉。灰泥的部分则否。于是当太阳照在圆顶上时，就会产生"支离破碎"的强反光，那种间歇性的闪烁，会随着不同时辰的阳光而出现不同的面貌，为清真寺的图案增添了第三种变化多端而且无法捉摸的纹理。

如果说它的外观是抒情的，那么它的内部可说具有奥古斯都②式的气派。内部的圆顶甚至更浅，直径约七十英尺，顶下是一圈共计十六面的窗户。从地面到窗户底部矗立着八个主要拱门，其中四个以直角包绕，另外四个位于平直的墙面上，使地板的周界形成一个正方形。拱门顶端与顶端之间的八个三角穹窿，则被区隔成如同蝙蝠翼般的平面。

圆顶是嵌在一个由柠檬状格子构成的网案中，格子的大小由拱顶正中央的那只形制化孔雀逐渐往下递增，周围则绕有素

---

① 前拉斐尔派，指一八四八年由英国青年艺术家所引领的一股风潮，旨在抗议当时学院派的教条主义。该派以"前拉斐尔派兄弟会"为核心，喜爱表达细密的描绘、具神秘意味的宗教内容和深沉情感的浪漫诉求。
② 奥古斯都（前63—14），罗马帝国的首任皇帝，恺撒的继承人，在位时扩充版图，奖励文化艺术。原名屋大维，元老院奉以"奥古斯都"称号。

色砖块,每一个格子都填满了镶嵌在素色灰泥上的叶状图案。墙的边沿滚了一条深蓝色的宽边,上面嵌有白色铭文;深赭色的灰泥墙面上,也同样镶有旋转式的阿拉伯或巴洛克方块。这些方块的颜色包括深蓝、浅蓝带绿,还有一种其浓淡层次如同葡萄酒般变化万千的色泽。每座拱门都框有一圈松绿色的螺丝状花纹。西墙上的米哈拉布,有深蓝草地与小花朵的珐琅图案。

整个设计的每个部分、每个平面、每个重复,甚至每个单独的枝叶或花卉,都有各自的可观之处。不过整体的美感却是呈现在移动之中。这里的反光同样是利用上釉与不上釉所制造出的破碎效果;每走一步,这些无数的闪亮图案就会重新排列一次;甚至连穿过厚窗上的细致格纹所射进来的光线,也都捉摸不定,因为外层的格纹与内壁的图案距离有数英尺之遥,从而让每个变化万千的轮廓又有了双重的变化。

我从未见过如此壮丽的景象。我站在那里,脑海中放映着其他可与之比较的建筑内部:凡尔赛宫、美泉宫①的瓷器厅、威尼斯总督府,或是圣彼得大教堂。它们全都相当繁复,可是也全都比不上这里。它们的繁复属于三度空间;不像这里,纯粹是光影的魔术。洛特夫拉清真寺的繁复,只建立在光线和平面,以及色彩与图案之上。它的建筑形式无关紧要。它不会像洛可可建筑那样压得人喘不过气来;它只是表现壮丽的工具,就像土地是花园的工具一样。然后我突然想到那些不幸的族群:现代室内

---

① 美泉宫,位于维也纳近郊,有"哈布斯堡家族的凡尔赛宫"之称。

设计师，他们以为只要有足够的经费买来金箔和镜子，就能够把一家餐厅、一座戏院或某位富豪的客厅，变得富丽堂皇。他们浑然不知自己是多么外行。幸好他们的顾客也不知道。

亚兹德（四千一百英尺高），三月二十日

介于伊斯法罕和亚兹德之间的沙漠，尽管有温暖的春阳照拂，依然比其他沙漠更广、更黑，也更荒凉。唯一稍有生气的景物，是地下水道的通风土丘，它们像一排排的圆顶高帽般，绵延达一二十英里，清朗闪烁的空气，让它们显得无比壮阔。记得诺尔曾告诉过我，据他估计，波斯的成年男性当中，约有三分之一是终年在这些地下水道中工作。如此一代代累积下来的经验，使他们发展出相当进步的流体静力学概念，可以在几乎完全平坦的地区，不用任何仪器的协助，建造出长达四五十英里的倾斜水道，而且与地表之间的距离从未超过数英尺。

今早我出了个大丑。昨晚到英国公使馆打针时，我很感激地接受了他们的好意：既然医师不在，我不妨借住他的房间。没想到半夜里那可怜的家伙突然回来，看到自己的枕头上躺着陌生人，只好睡到外面的沙发。更不幸的是，当他终于鼓起勇气进到自己的房间来拿干净衣物时，发现我居然在大吃大喝，我不但坐在他的床上喝酒，还抽烟。因为我知道今天一整天都要在外面，所以就提早吃午餐。被发现后，我故作镇定，请他喝酒，可是他一脸不悦。

抵达亚兹德时,我担心没有推荐信会不会有问题。阿里·阿斯加郑重其事地说:"我就是你的介绍信。"他说现任的亚兹德总督在当伊斯法罕市长的时候,他曾给他做过十年仆役;事实上,就在我于设拉子雇用他之前,总督才刚打过电报要他回去,可是他拒绝了。现在,我们正走进总督的办公室,他出现了!总督大叫一声,从椅子上跳起来。阿里·阿斯加在他最愉快的时候,颇有点教区老牧师的架势,此刻他双手合十,膝盖微屈,满脸傻笑,眼睛则像维多利亚时代的含蓄少女一样,不停眨动。他

亚兹德:礼拜五清真寺精彩的大门

的预言果然应验,总督因为爱屋及乌而对我十分热络,并请求我能让阿里·阿斯加跟他同进晚餐,聊聊过去。

一切安排就绪,我也得到各种便利可以尽情参观,还有一位聪明又热心的警官陪伴。要在像亚兹德这样一个处女地展开古迹搜寻之旅,一定要先到一个视野良好的高处,才能从每座圆顶或尖塔的造形和材质判断出,有哪些建筑值得一看。今天所发现的每一个线索都让我们找到了宝藏,到傍晚时,我们几乎累得没办法走回家。

珀西·赛克斯[①]爵士是唯一一位曾提到过此地建筑物的作家,可是他的叙述也十分简短。其他的旅行者难道都是瞎子吗?怎么有可能不注意到礼拜五清真寺那座精彩的大门。它那拔地一百英尺的身躯和尖形的窄拱门,其壮观程度几乎不亚于博韦[②]教堂的圣坛拱门。进门之后,狭小的中庭让人大失所望。还好圣堂相当精彩,它的墙面、圆顶和米哈拉布,全都装饰着十四世纪的马赛克,而且保存完好。这是自离开赫拉特后,我所见过的同类装饰中最上乘的杰作。它的风格不同于赫拉特。颜色较冷,图案较明亮精确,但是少了几分夺目光彩。

一连串简单但极其特别的蛋形圆顶陵墓,吸引着我们穿越

---

① 珀西·赛克斯(1867—1945),英国殖民地行政官员,官拜中校,著有《伊朗》《伊朗史》《阿富汗史》等书。
② 博韦,法国瓦兹省首府。这里的教堂指的是尚未完成的圣彼得教堂,拥有全世界最高的石头拱顶(四十八米)和灿烂夺目的彩绘玻璃。

镇区来到此地。这些建筑是用与灰泥几乎难以区分的砖块盖成的,其特别之处在于,根据常理推断,今日的它们应该只剩下一堆残骸。然而它们却一个个仍保有墙壁、穹窿和圆顶,而且圆顶上还饰有十分醒目的辫子状库法体铭文,其风格之浓烈和扭曲之严重,似乎是前所未有。其中最精致的当属瓦赫萨特陵,建于一三二四年。其他有几座的年代应该更早。比方说十二伊玛目圣祠,其饰带上的库法体铭文,和达姆甘的皮尔阿拉姆达陵墓属于同一种风格,而后者建于十一世纪。

我们在市集里又有意外发现:一座名叫梅赫里兹的旧城门。在它庞大的木门上覆有强化用的铁板,板上烙着原始的黄道十二宫图样。这些图样看起来十分古老。不过单凭其古朴的形式来判断它的年代并不可靠。因为有可能只是制作者的技术欠佳。

亚兹德和其他波斯城市不同。这里没有一整片的花园和清凉的蓝色圆顶,将它与城外严峻的荒漠区隔开来。镇与沙漠是同一个颜色,同一种质地;镇是从沙漠中孕生出来的,而那些高大的风塔——酷热的明证——则像是从沙漠中自然长出的森林。风塔给了亚兹德一个奇幻的轮廓,虽然其奇幻程度比不上信地①省的海德拉巴②。由于海德拉巴的风全是由海上吹来,因此该

---

① 信德省,今巴基斯坦东南部一省。
② 海德拉巴,信德省古城,曾是两大信德王朝的权力中心。为了将旺盛的西南气流导入城内,该城筑有造型怪异的风塔。

地的风塔以突出的顶棚与之会迎。亚兹德的风塔则呈正方形，以中空的沟槽捕捉四面八方吹来的风，然后再将其引导至塔下的厅堂。如果房子的左右两端各有一座附有风塔的厅堂，那么整栋房子的通风都会非常良好。

虽然总督已拟定了许多野心勃勃的计划，但是直到目前为止，只有一条通衢大道穿越了蜿蜒曲折的旧市街。尽管如此，爱好亚兹德旧景的人依然满心愤恨。不过对当地居民而言，这却是难得的恩赐，他们终于有地方可以散步、交谊、呼吸和眺望远山。

当我到车场去打听前往克尔曼的交通工具时，和一位卸任代表聊了起来，他告诉我卡凡穆克曾被关进牢里，不过已获释放，至于沙达尔·阿塞德和其他巴赫蒂亚里族人的命运，目前仍不明朗。他对马乔里班克斯十分厌恶，我猜不透是什么原因，直到他自己说出他高龄七十四岁又瞎了一只眼的叔叔，由于不肯把位于马赞达兰①的稻米良田捐给马乔里班克斯，如今已入狱两年。那位举世少见的统治者，不断搜刮全国各地的田产，并从中攫取大量财富，毕竟像他叔叔那么固执的地主实属稀有。我对此人的口无遮拦大感吃惊。我想他大概认为我不会出卖他。我希望我不会。这件事是发生在到亚兹德之前，而且他并非真的卸任代表。

---

① 马赞达兰，伊朗省区，位于里海南岸。

前往阿姆河之乡

巴赫拉马巴德（五千英尺高），三月二十二日

坐了一夜的卡车，在抵达克尔曼之前，于这里用早餐。

今天是"诺鲁兹"，意思是"新日子"，也就是波斯的大年初一，是国定假日。阿里·阿斯加刚发出小小的怨言："没有洗澡，没有刮胡子，也没有干净衣服。"听起来挺合理的。接着又用英文点出了真正的重点："主人，诺鲁兹，波斯的圣诞节。"

我拿出适当的礼物。

克尔曼（五千七百英尺高），三月二十四日

我们抵达时，强烈的沙漠风暴正笼罩全城。这种情形每天下午两点到四点都会上演一次。不过昨天多加了一场。

伊德哈吉的导览书上写着："由于地处偏远，克尔曼的进步情形相对落后。"真是信口雌黄。其实它比亚兹德更进步。这里有好几条宽敞的街道，还有一辆出租汽车，我正好有幸碰上它，并且得知它是今天唯一的一辆。车将我带往镇外，来到贾巴桑，这是一座建于十二世纪的八边形圆顶圣祠，它的特殊之处在于，建材不是砖块而是石头。

除此之外，尽管克尔曼从未经过考古探勘，我也只发现两处值得一提的古迹。一是礼拜五清真寺的米哈拉布嵌板，上面有十四世纪的镶嵌花纹，工匠似乎是由亚兹德请来的。另一处是甘吉阿里汗学院，很丑的一栋建筑，年代也不久远，不过保留了零

第四部　257

星的镶嵌花纹。其图案包括龙、鹤,以及一些在波斯很少见到的动物,颇有中国风味,至于这种中国式的构想究竟是如何渗透到这个偏远城镇的,至今仍是个谜。

赛克斯爵士曾经提及的萨布兹陵墓已经倒塌。它原是一座有着蓝色高大圆顶的圣祠,帖木儿式建筑。我发现其残余部分已被并入一栋现代化房舍。

这里的葡萄酒呈红色,是祆教徒酿造的。阿里·阿斯加买了一瓶,可是味道太甜,我将它转卖给旅馆主人。

一位在波斯认识的朋友,借给我《现代世界丛书》中有关波斯的那一册。波斯人痛恨所有提及他们的著作,可是这个朋友说,这本书之所以不受欢迎,是因为它的内容实在"太过"阿谀。对一位有如阿诺德·威尔孙[1]爵士那般热爱自己诚实性格的人,能写到这种程度实在是神乎其技。

马浑(六千三百英尺高),三月二十五日

从印度边界前来的旅行者,包括克里斯多夫在内,在穿越俾路支地区[2]的砂质沙漠抵达马浑时,都会有恍若置身天堂之感。

---

[1] 阿诺德·威尔逊(1884—1940),一战前后穿梭于中东地区的英国外交官员,著有《波斯湾》等书。
[2] 俾路支地区,介于今伊朗与巴基斯坦(撰写此书时属印度)交界处的一块古文明区。境内崎岖多山,有多处广袤贫瘠的沙漠。

即使是从克尔曼这个方向,这片沙漠也是险恶重重。一路上沙流不断,波斯的尽头八成到了,因为波斯的沙漠都是岩质的。

尼亚马杜拉圣祠的天赐清泉和沙沙叶声,顿时叫人神清气爽。洋苏木的紫色球绒和果树上早绽的五彩花朵,倒映在一方长长的水池中间。再过去的那个中庭里,有一潭形似十字架的水池,池边绕着才刚种下鸢尾花的整齐花床。这里更为凉快。笔直的黑色丝柏,笼罩在急速成长的伞松之下,留下长长的浓密身影。一座蓝色圆顶在树梢间闪耀,顶上面交织着黑白两色的蛛网和一对蓝色尖塔。一位苏非派的僧人①头戴圆锥形帽子,身穿黄色绣花羊皮,缓步迎上前来。他带领我们经过圆顶下的圣者之墓,穿越一间以白色灰泥粉刷过的大厅,来到第三座更大的中庭,中庭的尽头是另一对更宏伟的尖塔。最后一道门外,是另一个中规中矩的水池和一棵高大的筱悬木,筱悬木刚流下的树汁还在闪闪发光。圣祠四周尽是葡萄园,园里如九柱戏般立着一根根甜筒形的土堆,它们的作用和伦巴第平原②上的桑椹一样,都是用来支撑葡萄藤的。地平线的尽头是覆笼着白雪紫雾的连绵高山。

夕阳在沙尘飞散的天空中,投下一道道炫丽彩霞,波斯的所

---

① 苏非派是十二世纪出现于伊斯兰教世界的一个神秘派别,该派系由具有秘传知识的宗教领袖领导。此处的"僧人"指的是已被引入神秘道的僧人。尼亚马杜拉即是一位知名的苏非派僧人。
② 伦巴第平原,意大利北部平原,以米兰为中心。

有鸟类仿佛都聚集在此,进行最后的大合唱。慢慢地,黑暗带来寂静,鸟儿们轻轻拍动翅膀,像是正在拉开被褥的孩子,准备要睡觉了。这时,另一种叫声响起,一种热切、清脆的忧郁调子,一开始还略显羞却,不久就勇气倍增,不停有节奏地啼叫着,接着,像是有第二把小提琴偷偷加入一般,变成了鸟鸣二重奏,一会儿这只唱唱,一会儿那只啼啼,然后水池的另一边又出现了第三只应和者。马浑的夜莺相当知名。可是我个人偏好青蛙。此刻,我正站在中庭的树荫深处。夜空突然清朗,月光接连反射了三次,一次是照在圆顶上,另外两次是投映在尖塔上。入口上方的阳台,亮起了一圈琥珀色的闪烁灯光,一个朝圣者在蛙鸟的合鸣声中唱将起来。继他之后,是流水的滴答声,它们正细细淌入新挖好的花床。接着该轮我上床了。这房间有十扇门,外加十一扇窗户,强风不断从门窗灌入,正寻觅着鸡骨头的饿猫,则在门窗外虎视眈眈。青蛙们仍是你来我往,那激越多变的鸣声,将我带入梦乡。我在睡梦中意识到有只猫正在撬我的食盒,看它那副肆无忌惮的样子,如果我是专开保险箱的,一定聘它当助手。风吹得连床架都在摇动。但愿和僧人同睡的阿里·阿斯加能暖和一点,不过明天早上我可不敢向他抱怨,因为是赛克斯将军告诉他,十五年前的马浑"是"个天堂。黎明即将降临,它掀起灰色的面纱,翩翩来到;然后,仿佛是在一位严厉指挥的一声令下,鸟儿们再度扯了嗓子对着太阳唱起震耳欲聋、尖锐高亢的赞美诗,我房间另外一边的一群乌鸦,也不甘示弱地发出刺耳的叫声。突然在这个时候,一切又戛然静止,最先露脸的几道阳光悄悄登上了舞台。门外,阿里·阿斯加和僧人们正扇着一盆炭火,准备放进煮茶的铜壶底。有脚步声走过:"早,安拉!"僧人们回道:"早,安拉!"朝圣者站在阳台上念着他的早课,那拖得很长又带鼻音的念经声,让我想起阿索斯山。一弯金光照上蓝色圆顶,天空泛起粉红。阿里·阿斯加捧着茶盘走了进来。

亚兹德,三月二十八日

又是坐了一夜的车,清早快到达亚兹德时,正巧碰到袄教徒出殡。扶棺者穿白色长外套,戴白色头巾;尸身则裹着宽大的白色寿衣。他们正把棺木抬向附近山丘上的静塔①,那其实是一圈没有装饰的圆形围墙,约有十五英尺高。

下午我驾车到乡下的一座村庄,去参观那里的花园。这个村落共有一千栋房屋,财产总值约六万二千镑,包含供水在内。租佃总额为二千二百五十镑,并不是一笔很大的资本收益。园中的紫罗兰和杏花正值怒放,还有一株结实的白色鸢尾花,散发着浓浓香气。园主指给我一棵两度接枝的果树,树上同时开满了梅花、桃花和杏花。他的其他宝贝还包括:一棵无子石榴,那是丘园②一直

---

① 静塔,袄教徒用来暴陈尸体让秃鹰食用的地方。天葬是袄教教义中的一大特色,由于袄教徒认为尸体是一种亵渎之物,因此反对以土葬和火葬的方式来处理尸体,以免亵渎神圣的土和火。这种天葬的做法在今日已很少付诸实践,取而代之的是葬在内壁覆涂了水泥的墓穴中,以隔开土地与尸体。
② 丘园,位于伦敦近郊的皇家植物园,园内收集了来自世界各地的上万种植物。

想找的品种；一座橘屋，设在下沉达二十五英尺的院落中，地下水道的主干道在此扩大成一座水池。他充满感情地提起夏天时自阿尔达坎移植来的开心果树，阿尔达坎的气候比亚兹德暖和，而且水质略咸，正好是开心果喜欢的。

伊斯法罕，三月三十一日

克里斯多夫在这里。

他暂时获准自由行动，以便到德黑兰取回他的东西。如果上帝保佑，我们就可以结伴去阿富汗了。

返回伊斯法罕的路上，我在纳因停了一下，去参观那里的清真寺，建于九世纪的它是波斯历史最悠久的清真寺之一。寺内的灰泥装饰全部是一串串的葡萄，显示当时正处于由希腊化思想过渡到萨珊艺术然后进入伊斯兰教文化的阶段。接着我去了阿尔德斯坦，那里有一种新的装饰技法，利用灰泥在砖块上做出如同丝线般的花边。这里的清真寺是塞尔柱人建的，年代可上溯到一一五八年，它的形式和伊斯法罕礼拜五清真寺的那座小圆顶厅同样简洁，只是程度有别。

德黑兰，四月二日

山洪暴发切断了伊斯法罕城外的道路。在二十位农民的协助下，我们将泡在水里的车子推上山腰。等我们换好衣服，换好机油、汽油和火星塞，并弄干汽缸之后，水势也退了，其他一直消

阿尔德斯坦：礼拜五清真寺的壁龛(1158)

极等待的车辆反而比我们早上路。英国式的积极进取,看起来有点愚蠢。

我们住在公使馆里。下楼时发现屋里挤满了打扮成精灵的小鬼。他们正在排演儿童剧。

德黑兰,四月四日

沙达尔·阿塞德已"因癫痫症死于"卡扎尔堡的医院。

卡扎尔堡是控制着德黑兰制高点的一座堡垒。大战之前,俄国制的枪支就是从这里射出,从而瓦解了制宪运动。后来马乔里班克斯将它改造成现代化监狱,而且为了夸耀这种进步改革的功绩,他还特地招待外国人到堡内参观,来宾都对狱中的厨房及卫生设备印象深刻。可是昨天有个美国人告诉我:"那里面的上层阶级囚犯,死亡率高得离奇。"

昨天是紧张的一天。单是在街上遇到马乔里班克斯,加上听到他的子民那种心惊胆战的拍手声,就已经够吓人了。返回公使馆的路上,先是一阵惊天动地的隆隆声,接着是脱缰的马匹和车身,一路冲下车道,把已经卸下的板凳——那是儿童剧要用的——撞成一地。我无意逞英雄,立刻闪退到一边。门房把门关上,马儿因为无路可走,开始像大猩猩般拼命推着门上的栅栏,车身则被拖倒在地。马虽然受到惊吓,所幸没有受伤。

接着是儿童剧登场,然后喝茶。

笔者：要不要再来一块蛋糕？

阿富汗大使（中强）：不用了，谢谢，我已经吃过了。（强）吃得很饱，（模糊）不止饱到这里（用手摸喉咙，渐强），而是（摸着额头）已经饱到这里了。我吃了（强）每一样东西。桌上的每一道菜都没放过。（弱）你知道，我的名字是希尔·阿赫马德。希尔，你知道的，意思就是"殊"子〔狮子〕。（大吼）当我攻击的时候，（极弱，悄声）是很可怕的。

在后台，因克里斯多夫遭到留置所引发的事件，正在酝酿当中。经过不断询问，我们终于逼出了一个理由，那就是——套用波斯外长的话——"赛克斯先生和农人交谈"。我们猜，这一定是暗指他曾在达尔班德与马乔里班克斯的园丁聊天。这理由不太具有说服力，不过可能已足以让英国外交部恢复其一贯的作风，那就是当英国子民受到不当的对待时，总是卑屈地默不作声。由于他们对这件事的抗议实在太过委婉，以致波斯当局敢进而决定将莱斯神父赶出设拉子。或许梵蒂冈可以为莱斯神父提供更有力的保护。因为教廷大使对此事十分震怒。

克里斯多夫今早去拜访希尔·阿赫马德大使。

大使（中强）：你要在德黑兰待很久吗？

克里斯多夫：我两周内就会离开，除了有幸拜访大使阁下您之外（相互鞠躬），我来是请求您准许我路过阿富汗。

大使（指向阿富汗，并大吼）：你可以去。

第四部　265

克里斯多夫:大使阁下实在是太仁慈了。可是我觉得有义务先向您报告,我被怀疑在波斯南部从事间谍活动,结果是——

大使(弱):我知道。

克里斯多夫:更荒谬的是——

大使(极弱):我知道,我知道。

克里斯多夫:如果他们早一点告诉我,我可以——

大使(极弱):我知道。可是那没有关系。

克里斯多夫:对不起,大使阁下,那很有关系。我非常生气。

大使(笑着,中强):你很生气,哈,哈——这样不对。波斯人,哈,哈,他们是对的,(渐强)他们是对的。

克里斯多夫:大使阁下如此明理,怎会相信——

大使(中强):波斯人,他们是对的。他们为什么要赶你走?

克里斯多夫:他们说我跟农民交谈。

大使(胜利的表情,强):那他们果然没错。我告诉你为什么他们没错。

在波斯,在阿富汗,在伊拉克,在东方,(极弱)我们没有什么秘密。(强)在英国,在俄罗斯,在德国,(极弱)有很多秘密。(强)在英国,船是秘密;在俄国,他们有数百万人,军队是秘密;在德国和法国,枪炮是秘密。(弱)在阿富汗,在波斯,(极端不屑的表情)没有任何秘密可言。没有军队,没有船舰。(中强)这就是这些王国的历史。

克里斯多夫:可是,我不明白这是什么道理——

大使(中强):我告诉你。让我来说明。道理很简单。(渐

强)你好好听着:

(中强)有一只老驴子,又老又苦命,背上背了太多石头,让它筋疲力竭。有一天,有一只毛很多、鼻子很大,牙齿也很厉害的动物,它叫什么来着?那种叫声像狗的动物?

克里斯多夫:狐狸吗?

大使(极强):不是狐狸。

克里斯多夫:狐狼?

大使(强):对,一只狐狼!……有一天,狐狼去看可怜的老驴子。(极弱)驴子非常疲倦,非常难过。(中强)狐狼说:"对不起,驴子先生,你愿意当国王吗,当森林里的百兽之王?"

(中弱)驴子回答:"这根本不可能。"

(中强)狐狼说:"可以,可以,我希望这样。你一定要站到这个山岗上。"

(中弱)驴子说:"我不想当,我绝对不行的。我宁可背我的石头。"

(中强)狐狼告诉它:"没关系的。只要一直站在这个山冈上,再披上这些毛皮。"

狐狼就把"狳"子的毛皮给他。于是驴子穿上那张毛皮,待在山冈上。

(极弱)狐狼回到森林,碰见一只(极强)"狳"子。(中强)就说:"陛下,山上还有另一个国王,更高的国王,比陛下更大。"

(极弱)"狳"子非常生气。它答道(学狮吼,极强):"喝!你好大的胆子!它在哪里?我要把你们俩都吃了?"(眼冒凶光,龇牙咧嘴。)

(中强)"殊"子很快地爬上山去,看到驴子披着兽皮。它实在太大了,驴子扮的"殊"子太高、太大,"殊"子很害怕,就溜走了。(笑声,渐强)于是所有的动物都臣服在驴子脚下。它真的成了森林里的百兽之王。(暂停)

(极弱)有一天来了一只(渐强)小"初"——

克里斯多夫:一只小什么?

大使(中强):小"初"……哈,是小猪……来看驴子假冒的"殊"子。它(呼噜呼噜,强)发出猪叫声。驴"殊"子很生气。它像百兽之王一样顿足并发出(笔墨难以形容)驴叫声。(极强)此时所有的动物,"殊"子、豹、老虎等猛兽,看穿了山上的百兽之王只是一只可怜的老驴子。噗的一声,完蛋了!老驴子它升天了。

(中强)赛克斯先生,你在听吗?我告诉你,东方世界的情形也一样。阿富汗和波斯就是两只老驴子。可是波斯驴披着"殊"子皮,是驴"殊"子。那很好。波斯非常骄傲,高高在上。可是如果(渐强)像上面那只猪一样跟它"说话",如果你(极强)跟它说话,(中强)它就会非常震怒,因为所有的动物,所有的民族,都会看得出它只是驴子。所以你一定不能留下来。

希尔·阿赫马德继续谈着波斯人骄傲的话题,现在讲到因为阿富汗边界发生波斯警察被杀事件,他被马乔里班克斯召见。

(中强)沙王他十分震怒。我对他说:"尊座近来可好?还康泰吗？还顺心吗？"

沙王他说：（极强）"哼！"

（中强）我说："尊座，为什么要吓人？（渐强）不要吓人嘛。"

（中强）沙王说：（极强）"哼！"

（中强）我问他："您为什么生气？"

国王他说：（极强）"那些阿富汗杀人犯在哪里？"

（中强）我说："不知道。（弱）我们万分抱歉。"

（中强）沙王又是："哼！"

（中强）我问："您打算怎么办？"

沙王说了些对阿富汗人不好的事，他说他要派兵去杀阿富汗人。

我告诉他："不，您所言差矣。"

沙王说：（大吼）"我哪里不对？阁下请告诉我，我有什么错？"

（中强）我说："请陛下去阿富汗走一趟。杀很多阿富汗人，（渐强）很多很多。（弱）他们不是好人。（中强）可是请先处决您的警察总长，阿伊伦将军。他也是坏人。上星期在纳德里澡堂，有几个男子对一名妇女做了不好的事。后来他们割下她的头（毛骨悚然的表情，渐强）！丢下满身是血的尸体。（模糊地）阿伊伦将军找不到凶手。我们也找不到凶手。他很抱歉，我们也很抱歉。所以请处决阿伊伦将军，（极强）然后请光临阿富汗。（中强）但是首先我必须看到阿伊伦将军（渐强）死！被处死！也要流很多血！"

（中强）国王他笑说："阁下请勿动怒。没事了。"

第四部　269

德黑兰,四月十一日

　　新的公使馆全体人员合照,共计有八十四人,含小孩、口译及信差。他们并不是都住在公使馆里,但每天中午均可在那里找到他们每一个人。由此可见波斯在我们外交上的分量。

　　昨晚此地美国大学的图书馆馆长扬,带我们去参观一家祖哈纳①。他第一次知道有这种地方,是因为有学生瞧不起瑞典式的操练,认为那比不上祖哈纳。早在伊斯兰教传入之前祖哈纳就已存在,可能是从袄教的仪式演变而来。

　　我们走进位于市集区的一个高阔的房间,迎面飘来人的体味,还投下白色的灯光。墙壁上挂了许多肖像,也有一些图画和发黄的照片,看起来很像是欧洲贵族的展示橱柜,比方说伊顿的登普斯特大宅和维也纳的扎赫尔夫人府邸。这里展示的是过去的摔跤英雄,他们的称呼是"帕赫勒万",许多传奇武士,例如鲁斯塔姆等人,都曾获颁这项古老的荣衔,不过这个名号表彰的是孔武有力,而非道德修养。图像上方,挂着代表这项"荣衔"的其他纪念品,一排摔跤时穿的宽筒短裤,几把铁弓,弓上没有弦,有的是装饰着圆铁片的松铁链。旁边的另一个房间则堆着木棍和方形木盾。

　　地板中央有个三四英尺深的坑洞,面积约三十英尺平方,坑里铺满踩得相当结实的细沙,沙上有相当于一个脚掌厚度的茅草,茅草扎得很紧,足可产生弹性。坑里有十二个大大小小的男

---

① 祖哈纳,波斯传统的摔跤武馆。

子,全身赤裸,只在腰间围了一条毛巾,一直垂到腹部以下:他们就是明日的帕赫勒万。角落里的桌上烧着一盆木炭,乐队正在炭火上暖鼓,以增强鼓的共鸣。待鼓声响起,表演者仰起弯下,再起再下,越来越快,直到乐队开始高歌,突然间,鼓声与铃声交错响起,砰,砰,蹦……蹦,蹦……砰,砰,表演结束。

接着是耍木棍,一次一人表演,表演者双手各持一根木棍,别小看其重量,我得两手才举得动一根。接着是类似体操的动作。再来是打直双手耍木棍的功夫,其变换速度之快,我不但可以同时清楚地看见两个旋转的影像,还可看到表演者的脸部表情。从头到尾,鼓声、歌声和铃声都不曾间断,节奏则是时急时徐,表演者显然是根据乐声的旋律动作,脸部与身躯都满溢着兴奋与欢喜,相形之下,欧洲人引以为傲的瑞典式技击,简直就像是机械式比划,看在我们眼里,自然比扬的波斯学生更难过。

最后一组表演集中在铁弓上,每人手持一把弓举过头顶,铁链与圆铁片在耳朵与肩膀之间,来回叮当作响。最后,这项操练的好手开始手舞足蹈,从弓上跳进跳出,宛如特克斯·麦克劳德在表演套索,不过由于表演的工具实在太重,结束之后他已筋疲力竭,无法自己爬出坑外。与此同时,新来者开始更衣加入,准备下一场演练。

第一场结束后,刚才表演的人纷纷换回原来的服装,我们这才看出他们的身份。其中大部分是商人和店家。有一个是空军军官。还有一名学者,他目前正在四名助理的协助下,进行《大英百科全书》的翻译工作。辛苦完成的第一卷原本是要立即推出,所幸他及时发现,波斯文的字母顺序跟英文是不一样的。

祖哈纳的负责人会亲自监督每个演练过程,以防有人不小心伤到自己。他向我们介绍祖哈纳的组织。每个祖哈纳就是一个俱乐部,多半是设在市集与住宅区的交界处,方便商人们在下班回家时顺道去练习。会费每个月是波斯币三元,相当于七先令六便士。偶尔各俱乐部之间也会举行比赛。

晚餐时我碰到一位瑞典年轻人,他身上昂贵的珠宝,加上他不断提起他父亲的产业,令我十分好奇他为什么要住在德黑兰。

瑞典人:我是做外壳生意的。

笔者:外壳?

瑞典人:香肠用的外壳。

笔者:你是指罐头吗?

瑞典人:不是,香肠的外壳本身是羊肠做的。有人觉得那不是体面的行业。我不是常常提它。

笔者:我以为那些外壳是米纸或类似的材料做的。

瑞典人:绝对不是。每根香肠都要用一根肠子。

笔者:那如果是六英寸宽的香肠,怎么办,哈,哈?

瑞典人(一脸严肃):我们不仅用羊肠,也用牛肠。公牛肠可以容得下世上最大的香肠。

笔者:但是瑞典的牛难道没有肠子吗? 为什么要到波斯来采购呢?

瑞典人：波斯的外壳品质相当好。最高级的壳子来自俄罗斯的卡尔梅克大草原。其次是澳洲和新西兰。再下来就是波斯。这是波斯很重要的一门生意。根据瑞典与波斯的贸易协议，肠子是出口数量最大的产品之一。

笔者：那你为什么选择做这一行？

瑞典人：那是家父的事业。

想必他的家业就是这么来的。

苏丹尼叶（约五千九百英尺高），四月十二日

临走前又去造访了一次完者都的陵墓。这是我在波斯看到的第一座古迹，但是当时没有可资比较的对象，我担心它现在会让我失望。

幸好没有。

不远处还有另外两座较小的古迹，一座是十三世纪的八角形墓塔，为奇拉比苏丹之墓；另一座是供奉哈桑毛拉之墓的八角形圣祠，年代较晚，形制也较低阔。前面这座墓塔的砖工仍完好如新，仿佛是昨天才刚完成，足以让号称"欧洲砖工第一"的荷兰工匠相形见绌。至于那座圣祠最出色的地方，是以红白两色漆绘的半球形钟乳石天花板。

有一条狭窄的小径可通往后面那座圣祠，沿途种满多刺的

棕色灌木丛。那里的农民惋惜说道："你不能在夏天回来实在太可惜了。到时，这条玫瑰小径会美得不得了。"

德黑兰，四月十四日

回程时停了加兹温，我发现当地出产白酒，便把旅舍所有的存货搜购一空。那家旅舍如今看起来是那么舒适！记得我们从哈马丹出发后，曾在那里停留，当时还曾警告人在巴格达的木炭车队，要不惜一切地避开它。

几乎所有到波斯旅行的人，若不是取道拉什特，就是途经哈马丹，而每个选择这两条路线的人，一定都会经过加兹温礼拜五清真寺的外围。然而，除了法国古迹维护处的处长戈达尔之外，我想我是第一个注意到圣堂里的塞尔柱灰泥作品的人，那由镶板、飞檐和阿拉伯式墙楣组成的设计，十分讨人喜欢，年代可上溯到一一一三年。墙上的铭文均点缀着优雅的蔓生花卉、玫瑰、郁金香和鸢尾花，可是一般人都误认为，这些花饰是在四百年后由萨法维王朝发明的。

德黑兰，四月二十日

还在这里。

我们应该今天早上走的，可是碰上豪雨，只好延后。

有一位名叫思拉什的教师，也正打算取道南路前往喀布尔。

他告诉阿富汗大使,他想去追求冒险,希尔·阿赫马德对于这种要求,从不让对方失望。他建议思拉什假装是俄国间谍,然后在紧要关头出示大使事先为他准备的一封信,以免死于枪口之下。我们遇见他的时候,克里斯多夫和我恰巧在讨论旅途中的舒适有多重要。他说他宁愿吃苦,而且越苦越好。我知道这种人,眼高手低的人。

下午我去拜访了马什哈德圣寺的住持阿萨迪。这个职位是朝廷册封的,他可控制寺内每年高达六万镑的收入。住持很热心地向我介绍他利用这笔收入正在兴建的一所医院。可是我无法说服他答应让我悄悄进入圣寺参观。

后世对古哈尔沙德这个人的认识,超乎我的想象。

德黑兰,四月二十一日

还在这里。

这一次我们没走,是为了去见昨天方才抵达的乌潘·波普①。我拍的某些照片和手边的一些资料,可能对他即将出版的《波斯艺术综览》会有些用处。

他是跟摩尔夫人一道乘飞机来的。披着披肩的摩尔夫人是

---

① 乌潘·波普(1881—1969),研究古代波斯艺术的泰斗。

第四部　275

一位七十来岁的富婆,其财产的百万数也大概跟她的年岁差不多。同行的还有两个姐妹、三个女仆和一位"经理"。我们在美国大学喝茶时碰见他们。克里斯多夫对他所目睹的谄媚奉承惊讶不已,不过对这些仰仗私人恩惠过活的人,他可是一点也不同情。

第五部

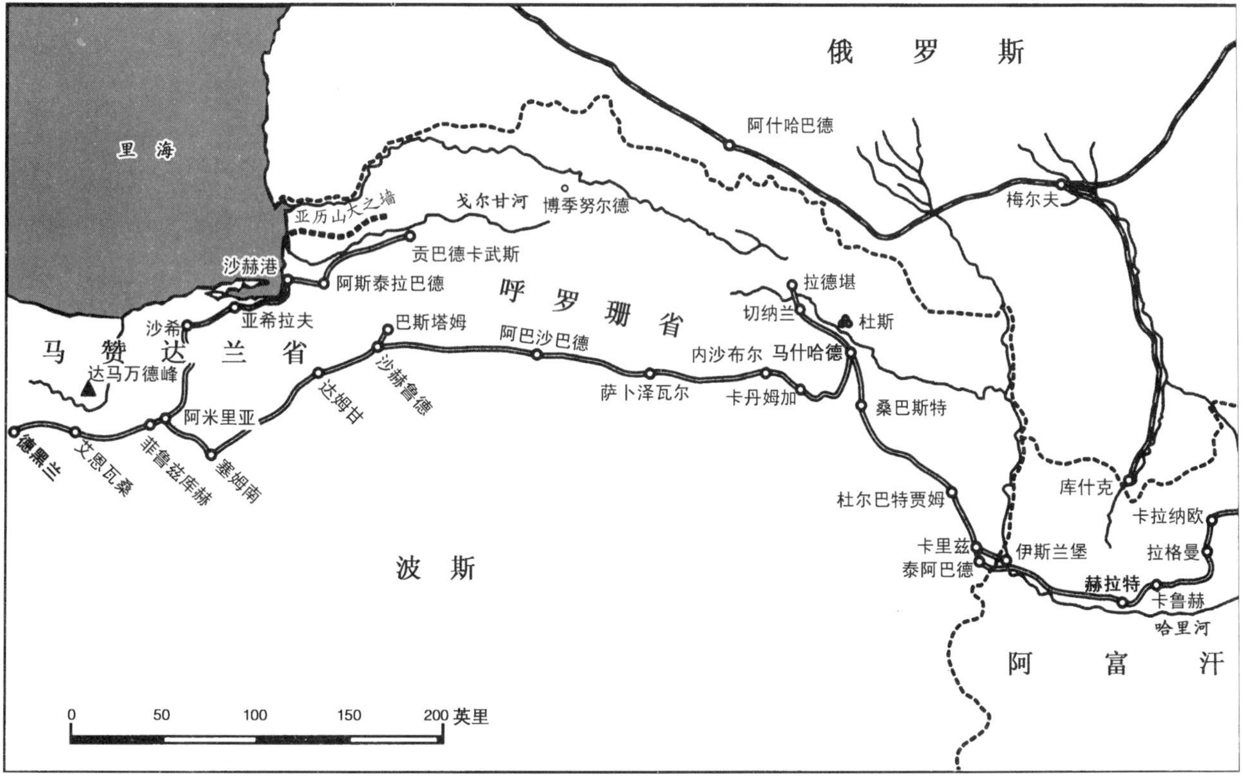
俄 罗 斯
阿什哈巴德
梅尔夫
里 海
亚历山大之墙
戈尔甘河
博季努尔德
贡巴德卡武斯
沙赫港
阿斯泰拉巴德
呼 罗 珊 省
拉德堪
切纳兰
杜斯
沙希
亚希拉夫
巴斯塔姆
阿巴沙巴德
内沙布尔
马什哈德
马 赞 达 兰 省
达马万德峰
沙赫鲁德
萨卜泽瓦尔
卡丹姆加
桑巴斯特
阿米里亚
达姆甘
德黑兰
艾恩瓦桑
菲鲁兹库赫
塞姆南
库什克
杜尔巴特贾姆
卡拉纳欧
卡里兹
伊斯兰堡
拉格曼
泰阿巴德
赫拉特
卡鲁赫
哈里河
波 斯
阿 富 汗
0
50
100
150
200 英里

沙希①(约三百英尺高)，四月二十二日

这是我们计划已久的旅行的第一个夜晚。

霍尔夫人和约瑟夫起了个大早，与我们一同在紫藤树下早餐。冬天时会让人联想起维多利亚时代救济院的公使馆馆区，如今已覆满繁花嫩叶。在这离别前夕，回想起我曾在这些丑陋小屋里得到的温暖，以及整个英国侨社对我们的照顾和关怀，心中充满了无限感恩。然而这种恩惠很容易遗忘，也不可能回报：两张干净的床单和一个舒服的澡，对于一个刚结束波斯之行的旅人而言，它所代表的享受程度，绝对相当于英国本土的富豪等级。更糟的是，写作所能给的回报往往是伤害，它所带来的政治后遗症，只会使当地侨民的境遇每况愈下。不过对于这一点，我必须承认，我不会妥协，尽管就私人的角度我不免觉得抱歉。以当前的政治氛围，单是批评波斯的落日，就会被扣上政治罪名；可是就算是赞美，如果不小心遗漏了一座理应称赞的水泥厂，同

----

① 沙希，即今萨里。

样是犯了政治大忌。为了维护人类的理性,总得有人出来打破这种现代民族主义的禁忌。企业不能。外交不为。就只有靠我们这种人了。

　　再次踏上这条呼罗珊之路,前回的惨况又浮上心头!尽管已是春天,隘口依然雪花飘飘,我们越过隘口来到面向里海的高原边缘。就在这场白色风雪中,我们经历了叫人目瞪口呆的变化。不到五分钟,我们就从一个自大马士革开始便只见岩石、泥土、沙尘和无尽干旱的世界,立即转换到一个盈眼绿意的温润环境,山丘覆盖着灌木,灌木长成了树木,树木又在雪停之后,蔚为树干光秃、树顶繁茂的蔽日森林。高原给人的压迫感瞬间一扫而空。一直到此刻我才真正理解到,飞沙走石的荒芜沙漠、令人生畏的崇山峻岭和倾倒坍塌的破败村落,对我们的精神是多么沉重的负担。这种解脱其实是肉体上的。我们的身体似乎正在卸下重担,重新恢复正常的活力。

　　轻松愉快的感觉,被一阵刺耳笛声和一缕白烟给打断。山谷下,马乔里班克斯的新铁路正一步步爬上高原。这铁路在菲鲁兹库赫经由一条盘旋三圈的隧道越过厄尔布尔士山的第二层后,预定在三年内修筑到德黑兰。这笔投资将永远无法回收。为了兴建前两百英里铁路所增加的赋税,已令农民被迫放弃他们唯一的享受,茶与糖。然而兴建这条铁路的动机却是心理因素,而非经济考量。对现代波斯而言,它是国家尊严的象征,它终于得以为两千年来因大流士的丰功伟业所延续下来的那种难以克服的民族虚荣，打了一剂强心针。至于对早已饱受内燃机骚扰的我们，感觉上蒸汽引擎的呼噜声就和四轮马车的辘辘声一样熟悉，一样老派。树木和火车都让我们备感亲切。

刚通过隘口时，山脚下的新枝嫩芽和盖有木瓦的屋檐，让我想起了奥地利。来到海岸平原后，看着由灌木篱和荆棘隔开的田畴，以及田埂上葱葱郁郁的蕨类植物和荨麻树丛，一时之间还以为自己置身于英国某个潮湿的午后，直到挂在某户人家正门上的虎皮将我们拉回现实。在这个牧人聚集区里，赤足的马赞达兰牧童，头上戴着黑色羊毛帽，脸上的神情给人一种很奇特的感觉。他们已看不出什么野性，那应当是亚热带环境在游牧民族身上所产生的影响吧。

沙希是个因铁路而起的新兴城镇。有四条不知从何而来的主要街道，交会于一个铺了柏油的圆环，人行道和商店橱窗为圆环增色不少。旅馆里则挤满俄国、德国和北欧的工程师。

阿斯泰拉巴德（三百英尺高），四月二十三日
从沙希有一条路可以到阿斯泰拉巴德，但为了铁路的收益，政府居然任凭那条公路恶化到无药可救的地步。我们最远只能开到亚希拉夫。

这个皇家别宫目前还有两座花园和一座宫殿，一六二七年，阿拔斯沙王便是在此接见杜德摩·卡登①爵士。从远处看去，掩映于山峦林木间的这座宫殿，很像是一栋英国庄园。其实它占地很小，瓷砖嵌工粗糙，还犯了一般波斯民间建筑未善加利用空间的通病。其唯一特殊的地方是窗户，不知是何种因缘际会，竟然采用了罗斯金从佛罗伦萨四百人宫移植到英国牛津乡下的那种形式。那两个花园比较富有浪漫气息。长长的石砌水道顺着坡度和缓的草地一路绵延，每逢出现高度落差的地方，都会辅以一座蒙古式滑降平台。且不论这种格局是源自波斯、印度或奥克西安纳，它都只适合在荒凉的景观中使用。在草类与蕨类丛生的这座别宫里，如此的设计未免画蛇添足，像是硬把意式花园搬到爱尔兰一样。

较大的那座花园所表现的空间概念，阿拔斯沙王在伊斯法罕也曾付诸实行。自后方开满粉红色兰花的山丘上，有一条丝柏大道一路通往由围墙圈起的数英亩园区，区内仿效英式公园的规划，也点缀着其他的丝柏树。水道由丝柏大道的内侧——和兰特庄园②一样——流经两座凉亭，中间以一座有顶的拱廊加以衔接。丝柏大道的尽头，矗立着一座门厅。门厅之外，有一条同样是种了丝柏的道路，贯穿了亚希拉夫村，然后越过了一长条的耕地平原，直到视线停驻于里海闪耀的海平面上。

---

① 杜德摩·卡登，当时的英国驻波斯大使。
② 兰特庄园，位于意大利维泰博近郊，以其充满象征寓意的泉水花园闻名，园内的水道设计堪称最早也最精彩的阶梯式瀑布的典范。

我们选择了一座已经干涸的方形水池作为我们的午餐地点。这些水池原本是用来承接滑降下来的流水,池子四周的顶盖都钻有小孔,如果在孔中加入灯油,然后让灯芯浮在灯油之上,就可产生如同装饰彩灯的效果。我拿起餐袋,跳进池子底部的草丛。没想到那儿已经有人捷足先登。是一尾肉桂色的五英尺长蛇,幸好它比我更害怕,一溜烟地绕过我的双脚,躲进石缝里去了。

火车抵达后,汽车连同坐在里面的仆人一块被送上了货运车厢,我们则与一群从德黑兰来此度假的游客共处一室,他们不免好奇地对着这个新鲜玩意儿仔细研究了一番。每节车厢里都列有五条守则,告诉乘客搭乘火车应注意的礼节。抵达铁路终点站时,也就是新开辟的里海港口沙赫港①,迎面而来的是常见的海边游客。其中也包括当地的警察局长和一名陆军部的代表,他问我们要前往何处。

贡巴德卡武斯?

没问题。而且如果我们愿意,还可以开车从新的军用道路,经博季努尔德和土库曼区,前往马什哈德。

这真是叫人喜出望外。当我在德黑兰申请前往贡巴德卡武斯的许可证时,内政部长贾姆曾私下写信给我,请我撤回申请,因为该地属于军事管辖区,他无法发给许可证。当时听闻此言,

---

① 沙赫港,即今托尔卡曼港。

第五部　283

我们的武官皮布斯还曾主动表示，可以替我们向参谋总部说项。可是到我们离开之前，一直没接到他的回音，这段长途跋涉纯粹是碰运气。促使我决心前来波斯的最主要的诱因，就是迪雅兹拍的一张贡巴德卡武斯的照片。我知道我宁愿错过波斯的所有建筑，也不愿放弃这里。

即使在黑暗中，我们也能察觉到这片草原有多辽阔。前车灯的灯光消失在旷野之中，除了一头公猪，什么也没照到。一阵草香传来，很像故乡六月庄稼尚未收割时的夜晚。阿斯泰拉巴德的居民正在过穆哈兰姆节，大家紧跟在覆着锦缎的棺材后面，高举着三角形的灯旗游街。很多人痛哭呻吟，双手没有拿东西的人还撕扯着自己的衣服或捶胸顿足，希尔·阿赫马德形容得一点也没错。我们与一位土耳其老人同住，他曾任这里的英国副领事，并愿意为我们安排猎虎表演。

贡巴德卡武斯（二百英尺高），四月二十四日

顺着沙赫港路往回走一点，我们向右转，开进一条两旁有围篱的小路。高高的芦苇挡住我们的视线。忽然间，仿佛船只驶离开了河口，我们来到一望无际的大草原：一片令人目眩的绿色大海。我从未见过那种颜色。其他的所有绿色，如绿宝石、翡翠或孔雀石的翠绿，孟加拉丛林刺目的深绿，爱尔兰凄凉的冷绿，地中海葡萄园的沙拉绿，或是盛夏英国海边的艳绿，总是会有某种程度的偏黄或偏蓝的情形。唯有这片草原是极其纯粹的绿

色,无法再加以分解,是生命的原色。阳光和煦,云雀在天际高歌。我们身后,是林木荟郁的厄尔布尔士山,散映着云雾迷濛的阿尔卑斯蓝。我们的前方是在阳光下闪耀的青青草原,一直延伸到地球的尽头。

我们完全失去了方向感,没有任何地标,就像漂浮在大西洋中央的一尾小船。我们似乎身陷在一个庞大的绿色凹洞中,永远比四周低洼。我们的视野坐下时可能是二十英尺,起身后立刻变成二十英里,可是二十英里外的弧形地表还是绿的,就跟辗在我们轮下的绿色一模一样,根本无从判别距离的远近。唯一可资参照的,就是我们知道尺寸大小的东西:一团团的白顶帐篷,它们像是缀在草地上的蘑菇——不过我们得尽力让自己相信那不是蘑菇;还有牛群,带着小马的母马,黑色及棕色的绵羊,乳牛和骆驼——不过骆驼也会造成错觉,它们的身形看起来特别高大,这回得尽力让自己相信它们不是洪荒时期的巨兽。我们可以根据帐篷和动物的大小变化,推测出我们与它们相隔多远:半英里、一英里或五英里。不过最能反映这片草原的广袤程度的不是这些,而是游牧民族在此扎下的众多营地,无论我们的视线停在哪里,它们都会突然冒出来,而且彼此之间总有一二英里的距离。我们极目所及之处总共有上百座营地,因此我们的视界应该有数百英里之广吧。

就像插在各国地图中的都市分布图一样,另一个比例尺更大的标示图,正展现在我们的车轮之下。这里的绿色已不再是

第五部　285

普通的草地,而变成了野玉米、大麦和燕麦,它们的明亮热情为绿色注入了生命。在那数不尽的一排排已抽出穗子的庄稼间,又怒放着万紫千红的各色花卉,金凤、罂粟、浅紫鸢尾、深紫风铃,等等,不胜枚举,我们就像第一次进入花园的孩子般,惊叹连连。偶尔会吹来一阵风,将玉米弯折成银浪,让花儿在浪上起舞;有时会飘来一片乌云,让大地顿时昏暗,仿佛要小憩一番;可是就在咫尺之外,却是既无波浪,也无蔽云;因此这整片草原的内部世界,绘制在一个无限细密的后退体系之上,那层次分明的距离感是外部世界所欠缺的。

打从离开高原,我们的精神就很高昂,现在更是欢腾不已。我们兴奋得大声呼喊,并停下车轮,企图延缓这稍纵即逝的第一印象。就连这世外桃源里的云雀,也不像平常那样怕生。有一只甚至为了想满足它的好奇心,差一点撞上我的帽子。

我们发现深达三十英尺的戈尔甘河,光秃秃的峭立河壁为绿色划下一道荒凉的切口。河宽相当于塞文河①上游的宽度,我们从一座古砖桥上过河,桥面下是一道道又高又尖的拱洞。桥头堡由北面护卫着桥梁,堡的上层是悬空的,它那贴有瓷砖的宽檐屋顶,在亚平宁山脉②不时可见。一条条滑顺的绿色小径,

---

① 塞文河,英国最长的河流,发源于威尔士中部。
② 亚平宁山脉,纵贯意大利半岛的主干山脉。

贡巴德卡武斯：卡武斯之塔（1007）

由此向大草原的四面八方辐射开来，害我们几乎找不到路，多亏有偶尔骑马、骑骆驼或驾驶高轮马车经过的人，为我们指点迷津。他们全是土库曼人，妇女穿的是印满花卉的红棉布，男子则多半是穿素面红棉布，也有少数穿着色彩丰富、织有闪电花纹的华丽真丝。不过戴羊毛帽的不多。大部分男子都戴马乔里班克斯式帽子，至少也会在羊毛帽上加上硬纸板的鸭舌。

厄尔布尔士开始在我们前方圈出一块绿湾。绿湾中央距离我们大约二十英里的地方,一座奶油色的小尖塔矗立在蓝色的山脉前缘,我们知道那是卡武斯之塔①。一小时后,我们在这个地标的指引下,来到某个小镇,镇上宽广笔直的街道提醒我们,大战前这一带曾遭俄国人占领。塔位于镇的北边,下方的不规则绿色小丘将其耸入天际,不过小丘是人工建造的,而且历史相当久远。

塔身是砖造的淡褐色圆柱,圆柱的直径由底座逐渐向上递减,最后缩为尖形的灰绿色塔顶,塔顶看起来仿佛是罩在蜡烛上的灭火盖。底座的直径有五十英尺;整座塔的高度约一百五十英尺。十道三角形的扶壁从介于底座与塔顶之间的柱身上冲出,恰好切过两条以库法体铭文构成的窄饰带,上方那条位于飞檐之下,下方那条位于瘦长的黑色入口之上。

长而薄的砖块,像刚出窑时一般棱角分明,将阳光映在每道扶壁上的阴影,切割得有如利刃般精准。随着扶壁朝阳光的方向一道道后退,阴影也跟着延伸到两壁之间的圆形塔身,形成一条条宽度各异的光影和阴影,构成一种非比寻常的动态效果。这座建筑物最大的特色,正是由这种垂直的动态效果与水平的库法体铭环所产生的强烈对比,这种特色在建筑史上可说是空前绝后。

---

① 此地地名贡巴德卡武斯的字面意义正是"卡武斯墓塔"。卡武斯是十世纪末十一世纪初的一位传奇人物,以诗人、学者、将军和艺术赞助者等身份闻名。

塔内空无一物。卡武斯的遗体原本挂在由塔顶垂下的玻璃棺中。他死于一〇〇七年。一千多年来,这座灯塔不断向中亚里海的游牧民族,宣示着人们对他的怀念和波斯人的聪明才智。如今,它吸引了更多的观众前来,这些人必定会惊讶于,为什么早在纪元后第二个千年之初,就能用砖块建造出如此不同凡响的纪念性建筑物,并对平面及装饰运用得如此灵活,而且此后再不曾见过任何可与之媲美的例子。

(凡是被旅行者誉为那是他们见过最杰出但大多数人无缘见过的景物,通常都颇叫人怀疑。我很清楚这一点,因为我自己就这么想过。可是当我在两年后一个迥然不同的环境〔北京〕中重读这段日记时,我依然相信我在未踏上波斯之前就已持有的看法,并且再一次肯定了大草原上的那个晚上,肯定贡巴德卡武斯可以跻身世界最伟大的建筑之林。)

具有军人身份的总督在晚餐时来访,他告诉我们过去这座墓塔的塔顶有个东西会发光,应该是玻璃或水晶,而且大家都相信,那个东西上面托着一盏灯。他说灯被俄国人拿走了,不过没有说明他们是怎么爬上塔顶的。这种说法很可能是对卡武斯玻璃棺的讹传。他的棺木是以玻璃制成的说法似乎相当可信,因为阿拉伯史学家贾纳比在卡武斯辞世后不久,便有这样的记述。

这附近处处是古物,但愿我们有时间可以留下来一一造访。"亚历山大之墙"距离戈尔甘河北岸只有数英里之遥,而沿河岸往东的沼泽地带，据说也满是历史遗迹，而且尚无人探勘。这里也不乏史前遗址。不久前有几户土库曼人发现了一座古冢，里面堆满了青铜器皿，他们将之据为己有，充当日常用具。没想到后来噩运接二连三地发生，他们认为是因为亵渎了死者的坟墓，于是又把青铜器埋回古冢。我们不难想象，如果教授们知道这座考古学的金矿在哪里，必定会争先恐后地跑来淘金。

总督同时给我们带来了坏消息，通往博季努尔德的道路已被豪雨和山崩阻断。我们或许可以勉强通过，但是有一辆半毁的卡车，在路上挣扎了五天之后，刚刚才苟延残喘地进入此城，阿富汗就在眼前，我们不敢让这辆汽车去冒如此大的风险。于是我们考虑骑马走山路到沙赫鲁德，汽车则从菲鲁兹库赫运回去。

沙赫港（海平面），四月二十六日

被捕了！我是在警察局里的床上写东西。

因为错在我们，所以更叫人懊恼。我们在贡巴德卡武斯一直等到四点都找不到马可骑，于是决定跟车子一道回去，并避开阿斯泰拉巴德，于晚间十点抵达此地。这里除了火车站外没有地方可睡，站长是个干瘦的年轻人，对我们这么晚来打扰他很不高兴。今早的火车预定七点开出。他们要我们六点时将汽车停在铁轨旁待命。我们照做了。可是货车车厢一直到七点差十分才出现,而且我们突然看到站长故意不等我们上车就让火车开走。郁积了七个月的闷气终于再也忍不住了:我们对站长动粗。尖叫声引来士兵,他们冲进来,绑住克里斯多夫的双手,有人用枪托打他的背,带头的军官身长不及四英尺,声音像拿破仑的男高音,连打了克里斯多夫好几个耳光。我逃过这些羞辱,但逃不过牢狱之灾,警方视我们为烫手山芋,并不情愿拘留我们。

他们威胁要在德黑兰对此"事件"进行"调查"。我们必须不惜一切,卑躬屈膝地避免接受调查,因为那得耗去好几个礼拜的时间。我不明白,我俩都不明白,究竟是什么让我们一时失去理智,以致危及我们的旅程。

塞姆南(四千英尺高),四月二十七日

"事件"后来由维修厂的德籍厂长摆平,他是一位泰然自若的老者,摇摇摆摆地走进警察局,问道:"怎么回事?"在看到我们与站长握手言和之后,他把我们带到他家过夜。他实在对我们很好,不过因为他的千金和担任银行经理的丹麦籍女婿,突然自德黑兰来此省亲,由于客房只有一间,我们便在客厅打地铺。

今早我们离开沙希时正在下雨,通往隘口的上坡路非常湿滑危险。转弯处一辆失控的卡车直驶而来。我们从侧面撞上去,车身斜向山谷断崖……一切都完了;不,我们还在路上,只是悲惨地发现,绑在踏脚板上的行李箱,已经被卡车的前轮压得面目全非,像一块蓝色三明治,衣物、底片和画纸散落一地。为期八个月的保险正好在上周到期。

到阿米利亚时,当地人说已经连续下了十五天的雨,往年这个时节从没遇到过这种天气。

达姆甘(三千九百英尺高),四月二十八日
祸不单行。

在距塞姆南二十英里处,后轮轴又坏了。我们有备用轮轴,但更换需要五小时之久,克里斯多夫和我使不上力,只好在被雨浸湿后显得水光粼粼的沙漠上,无助地闲逛,让刚开花的黄色矮株郁金香宽慰我们的心,偶尔也进到一间废弃的茶馆中打打蛋。

克里斯多夫问负责修车的年轻人:"你说的是什么话?"

"我说恰卡帕卡鲁语,是塞姆南的话。你难道不说这种话吗?"

我们不会说这种方言,不过语言学家可能会很感兴趣。

雨势像是倾盆而下。有一度,连续好几英里的道路都成了河流,沙漠也淹起水来,每座山都像是一道大瀑布。可是,不知是大自然的何种巧妙安排,沿着电线杆旁边的一条"河床",而且它的地势比周围地区要低上好几英尺,竟然完全干涸,一滴水也没有。

一处急流里已有两辆卡车深陷其中,动弹不得。当地人把我们拉过急流,但事先已趁火打劫地强行索取费用,如果不给,他们就会把车拖进水流的最深处,任其自生自灭。此后路况改善不少,我们正在直行道路上,以时速四十英里前进,忽然一条三英尺宽二英尺深、如同棺木般棱角分明的河床,迎面而来……一切又完了;但是没有;我们跳车,掉进一处泥沼,然后重重地摔到一堆沙砾上——我们保住了小命。

前轮扭曲成鸭掌的形状,好在轮轴勉强可以撑住,我们就这样摇摇晃晃地驶进达姆甘,铁匠现在正在设法将轮轴弄直。我们在这里碰见皮布斯的印度随从,他说主人在从马什哈德回返此地的途中,被困在城的另一边的某条河里。皮布斯本人不久就出现在我们眼前,后面跟了一队替他搬行李的人。其中有一名老媪,因为风湿的关系背驼得厉害,她身上披着蓝色格子围巾,正在吃力地抢救一个小公文箱。

我们把自己不幸的遭遇告诉他,好让他开心一点。三瓶沙希葡萄酒,一份橘子沙拉,还有威秀的雪茄烟,让我们大家的精神振奋不少。

阿巴沙巴德(约三千英尺高),四月二十九日

即使有过前两次悲惨的经验,但是这个该死的风沙城镇——出产绿皂石的雪茄盒,男子一律穿着红色上衣——似乎才是我们苦难的巅峰。现在,我们必须在此过夜。

河水就从皮布斯的车旁流过。那是一辆新轿车。早上我们路过时,它看起来像是海神住的洞穴。出动两辆卡车加上铁链,还是无法将它拉起。我们径自上路。

雨依然下个不停。过了沙赫鲁德,我们遇上轻沙,扬起的沙尘附着在挡风玻璃上,我得把头伸出去才能开车,但是时速不能低于三十英里,否则就会被风沙困住。呼罗珊锯齿状的墨色山峦和乌云密布的天空,依然没变。不过在水势丰沛的黑色沙漠上,冒出了不少新植物:带有些许绿意的骆驼刺,以前不曾见过的水仙和一种矮壮结实的黄色峨参,三英尺高,像树一般粗,开着丑陋邪恶的花朵。

这里的人说,通往萨卜泽瓦尔的道路,积水达四英尺。我们只得在此地投宿,我已经带着高斯①的《父与子》上床了。克里斯多夫还在大费周章地购买红色上衣,好像那是夏帕瑞丽②设计的名牌精品。

马什哈德,五月一日

"正好赶上舞会!"当我们一跛一跛地走上领事馆的楼梯时,贾斯崔尔夫人对着我们大叫。

---

① 埃德蒙·高斯(1849—1928),英国评论家、传记作家和诗人。《父与子》是他最精彩的自传性作品。
② 艾尔莎·夏帕瑞丽(1890—1973),意裔法籍的知名女装设计师。

是不是印度政治考察团的全体团员都带着化装舞会的行头游走于亚洲各地？贾斯崔尔夫人扮成黑人，穿着黑色紧身衣，戴着丝质高礼帽；贾斯崔尔先生有七英尺之高，跳起轻快的苏格兰里尔舞①毫不含糊，他穿着金色服饰，戴着天蓝色的海狸帽。与他们属同一团的罗斯，扮成格林威②笔下的学童模样。汉柏夫人是牧羊女，汉柏先生是布哈拉大公，他身上那件丝质衣服上的图案，比真人还大。我都还来不及说出真高兴再见到他们，他们就已经把我装扮成一名清洁妇；克里斯多夫也被贾斯崔尔夫妇抓住，很快就变成一名阿拉伯酋长。传教士们也全力投入。大半生均致力于研究什叶派信徒的唐纳森先生，不离本行地打扮成什叶派信徒。我问他就为了一个晚上便把所有的头发剃掉，算不算是一种牺牲，他说："喔，不会，这个头剃得正是时候。我旅行时总是顶着光头，而我明天正好就要前往位于阿巴萨巴德和古昌之间的格鲁吉亚村落。那边的人当然是穆斯林，不过他们仍保持教育程度优异的固有传统。"

清洁妇在玩游戏时，把自己的身份忘得一干二净，居然用阳伞去戳布哈拉大公的背。

---

① 里尔舞，源自塞尔特人的传统舞蹈，是一种活泼的乡村双人社交舞。
② 凯特·格林威(1846—1901)，英国插画家，现代儿童绘本的先驱，其画中的可爱童装，经常带动流行趋势。

马什哈德,五月二日

在银行服务的李说,最近的生意比前一段时间要好。我请教他这是否与犹太人被逐出阿富汗有关。他说不无可能。那些犹太人掌控着小羊皮贸易,我记得在圣诞节时,他对我提到的犹太人出走一事颇感兴趣,不过当时我们两人都不知道那是政府下的命令。他感兴趣的原因是,过去小羊皮贸易有很大一部分会经过马什哈德,使整个城镇和银行受惠不少。但是当马乔里班克斯开始推行经济民族主义政策后,小羊皮贸易便告中断。所有的生意多少都趋于停顿,到最后,呼罗珊的海关因为税收锐减,连薪水都付不出来。但如今,很多犹太人又从阿富汗进入波斯,他们或许会连带把小羊皮贸易再转回此地。

我们经常会听到"波斯"小羊,以前我在阿富汗时,还不太清楚小羊皮贸易对阿富汗经济的重要性,倒是在赫拉特的商店区,经常听人谈起小羊皮。波斯的确出口不少小羊皮。但是高级的毛皮,也就是在伦敦和巴黎有女帽商人愿以每张七镑的高价收购的品级,却只产于奥克西安纳。这是因为在奥萨斯平原有一种特别的干牧草,可以让羊毛绻得比其他地方都紧。因此,真正因为小羊皮业而获得高利的,应该是俄罗斯和阿富汗。然而阿富汗人为什么一定要赶走这支主导该行生意的民族,反而便宜了波斯的中间商,这个谜团迄今仍令我们费解。

马什哈德,五月六日

我的老友阿富汗领事,昨天给了我们一个可能的答案。我们正在讨论报纸上的一则消息,阿富汗政府决定重建巴尔赫,我问领事这么做的用意何在,因为阿富汗突厥斯坦的首府马萨沙里夫,原本就是个繁荣的都市,而且距巴尔赫只有十七英里。他答道,巴尔赫是一座古城,是"阿利安民族的发源地"。

这股狂热一定是从德国蔓延过来的。仅仅一年前,阿富汗人还自称是犹太人:是失落的以色列部族。不过亚洲人的民族主义往往不可理喻。

这里的日子过得很愉快。我们应该要出发了,可是有两件事拖住我们。一是等待备份轮轴自德黑兰运来,二是这里的圣寺。就彩色瓷砖镶嵌这门艺术,我在波斯见过或听说过的建筑物中,能够与赫拉特的穆萨拉相比的,可能就只有这里的圣寺,它是由同一位女性所兴建,由于保存得相当完好,可以称得上是所有伊斯兰教建筑中,色彩最为精致的典范。前一次在这里时,我还无法完全领略它的精妙之处;我原以为伊斯法罕的彩色陶砖可与穆萨拉媲美,甚至尤有过之。事实不然。洛特夫拉清真寺固然比较富丽,但是那种比较只是像圣保罗大教堂与里米尼圣殿①的比较,前者的华丽程度或有过之,却缺乏文艺复兴时代的青春创意。在没有见到古哈尔沙德这座仅存的完整建筑之

---

① 里米尼,意大利城镇。圣殿的全名为马拉泰斯塔圣殿,是里米尼的领主马拉泰斯塔家族的家庙和宫廷,它的建筑师是意大利文艺复兴时代的著名才子阿尔伯蒂,他以古罗马的雄伟建筑作为构想来源,重新赋予这座中世纪建筑迥然不同的面貌。这座圣殿的立面雕刻,也是出自当时两位名雕刻家之手。

前,我不会离开这里。

我们排除重重障碍。第一步是造访新落成的医院,那是住持阿萨迪最引以为傲的建树,以便等他自德黑兰回来后,得以恭维他一番。这项小小的计谋的确打动了他,但也只是到此为止,他仍不肯正式负起让一个外国人进入圣寺的安全责任。不过因为拜访他的关系,让我们间接认识了一位戴皮手套的年轻老师,他相当平易近人,并基于个人的兴趣自告奋勇地要帮助我们,所谓的个人兴趣,就是协助知识分子对抗宗教恶势力。昨晚我们与他见面讨论事情,为免计划曝光被领事馆知悉,我们特别在旅馆订下房间。等他到达时,我已经变成了波斯人,至少他以为我是,所以用波斯礼节与我打招呼。当我这个双眼下垂、双手拢在袖子里的怪异东方人,突然爆出一阵狂笑,他简直大吃一惊。计划敲定,他今晚会带我们去。

今早我们开车到切纳兰,它位于通往阿什哈巴德和俄国边界的路上。从这里有马车道可抵达距拉德堪塔六英里的地方。然后我们徒步走完剩下的路程,我们先经过一片潮湿的草地,上面有马匹践踏的痕迹,接着又经过一连串黏稠的盐质沼泽。我们的向导是一位气急败坏的农民,他的个子矮小,却蓄了一脸大胡须。

"请问往拉德堪的路怎么走?"

"我怎么知道?"他生气地大叫。他只知道去拉德堪村庄的路,当我们拖着他一起穿过沼泽并抵达拉德堪塔时,他已是忍无可忍。

一切的努力都是值得的：这是一座巨大的圆柱形墓塔，塔顶呈圆锥状，总高度有九十英尺，建于十三世纪。外墙由二英尺粗的相连列柱所构成。砖块是暗红色，以格子呢的图案排列，它们给了这座墓塔一种特殊的光彩，就像照顾得很好的马匹身上散发的光泽。此塔不同于贡巴德卡武斯，在它的墙面夹层间有一座楼梯。

回程的路上，我们转出干道，上杜斯游历了一番。我正在跟克里斯多夫说，除了那里的古桥和陵墓之外，他还应该去看看菲尔多西的纪念碑，因为它可以证明现代波斯仍有些许建筑品位可言。没想到话才到嘴边，就看见一群工人正忙着拆毁它。铁栅栏挡住了水池。整齐的花床已准备要栽植昙花和秋海棠。在最后方，我于十一月欣赏到的那座朴实美观的金字塔，已不见踪影，取而代之的是刚盖到一半的仿波斯波里斯的牛头石柱。我为自己的大力推荐道歉，然后驱车离去。马乔里班克斯显然是看到原先建筑的照片，嫌它太平淡了。

马什哈德，五月七日

昨晚为了找借口不去领事馆，我们留在旅馆内晚餐。克里斯多夫说，最新的马什哈德旅游指南里，或许会加上这么一条："有意参访礼萨伊玛目圣寺的游客，通常会在此处的巴黎大饭店进餐、乔装。"我们吃完最后一道香草冰激凌，又畅饮了一种酸苦的高加索葡萄酒。到了八点，就在我刚把瓶塞上的最后一滴残余抹在克里斯多夫的颈背上时,我们的那位老师朋友便和一位亚美尼亚女士一起抵达,她是来送我们这群英雄出发的。她看着他们坐进一辆破旧的马车。马车来到圣寺的正门,我们下车后并不直接进去,而是向右转走上一条环状道路。向导说:"准备好了吗?"说完就潜入一个漆黑的隧道。我们像兔子一样紧跟在后,随后发现自己置身于一座小院落中,接着我们急速穿过一个灯火通明、挤满摊贩与顾客的夜市,然后就出现在古哈尔沙德清真寺的宏伟中庭。

琥珀色的灯光闪烁在茫茫夜色中,这灯光是从圣堂前方的高大拱门背后照向对面墓园的镀金入口,然后反射出柔和的光芒。在眼睛适应了它的光度之后,我们看到一座由一排排拱廊围成的巨大方庭。在灯光照不到的上方,有另一层拱廊,然后,越过一段看不见的区域,一道黑色胸墙出现在点点繁星之间。包着头巾的毛拉,身穿白袍的阿富汗人,仿佛影子般消失在一盏盏灯火照耀的范围之外,他们轻步移过黑暗的人行道,伏倒在金色的门厅之下。圣堂传来诵经声,我可以看到在烛台点燃的米哈拉布下方,有个小小的身影跪在朦胧的光晕中。

伊斯兰!伊朗!亚洲!神秘,迟缓,不可思议!!

这些字眼发自一位法国人口中,这个笨蛋,他以为他是在马赛的鸦片馆啊。我们的感觉正好相反,这也是我为什么要提它的原因。每一种影像、声响和外来的刺激,均可能造成认知上的错觉。但是一件艺术品所传达出来的讯息,却可以克服这种错觉,它有能力冲出阴影,展现自己,有能力坚持结构和比例,坚持最高品质以及作品背后的思维。我们很难解释这个讯息是如何表达出来的。你隐约可以瞥见阿拉伯藤蔓,它们是如此流畅,如此细密交缠,根本看不出它们是一块块镶嵌上去的,就像很难看出地毯是由一个个针脚缀成的;瞥见散失在如墨夜空中的大型图案;瞥见穹窿与饰带上那栩栩如生的书法——这些就是它真实的话语。但是它所传达的感觉更是宏大。支配这个夜晚的,是一个时代,是帖木儿汗国,是古哈尔沙德本人和她的建筑师卡瓦马丁。

"请撸撸你的鼻子。"向导对克里斯多夫说。

"为什么?"

"我请你撸,而且要一直撸。你必须把胡子遮住。"

毛拉和执勤的警员都和我们的向导很熟。他们打招呼时完全没注意到他身旁有个衣衫褴褛的波斯老百姓,或是他身后那个一直打喷嚏的病患。我们绕着方庭走了两圈,走得很慢,每次经过圣墓便鞠躬为礼;然后我们加快步伐走过那两座大中庭,直到看见银白色双层壁龛的优雅身影。

向导悄悄说道:"现在我们快要到正门了。拜伦先生,等到了外面,我们再说话。赛克斯先生,请你撸着鼻子走在后面。"

警卫、脚夫和寺方人员看到他走过来,都肃立迎接。他似乎完全沉浸在自言自语中,听来像是清洁妇在唠唠叨叨,尤其是配上波斯发音更显特别,我不必假装有兴趣:"所以我对他说,如此这般,点点点,他说怎么怎么?我又说如何如何,他回答点点点点……"每个人都向他鞠躬。向导用眼角余光瞄了一下克里斯多夫,他正跟在后面,我们就这样走出圣寺,拦了一辆车,没有多久就在旅馆中刷洗脸孔,准备返回领事馆。

我们大大感谢了他一番。我顺势硬着头皮向他表示,虽然已经看了这么多,但不论我们亏欠他多少,我还是想恳求他在白天时再带我去一次。克里斯多夫眼见他面有难色,便主动表示他不去,因为他的胡须显然让向导很为难。此言让向导宽心不少。他安排好今天下午两点再来接我。

今天早上我进旅馆时,服务生不待我吩咐,便拿来一盘软木和木炭。用这些简陋的材料进行乔装,效果和晚上真是有天壤之别:我的小胡子看起来是绿色,而不是黑色,上面还有斑点;我的眼睛仍是蓝色的,眼睫毛半黑,而且擦过黑炭后会痛。幸好衣着设计巧妙:棕色鞋子,比腿长短了四英寸的紧身黑长裤;灰色外套;金色装饰扣,不打领带;跟仆人借的雨衣;还有一顶巴列维帽,我还特地踩了几下,好让它看起来旧一点。这几样东西加起来正是马乔里班克斯统治下典型的波斯人装束。天哪!我这身艺术杰作尚未完成,就有电话来说,那位向导在最后一刻临阵脱逃了。

我不敢一个人租马车,只好徒步一英里半,走到圣寺去。太阳在身后;雨衣下的我汗流浃背,踏着自己发明的波斯式小碎步急速前进,以免被高低不平的人行道石块绊倒;幸好没有人在看

前往阿姆河之乡

用这套中下阶层波斯人扮相,我溜进了马什哈德的礼萨伊玛目圣寺。

我。目标越来越近,正门就在眼前。小隧道也找到了,我头也不回便钻进隧道里,来到小院落,发现这里原来有树木,往前一瞧,前面的出口整个被一群可能会对我不利的毛拉挡住,他们正在讨论一家小书店里的商品。

一切都取决于我的步调。我必须一鼓作气地快速前进。万一失败,我的身份就会暴露。所以我没有停下来,继续像鱼雷划破海浪般穿过那群毛拉。等他们注意到我,并对我的这般无礼发出怨言时,他们只看得到我的背影。我迅速走过黑暗的市集,看到圣寺的圆顶便向左转,就在要进入四边形中庭时,迎面射来一片光耀夺目的色彩和光线,我不得不驻足,让眼睛适应一下。那种感觉,仿佛是有人又点亮了另一个太阳。

整座方庭是由碧蓝、粉红、深红与深蓝所组成的花园,偶尔有些紫色、绿色和黄色,散落在朴素的浅黄色砖道上。硕大的蔓藤花纹盘旋在伊望的拱门上。几座伊望挡住了其他花园,因此园中显得较为阴暗,呈豹纹色。矗立在圣堂两旁的高大尖塔,由相当于男童大小的基座向上拔起,基座上有库法体书法为饰,并多此一举地装饰着镶有珠宝的菱形花格。两座尖塔之间是鼓起的海绿色圆顶,饰以黄色卷须状图案,与两端的金色塔顶相互辉映。然而贯串这种种变化的整体原理,也就是这片炫丽景象的生命火花,完全是由两段伟大的铭文所点燃:一是出现在沿着整座方庭的天际线展开的横楣带之上,龙胆蓝的底色,白色书粉敷成的铭文;另一处见于两座尖塔之间的主伊望拱门,铭文的内容与横楣相同,沿着拱门的三边书写,宝蓝色的底,菊白与菊黄色的字母,内缘还交织着松绿色的库法体。后面这段铭文竟然是由"帖木儿之子沙阿鲁赫,沙阿鲁赫之子拜桑霍,向上帝祝祷,于八二一年(公元一四一八年)"所写。拜桑霍是知名的书法家,也是古哈尔沙德之子,为表彰母亲的宽宏慷慨而写下这段铭文。这段铭文被装点得如此荣耀,从中就可以看出穆斯林是多么喜好在建筑表面上题字。

上面这段观察只发生在数秒之间。几乎就在同时,我开始感到不安。原本我打算循着昨天的路径,慢慢地绕行方庭一周,但是有两群人阻住我的去路,其中一群围在主伊望前面听教士讲道,另一群则在对面的圣墓前祈祷,不论往哪一边,我都会撞上宗教仪式。其他的朝圣者沿墙壁蹲踞着,其中有很多是阿富汗人,不论穿着神态,全都和我这个中下阶层的波斯人迥然不同。我在那两群人之间来回穿梭,心想他们一定正用老鹰般锐利的眼睛盯着我。终于,这不再是想象:我充满好奇、目不转睛的神态引起了注意。我仓皇地逃回市集。毛拉们已经离去。克里斯多夫正在外面的大街上东张西望,我经过时故意不去看他。回去的路上正好迎着阳光,路人走过时纷纷回头看我。有些不对劲,不过贾斯崔尔夫人并未因此跳起来。她正坐在火炉前吹头发,对一个不认识的本地人突然闯进来非常生气。

我已经知道我想要了解的东西:一、运用于户外的彩色瓷砖镶嵌技术,在帖木儿王朝的文艺复兴时期到达最高峰;二、马什哈德圣寺的彩色镶嵌固然美丽,但仍比不上赫拉特七座尖塔中的六座,从留下的残迹可以看出,那六座尖塔的嵌工更精致,色泽更纯净,而且没有被素面的砌砖打断。少数到过撒马尔罕和布哈拉以及这座礼萨伊玛目圣寺的旅行家,都说那两个都市的古迹比不上这座圣寺。如果他们所言属实,那么古哈尔沙德清真寺必然是那个时代遗留下来的最伟大的建筑,但赫拉特的遗迹显示,当时还有另一个更了不起的极品。

回想起波斯最精美的四处古迹,贡巴德卡武斯、伊斯法罕礼拜五清真寺的小圆顶厅、这里的古哈尔沙德清真寺,以及伊斯法罕的洛特夫拉清真寺,其中竟有两处是直到我离开波斯前两周,才得以一睹庐山真面目,想来不免捏把冷汗。

卡里兹(三千英尺高),五月八日

我们原打算在桑巴斯特停留,去探访一座十一世纪的陵墓和尖塔,从公路上就可看到位于一英里外的这两座建筑。可惜天空乌云密布,我们决定直接赶往托尔巴特贾姆。那里的圣祠令人失望。午餐也不尽如人意。在伊斯法罕时,我觉得三明治不够补充体力,就买了一个蓝色大碗,以前阿里·阿斯加都会在出发前,在碗里装满鸡肉和沙拉酱。今天贾斯崔尔家的厨房自作主张,碗里装的全是羊肉。更糟的是,我们的酒已经喝完。

接着,我曾经在波斯与阿富汗接壤的平原上体验过的那种世界末日的感觉,这会儿又开始了,而且,克里斯多夫也有同感。罂粟田包围着稀稀落落的村庄,田中鲜绿的新叶对照着暴风雨来袭前的天色。紫色闪电在地平线尽头舞动着。这里已开始下雨,走在沙漠中,可以嗅到仿佛荆棘正在燃烧的浓郁香气。黄色的羽扇豆跟一大片一大片淡紫色和白色的鸢尾花交错混杂。卡里兹本身弥漫着一股无所不在的气息,和豆类的花朵一般香甜,但是更深沉、更具诗意。我走出去试着找寻它的来源。在暮色中宛如盏盏冰灯的罂粟花,正在朝我呼唤。可是这香气不属于它们。

卡里兹,五月九日

晚上下雨了。我们试图出发,结果走了五百码就折返。

卡里兹,五月十日

今早我们骑马去探视路况,也试试我们的军用马鞍。我骑上一匹又老又瘦又饿的红棕色母马;克里斯多夫骑一匹年轻力壮、双眼突出的白色种马。性别差异注定它们跑的速度不同。

在三不管地带的波斯碉堡里,我们发现一位军官,他到此担任指挥官才两天,便已陷入无可名状的沮丧,因为与他作伴的只有几名部下、一只野狗和一院子瘦弱的母马和新生的马仔。没有一棵树木、一条溪流或任何像是花园的东西,可以把潮湿的沙漠隔离开来。我们请他尝些蛋糕,并表明必须赶去察看路况最糟的地方,也就是越过沼泽那里的情况如何。

他反对,认为我们这么做不安全,但见我们十分坚持,于是决定一起跟来,好有个照应,他的左股下方悬着一把步枪。还有另外两名士兵加入,我们一行人分散开来,侦察所有可能通行的路径。走了一公里左右,军官叫我过去瞧瞧一个睡着的牧羊人。我想这又是一件令他害怕的事,因为我看到苍蝇——非常非常多的苍蝇——正叮在那双裸露的腿上。一张青黑的面孔,肿得像南瓜,肌肉已经扭曲;他的双眼紧闭,但黑色双唇却张得老大。军官方寸大乱。此人怎会死在离碉堡如此之近的地方?他什么时候死的?依我们看他会不会是被汽车碾毙的?放眼向那寂寥的平原望去,不管从哪个方向都可看到十英里外的地方,再说印象中这里的交通量是平均一天一辆卡车,所以我们不认为他是被车撞死的。这位波斯军官原想要粉饰太平,在路上发现死尸固属不幸,但被车撞死至少可显现出波斯进步的一面,可是我们连这最后的希望都不成全他。

最后他鼓起勇气,下马,抬起尸首。尸身发出碰撞声。四肢僵硬扭曲,左眼和左胸上各有一处枪伤。他是哈萨克人。稀疏的斑白胡须几乎没有几根。有骨节的拐杖掉落在他倒下的地方,这拐杖看上去似乎比旁边那个已开始腐烂的庞大身躯更有生气。

军官说他必须立刻回头,将此事呈报上级。我们回答,当然,当然,可是我们要继续前进,他简直要发狂了。幸好从伊斯兰堡那个方向的地平线上,出现了一位独行骑士,我们的难题有解了。克里斯多夫和我迎上前去,军官跟在后面,骂声连连。骑士是一位阿富汗驯马师,他说就连他的马在通过泥泞地带时,也是寸步难行;泥深直达他的腹部,我们应该看得出来。这便是我们想要的答案。回到碉堡,喝过茶,我们留下军官独自写他的报告,从另一条路返回卡里兹。

我们在路上遭到游牧民族营地里的狗儿攻击,它们躲在种马看不到的死角,马儿因为害怕而发出沉重的鼻息。后来这条路把我们带到设有驻军的优素福阿巴德,镇上有位军官在洁净并铺着地毯的房间里,招待我们用蛋糕,屋外的花园是盛开的金盏花和相思树。军官年轻英俊,看起来精明能干,对于自己国家的古建筑令我们深感兴趣,也颇有共鸣。

"两位说得很有道理,前次去参观贡巴德卡武斯后,我发现那里是全世界独一无二的。你们也到过伊斯法罕吧?那是当然的。我们这里也有一些古迹……"他又为我们介绍克拉特的尖塔,迪雅兹曾经提到过,可是到目前为止,所有的地图上都找不到,问人也问不出结果。如果那里距离太远——不幸真是如此——那么在一英里外的泰阿巴德还有一座莫拉纳,已经有五百零四年的历史。军官也告诉我们,有第二条路可以越过边界到伊斯兰堡。这条路是自优素福阿巴德向东南行,可以一直走进山区,避开泥泞地带。我们可能会试试看,因为平常那条路需要三四天的日

第五部

照才能干涸。在我们回卡里兹的路上,天空的乌云更厚了。

阿富汗:赫拉特,五月十二日

可爱的赫拉特!

我还是住在一个空无一物的正方形房间里,白墙,蓝色护墙板,以及由木梁组成的天花板。自下方传来的金属敲击声,让人回想起那个萧瑟阴沉的秋日里永无止境的等待。当时的奇怪组合又一一浮现:诺尔一行人,那群印度人,匈牙利人,来自印度旁遮普的医生和木炭车队,全都因为冬季道路关闭而行不得也。如今夏天即将来到,但是当我躺在床上看着清晨熙攘忙碌的街道时,依然会有冷风从开启的门户中吹进来。城里来了一辆新车,一九三三年的深蓝色雪佛兰。不过皇家四轮马车也大驾光临。总指挥官站在街角处,荷枪的人比以前少,但大家都在手里拿着或嘴里叼着一朵玫瑰。或许玫瑰已取代了步枪。这里显然看不到一丁点"春天会有乱事"的迹象。

我刚刚下去喝茶,在楼梯间的屋顶上,看见了微曦中的尖塔。光线已全然改变。五个月前,光线是凄凉黯淡的,而且一天比一天微弱,那比阴暗无光、唯有雨声无望地打在铁皮屋顶上的早晨,更叫我心情沉重。如今光线会一日亮过一日。就算我们想走到马萨沙里夫也不成问题,我们再也不必和冬天赛跑,不必害怕晚一天就走不了。

昨晚我们抵达赫拉特时，旅馆老板和我们都吓了一跳。昨天早上十点半左右，克里斯多夫和我很轻松地骑马前往优素福阿巴德，打算在泰亚巴德的莫拉纳待上一天。前天晚上我们从优素福阿巴德返回时，一路上还有许多积水过深的洼坑，汽车无法通过。这会儿，积水几乎已完全蒸发。不过我们又看见新的暴风雨正从身后的波斯方向朝这边袭来。看来我们必须立刻越过边界，否则又得再等上三天。这次我们骑的马比前一天的强健许多。于是克里斯多夫快马加鞭回去打点车辆和行李。我继续向前，找到莫拉纳，那里有很美的灰泥铭文，衬以松绿色的釉彩，然后在汽车开动前一分钟，赶抵优素福阿巴德。拖着我的马鞍和鞍袋，我们在一名农民的引导下出发。那农民身穿枣红色长衫，上面有白色枝叶的花纹，头发像中世纪的仆从一样，剪成带刘海的短发。在抵达哈吉阿巴德这个山边村落之前，一切都没问题。接着，当我们沿着低矮的斜坡前进时，我们遇上了流沙，幸好有向导在，否则一定会迷路。狰狞丑恶的峨参矗立在流沙中间，由此可以推断，在当下这个季节里，尚没有其他车辆走过此地。经过一段时间，伊斯兰堡出现在我们眼前，它正孤零零地立在山下那片广袤的蓝色平原上。最后，我们一路冲到超过赫拉特两英里远的地方，但为了遵守边界管制规定，我们又乖乖地开回来。他们给我们一盘水煮蛋做为犒赏。

赫拉特的旅馆已接到电话，知道有外国人要来，所以老板塞义德·马赫穆德已站在门前恭候。当他看到我时，眼珠子差点没掉出来,然后开始像念经一样喃喃自语:"拜伦先生回来了,拜伦先生病了。他回来了。他病了,病了。又回来了,回来了。拜伦先生病了,又回来,病了,又回来……"尚不熟悉阿富汗人这种情感表达方式的克里斯多夫,还以为自己进了疯人院。我是不是在做梦?他们在我们的纽扣孔里插上了西洋蔷薇,房里铺着最豪华的地毯,桌上还放着一盆盆花卉。老板拿出两种口味的果冻招待我们。明天早上还有海绵蛋糕和我最喜欢的果酱。行李一眨眼就安顿好了。克里斯多夫说:"谢天谢地,总算又到了一个做事爽快利落的国家。"

我们在卡里兹的延宕有一个好处:思拉什已离开这里上坎大哈去了。他在旅馆的留言簿上写了一段感言:以欧洲的标准而言,这旅馆实在简陋,但以阿富汗的水准来看,他想他是没有什么可抱怨的。这是个可以苦中作乐的人。

赫拉特,五月十三日

市政建设的热潮也从波斯传到这里。现在十字路口的警察已有一个小亭子可栖身,如果有车辆不守规则,他便会举起警棍,吹着足以吓倒芝加哥黑社会的哨音,加以制止。市府也正在拆除旧市集,打算改建成分行别业的诸多小广场。这真是一大进步。那个旧隧道市集简直暗无天日,令人生畏,冬天奇冷无比,而且在建筑上也没什么价值。

大自然也带来了其他的转变。在加萨加,去年我曾看到金盏花和牵牛花,如今靠外面那座中庭的水池上方,开着厚如积雪的一朵朵白色玫瑰;秋季的萧瑟风声不复听闻,取而代之的是在松林间展翅飞翔的鸽子,还有在十角亭内度假的全家福。朝外围的台地看去,介于山脉与哈里河之间的整片平原,如今已成了由各种绿色植物和银色溪流构成的汪洋大海。

手臂下夹着这本日记,我信步来到穆萨拉,想找个安静的环境继续书写,我认得出每个地点,每处河岸,每条闪烁的沟渠——但是它们全换上了我不曾见过的衣服,只剩下那张脸还认得。连那些尖塔都变了,塔上的蓝色变得更鲜活,仿佛是在回应大地景观的变化。庞大的圆形底座原本是突出于光秃秃的地表之上,如今有的环绕着嫩绿色的玉米,玉米心已抽出鲜紫色的穗须;有的四周是亮白色和灰绿色的罂粟荚;有的则是伴围着一株株茂密的深绿色桑树,我上回刚来时,它们还是缀着金色小点的矮树,到离开时只剩下光秃秃的骨干。阳光自和煦的蓝天上洒下和煦的温度。到处弥漫着我们在卡里兹首度接触到的那股懒洋洋、难以捉摸的香气,那是来自花卉盛开的洞穴,经夏日和风向四方吹散开来。

有人在陵墓的另一边谈话。那边有一座平台,正对着群山,我本来打算在那里写日记。可是不行,有几个毛拉已先我而到。地上散放着书本,一群蓄胡蹙眉的学子正在受教;另外两个人坐在附近的墙边自习。一位紫色发锥上绕着白色头巾的毛拉,正滔滔不绝地讲着经文,他皱眉头的表情是要我请勿打扰。我在对面找到一个地方,与他们有相当的距离,从这里看过去,高高的黑色入口和入口上方巨大的蓝色圆顶,让平台上的人显得十分渺小。可惜他们是如此专注。否则我或许可以问他们,为何要选择到这里来上课。是不是为了纪念葬于此地的先贤?如果是,那他们对这些先贤的事迹又知道多少?直到上一个世纪,古哈尔沙德的故事还是当地人津津乐道的主题之一。

这些故事记述的不是她的美貌,更不是她对艺术的赞助。对认识她有六十年之久的赫拉特人而言,她是个十分特殊的人物。她多彩多姿的一生和最后的惨死,正反映了她生存的那个时代,当时的赫拉特,是一个西起底格里斯河、东迄新疆的庞大帝国的首都。

我不免想起我们自己的伊丽莎白女王和维多利亚女王。在阿拉伯国家的史籍中极少出现此种类型的女性。或许正因如此,穆宏·拉尔才会在四百年后,仍听到人们将她形容为"举世无双的女性"。帖木儿汗国虽然掌控的是伊斯兰教世界,但他们承袭的却是蒙古人的血脉和传统;他们的家庭观念源自中国那个强势女性的天堂。在早年颠沛流离、四处征战的那个时期,帖木儿的元配一直与他并肩作战。到后来在撒马尔罕享受荣华富贵之时,根据克拉维约①的记载,他的嫔妃与媳妇们也经常举行

---

① 克拉维约,西班牙大使,曾于一四〇三年出使帖木儿治下的撒马尔罕。

没有丈夫参加的宴会,而宴会上的最主要娱乐,便是把男宾灌醉。古哈尔沙德本人是某位察合台贵族之女,她将这种蒙古风俗进一步发扬光大,涉足到更严肃的领域。

其父吉雅斯丁大公的祖先,曾救过成吉思汗的命。古哈尔沙德被许配给沙阿鲁赫,时间可能是一三八八年,至迟也一定是在一三九四年她的儿子兀鲁伯诞生之前。根据赫拉特的民谣传唱,这是一段非常美满的婚姻,有许多歌谣的内容,正是讲述沙阿鲁赫对她的爱恋。然而有关他俩前四十年的婚姻生活,大多不为人知,除了那些与她兴建的建筑有关的部分。例如她在一四〇五年完成马什哈德清真寺,并于一四一九年八月带沙阿鲁赫前去参观,国王对清真寺的图案及做工甚表赞赏,特别颁赐一盏黄金灯给圣墓。一直到相当后期,她才正式走到台前,先是扮演沙阿鲁赫的晚年依靠,后来又成为他的未亡人。

我的猜测没错,那座单独的尖塔的确是古哈尔沙德学院的一部分。一八八五年边界委员会的杜兰少校,曾在学院拆除前画过一幅草图。图中显示,学院呈四边形,紧接着穆萨拉,那座尖塔是连着学院的正门。我想象着当时的情景,仿佛可以看到学院的女创办人和她的两百名侍女,出城来到这里,展开那一趟使学院学生受益匪浅的巡幸之旅。为了替这些侍女着想,免得她们情不自禁,当时所有的学生都被支开,只除了一名学生因为睡着而留下——当时可能像此刻一样,是个充满香气的夏日午后。他醒来后,好奇地望向窗外,寻找嘈杂声的来源,结果"一位双唇红润的女士"映入眼帘,她很快地走进那学生的房间,但是当她重新回到同伴之间时,"她的衣着及神情有异",终于纸包不住火。为防范再发生类似的事情,也或许是为造福这些学生,古哈尔沙德立即把两百名侍女全部许配给学院里的学生。在此之前,校方向来命令他们必须远离女色。古哈尔沙德赐给每位学生衣服、俸禄和床铺。她还规定夫妻每周可聚首一次,但条件是丈夫们须认真学习。穆宏·拉尔钦佩地表示:"她这一切作为,都是为阻止私通的情形蔓延。"

沙阿鲁赫国王共有八子,兀鲁伯是长子,拜桑霍排行第五,他俩均是古哈尔沙德所生。他们承袭了父母的聪明才智,并与母亲共同扮演了帖木儿文艺复兴的主导人物。兀鲁伯于一四一〇年获父王敕封为撒马尔罕总督,从此离开赫拉特的政治舞台,转往河中地区。十年后,母亲前去探望他,并参观他的新天文台。他的天文观测促使他进一步推动历法改革,并在死后获得牛津大学的表彰,他的研究心得于一六六五年在牛津出版。

拜桑霍留在赫拉特,随侍于父母之侧,除了主持父王的枢密院外,完全不过问政事。他的门下都是通晓诗词音律的才赋之士,他本人则将母后对建筑的爱好,进一步扩展到绘画与书籍印制之上。当时有四十名画家、书法家和裱褙师直接在他的指挥下工作。他本人也是著名的书法家,从他在马什哈德留下的铭文,便可证明那并非溢美之词。总有一天,我一定要拿他在马什哈德的作品,与珍藏在当地图书馆和君士坦丁堡皇宫的手迹,好好比较一番。

这位多才多艺的王子也跟家族中不少成员一样，无法区分精神上和物质上的享乐。他于一四三三年因酗酒而死。朝廷下令举国哀悼四十天，出殡当日，从他居住的白园到他母后的学院，沿途挤满了致哀民众。在学院的方庭中，古哈尔沙德为他筑下陵墓。今日，学院已不复存在，只剩下一座尖塔。然而放眼望去，我看到皇陵依旧是伊斯兰教神学的研习场所，而那群娶得古哈尔沙德的美人归的幸运学生，直到今天仍是后继有人。

此时古哈尔沙德已年近六十，她还有二十五年好活。基于对拜桑霍之子阿拉道拉（Ala-ad-Daula）的宠爱，她开始介入政治。此后终其一生，她用尽办法想确保阿拉道拉的王位继承权，却因此导致她的不得善终。

她的偏心让遭到她排挤的子孙心怀怨恨，尤其是另一个孙子，兀鲁伯之子阿布杜拉提夫（Abdullatif），他从小是在赫拉特的爷爷奶奶的宫廷中长大。由于气不过阿拉道拉受到如此宠爱，他遂自行出走到父亲所在的撒马尔罕，而爱孙心切的沙阿鲁赫为此悲伤逾恒。古哈尔沙德为了让年迈的丈夫宽心，亲自去接阿布杜拉提夫回来，她在严冬中走过的路径我们明天也会经过。阿布杜拉提夫对自己的出走或许另有解释，因为当古哈尔沙德将他带回之后，反而把怒气出在沙阿鲁赫王最小的儿子穆罕默德·朱吉身上，以致，照宏德米的说法，让他忧愤而死。朱吉死后也葬在古哈尔沙德修建的皇陵中。

两年之后，她一手促成的悲剧终于发生。虽然当时沙阿鲁赫王的权势已走下坡,古哈尔沙德仍说服他领军亲征波斯,并由她随行。一路打到设拉子附近后,沙阿鲁赫王驻留在雷城,也就是今天的德黑兰,准备过冬。就在这里,在一四四七年三月十二日,沙阿鲁赫王驾崩,享年六十九岁。第一阶段的帖木儿文艺复兴到此结束。因为艺术无法在政治不稳定,或至少是社会不稳定的情况下蓬勃发展,而此后的十二年间,赫拉特一连经历了十位统治者。

这种无政府状态将古哈尔沙德一步步推向殒灭,她已陷入自己设下的陷阱。当初为她信赖的孙子阿拉道拉,奉命留守赫拉特。遭她猜忌的孙子阿布杜拉提夫,则被迫随军出征,以便古哈尔沙德能就近监视,没想到情势逆转,古哈尔沙德反而落入他的手中。他丝毫不讲情面,不但拿走了古哈尔沙德所有的行囊,也没收了她所有的牲口,因此当先王的遗体躺在简陋的担架上运回赫拉特时,他的遗孀,当时最著名的女性,已七十余岁高龄的古哈尔沙德,却必须徒步跟随在后,走过呼罗珊的荒漠;根据宏德米的描述:"她头上仅披着普通的亚麻围巾,手里拄着拐杖。"阿拉道拉赶来救援,免除了她的苦况,并俘虏了阿布杜拉提夫,关进赫拉特城堡(就是我在炮场上遇到麻烦的地方)。已自撒马尔罕领军出发,也打算问鼎王位的兀鲁伯得知此事之后,表示愿意放弃王位,拥戴阿拉道拉,条件是必须释放其子阿布杜拉提夫。

一时之间,古哈尔沙德的如意算盘果真实现。然而,由于双方对协议的其他条件意见相左,于是争执再起,兀鲁伯继续挥兵向赫拉特进发。等他抵达赫拉特后，有消息传来，一支乌兹别克入侵者攻占了撒马尔罕郊区，并破坏了许多他心爱的艺术作品。为弥补这些损失，他尽可能地将赫拉特的宝贝搜刮一空，其中有一对青铜门，便是抢自古哈尔沙德的学院。他还把父亲的遗体自皇陵中掘出带走，在返回撒马尔罕的途中，改葬于布哈拉。另一方面，阿布杜拉提夫的疑心又起，他怀疑父亲偏心自己的弟弟，完全无视于要不是父亲放弃王位，他可能仍身陷大牢。他从巴尔赫渡过阿姆河，在沙赫鲁希亚①打败其父，并命一名波斯奴隶将父亲处决。于是这位全皇族最敦厚的兀鲁伯，也是其中唯一的科学家，就在一四四九年十月二十七日与世长辞。

随后的七年里，阿布卡西姆·巴布尔统治着赫拉特。他也是拜桑霍之子，似乎跟祖母的关系还不错。但拜桑霍最小的儿子阿布道拉仍是她的最爱。一四五七年，阿布卡西姆·巴布尔也跟他父亲一样，因酗酒而薨逝，于是古哈尔沙德卯足最后的一口气，全力支持阿布道拉之子，她的曾孙易卜拉欣继承王位。

此时她已年逾八十。同年七月，帖木儿的曾孙，也是巴布尔的祖先阿布·赛义德，兵临赫拉特城下。最后，易卜拉欣只剩那座城堡得以栖身。然而尽管阿布·赛义德亲自领兵冲锋，却始终攻不下它。进攻计划受阻，令他恼羞成怒，并怀疑如此顽抗是古哈尔沙德在暗中鼓励，于是阿布·赛义德下令将垂垂老矣的古哈尔沙德杀害。

---

① 沙赫鲁希亚，位于今乌兹别克斯坦境内，介于塔什干与撒马尔罕之间。

古哈尔沙德长眠于她自己兴建的皇陵中。墓碑上写着:"当代碧奇思"。碧奇思意指示巴女王①。

一年后,阿拉道拉和易卜拉欣也都长眠于她的身侧。不过另一个也是出身拜桑霍血脉的曾孙雅德加·穆罕默德,却活了下来。一四六九年,他投靠土库曼白羊王朝②酋长乌尊·哈桑,阿布·赛义德闻言来袭,但进攻失败。阿布·赛义德被俘,乌尊·哈桑将他交给前来作客的雅德加,当时雅德加才十六岁。这个孩子在发出不得不然的命令之后,便返回他的营帐;阿布·赛义德随即遭到处决。古哈尔沙德终于由拜桑霍的后人报了血海深仇。

冷。太阳已经下山。毛拉也带着学生走入室内。落日余晖洒过蓝色高塔和绿色玉米所留下的影子,已逐渐暗去。那奇妙的香气也消失无踪。夏天过去了,昏暗的天色又把春天召了回来,寒冷而不可捉摸。我必须走了。

再会,古哈尔沙德和拜桑霍,安眠于你们的圆顶之下,长伴

---

① 示巴为古代阿拉伯南部的一个王国。据《圣经》记载,示巴女王曾因仰慕所罗门王的智慧,携带许多珍奇宝物,求教于所罗门王。在阿拉伯的传说中,这位美丽绝伦的女王后来嫁给了所罗门王。
② 土库曼白羊王朝,帖木儿帝国崩溃后,兴起于亚洲西南部的两个土库曼部落同盟之一,它与黑羊王朝为了控制伊朗东部,不停向帖木儿的后裔挑战。乌尊·哈桑是当时势力最强大的统治者之一。

着孩子们的学习声。再会,赫拉特。

莫格尔(约三千英尺高,距赫拉特一百二十英里),五月十七日

  吸着从威秀那里带来的最后几根雪茄,祝福他。有时候,我真希望能回到那个安全舒适的地方,置身于那些可爱的蓝色圆顶和美丽的淡紫色山脉之间。好在我们眼前也有绿草及轻松的下坡路,稍堪告慰。至少我们已过了卡拉纳欧,也就是说,我和克里斯多夫现在所走的,都是我俩不曾到过的地方。

  三天前的正午过后,我们离开赫拉特,旅馆老板送的一瓶冰果汁加快了我们行进的速度。卡罗赫的松树下已长出一片草地;鱼儿仍在以网围住的池中,不断地向上蹿游,想要摆脱渔网的钳制。我们曾想在此过夜,依经验判断也应当如此,因为天空又堆积起厚厚的云层。但是考虑到如果我们在此停留,而雨又真的下下来,我们就得困在此地好几天,所以决定当晚抢过隘口。上一次我曾在这里历经艰险,假设半年前有人告诉我,这场艰险会在我身上重演一次,我一定会认为是他——而不是我自己——脑筋有问题。

  通往隘口的土质斜坡,上次我们乘卡车经过时可说困难万分,这回它是干硬的,走起来无比轻松。在山顶迎接我们的,同样是细而多节的杜松树和居高临下的景致;突厥斯坦的上空再次乌云密布。我们才在想最坏的季节总算过去了,却发现山的北面潮湿依旧。下山才走了半英里,车子又卡住了。

前往阿姆河之乡

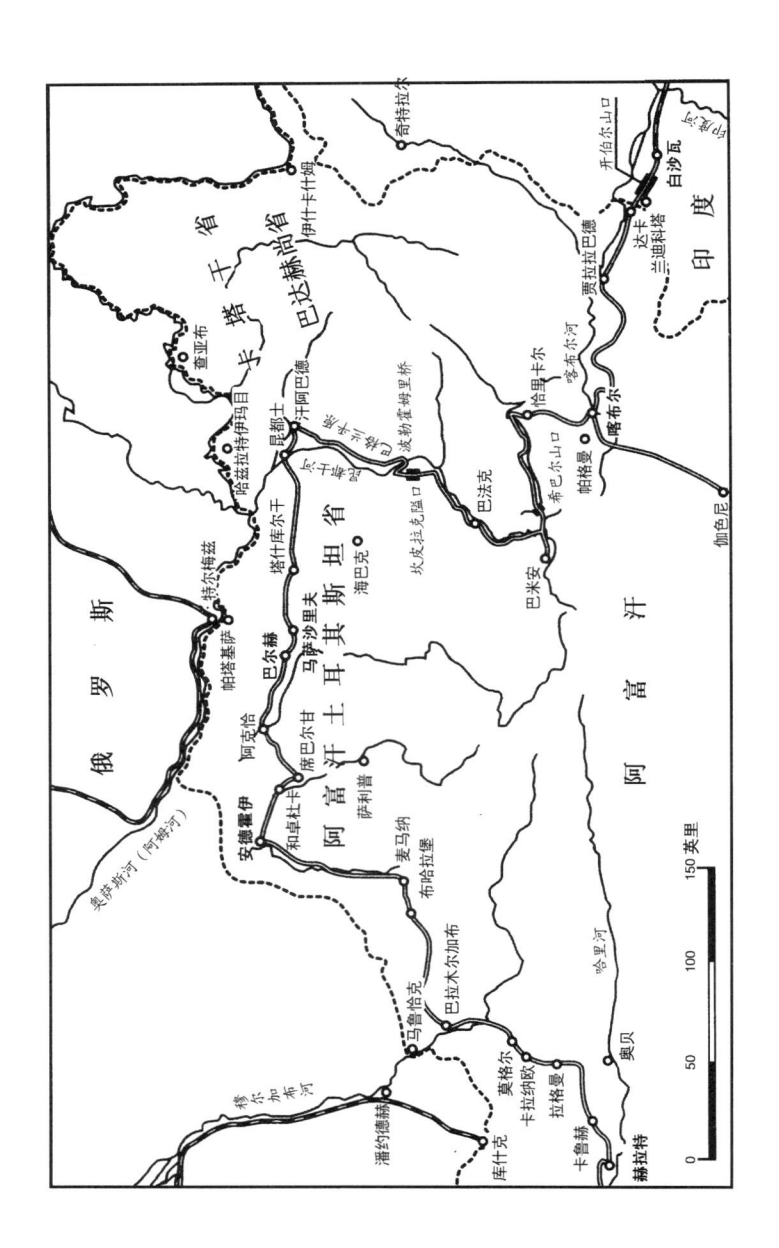

虽然山坡的倾斜度达三分之一,引擎盖也陡直地对着下面的山谷,但我们三人用尽全力,依然推不动车身。车的底盘卡在一块大石头上。踩在深及脚踝、如冰一般冷的融雪中,我们花了一个半小时拼命将石块撬开,没想到车子却陷得更深。随着暮色降临,两名披白袍的牧羊人赶着羊群经过。我们请求他们留下来帮我们。他们却表示不敢逗留,因为附近有狼出没。不过其中一人自愿把步枪和剩下的两发子弹借给我们过夜。

我们讨论该怎么办。司机贾希德要克里斯多夫和我徒步到最近的村庄求援,由他带着枪在那里守候。克里斯多夫主张我们一起到那座村落。我知道要走五英里路才到得了那座村落,因此建议大家都待在车里,因为这段路是难以形容的无聊,而且村人并不友善,他们醒着的时候行事已够鬼鬼祟祟,如果是在熟睡中被吵醒,情况可能更糟,更何况在天亮以前他们也帮不上忙。克里斯多夫回答说,如果我们以为靠引擎声或前车灯就可以把狼吓走,也太愚蠢了,如果我们待在车里,它们会从两旁的车窗攻进来,把我们吃得尸骨无存。对此我断然表示,不管愚不愚蠢,待在车里总比车外好,而且那座村落里的狗比狼还野蛮。我说:"拜托,上车吧,喝点威士忌,让自己舒服一些。"

我们照做了。把沾满污泥的衣服换下,盖上棉被与羊皮。挂在车盖支架上的防风灯笼,在我们的晚餐上投下适度的光线,食物有蓝色大碗中的冷羔羊肉和蕃茄酱、面包、蛋、蛋糕及热茶。饭后我们拿着两本陈查理的侦探小说,各自窝在自己的角落里。贾希德已经在前座睡着了。我听了一会儿在杜松树间飒飒作响

第五部　323

的风声,和一只在远处呼呼叫的猫头鹰,接着也睡着了。克里斯多夫不敢睡,膝上摆着步枪,只要有一点动静,他都以为是狼或盗匪来了。

两点半时他把我叫醒,说出一个比狼更可怕的字眼——"雨"。雨先是淅淅沥沥地打在车盖上,然后增强为连续不断的咚咚声。天亮后,贾希德立即出发去求援。

我们仍裹在棉被里,开始吃早餐,正在把一些赫拉特的果酱涂在有奶油的厚面包上,抬眼一瞧,看到了一名骑士。是借我们枪的那名牧羊人。我们把枪和子弹还给他,并表示万分感谢。他一言不发就消失在大雨倾盆的树木间。

贾希德带了一队包着头巾的筑路工人,他们被派来此地义务劳动,因为阿布都·拉希米汗就要来此巡视。雨势倾盆,群山的四面八方都有山洪狂泻。真要比起来,这次的下坡路比去年十一月时更糟。当时至少雪线以下的地方是干的。如今,在红色山巅与云雾交接处的狭小断崖上,向下可透过云层看到一座座山脊,车就沿着断崖艰苦地向前行,多半时候不听我们的指挥,也经常横过车身来,距离崖边更是从未超过二英尺。一块被雨水冲刷而下的红色巨石挡住了去路,我们还得在石头周围抢搭临时便道。最后,我们终于抵达筑路工人的营帐。他们说以下的路都很好走,因为刚挖掘过,在这里,挖掘和整修路面是同样的意思。顺路而下,我们来到开阔的山坡,坡上如今满覆着牧草。我们一路滑滑溜溜,跌跌撞撞,在风雨交加中前进,每隔四分之一英里就得把车子从辙沟里挖出来一次,在正常状况下,这需要六个大男人才办得到,如今却因为天雨路滑,只靠一把铲子和我们有限的力气就已足够。

这段路我大部分是步行,一面欣赏点缀在路边高丛中的花朵,小朵的深红色郁金香,奶油色和黄色的矮株鸢尾花,一种紫色的洋葱花从我的扣孔中不断发出腐肉般的臭味,罂粟、风轮草,还有一种叶子像郁金香的不知名植物,它的花朵是果冻般的粉红色,花瓣呈一片片正方形,向上长成杯状。过了一会儿,农作物出现,苜蓿和小麦跟这个季节的英国一样,长得还不是很高。拉曼村已映入眼帘,汽车却在此时掉进沟里,如果没有救兵,我们是没办法把它弄出来的。

每年这个时节,拉曼村都是个可爱的小地方,绿树成荫,溪水潺潺,红色的崖壁垂直而下,山顶覆满成片草原;这和我上一次在十二月的黎明时分,透过白雾所看到的景象,简直截然不同。克里斯多夫比我先到,迎接他的是粗俗无礼的乡野土气。等我抵达时,村长已经用电话向卡拉纳欧的总督报告我们的行踪,并十分客气地招待我们,包括在地板中央升起炭火,让我们烘干衣服。当晚,卡拉纳欧的总督派人骑马送来菜肉饭。

今早天空又积满厚厚的云层。经过一两个小时等待路面干涸,我们随即出发,往山谷下走去,每十分钟就得过河一次,每过一次河,多半就得把车子的发电装置重新擦干。走至半路,我们碰到骑着灰色坐骑的卡拉纳欧总督,后面是浩浩荡荡的随从人员,在队伍最后方,我看到那位想要我的墨水笔的总督秘书。他说他已命人为我们准备好房间,随时可以住进去。可是我们婉拒了,我们打算今晚就要驶抵巴拉穆尔加布。

河谷变宽了。在绿草深处出现相同的游牧民族帐幕,牲口们阻住去路,狗对我们狂吠,孩子嘲笑我们。我发觉那些阿拉伯种的狗依然是精力旺盛。所有的草地上,连高高在上的悬崖顶也不例外,都种着一畦畦朱红色的罂粟。偶尔在路旁的罂粟中,会突然冲出一种皇家蓝的植物,感觉很不自然,好像这两种植物都是为表现爱国心而种的。我们在卡拉纳欧喝过牛乳后,终于脱离了河流,继续朝坡度平缓的山脚下前进。我们的时速甚快,有希望在天黑前抵达目的地。路上有乌龟在爬,贾希德把它们唤作龙虾。我们也碰到过两条蛇,各有四英尺长,淡绿色,大概是无害的。不过由于印度人恨蛇入骨,贾希德特地停车,郑重其事地把它们给杀了。

离开卡拉纳欧约二十英里,前轮轴撞上一座圆丘。车身略为震动了一下,引擎便告熄火。

接着是那种满手油垢、心慌意乱的时刻,我们东摸摸、西弄弄,换下线圈,又朝电池里撒尿,四处测试能不能打出火花。引擎就是不为所动。已接近黄昏,这一带漫无人烟,这条路上又常有盗匪出没。

就在此时,一位包着蓝头巾、蓄着胡须的绅士,骑一匹长身形的黑马,疾驰过下坡路的转角处。他身后跟着两名随从,两人的马鞍前面都挂有步枪。其中一个也留着胡子,另一个戴了面罩。

"你们是谁?"领头的绅士问。

"我认识这位先生。"未戴面罩的随从一边指着我,一边插嘴说,"冬天时他曾经到过卡拉纳欧,在那里生了病。上帝保佑,你的身体现在好多了吧,大人?"

"感谢上帝保佑,已经好了。我也记得你。你是卡拉纳欧总督阁下的手下,我生病时你曾经拿东西给我吃。"

确认彼此相识后,就不必有太多的保留。克里斯多夫道出我们的窘境。

包蓝头巾的那位说:"我叫拉尔·穆罕默德,是个开心果商人。我在卡拉穆尔加布有生意,现在正要回印度。这段路在天黑后很不安全,不久前才有人在此遭人割喉。离这里最近的旅店再走一波斯里就到了。请两位上他们的马,我们可以护送你们到那里,再请当地人派马匹来载车夫和行李。"

我们骑上马,那两人也带着步枪跳上来,坐在我们背后。真人不露相的那一个,用手紧紧抱住我的肚子。

"你觉得他怎么样?"拉尔问我。

"对于一个看不见脸的人,我不知道怎么去感觉。"

"哈,哈,他很年轻,可是已经是一流的杀手。总共杀过五个人,这种年纪就杀过那么多人,是不是太多了?"

蒙面人在面罩下羞怯地笑着,一面呵我的痒。

"我猜你应该是基督徒。"克里斯多夫的鞍友开口问。

第五部　　327

"当然。"

"而且三天前你在赫拉特?"拉尔打岔道,"所以你可以告诉我,阿富汗币与印度卢布的兑换汇率是多少。还有卡拉库利的价格。"卡拉库利就是小羊皮。

"你娶妻了吗?"他又继续问,"有几个小孩? 有多少钱? 我有时会想到伦敦去看看。在那里过一夜要多少钱?"

"那得看情形,"克里斯多夫答道,"看你要过哪一种夜。"

这提醒拉尔记起了另一件更要紧的事。"你的行李里有药吗?"

"有啊。"

"能不能给我一些? 我要可以让我令赫拉特的女士们高兴的那种。"

"我不确定我们有没有那种药?"

我们静默无声地骑了一段路。

"你们那辆车,"拉尔忽然冒出一句,"出了什么问题?"

"不知道。"

"它还会不会动?"

"不知道。"

"如果不能再开了,你们打算怎么办?"

"改成骑马。"

又是一阵沉默。

"你们愿不愿意卖了它?"拉尔问道。

这话有如音乐般美妙。但克里斯多夫很小心地不动声色。

一小时后，我们来到莫格尔的罗巴特。"罗巴特"是阿富汗语的"商队客栈"，也是一种度量距离的单位，因为在主要公路上，每隔四波斯里或十六英里，都设有这种客栈。我们住进的这间客栈跟一般的格局一样，有中庭，马厩在楼下，入口处上方有一连串的房间。但这里的城墙上凿着枪眼，是当真有防御用途的，城门也比波斯关得早。

客栈的人同意，这种时候不应该让贾希德和行李留在毫无隐蔽的大路上，并即刻派人去把他们接了过来。

莫格尔，五月十八日

克里斯多夫接受拉尔开的价，以大约五十镑的价钱把车让给他。当初买这辆车只花了六十镑。他已派随从之一到卡拉纳欧去取一部分的钱，其余的会从附近的村庄中陆续送到，我们这位朋友一定是个有信用的人。五十镑扣去十镑，换来克里斯多夫看中的那匹黑马。我则租了一匹，以免日后我们又想改搭车子。

有一辆驶往赫拉特的卡车正好经过，车上坐着麦马纳俄国领事馆的秘书。他看到好几头公牛正在拉我们那辆抛锚车，于是下车询问有没有需要他帮忙的地方，他真是很客气，还告诉我们，从麦马纳到马萨沙里夫，几乎每天都有卡车往返。

他离开之后，有个阿富汗人走进房间，并称呼我为"托瓦瑞什"。我回道："天啊，不要叫我同志，我是英国人。"花了好长一段时间我们才说服他,不是所有的白人都是俄国人。等我们终于说服他后,他这才吐露真言,原来他是从俄国逃出来的难民,他对布尔什维克根本没什么好话可说。

客栈附近有一条河,我们傍晚时到河边去洗盘子。我们发现河对面有个村子,便问路过的年轻人,能不能帮我们去村子里买些牛乳回来。他答应帮我们买,但是需要容器,于是我们给了他一只热水瓶。可是他却一动也不动,只是睁着他的大眼睛,并不断用手摸着那个闪闪发亮的东西,一直到我们洗完盘子才动身。然后,当我们往回走向客栈时,他才从后面追上来,取下头巾,作为热水瓶的抵押。

后来

大家都觉得克里斯多夫吃亏了,那辆车在阿富汗的身价似乎比我们想象的要高。我还忘记提这笔交易最怪异的一项条件。那就是我们必须给拉尔写一封信,让他有权监督新德里的公共工程。我尽力而为,但是我在新德里的公共工程局没半个熟人。

在启程从事这类旅行之前,每个人都应该学会急救。我们刚才就碰到一个拇指扭伤的人和一个被虫咬伤的人,向我们求助。最起码,我们可以表现得像是在认真为他们治疗。但是与其装作巫医,倒不如真有把握治好他们,这样心中会更愉快。

巴拉穆尔加布(约一千五百英尺高,距莫格尔四十五英里),五月二十日

我们在六天前离开赫拉特。如果我们当时是在早上而非下午出发,或许当天晚上就能抵达这里。

我们从莫格尔出发时的马队由六匹马组成,有三匹是用来驮行李,一匹我骑,一匹是护送我们的"杀手"所骑,再就是克里斯多夫的黑马。那匹黑马果真是善跑的良驹,其前后腿有如机关枪般快速地交错前进。我们放弃汽车通行的公路,转而横过斜坡,爬上更高的山峦,山上仍是绿草如茵,但不时会露出光秃的岩石,偶尔也有一丛丛的开心果树,我原本以为那是无花果树,直到看见树上一撮撮渐渐转红的坚果,才知道是开心果树。我们站在这座山峰的最高点,向身后的兴都库什山脉行最后的注目礼,只见它仍然笼罩在厚厚的雨云之中。在离我们较近的正前方,是突厥斯坦山脉的主峰。

接着来到一处宽广的山谷,谷内布满岩石,而且十分炎热,沙漠植物又开始出现。一名独行的旅人远远看见我们便躲进山沟,直到我们走过才继续上路。正当我们准备再次爬坡时,忽然发现山谷的另一边有一条河,而且出人意料的是,河居然笔直朝山壁流去。原来这座山壁有两道天然形成的石门,石门上还各有一座瞭望台,河水便从石门的裂口穿山越岭。我们沿河前进,然后穿过一座快倾颓的桥,由西岸过到东岸。那座桥的两个石造桥拱中,有一个已经被水冲走,目前只以木质支架代替。汽车

穆尔加布河

走的公路——它必定是在更南的地方就与此河交会——也会经过这座桥。据曾在莫格尔造访我们的那位俄国人表示，这座桥和瞭望台都是亚历山大建造的。

我们经过的河叫做穆尔加布河，发源于兴都库什山，最后会在梅尔夫附近消散于沙漠之中。它在此地的河宽，相当于温莎附近的泰晤士河，不过水流更为强劲，两岸的低矮草地上，有成排的芦苇和一丛丛粉红色的绣线菊。在我们对岸的绿色山脚下,有许多黑色的帐幕点缀其间。

已经骑了三十多英里路,距穆尔加布却仍有十二英里,我们决定在附近的客栈过夜。那里的人又笨又冷漠,我们的房间是个密不通风的小室,苍蝇满天乱飞,可见我们今天下降了不少高度。我们很高兴今天一大早就出发,终于离开了山谷,置身于一片农耕发达的平原,平原四周围绕着青翠的圆形山丘。这里的天气异常燠热。路旁收割后的作物已开始变黄,玉米则昂首直立,结满了粉色的穗子。有些山丘上的农民仍在耕作,或许是在栽种第二期的作物。这个城镇照例也是从远处看——像座树林,一旦走进镇里,却又会让人联想起我们曾经去过的一个爱尔兰市集城镇。街道两旁林立着单层楼的住家,而且住家大门直临着马路,没有一般常见的无门窗墙壁和介于中间的庭院,阻挡住屋内的一举一动。

已经进入中亚了。我们的耳朵听到的是土耳其语,发自毛发浓密、眼睛细长的男子口中。他们穿着条纹和花卉图案的长袍。至于戴毛皮高帽、穿红色罩袍的土库曼人,总是在街头来去匆匆,他们大多是越过俄国边境逃难此地。俄国边境距此仅二十英里。我们看到一群土库曼女子,全都穿着不同的红色服饰,蹲在露天广场上进食;戴在她们头上的高帽随着主人取食的动作起伏摇晃,仿佛是一排天竺葵和美洲石竹。我们很讶异地发现,这里居然四处都可看到犹太人漫不经心地守着自己的店铺。

"杀手"将我们带到总督府。总督府位于河边,四周是有围墙的花园。出了花园,在一面临河的绝壁上,矗立着一座古堡,目前堡里是一个小要塞。由古堡延伸到花园的河岸上,种满了桑树,镇民们在桑树下悠闲地交谈、祈祷、阅读、清洗及放牧马匹。克里斯多夫也带着他的黑马加入其中。

总督正在用餐,但命令我们必须接受他的招待,他把秘书办公室后面的房间拨给我们使用。据说总督已七十高龄,留着花白的长胡须,因为他大力惩治盗贼,甚得人民爱戴。有些被囚的盗贼在花园的另一端将手镣脚铐弄得叮当作响,情绪似乎相当激动。总督本人对于世袭的可汗地位似乎处之泰然,他很可能是那些一度活跃于奥萨斯河和兴都库什山之间的众多独立统治者的最后代表。直到八十年前,这些自立为王的部族才由多斯特·穆罕默德大公加以合并,成为今日的阿富汗国。总督的儿子貌似西班牙贵族,身着猎装、长统靴、防水外套和白色硬领衬衫,头巾斜向脸颊一侧,的确不负皇家子弟的风范。这里的整体氛围属于家长父权制。土库曼人、塔吉克人和乌兹别克人,不分男女,不断涌进花园,向总督秘书的窗口投诉。

一只黑色的拉布拉多寻回犬和一只多疑的长毛狗,也在园内四处逡巡。它们都是在俄国养大的。

麦马纳(约二千九百英尺高,距穆尔加布一百一十英里),五月二十二日

突厥斯坦!

我这三天一直在读普鲁斯特的作品（也发觉这本日记在不知不觉中染上了过于琐碎的毛病）。他形容"盖尔芒特"这个名字如何令他着迷的那一段，令我想起了"突厥斯坦"这个词又是如何在我的脑中盘旋、挥之不去。这要追溯到一九三一年秋天。当时正值经济大恐慌最严重的时刻，整个欧洲陷于令人无法忍受的灰暗，每个人都忍不住要问：是否只有共产主义才能解决问题。当时唯一的解脱之道，似乎是避到某个连邮件都到不了的喀什噶尔①小村庄。我曾到伦敦图书馆、中亚学会图书馆和东方研究学院查阅相关资料，但不论从建筑或历史的角度，俄国部分的突厥斯坦虽嫌偏远，却比中国的部分更具可看性。于是我放弃喀什噶尔，与俄国大使馆的一位秘书建立了友谊，招募到可以组成一支探险队的成员，然后前往莫斯科申请通行证。可是徒劳无功，我在每个部门得到的回答都是，只要俄国科学家，甚至是个别的品茗家，可以获准进入印度，我就可以前往布哈拉。一九三二年，我又重拾原先的计划，组成另一支探险队，并向印度事务局申请从吉尔吉特②路进入喀什噶尔的旅行许可证。此举让我意外获知在印度事务局的档案中，有关其他英国人前往印度的秘密资料。我的申请案被转往德里和北京。没想到答复尚未传来，喀什噶尔的政府便告崩溃，内战延烧了整个新疆，吉尔吉特路自然也对旅行者关上大门。为此，我再次组织了另一

---

① 喀什噶尔，即今中国新疆自治区的喀什。
② 吉尔吉特，克什米尔西北部城镇，位于兴都库什山和喀喇昆仑山之间的中、阿边界，富战略重要性。

支探险队,但是这支队伍却在最后一刻决定,宁愿从事以木炭作为汽车燃料的研究。我试过自行前往,但失败了,这回再度尝试,终于有希望如愿以偿。然而我们虽已通过突厥斯坦的省界,但距离马萨沙里夫尚有一半路程。

当普鲁斯特终于见到他梦寐以求的公爵夫人时,心中美好的形象完全破碎了,他必须在心中建构新的形象,以符合眼前的这位女士,而不是她的令名。但是我心中挥之不去的印象却获得肯定,甚至更加强烈。过去两天中,所有突厥斯坦这个名称所隐含的新鲜感和田园浪漫气息,全都获得应验,已有一整章的历史从印刷文字转移到脑海之中。夙愿得偿应该感谢我们运气好,来的季节正是时候。令普鲁斯特大失所望的是盖尔芒特夫人的面貌。我们则是在百花盛开的初夏首次见到突厥斯坦。

穆尔加布总督的花园里停了三辆车。一辆是了无生气的灰色福特双人座轿车。另两辆是深红色的沃克斯豪尔新车,车窗紧闭,下雨时则用防水布覆盖。我们抵达的隔天一早,总督父子便开着那两辆沃克斯豪尔,前往位于俄国边境的马鲁恰克(Maruchak)。我们绝望地看着那辆福特车的引擎散落在四周的菜圃里,只好要求备马。

"如果你们愿意,我可以用这辆车载你们到麦马纳。"一位名叫阿巴斯的波斯男孩自告奋勇地表示,一面从树丛中拾起福特车的水箱,"我们一小时内就可出发。"

我们从没想过会乘坐这辆不甚可靠的交通工具,行走二三百英里到麦马纳,因此在出发前完全没作任何例行的准备工作,也没预备食物,而且或许是出于对驾驶员的礼貌,我们甚至连汽车的备份零件也没有清点,还穿上我们所谓的最好的西装。行李堆在后座,一直叠到车顶。当克里斯多夫和我进入前座时,车身底盘居然下沉了一英尺,活像是低俗胡闹的影片中丈母娘上车的画面。阿巴斯正在转动引擎主轴的把手。突然,他的手臂飞过头部,已经组合在一起的引擎发出像铁匠铺一般的噪音,我们霎时冲向总督的花床,阿巴斯飞奔追来,及时跳上车,抓住方向盘,把车转向大门口。大街上的路人纷纷逃避,不过一分钟的时间,我们就已穿过城镇,奔向无人的山谷。行李从没有玻璃的车窗中摔出去。水箱则飞向空中成了喷泉,先是落在车前的地面上,接着向后跌到引擎上端,和风扇皮带缠成一团,直到我们用包铺盖的绳子把它绑住才告安定。引擎运转的声音也透着不祥之兆,嘶嘶、锵锵,毫无节奏可言,在震耳欲聋的轰然一响后,完全停摆,阿巴斯对我们嫣然一笑,那表情就像交响乐演奏完毕,获得满堂彩后放下指挥棒的乐团指挥。来自左后轮的报告虽然慢了半拍,但仍告诉我们它暂时需要休养。此刻的我们,已经走出镇外十英里。

车上没有备胎。阿巴斯把外胎的碎片搜集起来,拼凑回去,补好轮胎,克里斯多夫和我打定主意听天由命,就着身上最好的西装,往不远处的草地上一躺。午后阳光下的阴影越拖越长。引擎仍有待发动。阿巴斯用铁槌随处乱敲几下,像打小孩一样,

第五部　337

很快就发动成功,我们及时跳上车。此刻我们渐渐觉悟到,这辆车有如袋鼠般的福特,虽然没有以前那辆旧雪佛兰那么舒服,可是它能带我们走的,却是雪佛兰完全无法通行的路线。

我们所走的山谷约两英里宽,西边有一条河流经过。山谷两边是土丘,那无棱角的绿色轮廓,被雨露风霜打磨得浑圆光滑,映照出有如马匹侧窝的光泽;不过西面的土丘到底部时变得十分陡峭,形成光秃的绝壁,上面寸草不生。山谷与丘陵上长满了随风摇曳、绿得发亮的植物,茂盛到很难相信那不是人工种植的,直到我们看到农民的庄稼之后才发现,与之相比,前者的确是又干又瘦。这片美好的土地上,没有一粒石头会妨碍播种耕耘,却几乎不见人烟。路面上也找不到一粒石子。当我们驶出山谷,由正北朝东北转去,沿途的唯一标示只有两旁的沟渠,那沟渠正是挖来当路标的,顺着下坡道蜿蜒而去。远看觉得十分滑顺的草地,走起来却是到处坑坑洼洼,每撞上一个,都有让我们动弹不得的危险。不知不觉中,我们与麦马纳的距离已越来越短,在走完大约四十英里后,阿巴斯瞧见路旁有两根用草堆起的柱子,便建议我们在此过夜,尽管他那辆车不致引人觊觎。有鉴于今天一整天已经冒了不少险,我们点头应允。

我们往两根柱子间的岔路走去,经过几条弓起的小桥,来到一栋孤零零的房舍和院落前,旁边是白杨树林。屋主出门迎接我们,他中等身材,白衣白头巾,其笑容在深棕色胡须的烘托下,有如孩子般纯真。主人引我们进入一间铺有地毯的房间,里面有木窗、壁炉和门上壁龛中的许多旧书;房中散发着英式客厅的气味,那是正在另一个壁龛中风干的玫瑰叶发出的香气。孩子们摇摇晃晃地将行李抬进来。我们在外面的草地上闲坐时,又有孩童端茶给我们喝。我们凝视着涂染了金光的绿色丘陵,以及在金绿间游窜的黑色阴影,丘陵之上,是高高拔起的淡紫色山峰,那是兴都库什山的西峰。

晚饭时分,有人陆续骑马从附近的村庄到此求诊。有一个发烧;有一个鼻子痛,是受罚时被打破了皮;有一个头痛,早上会呕吐;有一个罹患传染性皮肤病,整个背部都是,已经持续了一年,看起来像梅毒:可是我们能拿他怎么办呢?我们拿出阿斯匹林、奎宁和药膏,身上所有的药都拿出来分送给患者,还刻意装出一副巫医的神秘模样,嘱咐他们这些药不一定管用,除非不断用滚过的水去清洗患处,至少有伤口的地方要如此——是的,我们轻声吩咐,一定要用"开水",仿佛是在说要用蟾蜍的肝脏。今天早上有更多的人上门。

吃过早餐,我走到白杨树林散步。麻雀在枝头叽叽喳喳地叫。树下荫凉潮湿,有英国森林的气味,思乡之情猛然涌上心头。之后主人带我们去参观他的花园,花园四周有围墙,里面有葡萄园,正中央有个瞭望台,他可以坐在台上欣赏风景,也可看到来客是谁。一边的潮湿谷地里,长着一团纠缠在一起的大朵玫瑰,主人为我们两个各摘了一大把。

我们想要支付食宿费用,至少吃的东西应该付钱,可是他说:

第五部　　339

"不,不可以。我的家不是商店。况且你们把药都给了这里的人。"

"他是个圣人。"我们离开时阿巴斯这么告诉我们,"他招待所有经过这条路的旅人,所以他要竖起那两个东西"——手指着用草堆成的柱子——"好让大家知道他的家在哪里。这个地方叫做卡里兹。"

我们穿越省界进入突厥斯坦时,车中充满了玫瑰的香味。

道路这会儿又变成挖过的路面,但是在穿越山区时,不断有一些可怕的障碍物出现。我们越过两个宽三百码的河床,不断跟大圆石玩着抢椅子的游戏;过了第一个河床之后,那段上坡路陡到让我们又以三十英里的时速倒滑回水中。每道路堑里,雨水都在软质的土地上留下很深的沟痕。最后我们改走旧驿道,人工的工程技术尚未干预这里的排水系统。不过它每隔一段距离就会出现坑洞,让这辆福特像一枚网球般不停弹进弹出。

距麦马纳十二英里时,我们在布哈拉堡平原上一处有水塘和树林的地方,停下来观赏斗鸡。观众围成一圈,野鸡从笼子里放出来,有一只没过几分钟就弃械投降,仓皇地从我们脚下逃走,奔向一望无际的原野,观众全跟在后面追。现在路上的人比较多了。大部分人都骑着小型猎马,仿佛是中国种与阿拉伯种的混血马;颜色鲜艳的头巾、飞扬的胡须、有花饰的袍子和背在身后的地毯,使人们看上去仿佛是从帖木儿王朝的图画中走出来的人物,唯有斜背在身上的枪支例外。一路上也有不少动物,蛇和乌龟都很多,像鱼狗般聪明的印度木坚鸟,在我们经过时也会从洞里探出头来，还有一种生活在地面上的松鼠，毛是浅黄色的，发育不全的尾部长仅二英寸，这是没有生长在森林里的动物自然演化的结果。

靠近麦马纳的山地的开垦程度较高，我们注意到在耕作所及之处——通常都是每座绿色山壁的顶端——罂粟都已长得很高，因此连最高峰上都可看到万绿丛中点点红的景象。

麦马纳总督正好到安德霍伊公出，但其副手以茶水、俄国蜜饯、开心果和杏仁招待我们，之后又领我们到主要市集附近的客栈去住宿。这市集是有着托斯卡纳外观的旧市场，周围环绕着木制拱门。我们各分配到一个房间，地毯随便取用，有铜盆可以梳洗，还有一个留胡子、穿高跟长统靴的听差。他放下步枪，正在帮忙做饭。

这一餐相当特别。在这个富饶之地，一种幸福感笼罩着我们。大碗的牛乳、加了葡萄干的菜肉饭、用盐与胡椒腌得入味的烤肉串、梅子酱和刚烤好的面包，都已经从市集那里送到；我们也提供自己带来的汤、蕃茄酱、琴酒渍李、巧克力和阿华田。威士忌还足够喝。可惜可读的书只剩下一些经典之作，我正在看克罗利翻译的修昔底德①，克里斯多夫则重拾我们两个一直抢

---

① 修昔底德（约前460—前404），古希腊最伟大的历史学家，著有《伯罗奔尼撒战争史》，从军事上、政治上和心理上论述公元前四三一年至公元前四〇四年雅典和斯巴达之间的战争。对所有后来的历史学家具有深远的影响。

第五部　341

着看的鲍斯威尔。

我们还有一本托马斯·霍迪奇爵士所著的《印度之门》。书中除简略说明一九一〇年之前有关阿富汗的探险行动,也详细描述了莫尔克洛夫特①的阿富汗之旅。莫尔克洛夫特在一八二五年死于安德霍伊。我在该书第四百四十页发现这么一段:"莫尔克洛夫特的随身书籍(共三十册)已被发现,那长长的书单会令任何相信装备应当轻便的现代旅行家大惊失色。"然而令我吃惊的,反倒是在他长达五年的旅程中,居然只带了这么点书。轻便的装备!谁都知道这种现代旅行家是一群过度自我膨胀、假借科学之名的讨厌鬼,由见识浅短的官员派遣,去勘察沙丘是否会唱歌,雪是否冰冷。他们有用不完的钱和各种官方影响力为后援;他们深入地球最偏远的角落;可是除了确定沙丘会唱歌,雪确实冰冷的以外,他们究竟观察到什么可以开阔人类心胸的东西?

没有。

这难道不值得惊讶?他们的身体健康受到特别的照顾;他们接受训练,遵守各种戒律以维持坚强的体魄,还备有各色各样的药物,若在锻炼过程中出了差错,可以即时使用。然而没有人

---

① 莫尔克洛夫特,十九世纪英国探险家,兽医出身,任职于东印度公司,一八二一年和崔贝克两人从印度深入突厥斯坦,历尽千辛万苦终于取道喀布尔抵达布哈拉,却在一八二五年的回程中感染疟疾而死。他俩是最早踏上阿富汗大草原的英国人,也是最早发现巴米安大佛像的欧洲人。

关心他们的心理健康，以及心理健康对要进行观察的长途旅行有多么重要。他们所谓轻便的装备中，包含够整座摩天大楼食用的食物，够一艘战舰使用的器具和够一支军队使用的武器。可是里面绝不能有一本书。但愿我有足够的财力，可设置一项最懂得旅行的旅人奖：第一位走过马可·波罗东行路线，且每周读三本不同书籍的人，可得一万镑；如果他每天还能喝一瓶酒，再加一万镑。此人或许可告诉我们旅途中的一些见闻。他也许天生观察力强，也或许不见得如此。但至少他不会戴着有色眼镜，也不会觉得必须加油添醋，或是使用一些肤浅的科学术语，让其观察心得显得了不起。

我的意思是，如果我有更多的侦探故事可看，不必读这修昔底德，再有些红葡萄酒可喝，而不是这微温的威士忌，说不定我就会待在这里不走了。

麦马纳，五月二十四日

一到早上，客栈的中庭就变成了市场。我们被杂沓声、货物落地声和用波斯语或土耳其语讨价还价的声音给吵醒。只见走廊下，一片头巾形成的人海，颜色有黑、白、深蓝和粉红，有些扁而宽，有些紧，但外形像南瓜，有些不知为何，缠绕得像是刚从轧布机上取下来的一样。这些商人主要是乌兹别克人，鹰钩鼻，粗硬的胡须，一律穿着丝质或棉布长袍，上有花朵、条纹或宽大的闪电纹图案，颜色有红色、紫色、白色和黄色，这些布料过去是布哈拉生产的,现在这些式样已经过时。他们的长统皮靴,脚趾部分像独木舟,跟是高的,顶端有一圈绣花。也有其他种族夹杂其间:来自南方的阿富汗人,说波斯话的塔吉克人、土库曼人和哈扎拉人。这里的土库曼人是奥萨斯河流域的土库曼族,与西部土库曼族的差别表现在帽子上:他们不戴黑色的毛毡高帽,而换成一种圆锥形的帽子,圆锥的中央是小羊皮,四周则是浅黄色毛皮,据说那是萨格阿比皮,也就是水狗皮:那是不是一种奥萨斯河水獭?哈扎拉人属于蒙古族,祖先是帖木儿的部队,大部分住在山区,传闻他们很穷。可是我们在这里看到的,却是富裕健美的哈扎拉人。他们俊美的瓜子脸,有中国人的肤色与轮廓。身上穿的是绣花短外套,与一百年前地中海东岸和爱琴海一带的衣着很像。形单影只的外国人也在人群中穿梭:一名印度商人;一名颈部盘着一条黑蛇的苏非派僧人,蛇长四英尺,有毒;一个穿白色帆布裤、戴黑布帽的矮小男子,他是俄国领事。妇女照例看不到脸孔,但小女孩穿着纱丽①,鼻上镶着珠宝,作印度式打扮。就连军队都无可挑剔。今早有一团士兵行军走过市集,脱下头巾后,他们个个精神抖擞,表情严肃,但每隔一支步枪的枪口上都插着玫瑰。或许努尔·穆罕默德②就在其中。那个早晨,我在卡拉纳欧向他道别时,他正要返回这里的大军营。

---

① 纱丽,印度妇女用以裹身包头或裹身披肩的整段布或绸。
② 努尔·穆罕默德是先前在卡罗赫负责照顾他的那位士兵。

这个城镇没什么建筑特色。唯一可看的是某个城堡的废墟。堡中有一座土堆,旁边堆着砖块,可是土堆上原有的建筑物,如今已改成一座孤坟。

城外,市集的尽头,有广大的草坪,可能是一座英国板球场,草坪边缘种着白杨树。每天傍晚都有铜管乐队在总指挥官的别墅前演奏。这栋别墅是单层、土造,有玫瑰花丛为篱。路旁的茶馆里,有人正在弹奏吉他;茶客们放下茶杯,轻哼一曲忧伤的歌谣。他们身旁的小溪带动一具水车,成群的鸽子齐聚在溪畔的筱悬木上。远处的乐队又开始演奏了。

嘴里衔着玫瑰的男子漫步走过草坪,来观赏摔跤。摔跤手头戴尖顶无边帽,身上仍穿长衫,腰系红色腰带,可让对方的手抓住。胜负尚未分晓,又有人宣布有斗鸡赛,于是观众散开,再度在斗鸡前围成一圈。最后,其中一只不敌,夹腿就跑,全体观众不分老少,都把长衫卷到膝上,狂追着那只野鸡。

在暴风雨前夕的黑暗天空中,浅橘色夕阳照亮了绿色的土丘、轻风中银光闪烁的白杨树,以及观众五颜六色的服饰。

安德霍伊(一千一百英尺高,距麦马纳八十二英里),五月二十五日

我们雇了一辆卡车前往马萨沙里夫。卡车是新的雪佛兰,所有配件、发动装置和里程表等,全都运作良好。这才是在本地旅行的正确的交通工具。我们把所有的必需品堆放在长凳上,食物、水瓶、照相机、书籍和日记,较重的行李则放在车顶。驾驶员是白沙瓦①人,十分有礼貌,可惜他口吃,尤其是当他的口吃又遇上克里斯多夫的口吃,交谈进行得异常缓慢。此外,还有从麦马纳跟来的老听差,他随身带着步枪和两名土库曼人,其中之一长得很像英国近卫军军官,另一个则像伊特拉斯坎②的阿波罗。

老听差为了出远门,特别戴上棕色小羊皮帽,穿上黑色毛料大礼服和同质料的马裤,马裤前面是敞开的,虽然里面还穿有短裤,但已够引人注目的。他名叫格普。

从赫拉特到麦马纳,我们主要是朝东北走。离开麦马纳后,改而由正北进入一个和英国威尔特郡高地相仿的谷地,沿着一条不知名的河流,村子一个接一个紧密排列,果园和田野交错其间:这里的果园种的是桑椹和杏树;田野中则开着淡蓝色的亚麻花。走过这些村落中最主要的费兹阿巴德村后,山势渐趋平缓,土壤变得贫瘠,气候越来越暖,我们开始在沙中滑行。平坦的地平线在我们眼前展开,一阵不祥的热风吹来,天空出现铅一般的

---

① 白沙瓦,今巴基斯坦西北边界的首府,自古以来即为印度大陆与中亚之间的交通孔道,当时是英国的军事行政中心。
② 伊特拉斯坎,指兴起于伊特鲁里亚地区的古意大利民族,活跃于公元前八世纪到公元前一世纪,后来被兴起于罗马附近的拉丁联盟吞并。伊特拉斯坎的阿波罗像是上古时期的重要雕刻之一,呈现了不同于同期希腊雕像的刚健气息。

颜色。我们已抵达奥萨斯平原,在五十英里的距离之外,便可感受到那条河的存在,就像是尚未抵达海边就能感受到海的存在。最后,我们终于望见一座高起的平台山丘,丘顶有一道陡峭的阶梯,两只黄色石狮子护卫在侧,阶梯尽头,矗立着一栋庞大的砖造平房。我们在这里找到麦马纳总督,他身材高大,戴眼镜,留黑色小胡,但说起话来却像个女人。我们呈上一封希尔·阿赫马德的信。

他说:"没错,从这里到马萨沙里夫的地面都'烧焦'了,但是到了吉洪附近,又会有绿意。"他用"烧焦"来形容奥萨斯,殊不知我们指的正是阿姆河。总督下令在二英里外的安德霍伊为我们准备住处。

安德霍伊是小羊皮的集散地。其市集中的仓库区同样堆满了俄国汽油和白铁桶,我们在这里观看羊皮如何浸泡在大麦与盐的溶剂中鞣制,再放到屋顶上风干,然后堆成一捆捆准备打包。经理告诉我们,将犹太人从这里驱逐到赫拉特,是为了不让"外国人"继续把持小羊皮交易。他说羊群大部分属土库曼人所有。安德霍伊的品质最好,阿克恰的也不遑多让,至于马萨沙里夫的品质就比较差,因为该地母羊的怀胎时间要多上三四个星期。每年他都要运一拉克(七千五百张)的小羊皮到伦敦。

克里斯多夫想要买一些,当然是品质好的。那人拿出一张可以做一对袖拢的小羊皮说:"像这种品质,一张要七十阿富汗尼(十五阿富汗尼合一英镑)。足够做一整顶帽子的上好羊皮,

第五部　347

值一百阿富汗尼,可是数量不多。"

时值星期五傍晚,大家都聚集在市集外那棵桑树下的一张张桌子旁。我挤在他们中间写日记,一面喝着加了雪的威士忌,等候菜肉饭上桌。

马萨沙里夫(一千二百英尺高,距安德霍伊一百二十二英里),五月二十六日

我必须承认,对我而言,今晚抵达这里时是神圣庄严的一刻。去年我自英国出发时,心中怀抱着两个愿望:一是参观波斯的古建筑;二是能够抵达这座城镇。这两个心愿并非十分困难,却也耗费了好些时日才告实现。

我们清晨五点便离开安德霍伊。太阳升起后发现路边有羊群,于是停车穿过稀疏的牧草,走上前去细看,就是这种会沙沙作响的牧草,能使羊毛卷曲。牧羊的是个乌兹别克人,起先他以为我们是俄国人,对我们不理不睬,后来他解释了自己失礼的原因:三年前,俄国人偷走了六万只上好的羊。他的说法让我们怀疑,犹太人失宠是不是因为他们卷入了这类事件。他牧的羊有两个品种:一种是毛比较细的卡拉库羊,另一种是阿拉伯羊。他抓起一只公羊,一只母羊,教我们如何从尾巴来分辨其品种。这两种羊都有肥肥的尾巴,不过阿拉伯种的比较圆,或者说比较像腰子,而卡拉库种的尾部,从一半以下便像个坠子。

乌兹别克牧羊人

　　再下去，我们发现了一处土库曼人的营地。男性都不在，狗却照样攻击我们，妇女也不肯把它叱开。经过二十分钟的仔细观察和研究，那群张牙舞爪的畜生才罢休。两名老太婆，大概是寡妇，出来招呼我们，她们穿着难看的灰蓝色粗麻布袍，但仍戴着高高的头饰。年轻的妇女与我们保持距离，她们在黑色的蜂窝之间移动着,粉色与白色的裙摆轻扫地面,她们那朴实的表情,躲在自粉红色高帽上垂下的深黄色长面纱之后,构成一幅美丽的画面。面纱的样子多半很像面罩。后来我们在别处也碰到过一些妇女,她们的脸部包覆在矢车菊般深蓝色的面罩里,面罩上还绣着花朵。

我走上前去,想和一名带着两个孩子的母亲攀谈,他们立刻躲进帐幕里。我转向一位举步维艰的年轻妇人,她紧紧抱着一个婴儿。看到我走过来,便把孩子放在树枝编成的屏风后面,抓起一根杆子,在地上画了个圈,随即像中古武士般朝我刺过来。她的脸庞因愤怒而扭曲,口中谩骂的语调让我觉得很不舒服,仿佛我是想趁她的男人不在,意图不轨。那两个老太婆看到这一幕,呵呵笑了起来。不过我们在安德霍伊新换的护卫,却对此感到不好意思,直说阿富汗就是这样。他穿着一件质料样式都不错的西式防水衣,并不断打开盖子上镶有红宝石的银葫芦吸吮。

有一间帐篷没有人住,可能是客房,我们终于可以不受威胁地仔细研究其内部构造。里面的格子状护墙板,加上外面覆盖的灯心草,使整座黑毛毡帐篷的底部完全密封。黑毛毡撑开在弯木的骨架上,骨架顶端连成一个圆形的篮子,开口向着天空,其作用有如烟囱。篮子下挂着一串黑色穗子。坚固的木质门框中有两扇门,门上均略有雕刻。地面上铺着毛毯,家具中有雕花并上漆的箱箧。整体给人的感觉一点也不脏乱或野蛮。我们离开时,看到有个帐篷正在拆卸。那木质骨架收起来后,好像一捆薄薄的滑雪板。但顶端的篮子有马车轮那么大,在骆驼驼峰上吃力地摇摆着。

今天不是个好日子,闷热又了无生气:奥克西安纳看起来跟印度一样无精打采,乏善可陈。圣杜卡的一片绿色牧场,吸引我们停下来,观看一群母马和马仔,马群中有一匹十六掌宽的精瘦老种马十分活跃,它的体形在这一带算是大的。克里斯多夫说,那群衣衫褴褛坐在墙头的孩子,让他想起了斯莱德米尔①的农仆。随后我们来到谢贝尔甘,这里是个废城,有一座城堡居高临下,由此有一条路向南通往萨利普(Saripul/Sar-i-Pul)。费里埃就在萨利普附近发现一处萨珊石雕。他是这么说的。可是我们在麦马纳到安德霍伊的路上,始终无法证实石雕的存在,他的话太不可靠,我们不能未经求证就随便去找。

阿克恰有生气多了。我们在城堡的墙下,遇见一名叫卖冰激凌的小贩,城堡主人还在卡车里摆设桌子,供我们吃午餐,还拿来一桶雪,给我们冰饮料。

过了阿克恰,大地的颜色由铅色转为铝色,苍白而死寂,仿佛千百年来太阳已将此地的精华吸干吮尽,这里正是巴尔赫平原,而巴尔赫据说是世上最古老的都市。一丛丛的绿树和状似

---

① 斯莱德米尔,位于英国约克郡,该村的地标斯莱德米尔大宅正是克里斯多夫所属的赛克斯家族的故居。

第五部　351

喷泉的杂乱绿草,在这死灰颜色的衬托下显得黯然无光。偶尔会看到大麦田,麦子已熟,打赤膊的土库曼人正在用镰刀收割。可是这里的麦穗不是象征丰收的棕色或金黄色,而是仿佛尚未熟透的白色,像是长在疯子身上吸收不到养分的头发。从这些墓地般的田里,先是在道路北端,接着又在南边,升起了一处处古代建筑物历经风霜后所留下的灰白残迹,那些因雨水和阳光而褪色凹陷的土堆,比我曾见过的任何人工建筑都要残破:歪斜的金字塔,向上渐尖的平台,一连串的城墙雉堞,蜷伏的野兽,全都是希腊大夏王国①和继他们之后的马可·波罗所熟悉的。其实它们早该消失了。只是阳光的冲撞,让那灰色黏土变得更加顽强,以致留下一些无法磨灭的痕迹,就如同罗马人的土造建筑或已长出杂草的土墩,在更光亮的大环境中,仍将永无止息地闪耀着光芒。

渐渐地,这一带变得越来越绿,坚硬的土地上覆盖着牧草,然后树木也多了起来,突然,地面上冒出一排瘦骨嶙峋且已遭废弃的城墙,占据了整个地平线。走进墙内,我们发现自己置身在一个向北延伸的大城市废墟;道路以南,只见绿油油的桑树、白杨树和自成一格的筱悬木,让刚才被那一幕庞大古迹震撼到的

---

① 希腊大夏王国,公元前二五〇年由塞琉西王朝的一名希腊太守自立创建的小王国,领地位于古大夏地区,亦即介于阿姆河与兴都库什山之间的阿富汗地区。巴尔赫即古大夏地区的政治文化中心。马可·波罗曾于十三世纪末途经此地,并将之形容为"一座高贵又伟大的城市"。

眼睛,获得不少舒缓。我们正站在巴尔赫这座"诸城之母"的怀抱中。

这座废墟大致仍保持着成吉思汗留下的状态①。我们的护卫四下察看后表示:"以前这是个很美的地方,八年前布尔什维克来了之后,便将它破坏殆尽。"

再向前走八英里,就来到有人居住的精华区,有市场、店铺、客栈和一个十字路口。在南边的树丛中,有一座中间内凹的圆顶高高耸起,它的月光蓝映衬着深调子的翠绿色和石板色的兴都库什山乌云。我们步行走向那座建筑物,司机则继续前行寻找下榻之处。没想到现身在那栋建筑物后方的,竟是我们见过的麦马纳总督。他站在大广场中央,身旁有一位西欧人,从那人油光光的圆头不难猜出他是德国人。四名士兵肃立一边,几个军官和书记则聚集在另一边。在这两队人马中间,那位德国人正在一顶铺有地毯走道的帐幕前,向一位要人解说地面的配置图。此人头戴毛皮帽,黑胡须修剪得相当整齐,穿开襟板球衣,胸前的口袋里插着三支钢笔。

麦马纳总督将我们介绍给那位要人,原来他是突厥斯坦的内政厅长穆罕默德·古尔汗。他特地从马萨沙里夫到这里来巡视巴尔赫城的重建情形。地面已钉了一些基桩,而从这座圆顶圣祠前方到对面那座学院已毁坏的拱门之间,也都已清理干净。那名德国人告诉我们,他到阿富汗已有三年,在马萨沙里夫也待

---

① 成吉思汗在一二二〇年征服巴尔赫,屠杀全城居民,并焚毁所有建筑。

第五部　353

了半年,他在此担任工程总监,所有的桥梁、运河、道路及一般营建工程,都由他主持。

暴风雨即将来临。穆罕默德·古尔在表示过希望一路上的种种不便不致让我们太过在意之后,便坐上他的坐车离开。他提到马萨沙里夫有一栋旅馆,相信我们会觉得那里很舒适,他的建议使我们决定放弃巴尔赫,转而跟着他前往马萨沙里夫。又是另一个十五英里。当我们抵达这座首府时,天色已暗,大雨倾盆。

"小旅馆在哪里?"我们问道,用的是波斯语的一般称呼。
"这不是小旅馆。这是一间'饭店'。请这边走。"
的确不错。这里每个房间都有铁床架,床上有弹簧垫,附设的浴室都铺有瓷砖,我们在浴室中用水桶里的水冲澡,并且在标示着"BATH MAT"(浴垫)的垫子上擦干脚。餐厅里摆着一张长桌,上面是英国谢菲尔德制的餐具和洗手碗。菜色是波斯、阿富汗、印度和英国的综合体,却是集各国最难吃的食物于大成。盥洗室的门只能从外面上锁。我正打算向经理反映这一点时,克里斯多夫却说他喜欢这样,宁愿让它保持原状。

我们每天的房价是七先令六便士,以当地的标准并不便宜。从工作人员兴奋的表情来看,我们一定是他们的第一批住客。

马萨沙里夫,五月二十七日

这是一座因梦而诞生的城市。

桑贾尔苏丹在位期间，也就是十二世纪前半叶，从印度传到巴尔赫的消息指出，第四世哈里发阿里的陵墓就在附近。可是当地有一位毛拉否定这个说法，他跟今日大部分的什叶派信徒一样，认为阿里的陵墓位于阿拉伯的纳贾夫。可是阿里本人却托梦给这位毛拉，确定来自印度的说法正确无误。后来果然找到陵墓，桑贾尔苏丹便命人在四周盖起圣祠，圣祠于一一三六年落成，并成为今日马萨沙里夫的核心地带①。

　　这座圣祠后来被成吉思汗所毁。一四八一年在侯赛因·拜卡拉的坚持下，又重新建造了一座，在这之前一年，侯赛因·拜卡拉一直在奥克西安纳境内南征北讨。从此之后，马萨沙里夫便成为一处朝圣地，逐渐取代因疫病袭击而荒废的巴尔赫，成为这个地区的首府，其过程就和马什哈德取代杜斯成为呼罗珊的首府如出一辙。

　　侯赛因·拜卡拉所建的圣祠在外观上没有什么特别之处，不过从它的两座浅碟形圆顶所代表的里外两座圣堂可以看出，其建筑蓝图抄袭自古哈尔沙德的穆萨拉。整座外墙在十九世纪都重新铺过瓷砖，其几何形的马赛克以黄、白、黑和浅蓝色镶嵌而成，做工十分粗糙。甚至在尼德迈尔造访这里之后，仍陆续有所增建，比方在他的照片中，便看不到沿着主胸墙修建的意大利式碧蓝色陶土栏杆。然而这座栏杆并没有为整体建筑加分；它

---

① 马萨沙里夫的字面意义即"尊贵之墓"。

可说是威尼斯的圣马可教堂和转换成蓝色彩陶质材的伊丽莎白时代乡间别墅的混合。

大圣祠外面,有两座已经倾颓的小圣祠。它们的圆顶均已坍塌,但环形鼓座的马赛克面板依然保留着,由于使用了过多带桃红色的赭土,颜色相当难看。和赫拉特的皇陵一样,靠东面的那座小圣祠也有一个内圆顶,那是一个浅碟形的中介构造,倚靠在鼓座内部的回廊墙壁上。在内圆顶的上方,仍可看到支撑外圆顶的砖造弧形扶壁,自鼓座外部向上伸出。

如同马什哈德,圣祠周围的房屋也都被清除干净,以便从各个街道的各个方向都可清楚地将它映入眼帘。整个市区最近的确都经过一番整顿。市集是刚粉刷好的新建筑,屋顶有木桩支撑,可让空气和光线从下方透进来。饭店和政府办公室所在的新市区,路旁有整洁的砖砌排水沟。往来车辆包括有篷的印度马车和木轭高挂在马颈上的俄国无顶马车。自离开穆尔加布和麦马纳后,我们再次觉得自己与外面的世界重新接轨,如果能在那两个地方多待些时日该有多好。不过,若不承认整建后的马萨沙里夫的确更叫人愉悦,就未免太过矫情了。我们对这间饭店实在非常满意。

我们想前往奥萨斯河的计划似乎遭到很多反对。总督和外事官都到海巴克去了,我们只好跟外事官的副手打交道,那个乳臭未干却傲慢自大的年轻人,一脸轻蔑地听着我们说明来意。但他显然对此事没有决定权。我们必须请瓦齐尔帮忙,瓦齐尔就是穆罕默德·古尔的官衙。

马萨沙里夫,五月二十八日

旅馆外有个公共花园栽植着美洲石竹、金鱼藻、冬青和月见草。花床之间摆着长板凳和更受欢迎的蔺草垫,大家坐在上面,一面喝茶,一面听音乐。一共有两个乐队。一个乐队是一群老人站在太阳下吹奏着铜管乐器,他们会三首欧洲乐曲,另外有两名年轻人在他们身后,用三角铁和鼓打着拍子。另一个乐队若有所思地坐在树下的台子上,用吉他、各种鼓和小风琴演奏着印度乐曲。我们房间的法式窗户正好面对花园走廊,可以坐在房间里聆赏那些音乐。

每天下午,随着云层集结山顶,一种无可抗拒的倦怠感便跟着袭来。苍蝇和潮湿的热气弥漫整个房间。野鸡咯咯的叫声,让睡梦中的我误以为自己正置身于九月下午的故居,直到我意识到那是斗鸡在叫。为什么会有这些云?已经够热了,但是夏天应该在六周前就已开始。像今年这种天气,过去从未发生过。我们抵达前一晚的豪雨,使通往喀布尔的路必须关闭一个月;海巴克附近有一整个村落被冲进峡谷。如果以下的路途我们必须骑马——看来是非如此不可——那么晚上就必须露宿野外,不过除了订制两顶蚊帐之外,我们已懒得考虑其他的装备问题。以这种方式旅行最主要的难题就是饮水,因为喉咙感染梅毒的人,很喜欢向水井里吐痰,而这种病人在这里又特别多。

我们想去奥萨斯河的希望再次被浇了冷水。

饭店经理又老又肥又令人讨厌,他是负责监视我们的人。今天早上他跟着我们一起去穆罕默德·古尔的办公室陈情,那里的人告诉我们瓦齐尔要睡到十一点才起身。十一点时,经理又跟我们再去一次,瓦齐尔还未睡醒。然后经理又汗流浃背、气喘如牛地跟我去电报局,他喘得越厉害,我就越是加快步伐。那个电报局长,我在赫拉特就听当地的电报局长谈起过,他自称被迫说俄语的压力让他把英文全忘光了,局里的确有个俄国人跟他一起。他建议我去找城里的医生。往医院去的路上,我出其不意地跳上一辆小马车,把饭店经理丢下。不过这名马车夫看来是得向上级提出有关我后续行动的报告。

阿布马吉德医师原来是剑桥毕业生,态度和蔼又有教养,他那种发乎自然的谦和在印度人身上十分少见,而谦和很快就进展为亲切。他来此已有八年,看见我面露惊讶便解释道,他因为和不合作运动①有所牵扯,不得不离开印度医界。对于这个影响了他前程的年少轻狂之举,他的语调中依然充满向往之情。他还说不合作运动如今似已销声匿迹,仿佛是在说那个曾让他如此牺牲的伟大理想,如今已完全破灭。可是他的语气中没有丝毫愤懑,也没有印度民族主义人士对英国人常表现出的那种令人难堪的傲慢。我设法以不致显得谄媚的方式向他表达,我

---

① 不合作运动,由圣雄甘地所推行的非暴力抵抗运动,最先见于南非,用以争取当地印度人的地位,后来随着甘地返回印度,进而逐渐推展成抵制英国法院与议会的全国性不合作运动。

同情那些民族主义人士,而且今天有同感的英国人已多于十年之前。他对阿富汗的评语也不见怨怼。他很喜欢阿富汗人和自己的工作,这一点和我在阿富汗遇到的其他印度人不太一样。

  这里的工作并不容易。他每年仅有一万阿富汗卢布的经费,相当于二百五十英镑,却要维持一家医院。病床设在两三座临时搭建的平房中,四周是绿树成荫、鸟语花香的花园。病床看起来简陋,但干净整齐。病人主要的疾病是白内障、结石和梅毒。

  我告诉医师我们想走访奥萨斯河的心愿,还有求见穆罕默德·古尔的经过。他说古尔的贪睡症只不过是客气地暗示不想跟我们讨论这件事。我问他那下一步该怎么做。他建议我们用英文写封信给瓦齐尔,可是遣词用句必须十分讲究,不过电报局长可能无法翻译。万一如此,那我们可以请侨居当地的某位印度商人出面为我们说项。

根据这项建议,我们写了以下这封信:

敬致
突厥斯坦内政厅长
穆罕默德·古尔汗阁下

厅长钧鉴:
  依个人经验得知,厅长阁下日理万机,甚为繁忙,但因总督及外事官阁下均于海巴克公出,我等虽极不情愿,但仍胆敢向厅长阁下提出一则个人微不足道的请求。

自英国千里迢迢来到阿富汗所属之突厥斯坦,历经无数困难艰辛,但均在见到阁下仁慈的治绩后,获得三倍之回报。我等一心盼望得以亲眼目睹阿姆河,即历史上及传说中著名的奥萨斯河,它亦是英国诗人马修·阿诺德①一首名诗之吟诵对象。如今七个月的期盼过去,我们已抵达距河岸仅四十英里处。

据外事官阁下秘书告知,欲往访该河须取得特别通行证,在此特恳请发予我等通行证,相信厅长阁下不致因误解,而将好学者单纯之好奇心赋予任何政治动机。

然聪明睿智不及者,难免会作此错误推论,我们由此想到,阿富汗与俄罗斯并非世上唯一以河流为界之国度。我等胆敢指出,在法国或德国停留之阿富汗人,当不致遭遇阻碍其欣赏莱茵河美景的规定。

的确有些国家仍处于进步之光尚未穿透其野蛮的中古式黑夜,外国旅行者不免招致无的放矢之猜疑而面临重重障碍。但于波斯停留期间,我等即以即将进入阿富汗自我安慰,但盼远离那矫饰、不明事理之女人世界,迎接堂堂正正具男子气概之民族,免于没有根据的警讯,且乐于给予陌生人其正当要求的行动自由。

---

① 马修·阿诺德(1822—1888),英国维多利亚时代的诗人和评论家。

我等所言不虚？返回国内后，我等应告诉国人我等之判断正确？答案握于厅长阁下之手。当然我等一定要提：马萨沙里夫旅馆里有一切西方主要都市中可见之舒适设备；此地之整建计划可令伦敦等市自叹不如；市场拥有文明世界之一切便利设施。但是否还要带上一笔：虽厅长阁下之首府有所有令旅客满意之物事，但本地区最主要、最特殊之景观却不许外人参观？简言之，即来到马萨沙里夫之外国旅客，若想一探鲁斯塔姆当年征战之河岸，即被视为间谍、布尔什维克党人与治安破坏者？相信厅长阁下顾及贵国之声誉，必将否认此种说法。我们也相信当您看过此信后，此种说法便属多余。

我等计划由帕塔基萨，骑马沿奥萨斯河前往哈兹拉特伊玛目。若此议不可行，仅由本地驾车或骑马至帕塔基萨再回来，也于愿已足。我等仅盼得以亲炙奥萨斯河，若厅长阁下愿建议他处，任何地点我等均可接受。之所以提及帕塔基萨，乃因它距此最近，且可望见对岸之特尔梅兹古废墟。

对于此信冗长，又以外文写成，打扰厅长阁下之处，深表歉意。

某某及某某署名

完成这样一封稀奇古怪的信件，简直让我俩乐不可支。如果穆罕默德·古尔的虚荣心能被这一番恭维蒙骗，那他一定是个比外表看起来更昏庸的人。

马萨沙里夫,五月二十九日

那封信至少带来了回音。答案是拒绝。

看来穆罕默德·古尔并不是故意刁难。这涉及政府高层的政策,依规定外国人要前往奥萨斯河必须获得喀布尔的批准,所以即便他愿意让我们去,也一定要与首都联系,而电报线路在海巴克已被大雨切断,书信往返可能需要一个月之久。除此之外,还有一个本地的障碍。过去半年内,有大批大批的土库曼人纷纷自俄罗斯越过奥萨斯河,定居在南岸的丛林中。单是他们目无法纪的作乱,就让我们想骑马到哈兹拉特伊玛目的计划无法成行。这样的情势,也给了自认为有责任阻止两名英国人前往边界侦察的布尔什维克特务一个很好的掩护。若不是有我们在马什哈德获得的情报可相对照,别人或许还以为这是我们不必要的疑神疑鬼。

根据那位医师的说法,他曾在数年前访问过塔什干,而且没得到什么良好的待遇,我们不去帕塔基萨也没什么好惋惜的,那里只有两座营帐,一是海关,一是守卫,以前还有一些建筑物,后来全被洪水冲走了。不过他同意,骑马到查亚布或哈兹拉特伊玛目应该会很有趣,我们会经过一段美丽的乡间,当地的野雉非常有名,但没有我以为会有的老虎。

且不论这些,我非常想看看特尔梅兹的废墟,叶特对它的形容是,从河的南岸看去相当令人动容,废墟中有一座古老的尖塔,扎勒曾经画过。但我猜想,正是因为特尔梅兹,那些特务才不肯让我们去看。因为从布哈拉来的铁路就是以特尔梅兹为终点站,当地还有一团来自欧俄的部队驻守。它等于是俄属突厥斯坦的白沙瓦要塞。

驻守奥萨斯河的俄军,不是摆在那里的装饰。在阿曼努拉被废时,他们真的曾入侵阿富汗。那次侵略行动不算十分认真,但已足以解释我们的护卫在巴尔赫所说的那番话;当时整支部队仅三百人左右,拥有三门大炮和一小组医护人员。他们一度被围困在德达地的堡垒中,我们从巴尔赫到此途中,曾经过那个四面有城墙包围的堡垒,由于城墙不但没有倾倒,反而保养得很好,还引起了我们的注意。俄军在此遭到众多土库曼人的围攻,他们为了御敌,不断地将大炮沿着城墙拖来拖去。据说当时土库曼人有两万以上,这场仗打得十分惨烈。

我们可以想象,当印度政府听到俄军入侵时所感受到的震撼,虽然在我看来,俄国人只是在做我们英国人每年都会在西北边界进行的举动:在族群动乱尚未越过边界前,先下手加以敉平。毫无疑问,当年如果有机会,俄军必然会助阿曼努拉一臂之力,就像英军在类似的情况下,会站在纳迪尔沙国王这边。但大环境的情势很明显。如果阿富汗人无法维持本身的社会秩序,俄国人就会在北边代他们维持治安,一如我们在南边的做法。

俄国人当年就以实际行动证明了这一点,去年十一月我在赫拉特时,他们又再次加以证明。难怪阿富汗人要紧张,尤其是在这里。这部分的突厥斯坦是八十年前才纳入阿富汗版图的。由喀布尔到这里的路途,因兴都库什山的阻隔而变得十分困难。当地的土库曼人因难民越界,顿时人口大增,俄国人自然把他们视为反布尔什维克势力的可能来源之一。当然,该省真正的安全保障,在于俄国人不想与英国人短兵相接,只要阿富汗平静无事,让它维持现状就可作为两大强国之间的缓冲。但阿富汗人觉得承认这一点有辱国格。不过他们也深知,拒俄国人于安全距离之外的上策,就是维持国内的和平,而电报和铁路正是达到这个目的的最佳工具:电报可以招来军队,铁路可以运送军队,到任何发生骚动的地点。我们已经看到阿富汗人在这方面努力的成果。但其全国通讯仍需要大刀阔斧的改进,才不致受制于天气的变化。

我们在与乌兹别克牧羊人谈过之后,便怀疑可能是基于害怕俄国的势力渗透——若不是武力渗透,就是经济渗透——才会导致去年冬天驱离犹太人的事件。阿富汗境内向来就有犹太人,脏乱且无教养,无财又无势。这里的犹太人是属于落后的一群,我们在穆尔加布便曾见过一些。至于我在卡拉纳欧看到的那些落难犹太人,则来自布哈拉,我想他们应该是从那里来的。他们在俄国革命之后才逃到阿富汗,在塔什干有个阿富汗领事帮了他们很大的忙,只要施以此人贿赂,他就会发给签证。但犹太人生性如此,即使定居在新的国度,仍会跟母国的犹太社会保持联系,于是阿富汗人开始担心小羊皮生意的利润,大部分都会被转移到俄国,更甭说羊群本身也可能搬家。犹太人不是唯一遭到眼红的民族。十年前,马萨沙里夫和邻近地区原有四百个左右的印度商人。但从那时候开始,尤其是穆罕默德·古尔到任之后,他们就遭到有计划的威吓,被逼使离开,目前只剩下五六人,而昏聩颠顶的印度政府,却完全未伸出援手。

可怜的亚洲!任何事情到头来都不可避免地归结到民族主义,想要自给自足,想要在世界舞台上占有一席之地,不愿因缺乏自来水而受人讪笑。阿富汗的民族主义不像波斯那么没格调,多亏阿曼努拉的失败让阿国官员得到教训,那就是政府在教化民众的同时,如果硬要他们为一些乱七八糟的新科技而放弃传统,很可能引发众怒。然而,阿富汗的民族主义是在暗中进行的,有时表现在为公众利益所做的正确抉择上,如兴建道路与驿站,有时却反映于好大喜功的反常行为,如此地的旅馆和重建巴尔赫城的计划。这两者都出自穆罕默德·古尔的设计,反映出极端的民族主义思想,重视形式上的意义远超过实用上的价值,这位阿富汗的瓦勒拉①,甚至想把官方语言由波斯语改为普什图语②。

---

① 埃蒙·瓦勒拉(1882—1975),当代爱尔兰最重要的民族主义领袖之一。曾领导数个反对英国统治的革命组织,担任新芬党的国家主席,并于一九三二年出任爱尔兰首相,前后长达二十一年。一九三七年全民投票通过的爱尔兰宪法便由他起草,该宪法宣布爱尔兰是主权独立的国家。
② 普什图语,阿富汗境内最大的族群,亦即"道地的"阿富汗人所使用的语言,属印欧语系的伊朗语,和波斯语相当接近。

不过穆罕默德·古尔可不只是个空想家,从我们跟他在巴尔赫的交谈中,就可看出他是一位特立独行的人物。他是在土耳其受的教育,之后出任恩维尔帕夏①的助理,恩维尔帕夏遭俄国人杀害时,穆罕默德·古尔正追随他在布哈拉附近。回到祖国后,穆罕默德·古尔以清廉公正而享有极高的声望,甚至远播到突厥斯坦以外的地方,这也是他得以居高位的秘诀。但其实我们听说,正是因为如此,当局才不肯让他离开突厥斯坦。

马萨沙里夫,五月三十日

今天一整天都待在巴尔赫。

城内有人居住的地带的那座圣祠,是为了纪念圣徒阿布·纳斯尔帕夏,他是更有名的圣者穆罕默德帕夏之子。穆罕默德帕夏于一四一九年死于麦地那,他曾让诗人贾米在五岁时便信奉伊斯兰教。阿布·纳斯尔帕夏长大后成为赫拉特的神学教师,授课的学院是侯赛因·拜卡拉之母菲鲁莎创办的。后来他似乎是移居到巴尔赫,因为在一四五二年,他曾特地到赫拉特去劝阻拜桑霍之子巴布尔,勿越过奥萨斯河去攻打阿布·赛义德。一四六〇年,阿布·纳斯尔帕夏与世长辞。

---

① 恩维尔帕夏(1881—1922),土耳其军人及政治家,青年土耳其党的领袖之一。一九二〇年为布尔什维克工作,并于一九二一年被派往布哈拉争取当地伊斯兰教团体的支持。后因领导反苏维埃政府的运动,在一九二二年的战事中被红军击毙。

巴尔赫：纪念圣徒阿布·纳斯尔帕夏的圣祠(1461)

这座圣祠的主体是以素砖搭建的八角楼,隐身于贴有瓷砖的立面之后,立面的两翼是闪闪发亮的螺旋状柱子。立面背后的八角楼上,耸立着一座高达八十英尺的圆顶,顶面刻有凹槽。八边楼本身也有两座尖塔,就插在立面和圆顶之间。

立面的色彩相当单纯,只有深蓝、浅蓝和白色,偶有几笔不经意的黑色线条。由于缺乏紫色和其他暖色系,所以才会产生在我们初次抵达时,吸引我们注目的银光效果。同样的效果也见于圆顶,其粗圆的肋柱上覆满细小的砖块,砖块上了偏绿色的碧蓝釉彩。由于顶端的釉彩已有些剥落,露出了白色的肋柱,仿佛有雪落在上头。这座圆顶跟赫拉特及撒马尔罕那两个同类型的圆顶一样,都拥有不朽的价值和地位。但是就整体建筑而言,这座圣祠却给人一种空灵而不真实的感觉。似乎有一股不知名的力量不断将它向上推挤,进而形成一种幻觉,从某些角度看,简直美得超凡脱俗。

我们进不去;可是在鼓座周围有十六扇外窄内宽的窗口,爬进其中一扇窗口之后,立刻听到村里诵经班的练习声。不出所料,声音来自毛拉和他的学生们。

东门外还有另一座圣祠,叫做圣阿加恰。我不知道圣阿加恰是谁。胡辛·贝卡拉有三个贪婪的情妇,巴布尔有一个妃子,都叫阿加恰。她们都出身同一个乌兹别克家族。

这栋建筑没有什么可看之处。圆顶已经不见了。鼓座有一圈库法体铭文。附近则有一座蜷伏式的人工平台,巴尔赫在考古学上就是以这些人工平台著称。

我们在筱悬木下,与一群包头巾的工人一同进餐。这座新城的企图心不小,不亚于堪培拉①的建城计划,然而有办法的人是不会从马萨沙里夫搬到这个频遭热浪袭击的地方,这种做法,就像是企图以重建以弗所②来取代士麦那③一样徒劳。后来我在画那座寺院时,一个穿喀布尔装、留黑胡子的男子过来向我问好,并说在这里虽可照相,但不许画画,因此我的素描该归他所有。听闻此言,我气得好一会儿说不出话来。当我终于能够开口时,想说的话却从一名饭店仆人的口中发出来。套用这名仆人的说法,他与那个多管闲事的畜生"干架",结果发现那人是重建工程的工作人员。在他俩鸣金收兵之前,我早已带着我的画消失无踪。

阿布马吉德医师晚上来为我打针。为了来看我,他还得告假,而且基于小心起见,他觉得不留下来吃晚餐比较好。但我们还是为他调了一杯威士忌加苏打的冰凉饮料。我们从照相师傅那里弄来四瓶苏打水,冰镇在一桶雪中。我们三个人都喝得很高兴。不过我看得出来,这威士忌苏打再次勾起了他对年少理想的

---

① 堪培拉,澳大利亚首都,该地在一八二六年时只是一处牧羊场,一九〇九年获选为首都预定地后,曾向世界各地征求都市计划的蓝图,是当时的一大盛事,后来由一位美国建筑师胜出。
② 以弗所,古希腊城市,位于土耳其士麦那南方七十二公里处,曾是小亚细亚内陆重要的贸易港,以拥有世界七大奇景之一的月神神殿闻名。
③ 士麦那,今名伊兹密尔,是土耳其爱琴海沿岸最重要的出口港。

感伤。前天我曾到他的住处,那是一栋普通的泥造房屋,但我发现沙发和椅子都罩有荷叶边的印花棉布,一派英国乡村风味。

他告诉我们,直到几年前富歇①来到此地将所有大夏王国的古希腊币收购一空之前,这种货币还在市面流通。但自那以后,大家就把它视为无价之宝,开价高达博物馆收购价格的二三十倍。

开始吃水果:香甜的杏子,再来些樱桃,不过它们属于酸樱桃种,很苦,我们只能请人做成果酱。

马萨沙里夫,六月一日

昨天早上克里斯多夫到外事官办公室,请求准许他到俄国领事馆。他的借口是我们要申请签证,其实根本没希望拿到,虽然一想到从特尔梅兹乘火车到布哈拉只要十五小时,就觉得很不甘心。不过这个借口已无用武之地,因为现在连外事官的副手都假装睡觉,避不见面。于是他径自前往,闯过一队阿富汗士兵,无视他们用刺刀对着他,最后终于见到 M.鲍里亚成科。这名身材矮小的知识分子当时正坐在树下看书。

鲍里亚成科问道:"你想要前往撒马尔罕的签证? 当然,当然。我会立刻打电报给莫斯科,说有两位牛津大学研究伊斯兰教文化的教授——(罪过,罪过,我们两个离开牛津时都未拿到

---

① 阿尔弗雷德富歇(1865—1952),法国著名的佛教文化研究者与引介者。

学位)——已到达此间,正等待渡过阿姆河的许可。不,特尔梅兹没什么可看的。你们应该到阿诺去。席米欧诺夫教授刚写完一本讨论那里的帖木儿汗国古迹的书。但愿我可以马上给你们签证,可是恐怕要等上一星期左右,才能获得回复。反正你们到'这里'来是想找乐子,那才是最主要的。我们一定要办个宴会。你们来不来?"

克里斯多夫惊讶得忘了说谢谢,只问道:"什么时候?"

"什么时候?我也不知道。有什么关系吗?今晚如何?你觉得怎么样?"

"太好了。几点?"

"几点?七点,好不好?还是六点?或五点、四点?如果你喜欢,现在就开始也可以。"

当时是烈日高照的十一点半。克里斯多夫说或许晚上比较好。

六点半时我俩便蹑手蹑脚地走出旅馆,以免经理发现我们的行踪,抵达领事馆门口后,警卫还是像先前一样挥舞着武器,接着走过几座绿树成荫的院落,前院中停放着几辆卡车与汽车,有一辆是红色沃克斯豪尔。鲍里亚成科在一间凉爽的屋子里迎接我们,里面没有马克思和列宁的肖像,并且点着私人装设的电灯。我说从他的姓氏推断,他一定是乌克兰人。"没错,我的家乡是基辅,内人是丽亚辛。"他的夫人正好走进来,她年纪尚轻,

第五部

穿着朴素的深紫色洋装,有姣好的面庞和一头中分向下梳的直发。其他人跟在后面:一个脑满肠肥的男子,略有体味,从他长满痘子的脸上发出鸽子般的声音;此人的妻子,一名红唇金发美女,头发由额头全部向后梳;鲍里亚成科的小少爷,五岁大,酷似夏里亚宾①;第二对夫妇的一子一女;领事馆医生,一个粗壮的小个子,黑胡须和屠夫嘴;一位妆化得十分讲究的女士,其金发向上梳成包头;我在电报局看到的那个胖子,他说大战期间曾在坎特伯雷担任无线电军官;两个刚从喀布尔来的年轻帅哥,因为豪雨,这段路他们共走了两星期;最后是一名十四岁的女孩,那位妆化得很讲究的女士是她母亲,这孩子的动作十分优雅,是天生的芭蕾舞者的料子。

以俄国的标准来看,那种标准和我们的相当不同,今晚的菜色并不算丰盛。事实上,又怎么可能丰盛得起来?虽然事后我们发现,他们花了不少钱把镇上最后一批沙丁鱼买来。不过现场仍有那种俄国人最善于制造的热闹"气氛",宾客不断涌入,桌椅不断增加,孩子们跳到大人的膝盖上,菜一道道上来,满满一盘自印度来的沙丁鱼,俄罗斯来的红椒,新鲜肉类配洋葱色拉,还有面包。水果漂浮在玻璃瓶里的黄色伏特加酒上,酒不间断地加,俄国人拿着杯子牛饮,还大声怪罪我们的细饮慢啜。不过这还只是刚开始。

---

① 夏里亚宾(1873—1938),俄国男低音歌唱家,是世界上最伟大的歌剧演唱家之一。

那两个从喀布尔来的年轻人,特地一路携带了由白沙瓦订购的英国新唱片,可惜在海巴克时卡车遭暴风雨侵袭,唱片全部损毁,如此的损失对与外界隔绝的这群人而言,实在是失望至极,不过听他们为此道歉的口气,仿佛那些唱片是为我们而不是为他们订购的。舞曲是探戈、爵士交错着《鲍里斯·戈多诺夫》①等俄国芭蕾舞星的舞曲。我们跳,我们唱,我们坐下来享用美食,我们又跳。我们彼此用波斯话交谈,更奇怪的是,明明是跟自己同种族的人对话,都仍免不了波斯人惯有的姿态,不停点头,眨眼睛,把手放在胸前,和故作谦虚地自贬身价。鲍里亚成科和声音像鸽子的那个人,都依印度式的称谓称我们为"大人"。或许他们认为这比波斯语中的阁下或殿下更平民化。

　　时光飞逝,酒瓶中不断流出美酒,电报局那位仁兄已经摆平,我则不省人事,俄国人开始解放自己的情绪,我醒来时发现,克里斯多夫已经被所有的幽灵压得喘不过气来。已经凌晨两点,该打道回府了。饭店距这里仅仅数百码。但鲍里亚成科仍叫人开来"康索斯基沃克斯豪尔",坚持送我们回家。他真是用心良苦,因为不论我们的步履是否蹒跚,此刻走在路上被阿富汗人看到总不太好。当一名哨兵将步枪伸入车窗内时,我们才体会到他为何如此坚持。

　　今日早晨的痛苦远超过一般的宿醉。喝过茶后我们又前往

---

① 俄国作曲家 M.P.穆索尔斯基(1839—1881)的歌剧作品。

领事馆，携带的礼物不是花束，而是几盒雪茄，到了那里，只见大家聚集在一个好像游戏场的地方，场内有秋千、单杠，还有一个高网，可以用来打软式橄榄球。他们特地为我们表演一场球赛，现在在场的比昨晚多出三四个，都是低阶层的老粗，或是司机，或是维修工。电报局那个人看起来比晚上老。

鲍里亚成科告诉我们，在阿富汗这个区域里，除他们之外只有四个俄国人，都是防治蝗虫的专家，住在汗阿巴德及其附近。蝗虫是这里新近发生的虫害。几年前它们从摩洛哥传到此地，在兴都库什山北坡繁殖，随后又侵入俄属突厥斯坦，蹂躏当地的棉花田。

从这里有路可以到汗阿巴德，那里又有路可以通往喀布尔，如此就可以绕过海巴克峡谷，我们因此决定不再骑马。选择这条路必须向东多走一百五十英里到巴达赫尚地区的边缘，为避开交通中断的海巴克而必须绕道于此的借口，实在太合我意了。克里斯多夫对不能骑马深感遗憾，但我认为绕道走过的地方会更有趣。

昆都士前的客栈（一千一百英尺高，距马萨沙里夫九十五英里），六月三日

尚未离开德黑兰之前，我们就打定主意，如果可能绝对不在昆都士过夜。莫尔克洛夫特就是在那里的沼泽地带染上热病，才不幸身故。本地有句俗话说，到昆都士走一遭等于是到鬼门

关一游。可是我们还是来了,而且是睡在一潭死水旁的桑树丛中,死水和树丛正是会置人于死地的蚊子最无法抗拒的诱惑。其他的蚊虫也很多。我在一面墙下搭好卧铺。之后立刻发现墙上有个黄蜂窝,而且众人还警告我墙上到处都是蝎子。当我提议移到隔壁的花园里去睡时,他们表示那里的蛇很多。幸好我们在马萨沙里夫的市集订做了两顶蚊帐。我把我的蚊帐用照相机的三脚架撑开;克里斯多夫则请人砍下半棵桑树,做成一个蚊帐架。青蛙在水池中吹起动听的曲调。东南方,刚升起的月亮照亮了大片白雪覆盖的山脊。我们的两名护卫在睡前为步枪上膛,有只猫进攻我们明早的牛奶。晚餐我们吃炒蛋和洋葱。克里斯多夫老早就想到洋葱的问题,已先在饭店请人煮好、切好,我们吃的时候只要热一热就可以。真是个聪明的点子。

把我们带到这个山口的那一天,过程十分曲折,而且是另一次俄国宴会引起的后遗症。这次宴会没有餐点,但我们依旧跳舞作乐,直到所有的幽灵都跑出来,附在我们身上。鲍里亚成科说,就算两个大国像两座山一样无法彼此相接触,也没有理由不让两国的国民来往;以他来说,他对英国仰慕已久,而且为了我们的幸福,他希望英国不久就能发生革命。他还说,要是我们能在马萨沙里夫停久一点,不要这样急急忙忙赶路,领事本人几天内就会回来,并将带回大批上好的白兰地;更何况,他有把握我们一定可以获得签证。

我对此不抱冀望。不过他的话却让我颇感震撼,我开始觉得英俄两国彼此将对方排除于突厥斯坦和印度之外的政策,已逐渐失去意义。且看我们的主人,都是有教养、有分寸,会把钱用在古典音乐上的人,连过境印度的签证都不肯给他们,实在荒谬。我们也体认到英俄两国在亚洲的利益,已不像过去那样冲突对立,反而已几乎趋于一致,尤其是对两者之间的缓冲国。缓冲国的外交活动的目标,就在玩弄大国于股掌之上,以便壮大自己。要是俄国同意不再以马克思主义世界革命的教条为号召,把金钱和思想一点一滴地向印度渗透,这种双方利益的问题便可搬上台面。由塔什干总督和印度总督集会,讨论波斯、阿富汗、新疆与西藏问题,如此对双方所造成的好处,将远胜于一方继续维持革命宣传,另一方继续恐惧这种宣传。

当我们再度乘着康索斯基沃克斯豪尔离去时,全领事馆的人一直送我们到大门口,挥手向我们道别,祝我们顺风。

今早在马萨沙里斯我们看到一只蜥蜴。它有三英尺长,腹部呈黄色,四只齐彭代尔①式的小腿撑得身躯老高。它拼命摆动尾部,窜进一个洞里。不远处,我们又发现一处沙鸡的巢,巢里有三个蛋。

---

① 托马斯·齐彭代尔(1718—1779),十八世纪英国著名家具设计家,洛可可风格的不对称雕刻弯脚是其家具的经典特色。

我们在塔什库尔干停车吃早餐，主要道路从这里开始转往海巴克。我正对着一道山泉之上的中国式城堡举起相机，随行两名护卫中较年长的那个却说"没必要"照相。这个管家婆似的老家伙，穿着白色双排扣长礼服，上面画了好几道大钩。我回答说，如果他有什么不满意，大可回马萨沙里夫去；卡车是我们的，何况车上的空间也不是很宽敞。后来当我找到合适的高度，想要为奥萨斯平原照张相时，他又推了我的手臂加以干涉。这一次我大吼大叫，吓得他的下巴和步枪一块掉了下来。此后当我再拿出相机，他已学会闭上嘴巴。

我们原本不懂为什么马萨沙里夫政府要多给我们一名护卫。如今他们自己承认，就是为了防止我们拍照。那两个可怜虫因为无法执行任务而感到头痛。但我们实在爱莫能助。

这一带仍然十分荒芜，但亮丽的乳白色取代了在马萨沙里夫之前的平原上那种金属似的土褐色。这里的牧草只有一种干燥的带刺苜蓿。看不到树木，其他生物也很少。每隔十六英里会经过一处孤零零的客栈。我们曾看到一群兀鹰围在一方水池边，挤成一团。有时也会遇见小群蝗虫呼啸而过。夏迪安山脉的山麓丘陵是突厥斯坦平原的南界，自此开始弯向北面，我们逐步爬上这些山丘。在距马萨沙里夫八十八英里处，上坡突然中止，道路陡降一千英尺。从我们下方突然冒出来一队骆驼，正缓缓爬上山丘，每只骆驼上各有两个坐榻，上面坐着一群仕女。在骆驼下方，便是闪闪发亮的昆都士沼泽和卡塔干省。穿过雾蒙蒙的阳光,我看到巴达赫尚山脉耸立在远方,我的心随着那一座座高山越过瓦罕谷地,望向帕米尔高原和中国本土。

下到山脚,是一条用木杆和干草搭起的桥梁,另一辆卡车正等在桥头,桥下是深达十二英尺的湍急河流。我们的司机正要过桥时,那辆卡车忽然向前,造成桥身晃动,桥面下陷。一阵尘土和木棍齐飞,尖叫声、喘息声、木材散落声齐鸣,那辆卡车缓缓翻了个斤斗掉落河中,车顶没入水里,底盘朝天,暴露在亮晃晃的日光之下,四轮无助地在空中乱转。乘客纷纷下车,驾驶座被对岸顶住呈倾斜状,但司机毫发无伤地爬了出来。有人高喊车上有妇女,克里斯多夫和我一时骑士精神大发,便跳上翻覆的车子,胡乱砍断绑在外面的绳索,把一包包货物推开,才发现里面根本没有人。被急流冲走的货物全都抢救了回来,霎时间,整个地面显得生意盎然,四周有草绿色的印花棉布镶边,中间是这里一堆粉红包缎帽,那里一堆美丽的地毯,全摊在地上晾晒。

平地上已聚集一群打赤膊的人在调查发生了什么事。昆都士总督此时也骑着灰色溜蹄快马赶到,这位面带怒容的红胡子用鞭子驱赶众人,并命他们在明天早晨以前把桥修好,将卡车拉出。我们的行李用马拉过河面送进客栈,但客栈挤得水泄不通,我们宁愿在外露宿。

翻覆的那辆车上,有一名乘客身材魁梧,蓄黑色大胡子,穿西式便装,口操德语。他说他是当今国王身边的一名文书官,正在此地旅行，准备写一本阿富汗的旅游书。他坐在河边由右向左奋笔疾书。对我们的威士忌露出怀疑的眼神，不过我们如今已经学会在公开场合将那称之为冰果汁。

汗阿巴德（一千三百英尺高，距昆都士前客栈二十七英里），六月四日

桥在中午修好，我们的卡车安全通过。没想到我们的司机赛义德・杰马尔与另外那辆车的司机是亲兄弟。他用钢缆将翻覆的卡车与我们的卡车绑住，打赤膊的男子则在下面用杠杆撑起，慢慢把卡车由正面拉上岸。除了略有掉漆，车身一切完好，一发动便抢在我们前面扬长而去。

在沙质道路上，穿过沼泽中长得极高的芦苇，我们来到昆都士河旁的开阔沙滩，融雪夹杂泥沙形成的粉红色河水流到某一点时，六十码宽的河面以特快车的速度绕过一个弯，直奔向奥萨斯河。沙滩上挤满人群；炙热的沙带来一股热浪；清澈透明的粉蓝色天空下，一队骆驼和一排柳树相互扰乱着彼此的轮廓。我们抵达时，渡船正从对岸启航，上面挤满乘客、马匹和货物。渡船由两个粗略砍削、尾部高起的舢舨所组成，中间连结以横木搭成的架子。它正陷入激流之中。一排纤夫立即抓起一条以直角划过河面的蔺草纤绳，舢舨上则有人以宽桨当舵。最后，多亏有那个转折，渡船在距我们下游四分之一英里处靠岸。其他纤夫正在引导马匹及牛只过河。这些以泳技为生的男子上岸后，我们发现其中有很多背上都系着大葫芦。他们的皮肤全晒成古铜色,有些人的面貌看起来像是土著,但没有人能告诉我们,他们是否属于哪个特定的种族。基于对阿富汗原始朴实之风的尊重,我们才勉强打消在渡船回程时,与他们一同下水的念头。

渡船现在必须由纤夫拉往上游,一直到河流转折处,我们的卡车在此开上横木架。船以时速十海里的速度前进,我正准备跳入水中逃命时,船身巧妙一转,水流的冲力减轻,我们已经进入土质岩壁的凹处。大伙儿的兴奋之情不下于普特尼①举行船赛的日子:古铜肤色的纤夫,穿花卉图案长袍、举止体面的乌兹别克人,头戴毛皮尖帽、蹲着看热闹的土库曼人,黑色头巾有阿斯科特②赛马帽那般大的哈扎拉人,和一两个留金色胡须,我们猜是卡菲尔人③的男子,把我们拉上岸。昆都士的红胡子总督手挥鞭子,昂首阔步地穿过众人,看来就像苏格兰酋长的侍从,忠诚地监督着整个过程。

一排白色、乏味、和巴尔赫土墩一样古老的城墙,向我们预告昆都士就在前方。从这座城镇的另一边,我们越过一片逐渐

---

① 普特尼,位于伦敦西南郊的村落,临泰晤士河南岸,每年三月的牛津、剑桥大学赛船,就是以此地为起点。
② 阿斯科特,英国波克郡村落,位于伦敦西南方四十八公里处,以皇家赛马会的举行场地阿斯科特赛马场闻名。
③ 卡菲尔人,即居住在靠近巴基斯坦与阿富汗东北部高山森林区的努里人,卡菲尔人是阿拉伯穆斯林对异教徒的称呼,意为无信仰者,努里人直到十九世纪末仍拒绝接受伊斯兰教信仰。

高起的绿色平原,位于东南边的巍峨雪峰与我们是如此的贴近,近到可以分辨出积雪之下的光秃岩石和缝隙。草原上仍是那怪异的带刺苜蓿,和寻常苜蓿一样开着奶油色的花朵,顶部是粉红色,但叶子较接近冬青。偶尔有几间茅屋,是蔺草搭建的,不太整洁,茅屋周围放牧着牛马。一种黄色日光兰①映入眼帘,高有三四英尺,先是一株一株,接着是一片一片,最后整座草原都变成了淡黄色的浓稠大海,在金色夕阳的映照下显得无比温煦。

汗阿巴德人将这些黄色植物称为"什赫",并用它们的绿色浆果制成一种线。

在山下我们接上通往喀布尔的道路,路旁有密集的电线杆串起的两条电话线,倘若正如我们所推测的,这些电话线一直延伸到瓦罕谷地,亦即分隔亚俄、中国和印度的那一条狭窄的阿富汗国土,其中便透露着新的政治意涵。在垂直下降之后,我们来到汗阿巴德镇,外事官的副手是个年仅十八岁的青年,因盲肠炎而显得未老先衰。他的波斯语中不时出现"boots"(靴子)、"programme"(计划)、"sugar"(糖)和"motah-van"(卡车)等英文单词。他带我们到总督的接待室喝茶,那房间有九十英尺长,墙边的橘色帷幕上装饰着黑白两色的阿富汗传统武器。

又累又脏的我们希望有房间可以休息。可是期望中的小旅

---

① 日光兰,一种百合科植物。——原注

馆不久前已倒塌,他带我们走到一处飒飒作响的筱悬木丛中,那些树都有榆树那么高,年代也很久远,据他说"可追溯到自治村社的时代",也就是多斯特·穆罕默德大公征服巴达赫尚之前。这里有扎好的帐篷,里面的地毯和桌椅已摆设妥当,灯也点燃,迎接我们的到来。他说如果事先知道我们要来,会准备得更完善,可惜本地和马萨沙里夫之间没有电话,无法事先知会。

我们把两名护卫分别称为教区牧师和助理牧师。由于不知道后面的第三座帐篷里是否有新挖好的厕所,我向教区牧师打听盥洗室的位置。他没听懂,虽然我用的是波斯语的一般说法。后来他猜到了,便说:"噢,你是指加瓦比茶,也就是茶的回应。"

这真是个贴切的说法。

汗阿巴德,六月五日

今早我们见到了总督希尔·穆罕默德汗,他相当明理,直截了当地回答我们的问题,不会假装一整天都在睡觉。

他用低沉的声音,语带沮丧地说:"不,你们不能去哈兹拉特伊玛目,因为那里太靠近奥萨斯河;你们也不能去看查亚布的温泉,理由也一样;奥萨斯河就是国界,让你们去是违背国策的。至于去吉德拉尔路,因多拉山口被冰雪封住,要再过两个月才开放。而且无论这三种情况中的哪一种,你们都必须获得喀布尔的批准。"

我很遗憾去不成哈兹拉特伊玛目,因为外事官告诉我们,那里的圣祠有瓷砖镶嵌。

明天,在经过十个月的旅程之后,我们终于要启程赋归了。

此地除了那荫凉舒适的营帐,没有什么吸引我们的景物。河上的砖桥已被洪水冲走。令总督花园中香气弥漫的印度豆树,据说是来自俄国。本地市场上卖的是冰不是雪。

巴米安(八千四百英尺高,距汗阿巴德一百九十五英里),六月八日

前天我们在汗阿巴德才刚上车,外事官便跑来要我们再等一小时,好让他找两个新随从来伴护我们。听说教区牧师和助理牧师不能与我们同行,克里斯多夫咆哮咒骂,我则顿足抗议,教区牧师在外事官耳边悄声说,我们两个发起脾气来可是很可怕的,赛义德·杰马尔也发誓,他一分钟都不能等,于是我们开车就走,绑架了我们的护卫。他们很高兴能有这趟远行,因为他们从未到过首都喀布尔,但又担心回到马萨沙里夫之后下场堪虞。我不知道我们为什么这样看重这两个人,他们逗趣的成分大于实质的作用。教区牧师不论我们要他做什么事,一定会用歌唱般的腔调,将指示重复好几遍,并且长篇大论地述说他是如何愿意尽心尽力地帮助我们,求我们相信他的快乐和我们的快乐是一体的,可是说完却什么也不做。助理牧师则是明目张胆地偷懒。必须要用力推他,他才动得起来。然而他们至少不会再阻挠我们拍照,或干涉我们要往哪里去,而新换的护卫可能就

没那么容易对付。

距汗阿巴德十八英里,我们又看见流向山区的昆都士河,在巴米安这里,我们与河道仍有些距离,其实要不是有这条河,很难想象在兴都库什山上,可以开辟出任何供汽车行驶的道路。但此刻,昆都士河却构成了障碍,至少也是阻碍我们前行的源头。它的一条小支流因雪水而暴涨,害我们不得不在巴格兰平原中间停下来。

这里无事可做,只有等待,用石头来标示水位,看水是下降还是升高。停留在清凉的草原上,我们唯一可以遮阴的地方就是茂密的草丛。附近有一座外形像小子弹的山丘,为东面白雪覆盖的山脉带来几座坟墓和一座圣祠。不久有另一辆卡车加入我们,车上的人举办射击比赛,大家对着一块锡片射击,教区牧师、助理牧师和赛义德·杰马尔都加入其中。克里斯多夫和我在河里游泳,可是水脏得在我们起身之后,必须用刷衣服的刷子把身体刷干净。傍晚时分,我们在卡车旁铺好床铺。有老鹰那么大的蚊子,仿佛听见晚餐铃声,全都涌了过来。

翌日早晨我尚未起床,一位老人家骑着一匹红棕色的马来到河边。他身穿褪色的咖啡色长袍,上有玫瑰花纹,头巾下的脸庞上留着铁灰色胡须。马鞍上摆着一只棕色羔羊。十二岁的儿子跟在旁边步行,穿天竺葵色的红袍子,缠着跟父亲一般大的头巾,吧嗒吧嗒地走着,一面用棍子赶一只母羊和黑色小羊前进。

当他们全体都抵达渡口时,渡河的过程于焉展开。先是老人骑马过河,一面拼命把马头拉出水面,到对岸后放下棕色羔羊。他折返时,孩子抓起黑色羔羊,交给父亲,父亲再骑向河里,小羊的一条腿悬空,哀叫不已。母羊担心小羊,便跟在后面,但水流将她冲回原先的岸边。此时黑色小羊已安抵对岸,但仍不住啼哭。老人又回来,帮着儿子把全身湿透、颤抖不已的母羊,赶到距渡口百码的上游处。水流又将她冲走,但却是顺利地冲到渡口,而且是送往对岸,两只小羊热切地欢迎她。孩子踩着父亲的靴子跳上马,坐在父亲后面一同过河,一面还用棍子去测试河底是否稳固。到对岸后,他下马,把棕色羔羊放回马鞍上,便赶着母羊及黑色小羊摇摇摆摆地继续前进,天竺葵红袍在他身后飞扬。红棕马跟随在后,一行人与兽终于消失在地平线上。

现在的问题是,我们要不要也改骑马。但昨晚水位已下降三又三分之一英寸,赛义德·杰马尔决定冒险一试,以挽救他的生意。从看不见的村落中他招募到三十个人,有些人在前面用绳子拉,有些人从后面推。卡车来到渡口的斜坡,说时迟那时快就冲进水里,弄得前面的人个个人仰马翻,差一点被撞死,不到十秒钟,水流就把卡车冲得过远,无法抵达对岸的渡口。后来它又转身,车头向前,以时速三十英里的速度顺流而下,车后则跟着一群留胡须、缠头巾、大呼小叫的汉子,他们及时赶上,顺势一推,把卡车推上下游的另一个渡口,并且安全着陆。神奇的是,

第五部　　385

引擎的重要部分居然一滴水也没进。

巴格兰本身是平原南端一个由许多村庄形成的聚落,四周广大的田畴中,玉米已收成完毕,正一堆堆地晒干。我们又越过昆都士河,这次过的是波勒霍姆里桥,一座单拱的砖造古桥,我在桥边发现一小撮长得很高的白色康乃馨。从这以下的道路都经过适当的修筑,缓缓的斜坡道或是沿河堤而行,或是经过人工开凿的山路,但此地仍属土质地带,缺乏支撑路面的强化工事,因此雨水侵蚀路面就像刀切乳酪一般轻而易举。走起来不但不方便,反而几乎每段路都得绕道而行,但所绕的根本是无路可走的地面。

从现在开始是整个旅程中最漂亮的一段,真希望我们是骑马而行。此时道路不再沿河,转为向兴都库什山的主峰正面进攻,但不是以蜿蜒盘旋的方式爬上那些绿色堡垒,而是经过一连串坡度极陡的鞍部,翻过一个又一个的山头。环顾四方,不论高低,视野所及之处,尽是随风摇曳的青草陡坡,其间点缀着数不尽的各色花朵,黄、白、粉、紫,它们分配得恰到好处,多一分太密,少一分太疏,且不会过度集中于某个品种,简直就像是某位园艺高手或东方庭园大师,曾一手策划这整个山头的美化工作。蓝色的菊苣,高高的粉红色蜀葵锦,一丛丛长在肥大棕色球茎上的柠檬色矢车菊,一块块低矮形似茉莉花的白色穗状花,一棵高大、叶子上有斑点的虎耳草,一种奶油黄、中间为棕色、像庭园麝香的小花，叶子无刺的一束束蓝色与粉红荨麻，枝叶茂密的蔷薇色龙虾花，这些还只是在这片绿油油的广袤草地上向我们眨眼睛的无数花卉当中的一小部分。草原的尽头，上是蓝天白云，下是突厥斯坦越来越平缓的起伏地形。花儿不时从开心果树丛下探头向我们打招呼。我们则是一路咒骂着那辆老爷卡车，一路叽叽轧轧、冒着黑烟地爬到坎皮拉克山顶。

疾驶过绿色的丘陵地带，我们又进入一条狭长的峡谷，共有两英里长，路面堆满松动的石子，而卡车在不动如山的大块鹅卵石之间，几乎没有回旋的余地。出谷之后，昆都士河又出现在我们脚下，雄伟的白色巅峰自河的另一端升起。现在河水带着我们西行，白色的河马在河谷中缓缓向我们游来，直到天色向晚，我们必须在一个叫作塔拉或巴法克的村子打尖，有时大家干脆叫它塔拉—巴法克。

我们今早醒来，意识到自己已离开中亚。南方的部落正在朝北边移动，正宗阿富汗人，肤色黝黑，做半印度式的装束，赶着两三百头骆驼朝北行。对面的高地上是荒废的城堡和具防御工事的城墙。河流则仿佛对本身受到的压抑深感震怒，水花四射地由峡谷冲出，两旁的岩壁垂直达数百英尺，高耸入云。上述基本地形呈二百四十度的扇形展开，绵延四十英里之远，偶尔会出现有人居住的村落。我们经由木桥渡河达八九次之多。水边装点着花色火红的石榴树和一丛丛粉红色绣线菊。最后，一道桥

第五部　387

梁将我们带下干道,往西进入巴米安山谷。

自离开奥萨斯平原后,我们已爬升了六千英尺。这个十分特别的山谷说得上是五彩缤纷,赭红的悬崖,靛青的山顶与顶上银光闪耀的积雪,还有刚冒出鲜绿嫩芽的玉米,在山里洁净的空气中,显得加倍亮丽。我们在一旁的山谷发现一些遗迹和洞穴。崖壁渐渐变白。突然间,眼前一亮,无数的佛教僧侣洞穴像一个硕大无比的黄蜂窝,聚集在两座巨型佛像的四周。

一栋以白铁为顶的欧式房屋,在河对面的绝壁上向我们招手。总督不在,他的副手穿着蓝色睡衣,像一只得了气喘病的海豚,对我们这群不速之客似乎感到很头痛,连忙打电话到喀布尔去通报。我们走到屋外阳台,眺望下面绿草如茵的田野,灰蓝色的河水旁有条红土小径,农民们正赶着牲口——再向上望去,就是那两座大佛像,在一英里外,凝望着我们的阳台,仿佛是在午后向我们问候。一阵黄紫色的大闪电自云端劈下。一股寒意笼罩山谷,突然下起倾盆大雨。接着狂风大作,房屋被肆虐了一小时之久。风停雨歇后,靛青色的山脉上又增添了新的雪花。

希巴尔(九千英尺高,距巴米安二十四英里),六月九日

我不喜欢在巴米安久留。这里的艺术没有什么新奇之处。当年玄奘到这里时,佛像曾镀上一层金,营造成青铜的效果,有五千名僧侣蜂拥而至,在佛像边挖掘出迷宫一般的洞穴。时为六二三年,穆罕默德死于同一年,阿拉伯人则在七世纪结束前抵达巴米安。但是要再过一百五十年,这些僧侣才全部销声匿迹。我们不难想象当时的阿拉伯人,对这些佛教僧侣及他们在这血红山谷中的偶像是什么观感。一千年后的纳迪尔沙,在破坏较大的那座佛像的腿部时,心里一定是同样的想法。

大佛高一百七十四英尺,小佛高一百一十五英尺,彼此相距四分之一英里。大佛像留有外敷灰泥的痕迹,灰泥上涂着红色颜料,推测那应该是为镀金打底。这两座佛像都没什么艺术价值,但还不至于让人无法忍受;令人生厌的是其构造有违常情,又缺乏磅礴的气势,只是大而无当的庞然大物。就连材质也不美丽,因为这一带不是岩壁,而是碎石挤压而成的山壁。当年有许多出家人以凿子为工具,奉命以来自印度或中国的某个恐怖的半希腊式神像为本,开凿这两座佛像。结果是,连劳动的庄严都显现不出。

佛像所在的壁龛,顶盖部分涂有灰泥和颜料。小佛像的壁龛上方画着一幅喜悦的图像,有红、黄、蓝三色,哈金[①]、赫茨菲尔德和其他学者认为,其中存在萨珊王朝的影响,不过得出此一结论的线索是来自梅森[②],他曾在一百年前,于此地见过一段巴

---

① 约瑟夫·哈金(1886—?1941),法国考古学家,曾负责巴米安佛教洞窟的挖掘工作。
② 查尔斯·梅森(1800—1853),美国旅行家,东印度公司孟加拉炮兵团的逃兵,一八二七年从阿格拉深入当时尚在英国管辖之外的印度河流域,足迹遍及旁遮普、阿富汗和俾路支。

第五部 389

列维文的题字①。大佛像头部四周的壁画保存得比较完好,而且可以靠上前去细看,也就是直接站在佛像的头顶上。大壁龛的两侧,在拱顶的弯处下,挂着五个直径约十英尺的大圆板,上面是菩萨像。菩萨像的周围围绕着马蹄形的云纹,有黄、蓝、白三色,菩萨的头发则略带红色。每个圆板之间有三枝一株的莲花,至少我们推测应该是莲花,要是换在别的场合,可能会认为那是装有三个玻璃灯泡的教堂煤气灯架。圆板以上的区域,远远看去,像是一条方块走道,再上面是一片庞贝式的帷幕,以孔雀毛滚边。再向上又出现两排菩萨,交错地坐在云彩和宝座上,宝座有镶珠宝的绒毡为饰。两排菩萨之间有带茎的大花萼,很像撒克逊人②的圣水盆,带翼的天使自花萼中飞出来。最上层的部分已经不见了。这里的颜色都是寻常的壁画颜色:青灰、橙黄、铁锈般的巧克力红、阴沉的葡萄紫以及明亮的风信蓝。

这些主题显示出,波斯、印度、中国及希腊文化曾于五六世纪时在巴米安交会。能够目睹这种交会的记录是一种有趣的经验。但其孕育出来的成果却叫人不敢恭维。唯一例外的是下面那排菩萨,哈金说这些菩萨像比其他的都要古老。他们给人宁静安详的感觉,优雅而空灵,这是佛教圣像的最高境界。

悬崖上的洞室同样为当时的建筑思想留下了记录。当年开山的僧侣们,必须决定要赋予他们的宗教内堂何种形制。在他

---

① 巴列维文,萨珊帝国的官方语言,通行于三至九世纪。
② 撒克逊人,在五至六世纪曾征服英国部分地方的西日耳曼人。

们所有可能的参考对象中，印度式石造圆顶的内部结构，必然是最不适用于从单块巨石上开凿出的洞穴。然而，他们还是凿出这样的石窟，并配上它那庞大的悬垂支架、厚重的十字交叉横梁和别扭的小穹顶。萨珊王朝对他们的影响就比较合理。有一处宽广的厅堂与菲鲁兹阿巴德的圆顶厅房极其类似，厅内的凹凸装饰在内拱角顶端分裂成蝴蝶结或是类似的形状，由此或可看出萨珊式的灰泥最初是如何应用的。其他洞穴的圆顶则倚建在环状或八角形的墙面之上，有些的凿工十分细腻，甚至还有个洞穴有阿拉伯式的饰带，它可能正是六百年后，加兹温那座礼拜五清真寺的原型。不过此地与伊斯兰教建筑最明显的关联——也是它曾借用古代拜火仪式的明证——显现在一处方形洞室之内，该室的圆顶系坐落在四个内拱角上，每个内拱角又由五个同圆心的拱形所组成。这种极不寻常的设计如果再外加一个拱形，就和突厥斯坦卡桑地区的一座十四世纪的陵墓如出一辙。

　　法国考古学家将这些洞穴保存得很好，上色的灰泥已经过整修，又在必要处搭建了阶梯，并标上有用的波斯文和法文告示，以引导那些未曾拜读过他们所发表之报告的访客，如："C群：会客室"、"D群：圣堂，受伊朗影响"，等等。

　　我们重新踏上通往喀布尔的道路，它依然与昆都士河的最后一条小支流结伴而行，道路将我们带上希巴尔山口，走过光秃秃的丘陵地带，玉米作物为棕色土地添上几笔疏落的绿色。我们在此遇见一名路人，他说山口另一边的路已为山崩所阻。此时天色已晚，无法去勘察路况。于是我们折返希巴尔村，一个位

第五部

于光秃山顶、与世隔绝的小聚落。

今早在巴米安,克里斯多夫正在用匕首打蛋时,火因为燃料用尽而熄灭,他请助理牧师去拿些柴火来,可是一请再请都请不动,最后只好把匕首刺过去。这会儿在希巴尔,匕首又刺向教区牧师,因为他想住进我们的房间。我们说房间不够大。助理牧师不习惯受到这样的待遇,便向我们说教起来。他说,我们欧洲人固然有自己的习俗,但是在阿富汗,请我们要入境随俗,在此地任何事情都靠交情。如果他为我们做事,那也是因为他把我们当成朋友,不是因为我们吩咐他那么做。他是受政府雇用的护卫,不是我们的仆人。在此后的路程上他希望我们能做他的好朋友,这样他才能替我们做事,等等。

没有雇用仆人,错不在我们。离开赫拉特后,每到一处城镇我们都试图找一位仆人。可是政府当局每每告诉我们,他们提供的护卫可当仆人使唤。所以我们如此对待助理牧师,不过是把政府当局的话当真罢了。不过他这番话仍使我们感到惭愧。

村民在晚餐后为我们举行音乐会。

"只有阿富汗、波斯、英国和印度做得出好音乐。"教区牧师说。

"那俄罗斯呢?"克里斯多夫问。

"俄罗斯?俄罗斯音乐烂透了。"

恰里卡尔（五千三百英尺高，距希巴尔七十四英里），六月十日

不是一处山崩，而是十多处山崩，让我们无法在今晚抵达喀布尔。还差四十英里的距离，但已看到有一座铁桥在向我们预告，这里已进入首都四周的文明区域。在此地的商队客栈里，我们端坐在椅子上，就着餐桌吃晚餐，猛然想起，这趟旅程即将走到终点。想起最近这一个星期是多么的紧凑。每天四点便起床，在柴火上煮粥，为我们因陋就简的野餐订购食物，放在破旧的波斯白铁罐中；让人把灯油加满，以备晚上可能露宿野外；每经过一处泉水就得跳下车去把所有的水瓶装满；每隔一天清理脚上的靴子；按日分配香烟给那两个人抽，好让他们高兴，这些都已成为反射性的例行公事。一想到明天这一切都将停止，不免意兴阑珊，而且有些伤感。

希巴尔山口标高一万英尺，在我们离开昆都士河的最后一线河水时，已快接近雪线。昆都士河就是从这里发源，一路流向奥萨斯河和咸海。再往前走五分钟，又看到另一条刚发源的河水，它将流往印度河，再注入印度洋。地理也有它精彩的地方。

自山口走出一英里后便来到第一处山崩，成堆的稀泥和石子盖住了下面的大石块。一群装备齐全的修路工人已开始清理路面。但是在十英里外，也就是下一个更可怕的山崩处，我发现只有几个不知所措的村民，像孩子一样在水中走来走去，我不得不当起工头，让他们的抢救工作有些章法。路下面的农作物已被泛滥成灾的污泥毁掉大半,如今又有新一波的泥浆袭来,可怜的村妇像疯了一般,急忙拿起镰刀冲出村子,抢割尚未遭殃的作物,至少还可充当草料。村民觉得他们有义务清理路面,但一群正好路过的骡夫却不这么想,他们对强迫性的义务劳动表示抗议,结果饱尝赛义德·杰马尔的老拳,教区牧师则拿枪指着他们。他们害怕得唯有从命。

河流,这条新的河流,两岸装点着粉红色玫瑰和白色绣线菊。一个个山谷渐渐丰富起来。村庄里不时可见到一丛丛核桃树,印度商人缠着紧紧的灰色头巾,坐在自己的店里。然后,仿佛脸上被打了一拳,恰里卡尔铁桥映入眼帘。

喀布尔(五千九百英尺高,距恰里卡尔三十六英里)六月十一日

从赫拉特到喀布尔,我们一共走了九百三十英里路,其中四十五英里是骑马的。

一条崎岖的山路把我们由恰里卡尔高原带到一片位于群山之间的小平原,流动的河水和波浪状的铁皮,在树丛间闪闪发光。进入首都时,警方没收了教区牧师和助理牧师的步枪,令他们好生懊恼,但因为他们包着头巾,没有人会相信他们是政府公仆。我们开车到外交部,火红的攀缘蔷薇爬满铁栏杆;接着到旅馆,这儿每个房间都供应可写字的白纸;然后前往俄国公使馆,他们未曾接到给鲍里亚成科的回电;接着去德国商店,但除非有贸易部发给的许可证,否则他们不肯卖白葡萄酒给我们;最后来到我们的英国公使馆,公使理查德·麦科诺基爵士留我们住下。这是一栋白屋,因廊柱而显得气派非凡,里面的陈设就跟家乡一模一样,没有会让人联想起东方的蚊帐或扇子。克里斯多夫说,待在一间墙壁没有坍塌倾向的房间,感觉怪怪的。

公使馆的人一致同意,拒绝发给驻喀布尔的俄国外交官过境印度的签证,的确很可笑。事实上,连他们接近贾拉拉巴德这个离边界还有一段距离的城镇,印度政府都会提出正式抗议。结果就是两国公使馆与阿富汗政府达成某种君子协定,即英国人不可在阿国的北部,俄国人不得在阿国的南部旅行。这就是马萨沙里斯政府无法准许我们前往奥萨斯河的真正原因,虽然他们不会承认这种有损其主权尊严的理由。我们能走到那么接近奥萨河的地方已经够幸运了,尤其是买下我们汽车的拉尔·穆罕默德和我们的司机贾希德,好像都曾散播谣言,指我们是情报单位的间谍,来此从事绘制地图的工作。下次如果我要再做这类旅行,事先一定要去接受一点谍报训练。反正横竖都得忍受这种行业的不便之处,倒不如设法从中捞点好处,如果有的话。

英国在喀布尔的外交,近来都系于公使的玫瑰之上。六月三日为庆祝英王华诞所举行的宴会,正值它们的怒放期,阿富汗人个个喜爱玫瑰,而且从未见过花形这么大的品种。翌日早晨,司法部长的名片已飘扬在开得最美的那几棵玫瑰树上,那是他的园丁在前一天晚上留下的。接着,其他所有的部长也都来索取切花,公使馆里的牡丹也引起他们一阵骚动,公使已答应明年分送他们。

那些玫瑰固然艳丽,我却比较偏爱公使馆大门旁的一棵阿富汗树。树高十五英尺,上面开满白花,几乎看不到一片叶子。

喀布尔,六月十四日

无所事事的日子。

这里的花园实在让人舍不得离去,园内种满了美洲石竹、风铃草和耧斗菜①,有的种在草皮上或花坛里,有的种在藤架上,感觉仿佛置身英国,直到看见白色大宅后的那座紫色山脉。公使馆上上下下加起来共有九十人,今天傍晚打网球时,场上还有六个穿制服的球童在捡球。常有人抱怨由索里斯伯里②勋爵指派的英国海外大使馆和公使馆,从不把协助出门在外的英国旅人当成他们的职责,我不认同这种说法。每个来这里旅行的人都看得出来,这里的公使馆除了这个目的之外,可能没其他存在的必要。他们不只协助英国旅人。前来此地的美国旅客也经常

---

① 耧斗菜,一种多年生的温带庭园植物,花色亮丽,有白色、蓝色、紫色、粉红色、黄色或杂色等。
② 索尔兹伯里(1893—1972),英国保守派政治家,在内阁的外交和殖民地事务方面,担任过许多重要职务。

免不了会惹上某种麻烦,由于他们没有自己的公使馆,我们的公使馆也从未拒绝他们的求助。

伽色尼(七千三百英尺高,距喀布尔九十八英里),六月十五日

到这里花了四个半小时,沿着一条路况良好的坚固道路,穿越有如鸢尾花毯的托普沙漠。

著名的"胜利双塔"矗立在前往罗萨村的路上,两塔相距七百码;这对八边形的星状残塔,各有七十英尺高,目前有白铁皮为盖,以免塔身进一步毁坏。根据一八三六年瓦因①为这两座塔所绘制的素描,其上层圆形建筑的高度是目前的两倍有余。它们建成尖塔的形式,其纪念目的大于宗教用途,因为地面上看不出附近曾有过清真寺的痕迹。兴建这种尖塔是萨珊王朝的习俗,信奉伊斯兰教后的波斯人也承继此风,直到十四世纪前后。达姆甘和萨卜泽瓦尔的尖塔,以及伊斯法罕的很多尖塔,都和这里一样,是独立存在的。

有关这两座尖塔的建造者,一直是众说纷纭。J.A.罗林森于一八四三年出版了塔上的铭文,并将较大、较华丽的那座的建造者,推定为萨巴克塔金之子马哈茂德,亦即伽色尼帝国的缔造者以及菲尔多西和阿维森纳的赞助者。不过罗林森想必是把自

---

① 戈弗雷·瓦因(1801—1863),英国探险家,曾前往阿富汗、克什米尔和喀喇昆仑山等地探险并绘制地图,著有《六个月在美国》等书。

伽色尼：著名"胜利双塔"中的小塔，建于一〇三〇年之前，
大塔则建于一〇九九年至一一一四年间

己的笔记弄混了，因为根据金石学家弗卢里在一九二五年获得的相关照片，他发现与马哈茂德有关的铭文，其实是刻在比较小的那座尖塔之上，至于较大的那座，刻的是其后人马苏德三世的名讳，他是易卜拉欣之子。由此可以推断，小塔必定建于一〇三〇年之前，大塔的年代则在一〇九九年到一一一四年间①。

　　两者的差别在于宽度，大塔的直径，不算石头底座，约为二十四英尺，小塔约二十二英尺。采用的建材都是圆润、略带红色的太妃糖砖块，并以同色、雕有花纹的陶片作为装饰。每座尖塔各有八个星角，介于星角之间的八面凹墙上，每一面又划分成八个深浅不同的装饰区。在第三与第四、第五与第六，以及第六与第七个装饰区之间，都有木质的桁梁打断砖造的主体。

　　除了以交错排列的砖块构成的图案之外，小尖塔的装饰仅限于中间两条窄窄的红土陶片，以及顶端十六片写有粗库法体字母的壁板，其内容对马哈茂德推崇备至："伟哉苏丹，伊斯兰之王，万民爱戴，阿布穆扎法尔，穆斯林之支柱，贫民之仰赖，阿布尔卡西姆·马哈茂德——愿上帝彰显其坚贞——萨巴克塔金之子……全体信徒之统帅。"大尖塔就华丽许多，砖块排列也更为紧密，每块凹墙的八个装饰区全填满了细致的雕刻，有时周围还有较浅的题字。其顶端四周也有十六片壁板，记载着马苏德的种种尊号，这些壁板上的库法体文字，其字形较长，也比较秀美，宛如天降神兵般突出于一片繁复的图案迷阵之上。一般而言，

---

① 马哈茂德的在位期间为九九八年至一〇三三年，马苏德三世的在位时间为一〇九九年至一一一四年。

在比较两座形式相近但年代相异的建筑物时,年代较久的那一座往往较为简朴,评价也较高。但这里的情形并非如此。大尖塔的细腻砖工和讲究装饰,其实有其功能性的意义,可以使尖塔的重心落实到基座之上,也可让塔身看起来更为坚固,撑得住最上面的尖形部分。在喀布尔的公使馆里有一张老照片,大约是在一八七〇年拍的,照片中可看出尖形部分的细部构造。最下方的二十五英尺是素面,而且在刚盖好之初,很可能隐身于木造阳台之后。再往上就分成为一条条平直与弯弧交错的肋柱,上面刻有装饰花纹。肋柱之上是八对长形凹壁和一条饰带,饰带上看似刻有库法体铭文。

有趣的是,这座尖塔与贡巴德卡武斯那座建于同一个世纪。两者都具有历史价值,也都称得上具有建筑之美。但其中一座繁华富丽,另一座简单朴拙,其间的差别显示出,当时在波斯建筑中同时存在着南辕北辙的两种理念。继之而起的塞尔柱建筑,可说集这两种理念于大成,并继承了双方的优点,在装饰与结构之间取得完美的平衡。

马哈茂德苏丹陵墓坐落在半英里外的罗萨村内,它对外来客的吸引力大过胜利双塔。伊本·巴图泰①在十四世纪中叶曾指出,陵墓顶端是一处贫民收容所(另有旅客招待所之意,无法

---

① 伊本·巴图泰(1304—1377),阿拉伯学者,最初以旅行家身份闻名。他口述的旅行报告,在今日被视为重要的生活文献,因为它记录了自蒙古人入侵之后,非西方世界绝大部分地区的新旧交替过程。

确定这里指的是何者)。巴布尔当然来勘察过,也看到附近的易卜拉欣和马苏德苏丹的陵寝。之后,瓦因在一八三六年来到此地,六年后又来了一队英军,因听信某位历史学家——我相信是费里希泰①——的荒唐说法,而把陵墓的两扇门运往他处。那个错误的说法认为这两扇门原属于古吉拉特②的索姆纳特③印度庙所有,当年马哈茂德在劫掠古吉拉特时将庙门偷了回来。英军采用十分神奇的方法,把(长十六英尺半、宽十三英尺半的)这两扇门运到阿格拉④,埃伦伯勒⑤勋爵还请求印度皇族,体会英国政府是多么用心良苦地"证明对各位的爱护,将各位的荣誉看做本身的荣誉,不惜动用武力,将索姆纳特神庙的庙门,亦即长久以来各位臣服于阿富汗的象征,物归原主"。这番说法遭到对方嗤之以鼻,于是那两扇庙门从此便葬身于阿格拉堡,无人闻问,直到今日。门的材质是阿富汗的喜马拉雅杉,门楣上的题字是祈求上帝宽宥阿布尔卡西姆·马哈茂德,萨巴克塔金之子。

---

① 费里希泰(1560—1620),印度伊斯兰教史学家,著有《易卜拉欣的玫瑰园》,该书是第一部扬名西方的波斯文印度编年史,对十世纪末以来的印度穆斯林做了详细的描述。
② 古吉拉特,印度半岛西北部、临阿拉伯海的一个邦省,是印度古文明的主要据地之一。
③ 索姆纳特,古吉拉特省的一个滨海城镇,又名帕坦,以献给湿婆神的印度庙宇闻名,该庙是印度最著名的圣殿之一。
④ 阿格拉,印度北方城市,一五六〇年后的莫卧尔王朝首都,著名的阿格拉堡和泰姬陵是城内最重要的建筑,前者是十六至十七世纪三位莫卧尔皇帝的皇宫所在地。
⑤ 埃伦伯勒(1790—1871),英国行政官,一八四二年至一八四四年的印度总督。

第五部

然而这两门来自印度的说法,却仍见于学校的教科书中。印度政府倒不如把门还回去,以破除那不实的传言。可怜它们流落到如此下场,却始终没有任何介绍其雕刻的文字可以还它们一个公道,那些雕刻在伊斯兰教艺术中可说是独一无二。大战结束后,尼德迈尔也到过此地,当时陵墓是露天的。如今我们发现上面加了一座宽广的圆顶,墓前有回廊及玫瑰花园。

  三名老人正就着大本的《古兰经》吟诵经文,我们的向导自木栏杆上弯下身去,揭开黑色的布幕,把布幕上的玫瑰花瓣集中在一起。此时只见一个反置的石摇篮,尾端呈三角形,有五英尺长、二十英寸高,下面有个很大的基座。石头是大理石,白色,半透明。在面朝麦加那边,刻着两行库法体铭文,文中祈求"上帝仁慈地接纳这位高贵的君王和统治者,萨巴克塔金之子阿布尔卡西姆·马哈茂德"。另一面有一个三叶形小的石板,上面写道:"他薨逝于……周四傍晚,拉比亚特第二月尚余七夜之日,四二一年。"也就是一〇三〇年二月十八日。这座陵墓的艺术价值,就在于那些有力且丰富的雕刻,在于布满岁月痕迹的大理石光泽,更在于那些精彩的主铭文。库法体文字具有一种机能上的美感,可以当成一种纯粹的设计,那种特殊的强调本身,似乎就是一种雄辩的形式,将语言由听觉转换成视觉。过去十个月里我欣赏过许多这类的例子,但全都比不上这些具有强烈韵律感的文字组合,连缠绕其上的叶形装饰,都忍不住手舞足蹈。它们在马哈茂德死后九百年,出现在其王国的都城,以悼念这位印度、波斯和奥克西安纳的征服者。

有一群人先前跟着我们一起进入花园,但在我们参观陵墓时,他们却被禁止在圣祠之外。有一位想进去祈祷的男子气不过地叫道:"为什么让那些异教徒进去?""那会污染圣地。"他的说法引起共鸣,群众纷纷高喊抗议,差一点就要跟我们的护卫打起来。是他们建议我们来参观这座陵墓的。阿国外交部长曾特别从喀布尔打来电报,吩咐要让我们看到这里的每样东西。

喀布尔,六月十七日

　　从伽色尼回喀布尔的路上,我们解开了一个谜团。

　　道路附近的溪边长着一种柳树类的小树,赛义德·杰马尔停车要他的助手去摘几枝来,并丢在车后。当那些树枝落在我们脚边时,立刻发出从我们一进入阿富汗国境便闻到、一路上始终不曾间断的那种香气,而现在这股扑鼻而来的气味,将赫拉特那些尖塔又带回到我的眼前。香气散发自一簇簇黄绿色的小花①,从远处看往往无法察觉,日后如果我再闻到这种香味,一定会勾起我对阿富汗的记忆,就像杉木衣橱一定会让我回想起童年。

　　赛义德·杰马尔听说,就在我们渡过昆都士河不久,曾把我们困在巴格兰平原的洪流,又毁了两辆卡车,河上的渡船也翻覆沉没,淹死五名妇女。

---

　　①　野生橄榄。——原注

我们现在住进本地的旅馆。旅馆是由印度人经营，相当的进步；他们才刚加盖了别馆，并打电报征聘一位德国厨师。喀布尔大致说来有一种自在不做作的特色，就像一般巴尔干城镇好的那一面。城区聚集在几个光秃的岩质山丘周围，这些山丘自翠绿的平原上倏然拔起，具有防御功能。远处是积雪的山峦，议会位于一处玉米田里，长长的林荫道路接连的市区四通八达。以其海拔六千英尺的高度，冬天的严寒气候想必会造成很大的不便。不过目前的天气简直完美至极，是一种永远叫人心神舒畅的热。电影和酒都在查禁之列。公使馆的驻馆医师在教会的坚持下，不得不放弃替妇女治病，不过她们有时仍会伪装成男士来给他看病。强制性的全盘西化政策已告暂停。不过西化仍以示范性的方式持续进行，也许阿富汗人已经找到亚洲正在致力寻求的中庸之道。即使是他们之中民族主义思想最浓厚者，跟当前波斯人那种装腔作势的自以为是比起来，仍然可爱许多。

今天早上我在公使馆碰见一位波特上校，他问我在三百六十行中做的是哪一行。我说我一直在研究伊斯兰教建筑。

"你听着，"他回答说，"我见过各式各样的伊斯兰教建筑，在巴勒斯坦、埃及和波斯，也对这个问题思考良久。如果你想知道，我可以告诉你一切的症结何在。"

"真的。那是什么？"

"总而言之就是一种崇拜。"他用僵尸般的语气轻声对我说。

起先我很讶异，弗洛伊德在此西北边陲居然有这样大的影响力,但不久就发现,对波特上校而言,宇宙本身就是阳物崇拜。

下午公使馆的弗莱彻驾车带我们出城,到达拉阿曼和帕格曼这两个阿曼努拉未实现的梦想地。达拉阿曼原是要辟建为另一个新德里,帕格曼则是新的西姆拉,经费来自阿曼努拉之父哈比布拉多年来累积未用的英国援助。达拉阿曼与喀布尔的连络道路,是世上最美的林荫大道之一,全长四英里,笔直的路面有大西部公路那么宽,两旁是白杨树高大的白色树干。树前有溪流,溪边绿草如茵。草地后方是荫凉的步道和纠缠不清的黄、白色玫瑰,现在正值盛开季节,花香浓郁。路的尽头,噢,天啊,出现了一个角塔形的建筑,那是一栋法式市政厅的一角——甚至还不是正门——四周围绕着法式的都市花园,但已完全荒废。再往下,便是这四英里长道路的焦点街景,一座钢筋混凝土、农舍式样的德国火柴工厂。

帕格曼,新西姆拉,延展于林木茂密的山坡之上,比平原高出约两三千英尺,林间有草地隔开白杨与核桃树,山里的溪流淙淙有如一曲交响乐,从林木间望出去就能看到雪,出人意料的近。每块林间草地上都有一栋房屋、办公室或戏院,其景观实在令人吃不消,与某个德式温泉疗养旅馆和皮姆利科①的后半边,雷同到可怕的程度,无法想象阿曼努拉究竟是从哪里找来的建筑师,居然可以做出这样的设计,即使是开玩笑也不应该。不,

---

① 皮姆利科,伦敦一区,介于西敏区与切尔西之间,该区在十九世纪之前一直是块无人居住的菜园、柳树丛和荒地,后来由建筑包商库比特将之开发改建成有如布鲁姆斯伯里一般的广场式社区。

第五部　405

它们并非玩笑之作。由于乏人照管,又抄袭得十分拙劣、不堪入目,反而破坏了森林、溪流和山下平原的整体景色。平原上的不规则田野间,有许多曲曲折折的荫凉小路。这种半吊子西化设计的极致是一处赛象场,这个比板球场还小的场地,让大象们必须在弯度很大的跑道上比赛。

今晚买了一些琉璃。倒不是因为价钱便宜或色泽不错,而是因为它产自巴达赫尚伊什卡什姆附近的著名矿场,所以是货真价实的老一辈画家用来磨成蓝色颜料的矿石。琉璃是政府专卖,全部外销到柏林。

克里斯多夫和一位德国教师出去喝啤酒,我则像马大① 一样负责收拾行李和结账。时间已是午夜。

印度:白沙瓦(一千二百英尺高,距喀布尔一百八十九英里),六月十九日

我不辞辛劳的结果是,当次日清晨五点赛义德·杰马尔开车来接我们时,原以为要像平常一样等上两小时,没想到行李早已放在门口,我们当天晚上便抵达白沙瓦。即使是乘观光游览车,通常这段路也要走上两天。这是一段可怕的路程,穿越黑秃

---

① 马大,《圣经》人物,马利亚和拉撒路的姐妹。《路加福音》记载,耶稣在前往耶路撒冷的最后一次旅程中拜访她们,当马大忙着准备晚餐时,马利亚却坐下来听耶稣谈话。

秃的山区进入浓雾弥漫的印度。我们一点钟抵达贾拉拉巴德,买了一个甜瓜就急忙赶往开伯尔,沿途到处是在热浪下飞舞的灰圆小石子。到了达卡,一个疏落的村子里有几家店铺、一个加油站和一棵长不高的小树,就长在目前已相当开阔的喀布尔河谷的悬崖壁上,通过边境的手续很快就完成了。山脉挡住我们的视野。赛义德·杰马尔骄傲地表示,他是个阿夫里迪人。分坐在两棵树下的一群阿富汗人,再一次查看了我们的护照。转角处有个钢制路障,一名头戴钢盔的哨兵和标示英属印度界址的石碑——看起来很像当地停车场的告示牌。新的护照查验处是一栋平房,位于开满花卉的灌木花园中。我们坐在长板凳上,从伊斯法罕的那个蓝碗里,享用仅剩的鸡肉沙拉。查验护照的官员特别关照我们,现在已经是四点一刻,也就是过了允许欧洲人通关的时间,所以我们必须说我们是三点半就进入这个山口。

以隘口的标准,开伯尔山口的坡度平缓,极易于通行。正因如此,这里才汇集了这么多伟大的工程。通往亚洲中部的多条小径,以及矮小木杆上的一条电话线,让此地的对外联络不输罗马帝国。山口处有两条随山势起伏的缓坡通道:一条是柏油路,像皮卡迪利大街①那般平滑,路旁有短短的城堞;另一条的年代较久,现在只供骆驼行走,但仍是我们自大马士革后便不曾看到过的一流公路。与两条公路相互交缠的是第三条更宽广的干线:

---

① 皮卡迪利大街,伦敦市中心的街道,以其时髦的商店、俱乐部、旅馆和住宅著称。

铁路，直抵山口的起点，不久还将继续延伸。铁路穿过一个又一个隧道，通往远处灰色的蛮荒之地，隧道黝黑的洞口有红色石块砌成的洞门。铁公路循着凿出的岩壁翻山越岭；山谷与山谷之间则有高架铁桥相连。由闪闪发亮的白色绝缘体固定在金属杆上的一股股电话线，在腾腾雾气中若隐若现的红绿色交通号志，造型像古代石棺的饮水槽，还有每隔三十码就会出现的里程碑，标示着与L、J、P——亦即兰迪科塔、贾姆鲁德和白沙瓦——的距离已越来越近。凡此种种都是在为矗立于每座山头和崖壁突出处的整洁的灰色碉堡做注解：倘若英国一定要插手印度的防御工作，也该把对个人的不便降至最低。这是我们的感觉。在这块酷热难当之地，真正叫我们感动的反倒是那些寻常的景象：部落居民的高山房舍，以及朝圣者与征服者的古老恩怨——一种让自满夸大的爱国主义无地自容的景象。

赛义德·杰马尔开始发火。他大叫："可恶，混蛋！这路实在烂透了！""今晚在开伯尔你们一定要接受我的招待。"我们经过兰迪科塔，汉柏的廓尔喀军团正在玩曲棍球，但看不到任何军官，除了穿着网球服、驾着莫里斯汽车呼啸而过的那些，我们无法传递汉柏的口信。开伯尔村是这里的典型村落，每户房屋都筑有防御工事和自己的瞭望塔。赛义德·杰马尔停车，一群癞痢头的孩子无视我们和行李的存在，纷纷跳上车来跟父亲问好。卡车主人是一个肥胖的资本家，也冲出屋外来检视自己的财产，看看阿富汗的道路究竟把它折腾成啥样子。赛义德·杰马尔的助手掀起前座，露出秘密囤积的一包俄罗斯白糖，那是在马萨沙里夫买的。他的亲戚也一一赶到。全村居民很快就围成一圈，热烈欢迎这两位失踪了三个月的村人。

我们很想接受赛义德·杰马尔的邀请。如果第二天能到兰迪科塔的军营走上一趟，然后在有意无意间透露我们正住在顺此路下去的车夫家里，一定会很有趣。可是到现在我们还拿不定主意，究竟要不要去孟买搭乘"马乐亚号"。赛义德·杰马尔还是一贯好脾气地抛下家人，继续开车带我们往前走。山势开阔，呈现出印度平坦无垠、草木繁茂的那一面。七点半时，我们已坐在狄恩饭店的大理石大厅，啜饮着琴酒加汽水。

我们向赛义德·杰马尔道别，心中无比难过。从马萨沙里夫到白沙瓦，他总共为我们开了八百四十英里路。他从不曾恶言相向，遭遇阻碍也从不气馁，总是心平气和，和颜悦色，守时有礼，勤快利落。在这段对车辆而言可说是最不好走的道路上，我们从未看他打开过工具箱或换过车胎。

那辆卡车是雪佛兰的。

边境邮车，六月二十一日

我们在德里过夜，翌日早晨太阳尚未起床，我们就已站在勒琴斯①设计的纪念拱门之下。自殖民总督进驻于此，这附近增

---

① 勒琴斯（1869—1944），英国建筑师，印度新德里的总督府为其最著名的代表作，是一栋具有古典风格并结合大圆顶与其他东方风味的建筑。

添了若干新设施:贾格①创作的亚述—卡地亚式大象、杰普尔圆柱底座上的金质德里市大地图,以及让大皇宫失色不少的欧文勋爵②和雷丁雕像。我向欧文勋爵表示,他的雕像应该委请艾普斯坦③来做才对。他回答说:"我就猜到你会这么说。"然后摆出姿势供迪克④塑像。至于国王大道⑤的坡度,如果没有人记得贝克⑥恶意的计算错误,那也不是我的错。

在库特卜塔上面看到塞尔柱风格的装饰,然而是雕刻在石头而非灰泥之上,感觉有点奇怪。没想到换了一种材质,这种装饰就完全失去价值,不但添了印度式的累赘,还失去原有的自由奔放。

我们欲搭乘的火车只比我们晚十五小时离开白沙瓦,我们的时间有限。

"马乐亚号",六月二十五日

这是一艘两万吨的大船,颠簸于黑沉沉的大海中。浪花滔

---

① 贾格(1885—1934),英国雕刻家,以战争纪念雕刻闻名。
② 一九二六年至一九三一年的英国驻印度总督。
③ 爱泼斯坦(1880—1959),英国雕刻家,以制作名人的半身雕像和纪念雕像闻名。
④ 迪克(1879—1961),二十世纪英国雕刻家,以伦敦的罗斯福雕像闻名。
⑤ 国王大道,新德里的核心地带,印度政府机关、国会大厦和其他行政单位的集中地区。
⑥ 贝克(1862—1946),英国建筑师,曾为非洲各国设计许多市政与公共建筑,他同时也是印度新德里的行政和立法大厦的兴建者。

天,处处是盐与汗水加上无聊。呕吐声和空荡荡的餐厅。

我曾搭过一次半岛暨东方航运公司的渡轮,虽然时逢旺季,但整趟旅程十分轻松愉快。尽管如此,这回我还是满心忐忑地上了船。那是四年前的事了,而且当时意大利才刚加入竞争行列。如今,我发现在应对进退和服务热忱上,他们都有相当程度的改善。而且这次载客量只有半满,所以我们可以不必过着像寄宿生一样的大锅饭生活。不过这种旅程仍是非常可怕的惩罚:两个星期的人生就这样被抹煞掉,还得支付极高的费用。

"马乐亚号",七月一日
我们跟奇切斯特夫妇和威尔斯小姐成了朋友。威尔斯小姐看到克里斯多夫穿着短裤和在阿巴沙巴德买的那件红色上衣,在甲板上闲荡,就问道:"你是探险家吗?"

克里斯多夫说:"我不是,不过我去了阿富汗。"

奇切斯特说:"啊,阿富汗,是在印度对不对?"

萨维纳克[①],七月八日
我在马赛与克里斯多夫分手。他要到柏林去看华斯穆斯。从火车上看出去,干旱让英格兰显得又丑又单调。我在帕丁顿[②]

---

① 萨维纳克,位于英国威尔特郡。
② 帕丁顿,伦敦市中心西区。

开始觉得头晕,为这趟旅行就要谱下休止符,也为在十一个月的奔波跋涉之后重返永恒不变的可爱家园所可能面对的撞击。撞击果真发生;我们离开喀布尔已有十九天半。家里的狗儿一拥而上。接着母亲走了出来,我将已经完成的所有记录全献给她,里面记载着我秉持庭训所看到的世界,母亲会告诉我,我是否不负教诲。

附录

罗勃特·拜伦小传

假如将他的早期作品视为一位天纵英才的年少学者之作，无疑地，这本《前往阿姆河之乡》就是一本上帝的杰作。

——英国旅行文学作家布鲁斯·查特文

罗勃特·拜伦堪称当时首屈一指的旅行作家，他的经典作品《前往阿姆河之乡》机智、雄辩、好斗、博学，充分展现了他广博的学识以及无人能比的描述功力。

——美国旅行文学作家乔纳森·雷班，《纽约时报书评》

有趣极了……内容又丰富，有时更夹杂着酸味与令人捧腹的笑话。

——《泰晤士报》

他是一个即兴创作的天才，一个天生的随性演出的将才。

在这本书中,他巧妙融入了学术论文、格言警句、笑闹短剧,更以精准的手法冻结了特殊场景与对话,还切入了签证文件和剪报等资讯……这本书表达了一种睿智的现代感性,描述了一个人无意间在边境漂泊的遭遇。

——《卫报》

一位绅士、学者暨艺术鉴赏家。

一九〇五年二月二十六日出身于英国威尔特郡的一个富裕家庭,乃英国诗人拜伦爵士(1788—1824)的远亲。拜伦一家的财富在二十世纪三十年代经济大萧条期间戏剧性消失之前,他和两个姐妹过着舒适的生活。他被送进伊顿公学和牛津大学默顿学院受教育。他就读伊顿时相当引人注目,一是因为常发表一些道德或艺术评论方面的愤慨言论,二是因为常常做出一些瞒骗师长的智取行为,比如变装成一名老妇人溜出校园看电影等等。(稍后他参加伦敦宴会时,很喜欢打扮成他自认为颇有几分神似的维多利亚女王。)

拜伦有几项兴趣,一是相对于东正教的天主教会,二是古典希腊艺术,三是十七世纪荷兰名画家伦勃朗的绘画,四是莎士比亚的作品。他就学期间即开始收集维多利亚时代的事物,成为最早一批收集者之一,这个漫不经心的习惯,也成为他稍后挑战维多利亚美学观和古典主义的序幕。

十八岁时,拜伦第一次出国,目的地是意大利,这趟旅行确定了他成为一位严肃旅行家的志愿。他后来就在《前往阿姆河之乡》中写道:"要不是那次旅行让我邂逅了这个广大的世界,我可能早已成为牙医或公务员。"随后两年,他又将旅行范围拓展到匈牙利和希腊,并开始展现写作的才能,他将这趟精彩的希腊摩托车之旅写成《镜中的欧洲》(1926)。

而后,他发现希腊是研究拜占庭马赛克艺术的好地方,于是在随后两年内又重访希腊两次,目的是考察希腊圣山阿索斯上的希腊东正教团体和教堂,并协助年轻的艺术史学家莱斯拍摄礼拜堂和隐修院内的浮雕。这些经历成就了三本书:一是旅行作品《驿站》(1928),以及两本有关于拜占庭文化的先驱之作:《拜占庭的成就》(1929)和艺术史《西方绘画的诞生》(1930)。《驿站》一书不仅内容丰富,用语更是机智风趣,以《智慧七柱》(1926)一书闻名的英国探险家"阿拉伯的劳伦斯"(1888—1935)阅读后,以"迷人"一词为赞语。至于《拜占庭的成就》更是内容宏大,不仅详述拜占庭时代的政治、宗教、地理、经贸,更广及艺术、建筑、服饰、习俗,以及室内装饰,而这居然出自一位自学而成的二十四岁青年,实在令人难以置信。

伦敦和威尔特郡的生活毕竟无法满足拜伦骚动不安的才识,对新事物的追求促使他出发探访印度、中国西藏和俄罗斯。一九三一年,他出版了《论印度》;一九三三年,再推出《先访俄罗斯,再入西藏》。就此奠定了他身为旅行家和文化鉴赏家的地位。同年,被一张土库曼高地塞尔柱人墓塔的照片吸引,又受到之前旅经俄国和阿富汗的影响,他展开了一场追寻伊斯兰教建筑起源的旅行,最后花三年时间撰写了这本《前往阿姆河之乡》,

此书为他赢得一九三七年的《周日泰晤士报》文学奖。

拜伦拥有机智好斗的个性,更具备吸引人的天赋,身旁友人不断。他的密友包括:英国作家暨艺术鉴赏家哈罗德·阿克顿(1904—1994)、擅长描写英国上流社会流弊的英国小说家伊夫林·沃(1903—1966),以及以机智诙谐的小说闻名的英国女作家南西·米佛(1904—1973),等等。他发表了许多与建筑相关的著作,非常推崇英国建筑师勒琴斯(1869—1944)的作品,他同时也是致力于推广乔治王时期建筑和城市规划知识的"乔治王朝学社"的创办人之一。

第二次世界大战期间,拜伦进入一家伦敦报社担任特派员。一九四一年二月二十四日,他搭船前往西非,打算赶赴中东马什哈德担任观察员,以便向英国情报局报告苏联在中东的活动。马什哈德正是七年前他扮成低层阶级的波斯人混入礼萨伊玛目圣寺参观之地。不幸的是,船只行驶到苏格兰北方时,惨遭鱼雷炸沉,这场悲剧终结了他成就炫灿又充满远见的一生,他死时年仅三十六岁。

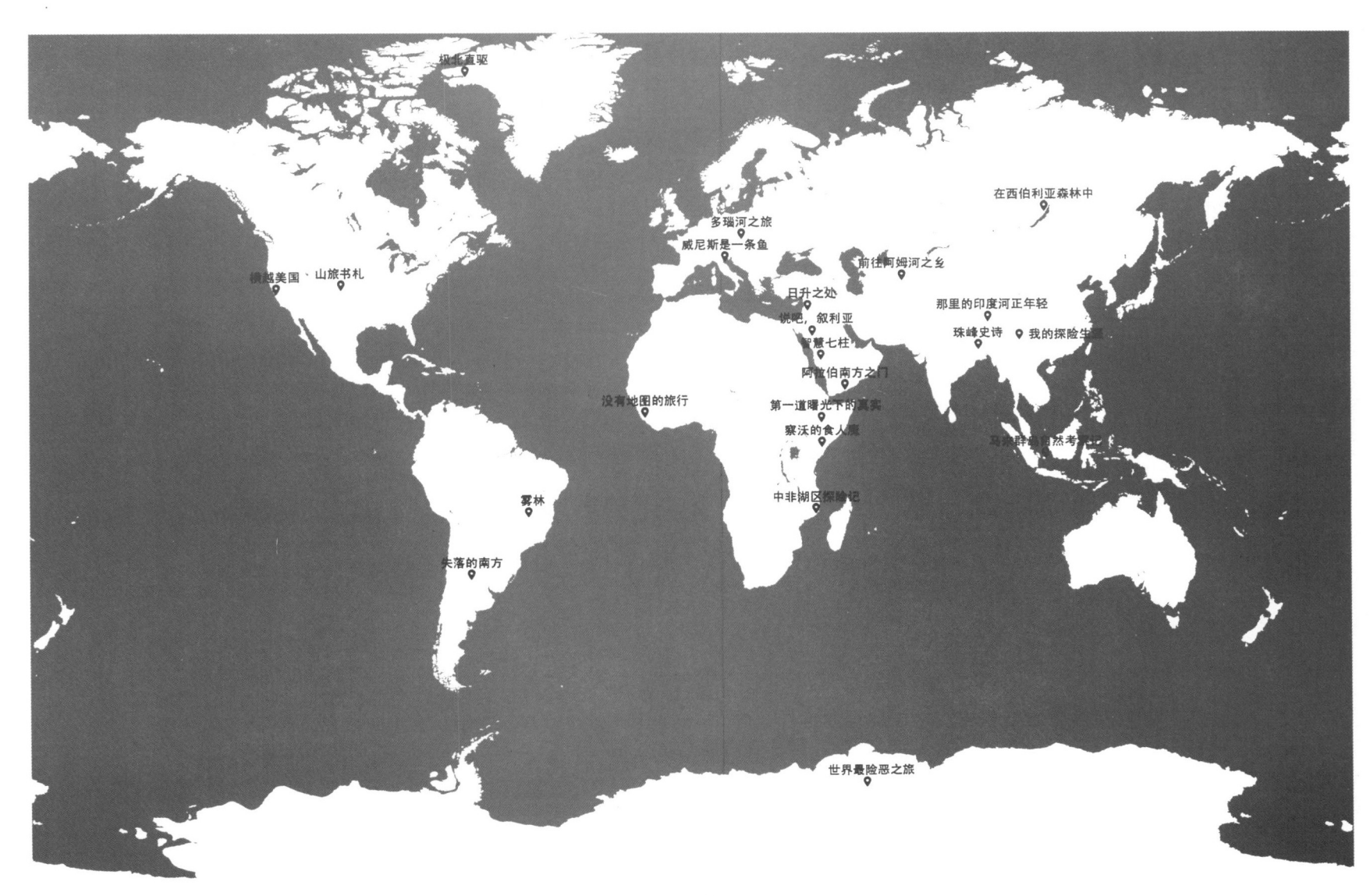

世界是一本书，不旅行的人只读了一页。

极北直驱

察沃的食人魔

横越美国

马来群岛自然考察记

前往阿姆河之乡

中非湖区探险记

阿拉伯南方之门

珠峰史诗

山旅书札

墨西哥湾千里徒步行

没有地图的旅行

在西伯利亚森林中

失落的南方

多瑙河之旅

威尼斯是一条鱼

说吧，叙利亚

世界最险恶之旅

智慧七柱

日升之处

那里的印度河正年轻

我的探险生涯

雾林

第一道曙光下的真实